KB068105

한 알의 모래에서 세계를 본다.

한 알의 모래에서 세계를 본다

초판 1쇄 발행　　　　　　2020년 10월 19일

지은이　　　　　　　　　장성익
편집　　　　　　　　　　김영미
표지디자인　　　　　　　정은경디자인

펴낸곳　　　　　　　　　이상북스
펴낸이　　　　　　　　　송성호
출판등록　　　　　　　　제313-2009-7호(2009년 1월 13일)
주소　　　　　　　　　　10546 경기도 고양시 덕양구 향기로 30, 106-1004
전화번호　　　　　　　　02-6082-2562
팩스　　　　　　　　　　02-3144-2562
이메일　　　　　　　　　beditor@hanmail.net

ISBN 978-89-93690-75-0　　(03800)

* 책값은 뒤표지에 표기되어 있습니다.
* 파본은 구입하신 서점에서 교환해 드립니다.
* 이 책의 전부 또는 일부 내용을 재사용하려면 반드시 저작권자의 사전 동의를 받아야 합니다.

이 도서의 국립중앙도서관 출판예정도서목록(CIP)은 서지정보유통지원시스템 홈페이지
(http://seoji.nl.go.kr)와 국가자료공동목록시스템(http://www.nl.go.kr/kolisnet)에서
이용하실 수 있습니다. (CIP제어번호: CIP2020039435)

한 알의 모래에서
세계를 본다

장성익

팬데믹 시대의
책 읽기

이상북스

차례

책을 내면서

2020년, 코로나19라는 바이러스의 대습격에 온 세상이 쩔쩔매고 있다. 희생자가 속출하는 가운데 인류는 일찍이 경험해본 적 없는 거대한 혼돈과 고난의 소용돌이에 휩싸였다. 인류는 이미 1960년대부터 전염병의 시대는 막을 내렸다고 큰소리쳐왔다. 환상이었다. 퇴치했다고 믿은 질병이 다시 기승을 부리는가 하면 새로운 질병이 끊임없이 출몰했다. 설령 코로나19 사태가 어떻게든 수습된다 해도 이보다 더한 전염병 재앙이 닥치지 않으리라는 보장은 어디에도 없다.

재앙은 왜 일어났는가? 인간이 자연을 지나치게 망가뜨린 것이 근본 원인이다. 집약 농업, 단일 경작, 숲 파괴, 기후변화, 공장식 축산, 항생제 남용 등이 그 세목이다. 산업화와 근대화의 맹렬한 질주 속에서 자연은 인간의 탐욕을 채우는 수단이자 돈벌이의 도구에 지나지 않았다. 그 결과 자연의 안정과 균형이 깨졌다. 순환과 다양성을 바탕으로 하는 생태계 질서가 헝클어졌다.

어마어마한 규모와 속도로 이루어진 이런 생태적 격변 속에서 수많은 생물의 서식지가 파괴되고 오염됐다. 그러니 본래 동물 몸속에 있던 바이러스 입장에서는 새로운 숙주를 찾을 수밖에 없다.

그들도 생존과 번식을 계속해야 하기 때문이다. 그들에게 75억이 넘는 인간은 맞춤한 '먹잇감'이자 광활하게 펼쳐진 새로운 '서식지'였다. 이에 더해 자본주의의 공격적인 이윤 논리에 따라 급격한 세계화가 이루어졌다. 세상이 하나로 연결되고 통합됐다. 바이러스가 손쉽고 빠르게 전파될 수 있는 '전염병의 고속도로'가 만들어진 것이다. 재난은 필연이었다. 바이러스가 인간을 침범한 것은 인간이 자연을 침범한 결과다.

코로나19 사태는 인간이 자연을 무분별하게 파괴할 때 우리에게 어떤 일이 닥치는지를 생생하게 보여준다. 모든 것은 서로 연결돼 있고, 사람은 자연의 일부다. 자연이 아프면 사람도 아프다. 자연이 병들면 사람도 병든다. 아무리 잘난 체해도, 아무리 몸부림쳐봤자 우리는 자연을 벗어날 수 없다. 코로나19 사태는 우리 생존의 토대가 자연이라는 사실을, 이것이 우리 문명과 삶의 근원적 조건이라는 사실을 새삼 깨우쳐준다. 이 지구와 생명 모두가 건강하고 안전해야 우리 인간도 그럴 수 있음을 다시금 일깨워준다.

이제 다르게 생각하고 다르게 사는 방식을 익혀야 할 때다. 오랫동안 당연하다고 여겨온 것들, 익숙하게 길든 것들과 결별해야 할 때다. 대신에 필요한 것은 삶의 전환, 시스템의 전환, 문명의 전환이다. 코로나19 사태는 이를 위해 무엇보다 중요한 것이 환경문제에 대한 관심의 확산과 인식의 전환, 그리고 개인과 사회 모두의 생태적 각성이라는 사실을 잘 보여준다. 안 그래도 우리는 기후변화가 이 지구와 인류에게 어떤 재앙을 일으키고 있고 또 일으킬지 경험하고 있지 않던가.

이런 '녹색 전환'을 이루는 데 큰 도움이 되는 일 가운데 하나가

10

좋은 환경 책을 읽는 것이다. 책은 지식과 안목, 감수성 등을 쌓게 해준다. 앎과 삶의 지평을 넓혀준다. 좀 거창하게 말하면 한 사람의 인생을 바꿀 수도 있고, 때로는 세상의 흐름과 역사의 물줄기를 바꾸기도 한다. 이것이 책의 매력이자 힘이다. 그리고 사실 좋은 책을 읽는 것은 그 자체로 충실하고 명랑한 삶을 위한 활력소이기도 하다.

그렇다면 환경 책이란 뭘까? 아마도 환경 책이라 하면 여러 환경 문제를 분석·진단·전망하거나 그 해법과 대안을 모색한 책을 가장 먼저 떠올릴 법하다. 그 연장선에서 환경위기를 낳은 문명과 사회 경제, 또는 사람들의 생활방식과 가치관을 비판하거나 성찰한 책도 포함시킬 수 있을 것이다. 하지만 내가 생각하는 환경 책의 범주는 더 넓다.

모든 것은 서로 연결되어 있으며 사람은 자연의 일부라는 생태적 사유가 바탕에 깔린 책. 지구 공동체와 여기에 깃들어 살아가는 사람을 비롯한 모든 생명의 삶이 지속가능해야 한다는 신념이 담긴 책. 자연과 생명과 미래 세대에 대한 감수성과 상상력이 숨 쉬는 책. 돈과 경쟁과 효율을 떠받드는 물신주의와 성장주의의 논리에 맞서 생명 가치와 삶의 존엄성을 옹호하는 책. 생명 파괴와 인간성 상실이 난무하는 이 시대에 사람다운 삶을 위한 고민과 사색을 품은 책. 인간·자연·사회가 사이좋게 어깨동무하는 '녹색 미래'를 둘러싼 꿈과 지혜를 펼친 책. 요컨대 '녹색'의 이성과 감성으로 우리 앎을 살찌우고 우리 삶을 움직이는 책. 바로 이런 책들이 넓은 의미의 환경 책이 아닐까?

이 책은 이런 환경 책 30권에 관한 이야기 모음집이다. 문제는 그 많은 환경 책 가운데 '대표선수' 30권을 어떻게 선별하느냐다. 이에 내가 먼저 주목한 것은 '환경 고전'이라 부름 직한 책들이다. 곧 세월이 흘러도 사그라지지 않는 '녹색의 빛'을 발함으로써 세상과 역사의 흐름을 바꾸고 많은 사람의 삶에 영향을 미친 책들이다. 중요한 환경 관련 이론이나 사상을 선구적으로 설파한 책, 독창적인 녹색의 사유와 주장으로 세상을 지배하는 고정관념이나 상식을 뒤흔든 책 등이 여기에 속한다. 이런 책들을 읽으면서 독자들은 생태적 인식과 실천의 뼈대를 세우고 새로운 지혜와 감수성을 체득할 수 있게 된다.

또 하나 주목한 것은 다양한 환경 관련 분야의 각각을 전형적으로 대표할 수 있는 책들이다. 경제성장, 자본주의, 과학기술, 역사, 인류세, 소비, 기후변화, 에너지, 자연 생태계, 동물, 먹거리, 전염병, 환경운동 등이 열쇳말들이다. 불평등, 페미니즘, 건강, 땅(부동산) 등을 비롯해 중요한 사회적 관심사들이 생태주의와 어떻게 만나는지를 탐구한 책들도 빠뜨릴 수 없다.

나는 이런 방식으로 책을 고르면서 인문학, 사회과학, 자연과학 등의 사이에 가로놓인 전통적 장벽에 얽매이지 않고 이 모두를 자유롭게 넘나들고자 했다. 또한 대표선수로 내세운 30권만 다루는 게 아니라 각각의 글에서 저자의 다른 저서들이나 해당 주제와 관련해 더 읽어보면 좋은 책들도 두루 소개했다. 특히 말미에는 소설을 비롯한 문학작품들을 별도로 모아서 살펴보았다.

그래서다. 이 책은 '녹색'이라는 포괄적 주제 아래 '머리'와 '가슴'과 '손발'을 저마다 다른 내용과 방식으로 다룬 책들을 두루 망라한다. 이 책을 보면 환경 책이라는 복잡한 지도 전체의 얼개와 알짬을 조망할 수 있는 셈이다. 물론 이 책에 등장하는 환경 책들은 전적으로 나 개인의 주관적 판단에 따라 가려 뽑은 것이다. 때문에 한계도 있을 것이고, 사람에 따라 선별 기준이 다르기도 할 터이다. 그렇긴 해도 나는 이 책이 많은 이들에게 '환경 책 읽기'의 나침반이자 길잡이 구실을 나름대로 할 수 있기를 바란다.

덧붙일 이야기가 두 가지 있다.

첫째, '환경정의'라는 시민환경단체에서는 2020년 올해로 19년째 '환경 책 큰잔치'라는 프로그램을 진행하고 있다. 사람들에게 환경 책의 중요성을 알리고 좋은 환경 책에 보다 쉽게 다가갈 수 있도록 하자는 것이 기본 취지다. 해마다 열두 권 안팎의 '올해의 환경 책'을 선정해 발표한다. 나는 이 일을 오랫동안 함께했는데, 이 경험이 이번 책을 쓰는 데 소중한 자극과 도움이 되었다. 함께 참여해온 모든 분들과, 어려운 여건 속에서도 이런 뜻깊은 잔치 마당을 한 해도 빠짐없이 열고 있는 '환경정의'에 감사드린다.

둘째, 이 책에서 다룬 환경 책 가운데에는 절판된 책들도 몇 권 포함돼 있다. 뺄지 말지 고민 끝에 이렇게 한 것은 그 책들이 그냥 잊혀선 안 되겠다고 생각했기 때문이다. 아깝고 안타까운 마음을 담아, 나는 그 책들이 다시 출판되어 많은 독자들을 새롭게 만나기를 바란다(지금 당장 그 책들을 읽고 싶다면 도서관이나 헌책방 등에서 구할 수 있다).

값진 환경 책이 많이 나와도 사람들이 읽지 않는다면 별무소용이다. 구슬이 서 말이라도 꿰어야 보배 아닌가. 훌륭한 환경 책들이 주변에 널려 있어도 사람의 눈길과 손길이 닿지 않으면 그것은 먼지나는 종이뭉치에 불과하며 애꿎은 나무와 에너지만 소모하는 자원 낭비에 지나지 않는다. 나는 이 책에서 다룬 환경 책들이 보다 많은 사람에게 널리 읽혔으면 좋겠다. 나아가 그것이 행동과 실천으로 이어져 이 세상과 우리 삶의 녹색 전환에 이바지할 수 있으면 더욱 좋겠다. 이 책이 책이라는 쟁기로 생명과 평화의 녹색 미래를 개간하는 데 유용한 도구로 쓰이기를 나는 소망한다.

2020년 9월
장 성 익

1부

지구에 울리는 비상벨

지구는 살아 있는
생명체다

- 《가이아》
- 제임스 러브록 지음
- 홍욱희 옮김
- 갈라파고스, 2004

런던의 방공호 속에서

영국의 과학자이자 저술가인 제임스 러브록은 제2차 세계대전 당시 런던에 머물고 있었다. 그때 그는 독일군의 공습을 피하려고 마련한 어느 방공호의 공기 상태를 조사하는 일을 하게 되었다. 그 방공호는 템스강을 따라 진흙탕 속에 만들어진 터널이었는데, 과거에 하수관 시설로 쓰이던 것이었다. 일을 해나가면서 러브록은 황당한 사실을 알게 되었다. 좀도둑들이 버려진 하수관 철판의 접속 부위에 조여진 볼트를 풀어서 훔쳐갔던 것. 만약 그 풀어진 이음새 사이로 강물이 쏟아져 들어오면 순식간에 온 터널이 물바다가 될 판이었다.

하지만 정작 놀라운 일은 따로 있었다. 그 터널을 방공호로 이용하는 사람들은 자기들이 진흙탕에 묻혀버릴 수도 있다는 사실에 별로 개의치 않았던 것이다. 그들은 그 가공할 사태보다는 공습경보의 굉음과 폭탄이 터지는 소리에 더 큰 공포를 느끼는 것처럼 보였다. 그러나 러브록이 보기에 훨씬 더 위험한 것은 바깥 상황이 아니라 언제 강물이 덮칠지 모르는 방공호 속이었다.

그는 이 경험을 소개하며 이렇게 주의를 환기한다. "어떤 점에서는 현재의 우리도 그 방공호 속의 런던 시민들과 마찬가지라고 할 수 있다." 지금도 여전히 하수관의 이음매 볼트를 빼내어 팔아먹고 있으면서도 당장 아무 일도 터지지 않는 데 안주해 우리 자신이 무슨 일을 저지르고 있는지 확인조차 하지 않는다는 것이다. 그가 지적하듯이 "대부분 정치가들은 우리에게 필요한 것은 경제성장과 교역 증대이며 환경문제는 기술적으로 해결될 수 있을 것으로 믿는다." 한데 정치인들만 그럴까? 혹시 세상 전체가 이런 무모한 낙관론에 빠져 있는 건 아닐까?

러브록은 지구 전체를 덮친 환경위기를 예민하게 감지했다. 그 위기의식의 산물이 이 책 《가이아》다. 1979년에 처음 출간됐을 때 이 책은 큰 충격을 던진 동시에 뜨거운 논란을 불러일으켰다. 지구가 살아 있는 유기체라는 이 책의 핵심 주장은 지구를 그저 거대한 물질 덩어리쯤으로 여기던 현대 인류의 지배적 관념을 정면으로 뒤엎는 것이었기 때문이다.

이 책은 지구를 '가이아'라는 새로운 이름으로 명명하며 지구와 생명체를 바라보는 관점의 혁명적 전환을 촉구했다. 오랜 고정관념에 돌팔매를 날리는 아주 과감하고도 선구적인 시도였다. 이 책이 환경 고전의 반열에 오른 이유다. 이 책이 나온 뒤 '가이아'란 말은 생태주의자들이 지구를 지칭할 때 즐겨 쓰는 상징적인 용어가 되었다. 나아가 이 책이 제시한 가이아로서의 지구 개념은 이후 펼쳐진 다양한 환경 담론의 중요한 밑바탕 가운데 하나가 되었다.

가이아란 뭘까?

가이아(Gaia)는 본래 고대 그리스 신화에 나오는 대지의 여신을 일컫는 말이다. 러브록의 지인으로서 《파리대왕》이라는 작품으로 널리 알려진 노벨문학상 수상자 윌리엄 골딩이 이것을 책 제목으로 제안했다고 전해진다. 골딩은 책의 내용을 듣고서 왜 '대지의 여신'을 떠올렸을까?

러브록이 주창한 가이아란 한마디로 지구와 지구에 살고 있는 생물, 대기권, 토양, 대양까지를 모두 아우르는 하나의 범지구적 실체다. '가이아 가설'(Gaia Hypothesis)은 지구란 생물과 무생물이 상호작용하는 생명체라고 역설한다. 여기서 특히 중요한 것은 생물의 능동적인 조절작용이다. 책에 따르면 지구 생물권은 단순히 주변 환경에 적응하며 생존을 이어가는 소극적이고 수동적인 존재가 아니다. 오히려 지구의 여러 물리적·화학적 환경을 활발하게 변화시키는 적극적이고 능동적인 존재다. 러브록은 앙상한 주장만 늘어놓지 않았다. 자신의 이런 주장을 뒷받침할 수 있는 과학적 근거와 사례들을 나름대로 정리하여 제시하고 있다.

이 책이 가이아의 존재를 보여주는 유력한 방증의 하나로 내세우는 것은 지구 기후의 역사다. 책은 이렇게 설명한다. 지난 35억 년 동안 지구 기후는 단 한순간도 생물이 생존하기에 적당하지 않은 때가 없었다. 예컨대 과거 한때라도 바다가 완전히 얼어붙거나 또는 그 반대로 펄펄 끓었던 적이 있는가? 없다. 생물의 역사가 끊긴 적이 있는가? 없다. 35억 년 전 태양은 빛의 강도가 오늘날보다 약 30퍼센트나 약했다. 만약 지구의 기후가 오로지 태양열로만 결정된다면 생물이 맨 처음 탄생한 이래 약 15억 년 동안 지구는 완전히 얼어붙어 있었을 것이다. 하지만 그처럼 혹독한 기후 조건은 존재하지 않았다. 수많은 화석기록은 물론 지금까지 생물이 지속해 생명을 유지해온 사실 자체가 그 증거다.

만약 지구가 그저 단단하고 굳은 물질 덩어리에 불과하다면 그 표면 기온은 태양이 발산하는 열의 변화에 따라 달라질 것이다. 그러나 지난 35억 년 동안 지표면의 온도는 일정하게 유지되었고, 그 덕분에 생물은 생존과 생활을 이어갈 수 있었다. 이것은 마치 사람 몸의 온도가 여름이나 겨울이나 항상 일정하고, 극지방에 있든 열대지역에 있든 항상 동일한 것과 마찬가지다. 책은 이렇게 말한다.

만약 우리가 생물권을 마치 하나의 생물체처럼 자신의 필요에 따라 주위 환경에 적응할 줄 아는 하나의 살아 있는 존재로 인정할 수 있다면, 생물권이 원시시대의 위기적 기후문제를 해결할 수 있는 수단을 가졌다는 게 그리 놀라운 일은 아닐 것이다.

가이아는 스스로를 위해서 능동적으로 주위 환경을 조절해왔다는 얘기다. 그것도 지구 온도를 일정하게 유지할 수 있는 정교한 조절 수단들을 두루 동원하면서 말이다. 생물계는 자신의 상태를 정상이나 최적으로 유지하려고 다양한 생리작용을 한다. 이 작용들은 서로 조화를 이루면서도 복잡하고 미묘하다. 생물 자체뿐만 아니라 그 생물에 속한 신경계, 순환계, 소화계, 감각계 등은 모두 완벽하게 협력해 작동하며 신체를 정상 상태로 유지시킨다. 이것이 '항상성' (homeostasis)이다. 가이아도 마찬가지다. 가이아 또한 끊임없이 최상의 온도 조절 메커니즘을 추구해왔으며, 그 결과 아주 정교한 시스템을 갖추게 되었다는 것이 가이아 가설의 주장이다.

가이아 가설은 근대 과학의 주류 시각을 전복하는 것이었다. 주류 과학 이론은, 생물이 처음 출현한 뒤 끊임없이 주위 환경 변화에 적응하며 점진적으로 진화하여 마침내 오늘에 이르렀다고 본다. 가이아 가설은 다르게 설명한다. 가이아는 적극적이고 능동적인 존재다. 지구의 기후만이 이것을 보여주는 게 아니다.

러브록은 수십억 년에 걸쳐 대기권의 원소 조성과 해양의 염분 농도가 거의 일정하게 유지되어왔다는 사실도 주목한다. 그는, 만약 지상에 생물이 출현하지 않았다면 절대로 그렇게 될 수 없다고 생각했다. 나아가 그는 탄소, 질소, 인, 황, 염소 등 지구를 구성하는 주요 원소들이 대륙과 해양을 오가며 순환하고 있다는 사실을 발견했다. 놀라운 것은 이런 물질순환의 매개자가 전적으로 생물이라는 점이다. 생물들은 기후를 조절하고, 해안선을 변화시키며, 때로는 대륙을 이동시킬 수도 있었다.

이로부터 러브록은 이런 결론을 이끌어냈다. 지구란 생물과 무생물의 복합체로 구성된 하나의 거대한 유기체다. 동시에 생물들이 주도권을 쥐고 자기조절 기능을 수행하는 완벽한 역동적 시스템이다. 옮긴이는 이에 대해 이런 논평을 달았다.

이로써 현대 과학이 제대로 설명하지 못했던 지구의 역사에 대한 의문을 풀 수 있는 실마리를 얻게 되었다. …가이아 이론은 지구의 운명과 인류의 미래에 대해 명쾌한 해답을 제공한다는 점에서, 그리고 환경오염 시대를 살아가는 현대인들에게 새로운 인식의 전기를 부여한다는 점에서 의미가 아주 크다.

지구 인식의 패러다임 전환

가이아와 인간의 관계는 어떻게 될까? 두말할 나위도 없이 인류는 다른 생물과 마찬가지로 탄생 초기부터 가이아의 한 부분이었다. 다른 생물들과 마찬가지로 우리 인류도 무의식적으로 지구의 항상성 유지에 기여해왔다고 볼 수 있다. 그런데 바로 그 인간의 지나친 활동 탓에 날로 지구가 파괴되고 환경위기가 깊어지고 있다. 이것을 어떻게 설명해야 할까?

러브록은 조심스럽게 이런 질문을 던진다. "과학기술을 신봉하는 인류는 여전히 가이아의 한 부분이라고 단언할 수 있을까? 이제 인류는 가이아와는 동떨어져 존재하는 게 아닐까?" 그러면서도 이렇게 말한다. "혹시 인간은 가이아의 신경계와 두뇌에 해당하는 존재로서 환경 변화를 의식적으로 예지하는 역할을 떠맡은 가이아의 한 부분이 아닐까?…인간이라는 종은 과학기술적 발명과 점점 더 정교하고 복잡해지는 정보통신망의 발달과 함께 진화를 거듭하면서 가이아의 지각능력을 극명하게 증가시키고 있다. 가이아는 이제 인류를 통하여 잠을 깨고 자기 자신을 알아차리게 되었다. 우리 인간들이 느끼는 경탄과 쾌락, 우리들의 의식적 사고와 사색, 우리가 갖는 끊임없는 호기심과 욕망은 더 이상 우리들만의 것이 아니라 가이아와 함께 공유하는 것이다."

그러니까 러브록은 인간이 가이아에 해를 끼친 것은 분명하지만 이제 가이아의 한 구성원이자 가이아와 운명 공동체라는 사실을 명심해야 한다고 얘기하고 있는 것이다. 특히 그는 인간의 모든 행위에는 반드시 결과가 따른다는 사실을 잊어선 안 된다고 강조한다. 인간의 운명은 가이아에 길들도록 돼 있으며, 인류의 온갖 공격적이고 파괴적인 욕망은 가이아를 구성하는 모든 생물의 복지에 융합될 수 있어야 한다는 것.

이는 인간이 자연에게 항복하는 걸까? 러브록은 아니라고 답한다. "우리가 우리 자신보다 훨씬 더 큰 실체의 하나라는 걸 깨달음으로써 얻는 행복과 만족의 감정이 인간의 자존심을 잃는 손실을 충분히 보상하고도 남을 것이다." 인간이 자신의 본래 고향을 그리는 감정. 또는 신으로 회귀하는 감정. 그는 가이아에 대해 우리가 느끼는 감정이 이런 것과 일치한다고 여겼다.

가이아 가설에 대한 동의 여부는 사람에 따라 다를 터이다. 나는 귀 기울여 경청해야 할 이론이라고는 생각하지만 전적으로 동의하지는 않는다. 그렇긴 해도 어쨌거나 가이아 이야기가 지구에 대한 새로운 '감수성'을 불러일으키는 기폭제 구실을 한 것은 분명한 사실이다. 또한 과학철학자 토마스 쿤이 말한 '패러다임의 전환'이라는 말을 떠올릴 정도로 지구에 대한 중대한 인식 변화를 일으킨 것 또한 움직일 수 없는 사실이다. 이것은 높이 평가해야 할 대목이다.

가이아를 둘러싼 비판과 논쟁

앞서 말했듯이 가이아 가설은 곳곳에서 비난과 반대에 부딪혔고 격렬한 논쟁을 일으켰다. 주류 과학계와는 판이한 주장을 내놓았으니 당연한 일이다. 특히 진화학자들은 생명체가 지구 환경을 바꾸었다는 주장이 진화론의 검증된 이론과 모순되는 비과학적인 주장이라고 비판했다. "사악한 종교" "신비주의 사이비 과학" "종교의 탈을 쓴 과학" 등과 같은 비판도 쏟아졌다. 서울대학교 생명과학부 홍성욱 교수는 2018년 2월 〈머니투데이〉에 이렇게 썼다.

1970년대를 통해서 가이아 가설에 가장 큰 관심을 보인 사람들은 과학자가 아니라 신학자였다. 신학자들은 지구의 환경이 조화롭게 유지되었다는 사실에서 신의 섭리를 발견할 수 있다는 가능성을 보았기 때문이다. 또 다른 사람들은 1970-1980년대에 유행했던 신비주의 신봉자들인 뉴에이지 그룹이었다. 이들은 마치 지구가 영적인 존재처럼 살아 있다는 주장에 끌렸다. 가이아 가설에 매료되었던 또 다른 그룹은 (역설적으로) 환경오염을 정당화하려던 기업가들이었다. 이들은, 스스로 조절하는 가이아는 인간의 산업 활동이 만들어낸 오염물질을 정화시키고 다시 평형과 균형을 되찾으려는 자체 항상성을 가지고 있다고 주장했다. 실제로 가이아 가설은 이런 식으로 해석될 여지가 없지 않았다.

또 어떤 과학자들은 가이아 이론을 두고서 "생물들은 지구 운영을 계획할 만큼 영리하지 않다"고 반박하기도 했다. 특히 지구의 대기 구성이 생명체가 살기에 적절한 것이 오랜 세월에 걸친 생명권의 자기조절 기능의 결과라는 주장에는 증거가 거의 없다는 게 다수 과학자들의 견해였다.

그런데 더 큰 논란의 초점이 되는 것은 러브록이 핵발전을 찬성한다는 점이다. 그의 최우선 관심사는 범지구적 환경문제였고, 이것을 대표하는 것은 기후변화다. 그는 이렇게 말했다. "인류를 가장 크게 위협하는 것은 기후변화다. 핵발전은 온실가스를 거의 배출하지 않는다. 그러므로 기후변화를 최소화할 수 있는 유일한 생태적 대안인 핵발전을 늘려야 한다."

생태이론가로 이름을 드날린 사람이 이런 해괴한 주장을 펼치자 많은 사람들이 당혹감에 휩싸였다. 나 또한 그렇다. 러브록은 지구 차원의 기후변화 문제에 편협하게 매몰되어 핵발전이 안고 있는 수많은 문제를 간과하고 있는 듯하다. 어떤 사안의 특정 측면에 시야가 갇히는 바람에 인식의 총체성과 균형감각이 깨진 것 아니냐는 것이다.

가이아 가설은 많은 이들에게 소중한 영감을 안겨주었지만 과학계에서는 아직도 '가이아'라는 단어의 사용을 꺼리는 게 현실이다. 대신 가이아와 비슷한 개념으로 요즘은 '지구 시스템 과학'이라는 말이 새롭게 쓰이고 있다. 홍성욱 교수는 앞서 소개한 글에서, 2001년에 지구 시스템을 연구하는 1500명의 과학자가 모여 "지구 시스템이 물리적·화학적·생물학적 구성요소와 인간의 구성요소로 이루어진 단일하고도 자기조절적인 시스템처럼 행동한다"는 사실을 확인했다고 전하며 이렇게 말했다. "가이아는 이런 자기조절적인 시스템을 강조하기 위한 은유였지만, 은유 이상의 역할을 했다." 나는 이 견해에 동의한다.

　가이아 가설을 어떻게 받아들이든 환경문제에 관심을 가진 이들에게 이 책을 권하는 것은 이 책이 생태사상과 환경이론의 발전에 큰 영향을 미쳤기 때문이다. 무엇보다 가이아 가설은 지구를 새로운 방식으로 사유하도록 이끄는 주춧돌을 놓았다는 점에서 의미가 크다. 이 가설에 기대서 말하자면, 최근 전 지구를 강타하고 있는 코로나바이러스 사태는 살아 있는 유기체인 가이아가 자신을 망가뜨린 인간들에게 내린 '징벌'이라고 해야 할지 모른다.

　이 책은 1979년에 처음 나온 뒤 1987년과 1995년 두 차례에 걸쳐 개정판이 나왔다. 러브록의 또 다른 책으로는 2006년에 나온 《가이아의 복수》(*The Revenge of Gaia*, 세종서적) 등이 있다.

환경은 세계사를
어떻게 바꾸었을까?

- 《녹색 세계사》
- 클라이브 폰팅 지음
- 이진아, 김정민 옮김
- 민음사, 2019

태정태세문단세?

태정태세문단세 예성연중인명선 광인효현숙경영 정순헌철고순. 낯익은 이들도 많겠지만 '이게 뭐지?' 하는 이들도 더러 있을 듯하다. 이것은 조선왕조의 27명에 이르는 왕들의 호칭 첫 글자를 1대 태조부터 마지막 27대 순종까지 순서대로 나열한 것이다. 일곱 명씩 묶어서 몇 덩어리로 끊어놓은 것이 눈에 띈다. 그래야 운율에 맞추어 손쉽게 외울 수 있기 때문이다. 초등학교 시절 구구단을 외우듯이 중·고등학교 시절엔 이것을 외어야 했다. 암기 위주 역사 공부의 일환이었다. 물론 오래전 내 어릴 적 얘기라 지금은 어떤지 모르겠다. 나는 지금도 이것을 하나도 틀리지 않고 정확하게 외운다.

　오랫동안 우리에게 역사는 이런 식으로 다가왔다. 왕조, 통치자,

지배계급 중심의 역사. 좀 더 넓혀서 보더라도 기존의 전통적인 역사서는 대체로 정치, 경제, 군사, 외교, 문화예술 등의 측면만을 주목해왔다. 물론 최근 들어서는 다양한 시각이나 주제로 역사를 다룬 책들이 쏟아지고 있긴 하다. 그런데 이상하다. 유독 환경 관점에서 역사를 서술한 경우는 찾아보기 힘들다. 이것은 기이한 일이다. 기후변화와 코로나19 사태를 비롯해 생태적 재난이 끊이지 않는데도 '녹색'의 눈으로 역사를 성찰하는 시도가 태부족인 건 왜일까?

이 점에서 《녹색 세계사》는 특별히 돋보인다. 영국 역사가로서 이른바 '빅 히스토리'(Big History) 대가로 평가받는 클라이브 폰팅이 쓴 이 책은 세계와 인류의 역사를 환경 관점에서 새롭게 해석하고 구성한다. 인간을 중심에 놓는 틀에 박힌 기성의 역사서들과는 판이하다.

책은 까마아득한 선사시대부터 최근에 이르기까지 인간이 환경과 맺어온 관계의 '거의 모든 것'을 다룬다. 그 오랜 세월에 걸쳐 인간이 환경에 대해 벌여온 일들을 규명하고, 그 결과 이 지구에 어떤 일이 일어났는지를 거시적으로 고찰했다. 그래서 독자는 환경이 인간의 역사를 어떻게 규정해왔으며, 인간의 문명이 자연을 어떻게 이용하면서 흥망성쇠를 거듭했는지 폭넓게 조망할 수 있다. 인간을 기준으로 하면 진보, 발전, 승리라고 평가할 수 있는 것들이 지구 환경 전체로 시야를 넓히면 실패, 손실, 파괴인 경우가 아주 많다는 사실을 깨닫게 해주는 지적 자극이 쏠쏠하다. 문명사 전체가 방대하게 펼쳐짐에도 알기 쉬운 사례 소개 등에 힘입어 어렵잖게 읽을 수 있다는 것도 장점이다.

핵심 메시지는 간명하다. 환경의 관점에서 역사를 다시 들여다보니 숱하게 명멸했던 그 많은 위대한 문명이 붕괴한 배경에는 환경 파괴가 도사리고 있더라는 것이다. 책에 따르면 역사란 인간을 포함한 동물과 식물이 자연 속에서 상호 의존하는 공동체를 이루며 살아가는 과정이다. 인간은 물론 지구상의 모든 생명체는 독립적으로 존재할 수 없는 생태계의 일부다. 그래서 인류 역사 전체는 '환경과 인간 사이의 상호작용'으로 이루어졌다고 할 수 있다. 이 책은 이런 관점으로 사회와 문명의 변동을 일으키는 요인을 분석하고, 이에 기초해 역사가 어떤 원리와 방식으로 진행되었는지 밝힌다.

역사란 과거와 현재의 끊임없는 대화라고 했던가. 그렇다면 이 책의 메시지는 준엄한 현재진행형이다. 지금의 현대 산업문명 또한 환경 파괴가 문명 붕괴의 원인이라는 사실에서 자유로울 수 없는 탓이다. 파국적 생태위기에 직면한 현대문명을 앞에 두고서 이 책은 묻는다. 우리가 누리는 모든 것은 과연 지속가능한가? 이 책이 파헤친 '과거'는 인류의 현재를 진단하는 '청진기'인 동시에 인류의 미래를 예언하는 '경고등'이다.

수수께끼의 섬, 비극의 섬

1722년 4월 어느 날, 네덜란드의 한 탐험대가 태평양을 항해하다 남아메리카 대륙 서쪽에서 멀리 떨어진 한 외딴 섬을 발견했다. 나무라고는 찾아보기 힘든 그 황량한 섬에는 3천 명 정도의 야만적인 원시부족이 살고 있었다. 그런데 탐험가 일행은 놀라운 광경을 목격했다. 그 섬 여기저기에 수준 높은 문명과 고도의 기술이 아니고

선 만들기 어려운 거대한 석상이 수백 개나 있었던 것이다. 무슨 일이 있었던 걸까?

이 섬에 동남아시아 출신의 폴리네시아 사람들이 정착한 것은 5세기 무렵이었다. 그때는 울창한 열대 숲이 우거져 있었다. 그러다 점점 사람들이 늘어나고 사회가 발전하면서 한때 전성기에는 인구가 7천 명에 이르렀다. 그런데 섬 주민들은 유독 종교적 의식을 치르고 기념물을 만드는 것을 좋아했다. 그 가운데 대표적인 게 '모아이'라는 석상이다. 높이가 평균 6미터에 이르고 무게는 수십 톤이나 나가는 이 거대한 석상을 섬 주민들은 600개도 넘게 만들었다.

수수께끼의 비밀은 이것을 만들고 옮기는 방법에 있었다. 수레도 큰 동물도 없었던 당시 섬 주민들은 무겁고 큰 돌을 운반할 방법을 찾느라 궁리를 거듭한 끝에 결국 나무를 베어내 그것을 길에 쭉 깔아서 돌을 굴리는 방법을 찾았다. 석상을 많이 만들어 곳곳에 세우려면 그런 '통나무 길'을 끊임없이 만들어야 했다. 무거운 돌을 들어 올리고 끌려면 굵은 밧줄도 만들어야 했다. 모두 나무가 필요한 일이었다.

농사지을 땅을 일구고, 난방과 요리를 하고, 집을 짓고, 물고기를 잡는 데 사용할 카누와 갖가지 가재도구를 만들기 위해서도 나무를 베어내야 했다. 거기에다 씨족들 사이에 조각상 세우기 경쟁까지 벌어졌다. 숲과 나무가 남아날 리 없었다. 숲이 파괴되자 땅도 망가졌다. 섬 주민들은 부족해진 식량과 자원을 서로 차지하려고 툭하면 전쟁을 벌였다. 생존을 위해 다른 사람을 잡아먹는 식인 풍습까지 생겨났다. 오늘날 신기한 모습의 거대 석상을 구경할 수 있는 관광지로 변한 그 섬은 그렇게 해서 붕괴하고 말았다.

책은 이 이스터섬 이야기로 역사 여행을 시작한다. 이 섬에 얽힌 진실을 완벽하게 파악하기는 어렵다. 학설이 분분하다. 하지만 다수의 해석은, 환경에 의존할 수밖에 없는 인간사회가 그 환경을 망가뜨리면 어떤 운명을 맞게 되는지를 보여준다는 쪽으로 기운다. 좁은 섬이라는 환경과 제한된 자원은 문명의 거센 압박을 이겨낼 수 없었다. 섬 주민들은 남보다 더 큰 석상을 더 많이 만들어 사람들을 지배하고자 했다. 그러나 그것이 일으킬 '자연의 저주'는 내다보지 못했다.

이 이야기는 책 전체의 주제를 압축해서 보여준다. 이스터섬처럼 지구도 닫힌 생태계다. 지구가 환경 파괴로 망가졌다고 해서 인류가 이주할 수 있는 다른 행성은 없다. 이런 지구에서 인간은 지난 200만 년 동안 더 많은 식량을 확보하고 더 많은 자원을 뽑아 쓰려고 갖은 애를 써왔다. 급속한 인구 증가, 산업 발전, 기술문명의 진보를 감당하기 위해서였다. 자연스레 이런 질문이 떠오른다. 과연 인간은 "자기들이 사용할 수 있는 자원을 치명적으로 고갈시키지 않고, 자신들의 생명보전 체계를 돌이킬 수 없을 만큼 파괴하지 않는 방법을 찾아내 실천하며 살아오는 데 이스터섬 사람들보다 성공적이었나?"

화려한 오르막, 위험한 내리막

이 질문에 대한 대답이 '아니요'라는 걸 우리는 안다. 인간의 역사를 수놓은 무지와 탐욕은 지금까지 계속되고 있다. 그것도 훨씬 더 위험한 방식, 더 센 강도, 더 큰 규모로. 1만 년 전 인류 역사에 농업이 처음 등장하고 특히 18세기에 산업혁명과 공업화가 본격 시작된 이래 인류는 환경 파괴가 일으키는 거대한 위기와 도전에 휩싸여 있다.

사실 인류 역사의 99퍼센트는 단순한 생존을 위한 하염없는 분투의 나날이었다. 인류가 이 지구상에 처음 출현한 이래 수백만 년에 걸쳐 인간의 가장 큰 과제는 생존 그 자체였다. 자연은 혹독하고 사납고 변덕스러웠다. 그 속에서 인간은 살아남으려고 채집과 수렵에 의존했다. 그 기나긴 세월 동안 인간이 자연에 미치는 영향은 미미했다. 그러다 거대한 전환의 시기가 도래했다. 방아쇠를 당긴 결정적 사건은 농업의 등장이었다.

농업이란 "식량이 될 작물을 재배하고 가축을 기를 초지를 마련할 목적으로 자연 생태계를 변화시키는 것을 기본으로 하는 삶의 방식"이다. 즉 작물을 키우고 동물을 기르려고 자연환경을 인공적으로 바꾸는 것이 농업의 본질이라고 책은 설명한다. 그 덕분에 인간은 집약적인 먹거리 생산이 가능해졌다. 일차원적인 생존의 위협에서도 서서히 벗어날 수 있었다. 그러면서 커다란 변화의 물결이 밀어닥치기 시작했다.

우선은 인구가 늘었다. 이제 이전의 방식이나 형태와는 다른 삶을 영위하게 되었다. 이와 맞물려 사회체제에도 큰 변동이 일어났다. 인구가 늘고 많은 노동력을 필요로 하는 농업이 퍼지면서 사회는 갈수록 복잡해졌다. 사람들을 조직하고 토지나 잉여 생산물을 분배하는 권한을 가진 사람들이 등장하기 시작했다. 세상은 차차 계급으로 나뉘게 되었다. 이를 계기로 세계 여러 곳에서 초기 문명과 제국이 탄생했다. 세상이 이렇게 재편됨에 따라 환경은 이전과는 크게 다른 방식과 규모로 인간의 영향을 받게 되었다. 본격적인 환경 파괴는 이렇게 시작되었다.

책에 따르면, 인류 최초로 찬란한 농경문화를 꽃피운 메소포타미아 문명, 한때 절정의 융성기를 구가한 잉카와 마야 문명, 광활했던 로마제국 등도 대개 이스터섬과 크게 다르지 않은 과정을 거쳤다. 이들 문명 모두 늘어나는 인구를 먹여 살리고 통치자의 권위를 과시하기 위해 농경지를 무분별하게 확장했고, 나무를 마구 베어냈으며, 땅을 지나치게 착취했다. 자연의 지배를 받던 인간이 이제는 자연 위에 군림하기 시작했다. 그 결과 이들 문명은 순식간에 혹은 서서히 스러져갔다.

하지만 익히 아는 대로 지구 환경에 가장 강력한 치명타를 가한 것은 산업혁명이었다. 산업혁명은 인류 역사의 중대한 변곡점이었다. 경제활동 방식이 이전과는 근본적으로 달라졌다. 거대기계가 주인 노릇 하는 공장식 대량생산 시대가 활짝 열렸다. 산업화와 경제성장을 위해 앞뒤 돌아보지 않고 총력 질주하는 새로운 '문명의 고속도로'가 건설되었다. 오늘날 환경위기의 주범으로 꼽히는 대량생산·대량소비·대량폐기 시스템은 이 성장주의 산업문명을 떠받치고 또 이끌어가는 '엔진'이었다. 산업혁명은 또한 석유를 우두머리로 하는 화석연료 문명을 낳았다. 오늘날 맹렬한 기세로 악화되고 있는 전 지구적인 기후위기는 이 에너지 사용의 대전환에서 말미암았다.

누군가는 이런 인류의 역사를 진보와 발전의 과정으로 본다. 이것을 전적으로 잘못된 견해라고 매도하긴 어렵다. 하지만 동시에 그것은 파국으로 가는 길이기도 했다. 과거에 존재했던 많은 문명은 당장 눈앞에 보이는 번영에 안주했다. 그 번영은 우리에게 전례 없는 물질의 풍요와 삶의 안락을 선사했다. 하지만 그 달콤한 번영에 쇠퇴와 몰락의 부메랑이 내장돼 있으리라고는 생각하지 못했다. 그 어리석음의 대가는 가혹하다. 휘황찬란한 오르막길은 곧 위험천만한 내리막길이었다. 이것이 '녹색의 눈'으로 본 문명 흥망사의 교훈이다.

역사는 코로나 재난을 어떻게 기록할까?

책이 전하는 궁극적인 메시지는 '생태적 지혜'다. 예를 들면 이런 것들. 땅의 운명은 땅의 자손의 운명이기에 땅에 침을 뱉는 것은 자신에게 침을 뱉는 것과 마찬가지다. 지구가 인간에게 속한 것이 아니라 인간이 지구에 속한 것이다. 또한 지구는 "닫힌 체계"여서 아무 것도 여기서 빠져나갈 수 없다. 쓰레기들은 모두 지구의 어딘가로 가지 않으면 안 된다. 게다가 모든 생명체에 필요한 자원은 한정돼 있다. 생명에 필요한 물질들은 반드시 순환되어야 하는 것이다.

진정한 지혜는 실천으로 완성된다. 책은 적극적으로 행동에 나설 것을 촉구한다. 그래야 역사의 비극을 막을 수 있고, 역사의 경로를 바꿀 수 있다. 책이 전하는 하나의 사례는 일명 '프레온가스'라 불리기도 하는 염화플루오린화탄소(염화불화탄소, CFC)다. 온실효과를 일으키는 인공 화학물질로서 냉장고나 에어컨의 냉매, 스프레이 제품의 분무제 등으로 널리 쓰였다. 색깔도 맛도 없는 데다 값이 싸고 안정적인 기체여서 아주 유용했다. 하지만 심각한 문제가 드러났다. 이것이 지구 오존층을 파괴하는 주범이었던 것. 성층권에 존재하는 오존층은 대기권 밖에서 오는 자외선을 흡수함으로써 자외선이 지구 표면에 도달하지 못하게 한다. 자외선은 사람에게는 백내장과 피부암 등을 일으키고, 식물의 광합성 작용을 방해하며, 바다의 식물성 플랑크톤에게도 큰 피해를 준다. 때문에 오존층이 엷어지면 지구 생태계와 사람 건강이 큰 위협을 받게 된다.

이에 많은 환경단체가 프레온가스 반대 운동을 벌였고, 소비자들 또한 불매운동으로 호응했다. 1987년에 몬트리올의정서라는 국제 환경협약이 맺어진 것은 그 열매였다. 만족스러운 수준은 아니지만 이로써 최초로 프레온가스 생산의 감축 목표가 국제적 차원에서 정해졌다. 지구촌 환경위기 전체를 생각하면 큰 성과라고 하기는 힘들지 모른다. 변화의 속도가 느린 데다 허점도 있다. 그러나 사람들의 행동이 일궈낸 값진 승리라는 건 분명한 사실이다.

모든 것은 역사의 산물이다. 지금의 문명과 우리가 살아가는 방식은 수천 년에서 수만 년에 이르는 역사의 변천 과정에서 빚어진 것이다. 그러므로 우리가 걸어온 길을 '녹색의 눈'으로 되살펴 보는 것은 우리 문명과 삶의 양식을 성찰하는 일이다. 오늘날 투발루나 키리바시 같은 태평양 섬나라들은 기후변화의 직격탄을 맞아 국토 자체가 바닷속으로 가라앉고 있다. 환경 파괴가 국가들의 존망마저 쥐락펴락하고 있는 것이다. 심지어 최근에는 인류세 논의가 한창이다(이에 관한 상세한 내용은 《인류세》라는 책을 다룬 "인간이 만든 새로운 지질시대, 인류세"를 참조하라). 오늘날 환경 파괴는 국가와 문명의 흥망성쇠를 좌우함은 물론 지구의 지질학적 연대마저 바꾸고 있다.

저자의 문제의식도 마찬가지다. 이 책은 초판이 1991년에 나왔고 2007년에 개정판이 출간됐다. 저자는 개정판 서문에 이렇게 썼다. "초판 마지막 부분에서는 그래도 비관론과 낙관론의 균형을 취하려고 애썼다. 그런데 지난 16년간 균형점은 확실히 비관론에 더 가깝게 이동했다." 저자는 책 끝에 이런 경고를 남겼다.

지금까지 붕괴가 일어나지 않았다고 해서 앞으로도 그러리라는 보장은 없다. 과거에도 언제까지나 유지될 것으로 믿었던 생활방식이 시간이 흐른 후에 파국을 맞는 예가 많았다. 위기에 직면하지 않을 수 없게 된 시점에서는 이미 살아남기 위해 필요한 사회적·경제적·정치적 변화를 추진하지 못하는 경우도 많았다.

환경 파괴를 일으킨 주범은 다름 아닌 인간이다. 그러므로 환경이 역사를 바꾼다는 이야기는 다시 인간의 문제로 돌아온다. 결국 역사를 바꾸는 것은 다시 인간인 것이다. 2020년 현재 세계를 휩쓸면서 수많은 희생자를 낳고 있는 코로나19 사태를 뒷날 역사는 어떻게 기록할까? 앞에서 역사의 고갱이는 '환경과 인간 사이의 상호작용'이라고 했다. 근본적으로 보면 인간이 생태계를 지나치게 파괴하고 교란함으로써 이 상호작용의 균형을 깨뜨린 결과 빚어진 재앙이 코로나19 사태다. 바이러스가 일으킨 대재난은 이 책의 메시지를 되새기게 해준다.

이 책에 아쉬운 점이 없지는 않다. 서구 중심의 시각이 우세하고, 지역이나 시기에 따라 서술의 수준과 짜임새가 조금 들쭉날쭉한 편이다. 옮긴이도 언급했듯이, 환경의 영향이 생태계뿐만 아니라 인간의 사회문화 시스템 전반에 어떻게 작용했는지가 깊이 있게 다루어지지 않았다는 점도 지적할 수 있겠다. 아마도 이는 이 분야의 연구 역량 자체가 충분히 축적되지 못한 데다 연구에 필요한 사료가 부족한 사정 등과 연관이 있으리라 생각된다. 국내에 소개된 저자의 또 다른 책으로는 《진보와 야만》(*Progress and Barbarism: The World in the Twentieth Century*, 돌베개) 등이 있다.

생태학과 환경 공부의
길잡이

- 《원은 닫혀야 한다》
- 배리 카머너 지음
- 고동욱 옮김
- 이음, 2014

환경문제를 명쾌하게 알고 싶다면

환경문제는 왜 그리 복잡하고 어려울까? 그래도 환경문제의 원리와 구조를 명쾌하게 알고 싶다면? 환경문제의 원인과 해법도 속 시원하게 찾고 싶다면?

미국의 생태학자이자 환경운동가인 배리 카머너가 1971년에 펴낸 이 책은 환경이론의 강령적 지침을 제시한 '환경 교과서'의 전범으로 꼽힌다. 환경문제에 얽힌 중요한 사항들을 명료하고도 알기 쉽게 해설한 책이다. 책에는 모두 13편의 글이 실렸다. 출간된 지 제법 긴 세월이 흘렀지만 지금도 귀담아들어야 할 내용이 많다. '고전'의 면모를 갖췄다는 얘기거니와, 이는 이 책이 환경문제의 '근본 메커니즘'을 밝힌 덕분에 세월의 흐름을 뛰어넘는 보편적 타당성을 확보하고 있다는 뜻이기도 하다.

이 책의 큰 장점은 폭넓은 시야와 종합적인 안목이다. 흔히 '환경'이라 하면 숲이나 들이나 강 같은 좁은 의미의 자연 생태계를 떠올리곤 한다. 수질, 대기, 토양, 동식물 등으로 분야를 쪼개서 보는 전통적인 환경 분류법도 자주 활용된다. 사실 '환경 전문가'라 불리는 이들 가운데 다수가 이런 접근법을 따른다. 이 책은 다르다.

저자는 환경문제가 더 넓은 사회문제와 직결돼 있다는 문제의식을 놓치지 않는다. 그에 따르면 본질적으로 환경위기는 정치적 위기이며 환경문제는 정치적 문제다. 내가 이 책에서 가장 높이 평가하는 대목도 환경문제에 대한 저자의 이런 차원 높은 통찰이다. 뒤에서 다시 얘기하겠지만, 그 덕택에 우리는 환경문제가 과학기술, 자본주의, 민주주의, 시민행동 등과 어떤 관계를 맺고 있는지를 이해하게 된다. 이 책은 환경문제를 이런 방식으로 이해해야 그 본질과 실체를 파악할 수 있다는 사실을 환기시켜준다.

카머너의 삶 자체가 그랬다. 그는 연구실에 틀어박혀 책에 파고들어 논문만 쓰는 학자가 아니었다. 그는 이론가인 동시에 반핵운동을 비롯해 여러 활동을 열성적으로 펼친 환경운동가였다. 1980년에는 미국의 두 거대 정당인 민주당이나 공화당이 아닌 시민당 후보로 대통령선거에 직접 뛰어들기도 했다. 정치를 바꾸고 세상을 바꿔야 환경위기를 해결할 수 있다는 신념의 발로였다.

생태학의 네 가지 법칙

환경위기란 무엇인가? 이를 정확히 알려면 먼저 '생태권'(ecosphere)
이 뭔지를 알아야 한다. 지구의 생명체들은 장구한 진화의 역사를
거치며 그 수와 다양성이 늘어났다. 그러면서 이들은 전 지구적인
네트워크를 형성했고, 이 네트워크는 주변 환경과 정교한 관계를
맺었다. 이 네트워크와 관계의 총체가 생태권이다. "생명이 스스로
살아남기 위해 지구의 외피에 지은 집"인 셈이다. 생태학이란 이들
생명체 사이와, 생명체와 물리적 환경 사이에서 일어나는 현상을
연구하는 학문이다. 이것을 책은 "지구 환경의 살림살이에 관한 학
문"이라고 정의한다.

　환경위기란 생명이 주변 환경과 맺은 이런 정교한 관계가 무너
지기 시작했음을 알리는 신호다. 그 결과는 무엇인가? "전체 생태권
을 유지하던 역동적인 상호작용이 삐걱거리거나 심한 경우 완전히
멈춰버리는 상황이 발생하게" 된다. 이것이 환경위기의 본질이다.

　조금 더 상세히 살펴보자. 자연의 생태권에서는 원인과 결과가
돌고 돈다. 생태적 순환이다. 모든 생명체는 다른 수많은 생명체와
서로 연결돼 있다. 이 연결고리들은 상상하기 힘들 정도로 다양하
고 놀라울 정도로 정교하다. 예컨대 사슴을 보자. 사슴은 식물을 먹
고 산다. 식물은 성장에 필요한 영양분을 토양 미생물에서 얻는다.
그 미생물들은 다시 사슴이 내놓는 배설물에 의존한다. 다른 한편
으로 사슴은 표범의 먹이가 된다. 어떤 곤충들은 식물의 수액이나
꽃가루에 의존하는가 하면 또 다른 곤충들은 동물의 피를 빨아먹고
산다. 동식물 내부에 서식하는 박테리아도 있다. 균류는 동식물의

사체를 처리한다. 이 모든 것이 여러 번씩 중첩되어 종별로 섬세하고 정교한 그물망을 형성한 결과로 만들어진 것이 이 지구상에 존재하는 방대한 생명의 네트워크다.

이에 견주어 기술과 기계의 지배를 받는 인간의 활동은 어떠한가? 자본주의 시스템에서 가장 중요한 생산과 소비를 살펴보자. A라는 기계가 B라는 상품을 생산하고 이 B라는 상품이 소비되어 버려졌다고 가정하면, 여기서 B라는 물건은 기계나 자기 자신 혹은 사용한 사람에게도 아무 의미가 없다. 그냥 쓰레기나 오염물질일 뿐이다.

이것이 문제다. 사람이 생태권의 순환고리에서 이탈함에 따라 자연의 끝없는 순환 과정은 일련의 인공적인 과정으로 바뀌고 말았다. 경제성장과 산업발전 등이 이루어질수록 자연의 순환고리를 망가뜨리는 인간의 활동도 늘어났다. 그러다 급기야 생태적 그물망이 대규모로 파괴되기에 이르렀다. 이것이 환경위기의 실체다.

이 환경위기의 뿌리를 더듬다보면 만나게 되는 것이 생태학의 네 가지 법칙이다. 일찍이 카머너가 제시한 이 법칙들은 지금까지도 환경 공부의 길잡이 구실을 톡톡히 한다. 이 책에서 가장 중요한 대목이기도 하므로 잠깐 책의 설명을 따라가보자.

첫 번째 법칙은 "모든 것은 다른 모든 것과 연결되어 있다"(everything is connected to everything else)는 것이다. 이 법칙은 자연을 이루는 가장 중요한 토대인 생태권에 존재하는 온갖 생명체, 개체군, 생물종과 그 주변의 물리화학적 환경 사이에서 나타나는 정교하고 다양한 상호 관계의 네트워크를 반영하는 것이다. 언급했듯이 이 법칙이 설명하는 생태적 관계의 연결고리가 망가지는 것이 환경위기의 본질이다.

두 번째 법칙은 "모든 것은 어딘가로 가게 돼 있다"(everything must go somewhere)는 것이다. 이는 물질은 사라지지도 파괴되지도 않는다는 물리학 법칙을 쉽게 풀어쓴 것이다. 곧 자연에는 '쓰레기'가 존재하지 않는다는 뜻이다. 그 어떤 자연 시스템이든 하나의 생명체로부터 배출된 노폐물이나 배설물은 다른 생명체의 먹이가 되기 때문이다. 이에 반해 생산과 소비 같은 인간 활동은 이 법칙에 어긋난다. 수많은 물질이 그냥 내버려진다. 그 결과가 환경위기다.

세 번째 법칙은 "자연에 맡겨두는 것이 가장 낫다"(nature knows best)는 것이다. 자연이 가장 현명하다는 얘기다. 예를 들어 생물종은 진화의 역사를 거치면서 쓸모 있는 유전적 부속품의 복잡한 집합체로 발전해왔다. 때문에 현존하는 생물종이나 이들이 살고 있는 자연 생태계는 오랫동안 생존에 도움이 되지 않거나 해로운 것들이 계속 제거되면서 만들어진, 일종의 '최적' 상태에 근접한 것이라고 볼 수 있다. 그러므로 새로운 인공적 변화는 그 규모와 범위가 크고 속도가 빠를수록 생명체의 생존에 해로운 영향을 미친다. 살충제나 제초제 같이 자연에서는 찾아볼 수 없는 유기화합물이 대량으로 뿌려진 결과 일어난 생태 재앙이 이를 잘 보여준다. 이 법칙은 기본적으로 자연의 원리를 거스르는 현대 기술이 환경위기와 어떤 관계를 맺고 있는지를 해명해준다.

네 번째 법칙은 "공짜 점심 따위는 없다"(there is no such thing as free lunch)는 것이다. 경제학에서 유래한 것으로, 뭔가를 얻었다면 다른 어딘가에서 반드시 그 대가를 치러야 한다는 뜻이다. 앞의 세 가지 법칙에 담긴 의미를 모두 포괄한다. 즉 지구 생태계는 모든 것이 서로 연결돼 있는 하나의 거대한 전체이고, 그 안에서는 어떤 것도 새롭게 형성되거나 사라질 수 없으며, 인간이 그로부터 뭔가를 끄집어내 사용했다면 그것은 반드시 다른 뭔가로 채워져야 한다는 것이다. 만약 대가를 지불하지 않은 것으로 보이는 게 있다면? 그것은 단지 그 지불 시기가 연기된 것일 뿐이다. 지금의 환경위기는 그 지불 시기가 너무 늦어졌다는 경고라고 할 수 있다.

과학기술의 딜레마와 민주주의

이런 인식을 바탕으로 책은 환경문제를 이해하는 데서 빠뜨려선 안 될 중요한 논점들을 하나씩 짚어나간다. 내가 보기에 가장 중요하고도 독특한 것은 기술에 관한 이야기다. 저자는 환경오염이 급격하게 증가한 가장 중요한 요인을 '생산기술의 변화'라고 주장한다.

기술 변화가 환경위기의 가장 큰 원인이라고? 조금 색다르다. 잘 알다시피 보통은 인구 증가나 소비 증대 등을 환경오염 심화의 주요 원인으로 꼽는데, 저자의 견해는 다르다. 책에 따르면, 미국의 거의 모든 환경오염 문제가 처음 발생했거나 심각한 사태로 발전한 시기가 제2차 세계대전 직후다. 현재 우리가 알고 있는 오염물질 가운데 다수가 제2차 세계대전 이전에는 존재하지도 않았으며 전쟁 중에 처음 만들어진 것들이다. 스모그, 방사성 물질, DDT, 합성세제, 합성수지(플라스틱) 등이 대표적이다.

왜 이런 일이 벌어졌을까? 전쟁에 돌입하면 나라의 역량과 자원을 총동원하다시피 하는 전시 체제로 전환된다. 그 결과 가장 중요한 우선권이 군사적 요구에 주어진다. 바로 이 군사적 요구에 따라 새로운 과학 지식의 대부분이 신기술 개발과 이를 통한 대량생산에 적극 활용된다. 새로운 오염물질이 대거 등장하는 것은 이 과정에서다.

이런 관점에 서면 경제성장이나 국민총생산(GNP) 증가 자체만 살펴보아서는 환경문제를 정확하게 파악하기 힘들다. 경제가 '어떻게' 성장했는지가 관건인 것이다. 재화의 전체 생산량보다는 재화를 생산하는 기술이 어떻게 바뀌었는지, 경제성장 자체보다는 성장의 패턴과 방식을 주목해야 한다는 얘기다. 예를 들어 제2차 세계대전 이후에는 가루비누 대신 합성세제가, 면이나 모직 같은 자연섬유 대신 합성섬유가, 철강과 목재 대신 알루미늄과 플라스틱과 콘크리트가 널리 쓰이게 되었다. 저자는 이런 기술 변화가 GNP 증가 수준에 비해 무려 열 배가 넘는 환경오염 증가를 일으켰다고 분석한다.

이런 주장은 물론 논란의 여지가 없지 않다. 또한 미국 상황을 토대로 한 것이어서 보편적으로 적용하기에는 한계가 있을 수도 있다. 하지만 상식과 고정관념을 깨는, 그래서 귀담아들을 가치가 있는 주장임에는 틀림없다.

현대 과학기술이 이렇게 된 이유는 뭘까? 그것은 근본적으로 현대 과학기술이 전체의 한 부분만을 고려하는 편협하고 단순한 접근 방식을 취하는 탓이다. 전체를 작은 부분들로 나누어야 한다는 관점, 곧 환원주의가 문제의 핵심이라는 것. 책은 이렇게 꼬집는다. "한 번에 한 가지 대상만을 생각하는 것을 당연시하는 것이야말로 우리가 환경을 제대로 이해하지 못하게 하는 주범이며, 결국 환경 파괴라는 어리석은 짓을 벌이게 하는 원인이다."

흥미로운 것은, 현대 과학기술의 이런 '생태적 실패'는 과학기술이 본래 목적했던 바를 훌륭하게 성취한 결과라는 점이다. 이를테면 플라스틱 쓰레기가 환경 재앙이 된 것은 플라스틱 개발의 본래 목적대로 분해되지 않는 물질을 성공적으로 만들어냈기 때문이다. 결국 현대 과학기술의 근본 문제는 자신의 목적 그 자체에 내장되어 있는 셈이다. 목적의 성취, 곧 '성공'이 실패로 귀결된다. 거대한 역설이자 모순이다. 이 문제를 해결하려면 환원주의와 반대되는 '전일주의'(holism)의 관점이 요구된다. 전체를 고려하는 통합적 시각이다. 그렇다면 과학기술은 폐기 대상인가? 책은 그렇지 않다고 얘기한다. 오히려 생태계에 적절히 적용할 수 있는 과학기술을 새롭게 개발해야 한다고 주장한다. 물론 그 전제는 기존의 편협하고 잘못된 자연 이해방식의 근본적 전환이다.

여기서 중요하게 떠오르는 것이 과학기술을 둘러싼 사회적 맥락이다. 저자는 과학기술과 관련된 결정은 가치판단의 영역이라고 지적한다. 과학원리가 기준이 아니다. 자연과 인간, 경제와 사회 등을 바라보는 우리의 가치체계가 가장 중요한 잣대라는 얘기다. 과학기술과 관련한 결정이 사회적·정치적·윤리적 결정의 문제가 되는 까닭이다.

그래서 진정한 민주주의 사회에서는 이런 결정을 전문가가 하지 않는다. 결정의 주체는 시민이다. 혹은 이들이 선출한 대표자다. 그러니까 저자는 환경위기를 해결하려면 민주주의를 실천해야 한다는 주장을 펼치는 셈이다. "정치적 문제로서 환경문제는 그렇게 순진무구한 주제가 아니며, 본질적으로 사회정의라는 근본적 문제와 깊이 맞물려 있다"는 발언도 이런 문제의식의 연장선이다.

자본주의와 생태주의는 양립할 수 없다

책은 자본주의 사기업에 대한 비판도 잊지 않는다. 저자는 묻는다. 사기업의 이윤 추구를 위한 경제체제가 생태원리와 공존할 수 있는가? 책에 따르면 사기업의 존재 이유이자 목적인 이윤 극대화는 생태원리와 갈등을 일으킬 수밖에 없다.

따져보자. 상품생산 과정 등에서 환경을 파괴한 결과로 발생한 이익을 독차지하는 것은 기업이다. 하지만 그에 따른 피해는 사회 전체로 떠넘겨진다. 게다가 지금의 경제체제에서 사기업은 토양의 생산력, 물, 산소 등 자연이 제공하는 '생태자산'을 공짜로 사용한다. 환경위기는 생태자산이 더는 공짜가 아니며, 환경오염이 일어난 이유가 바로 생태자산을 공짜로 여겼기 때문이라는 사실을 일깨워준다. 하지만 생태계가 파괴되면 당연히 자본도 파괴된다. 때문에 환경 파괴가 지금까지는 경제지표에서 숨겨져왔지만 앞으로는 경제에 치명적인 영향을 미칠 수밖에 없다. 생태원칙을 지키지 않는 경제체제는 결코 안정적일 수 없다는 것이다.

자본주의 경제체제와 생태계가 양립할 수 없다는 것은 끝없는 경제성장은 불가능하다는 점에서도 확인된다. 무한 성장과 이를 통한 끝없는 자본의 축적이 이루어져야만 자본주의 경제체제는 유지될 수 있다. 그런데 그 성장을 뒷받침해주는 생태자원의 무한 이용에는 한계가 있다. 이런 경제가 지속가능하지 않은 것은 당연한 결론이다. 그러므로 환경위기는 따지고보면 경제체제의 위기를 알리는 신호이기도 하다.

그러면 우리가 가야 할 길은 무엇인가? 그것은 생태원칙에 토대를 두고 사적 이윤의 창출보다는 사회적 효용이라는 새로운 기준에 맞추어 경제활동을 펼치는 것이다. 책은 "생태적 사고가 경제적·정치적 사고를 이끌고 갈 때 비로소 우리의 생존은 가능해질 것"이라고 주장한다. 그러면서 이런 말을 덧붙인다. "생태계와 마찬가지로 인류도 서로 연결돼 있으며 공동의 운명을 가진다. 세계가 환경위기로부터 살아남는 것은 인류 전체의 문제다."

환경위기는 단 하나의 결정적 오류 탓에 생긴 것일까? 아니다. 환경위기는 하나의 유별난 방법으로 해결할 수 있는 문제가 아니다. 인류의 역사 발전을 이루어온 강력한 경제적·정치적·사회적·문화적 힘이 모두 결부되어 일어난 사건이 작금의 환경위기다. 좀 거창하게 말하면 환경위기를 해결하자는 것은 지금까지의 역사 흐름을 바꾸자는 것과 같은 얘기다. 가능할까? 이는 아마도 역사가 말해줄 것이다. 책은 낙관론에 선다. 우리는 해낼 수 있다는 것이다. 저자는 시민들의 사회적 행동만이 우리에게 필요한 사회적 혁신을 이루어낼 수 있다고 강조한다. 이 책이 기대는 것은 결국 '시민의 힘'이다.

책의 메시지는 제목에도 담겨 있다. 원은 닫혀야 한다(원제도 'The Closing Circle: Nature, Man & Technology'다). 인간이 환경을 오염시키게 된 것은, 생태계의 완전한 원을 이루는 순환의 연결고리 안에 있는 다른 생명체들과 달리 거기서 빠져나와 자연을 망가뜨렸기 때문이다. 우리 삶은 예전에는 생태계의 일부였지만 이제는 그로부터 분리되었다. 둥글게 순환하는 원에서 빠져나오면, 다시 말해 그렇게 원이 뚫려서 열리면 자연을 파괴할 수밖에 없다. 다시 원을 닫아야 한다. 지금 요청되는 것은 이를 위한 신속하고도 단호한 행동이다.

기후변화에 관한
거의 모든 것

- 《이것이 모든 것을 바꾼다》
- 나오미 클라인 지음
- 이순희 옮김
- 열린책들, 2016

선택의 갈림길에서

혹시 지난 2018년 여름의 더위를 기억하시는지? 그때 유례를 찾아보기 힘든 폭염이 한반도 전역을 강타했더랬다. 나는 본래 더위를 별로 타지 않는 체질이다. 게다가 우리 집은 앞뒤로 창문을 열어놓으면 바람이 잘 통하는 편이다. 집 뒤편이 곧장 산이고 숲인 덕분이다. 그래서 보통은 한여름에도 에어컨을 거의 켜지 않고 지낸다. 에어컨 없는 생활에 어지간히 몸이 길들기도 했다. 그땐 달랐다. 식구들 성화가 어지간히 크기도 했지만 나도 견뎌내기가 쉽지 않았다. 집에 에어컨이 없으면 모를까, 멀쩡히 모셔둔 에어컨을 사용하지 않을 도리가 없었다.

오늘날 에어컨은 생활필수품이 되다시피 했다. '전기료 폭탄'을 걱정하면서도 불볕더위가 기승을 부리면 많은 사람들이 어김없이 에어컨 바람을 찾는다. 그런데 만약 당신이 생태적 감수성을 지녔다면 에어컨이 선사해주는 시원함과 쾌적함을 마냥 맘 편히 즐기지 못할지도 모르겠다. 어쩌면 지구에게 살짝 미안한 마음이 들 수도 있으리라. 내가 안락한 생활을 누리는 대가로 발생하는 온실가스와 기후변화의 관계를 떠올리면서 말이다.

이런 마음은 그 자체로 아름답다. 나의 행위와 지구를 연결 지어 생각하는 것은 굳이 생태주의 같은 거창한 잣대를 들이대지 않더라도 삶과 세계를 대하는 지혜로운 태도다. 그리고 이런 마음가짐은 수많은 개인의 생활양식 전환으로 이어져 세상을 바꾸는 밑거름이 되기도 한다.

그런데 기후변화를 다룬 역작인 이 책은 조금 다른 이야기를 전한다. 《NO LOGO》(*No Logo*, 중앙M&B), 《쇼크 독트린》(*Shock Doctrine*) 등의 저작으로 유명한 캐나다 출신 저널리스트이자 사회 운동가인 저자는, 기후변화의 원인은 자본주의이며 기후문제의 본질은 정치와 경제라고 단호하게 주장한다. 책을 관통하는 질문은 이것이다. "우리는 엄중한 선택의 갈림길에 서 있다. 기후 혼란이 세계의 모든 것을 변화시키도록 지켜만 볼 것인가, 아니면 기후 재앙을 피하기 위해 자본주의를 변화시킬 것인가?"

책에 따르면 기후변화는 자본주의와 지구 사이의 전쟁이다. 그러므로 자본주의를 바꾸지 않는 한, 즉 이윤과 욕망의 논리로 움직이는 자본주의 시장경제 체제를 넘어서는 급진적 전환을 이루어내지 않는 한, 기후문제는 해결할 수 없다. 온실가스를 끊임없이 대량으로 배출하게 만드는 근본 구조를 바꾸는 것이 진정한 해결책이라는 얘기다. 반면에 탄소배출권거래제 같은 자본주의적 대응 방식은 실패로 끝날 수밖에 없다. 지구공학 같은 첨단 기술이나 거대자본이 우리를 구해줄 수 있을까? 책은 이런 기대를 '주술적 사고'에 지나지 않는다고 일축한다.

돈과 기술이 해결책이라고?

돈과 기술을 이용한 기후변화 해결책은 현실에서 큰 영향력을 발휘한다. 때문에 허투루 보아 넘길 수 없다. 무엇보다 이런 해결책은 자본주의가 속삭이는 유혹의 목소리라는 점에서 더 각별한 주의를 요한다.

돈을 중심으로 한 경제적 대책 가운데 대표적인 것은 탄소배출권거래제도다. 이것은 말 그대로 온실가스를 사고팔 수 있도록 하는 제도를 말한다. 각 나라의 온실가스 배출량이 할당량보다 적으면 그 여유분을 다른 나라에 팔 수 있다. 반대로 배출량이 할당량을 넘어서면 다른 나라에서 배출권을 사들일 수 있다. 이것이 이 제도의 골자다. 할당량은 나라별로 부여되지만 실제 거래의 대부분은 기업들 사이에서 이루어진다.

이런 제도는 얼마나 효과를 발휘할까? 이 제도의 본질은 온실가스에 가격을 매기는 것이다. 온실가스를 많이 배출한 기업은 초과 배출량에 해당하는 만큼 배출권을 사면 그만이다. 돈만 주면 배출량 감축 의무나 책임에서 벗어날 수 있다는 얘기다. 이것이 근본적인 문제다. 게다가 탄소시장 동향에 따라 배출권 가격은 오르기도

하고 내리기도 한다. 만약 가격이 떨어지면 기업들은 온실가스 배출을 줄이려고 큰 비용을 드는 일을 하기보다 그냥 배출권을 사들이는 것으로 자기 할 일을 때우기 쉽다. 이런 제도로 온실가스 배출을 실질적으로 줄이기가 쉽지 않은 까닭이다. 탄소배출권 시장을 일컬어 기업들의 '새로운 놀이터'라고 비아냥거리는 목소리가 높아지는 건 이런 이유에서다.

기술적인 해결책은 어떨까? 과학자들은 지구 온도를 낮추고 대기 중 온실가스를 줄일 수 있는 여러 기술적 방안을 궁리해왔다. 그 가운데 최근 도드라지는 것이 지구의 기후 시스템에 대한 거대한 기술공학적 개입이다. 흔히 '지구공학' 또는 '기후공학'이라 불린다.

여기엔 크게 두 가지 방법이 있다. 하나는 지구로 오는 태양빛을 막거나 반사시켜 지구 온도를 낮추는 것이다. 다른 하나는 자연의 이산화탄소 흡수 작용을 인공으로 활발하게 만들거나 별도의 기술 장치를 이용해 이산화탄소를 없앰으로써 대기 중 온실가스 농도를 낮추는 것이다. 첨단 공학 기술과 막대한 자본을 동원해 지구 생태계와 기후의 특성을 대규모로 조작한다는 것이 공통점이다.

예를 들어 햇빛을 반사하는 대표적인 방법으로는 비행기, 로켓, 대포, 대형 풍선 등을 이용해 대기 중 일정 공간에 이산화황 같은 미세입자를 대량으로 살포하자는 아이디어를 꼽을 수 있다. 그렇게 퍼져나간 입자들이 지구로 내리쬐는 햇빛을 반사함으로써 지구 온도를 낮추는 데 효과가 있으리라는 것. 바다 위의 구름을 조작하는 방안도 있다. 바닷물을 뿜어내는 배를 띄워 바람의 힘을 이용해 수분을 하늘로 더 많이 공급하면 구름의 양이 늘어나 햇빛을 막을 것이라는 아이디어다. 대기 중 이산화탄소를 없애는 방안 가운데 대표적인 것은 바다의 식물성 플랑크톤이 성장하는 데 필요한 영양물질을 대량으로 뿌리자는 아이디어다. 그렇게 하면 바다 표면 가까이에서 광합성을 하는 플랑크톤이 아주 빠르게 증식하면서 공기 중 이산화탄소를 대량으로 흡수하리라는 것이다.

이런 아이디어들의 실제 성공 가능성은 얼마나 될까? 국지적이고 일시적으로는 어느 정도 효험을 볼 수 있을지도 모른다. 하지만 지구는 실험실이 아니다. 아주 복잡하고 정교한 관계 속에서 수많은 변수가 작용하는 지구 기후와 생태계를 대상으로 인위적인 거대 실험을 하는 것은 근본적으로 위험하고 무모한 짓이다. 예측하지 못한 치명적인 환경 피해나 돌발 사태가 얼마든 벌어질 수 있다.

예컨대 플랑크톤의 대량 번식은 바닷물 산성화나 바다 생태계 붕괴로 이어지지 않을까? 이산화황 대량 살포는 지구 생명체를 자외선으로부터 지켜주는 오존층을 파괴하지 않을까? 햇빛을 반사하는 방안들은 강우량을 감소시켜 식량 생산이나 일상생활에 큰 문제를 일으키지 않을까? 거대 지구공학 기술은 기후변화의 해결책이라기보다는 외려 더 큰 재앙을 낳을 가능성이 높다. 그래서다. 이런 기술은 '금지된 장난'이라 불리기도 한다.

이런 식의 해결책이 자꾸 나오는 이유는 지금의 물질적 풍요와 편리한 삶을 그대로 즐기면서 손쉽게 문제를 해결하려는 유혹을 떨쳐버리지 못해서다. 고통이나 인내가 따르는 근본적 변화는 밀쳐둔 채 화석연료에 의존하는 지금의 경제 시스템과 삶의 방식을 그대로 유지하고픈 욕망을 포기하지 못해서다. 한편으로는 과학기술에 대한 낙관이나 맹신도 이런 움직임의 바탕에 깔려 있다. 이 모두 자본주의가 우리 삶과 이 세상을 길들이는 술책이다.

저자가 강조하듯이 기후변화는 무한 성장의 깃발 아래 대량생산·대량소비·대량폐기 시스템을 토대로 해서 굴러가는 현대 산업 문명, 그중에서도 특히 자본주의 체제의 본질과 직결돼 있는 문제다. 풍요, 편리, 안락 등을 추구하는 현대인의 낭비적 생활양식과도 깊이 맞물려 있다. 거대자본이나 첨단 기술 같은 그럴듯한 '요술지팡이'로 해결할 수 있는 호락호락한 문제가 아닌 것이다.

개인보다는 구조에 주목하라

개인과 구조의 관계도 따져볼 문제다. 기후변화 문제에서 개인의 생활태도나 소비습관을 바꾸는 것은 얼마나 큰 구실을 할 수 있을까?

예를 들어 서울에서 부산까지 4인 가족이 여행을 다녀온다고 가정해보자. 기차를 이용하는 고속철도(KTX) 요금은 2020년 5월 현재 5만 9800원이다. 왕복을 해야 하므로 한 명당 11만 9600원이 든다. 모두 네 명이니 다 합치면 교통비만 48만 원에 가깝다. 만약 자동차를 이용한다면 교통비가 얼마나 들까? 자동차의 종류나 주행 경로 등에 따라 차이는 나겠지만 대체로 20만-25만 원 정도면 된다. 이런 상황에서 기꺼이 기차를 타려고 하는 사람이 얼마나 될까? 자동차의 온실가스 배출량은 기차보다 6배나 많다. 자동차 이용을 줄이는 것이 좋다는 건 누구나 안다. 하지만 비용을 두 배씩이나 지불하며 자동차를 포기하고 기차를 선택하는 것이 쉬운 일일까? 착한 일, 좋은 일을 한다는 건 생각처럼 그리 간단한 일이 아니다.

온실가스 배출은 개인 문제를 훨씬 넘어선다. 개인의 책임만 지나치게 부각시키면 문제의 본질과 초점이 흐려질 수 있다. 특히 빈곤이나 불평등 문제와 기후변화 문제를 분리할 때 이런 문제가 생긴다. 모든 나라와 모든 사람에 대해 획일적으로 온실가스 배출을 줄이라고 윽박지르면 가난한 이들이 인간답게 살 권리를 훼손하는 결과를 낳을 가능성이 높다. 설령 본래 의도는 그게 아니었다고 하더라도 말이다.

기후변화는 단순히 개인의 도덕적 문제로 환원할 수 없다. 물론 개인 차원의 문제와 깊은 관계를 맺고 있긴 하지만 더 본질적으로는 잘못된 경제 시스템과 사회구조의 문제다. 그러므로 근본적으로 중요한 것은 온실가스 대량 배출의 진짜 주범인 지금의 사회경제 시스템과 현대문명의 생활방식 자체를 바꾸는 일이다. 현대인의 삶은 화석연료를 바탕으로 만들어진 정치, 경제, 사회의 구조적 틀 안에 갇혀 있고 거기에 깊이 길들어 있다. 경제성장과 개발, 소비와 소유, 효율과 속도와 경쟁 등을 중시하는 지금 세상의 구조와 체제, 문화, 가치관을 그대로 두고서는 기후 재앙을 피할 수 없다.

그러니 결론은 명백하다. 지금의 세상과 사람들 삶을 지배하는 것이 자본주의인 만큼 기후변화 문제를 온전히 해결하려면 자본주의에 정면으로 맞서야 한다. 물론 지금 당장 현실에서 할 수 있는 일을 최대한 많이 실행해 온실가스 배출을 조금이라도 줄이는 것이 발등에 떨어진 불이긴 하다. 그러나 자본주의를 공격하고 자본주의를 넘어서고자 하는 급진적 대안을 실천하지 않고서 기후위기를 온전히 해결하기는 어렵다. 이것이 이 책의 궁극적 메시지다.

자본주의를 넘어서자

자본주의를 넘어서려면 어떻게 해야 할까? 책에 따르면 정치적 힘의 관계를 바꾸는 것이 핵심이다. 권력의 주체가 정부나 기업에서 공동체로 전환되어야 한다는 것이다. 그리고 이것을 이룰 수 있는 무기는 확고하고 다양한 대중적 사회운동이라고 단언한다. 책은 이렇게 주장한다. "하필이면 자유시장주의가 가장 난폭하게 질주하는 이런 때에 급속한 기후변화라는 도전에 맞닥뜨렸다. 현 상황에는 대중적 사회운동만이 우리를 구할 수 있다."

정부는 무능하고 무책임하다. 화석연료 거대 기업들은 자본의 힘과 이윤에 대한 탐욕으로 불의한 권력을 휘두르기 일쑤다. 본래의 임무는 소홀히 한 채 딴전이나 피우는 대형 주류 환경단체들도 적지 않다. 이런 상황에서 희망의 불씨를 지필 수 있는 것은 지구촌 곳곳에서 일어나고 있는 풀뿌리 민중운동 외에는 없다는 것이 이 책의 견해다. 노천 채광, 가스 채취, 송유관 건설 공사, 숲 파괴 등을 막으려는 세계 각지의 광범한 움직임이 그런 보기다.

책에 따르면, 자본주의를 바꾸고 새로운 권력을 만들어내는 이런 운동을 통해 이전의 어떤 진보적 운동보다 더 크고 뜻깊은 사회적 전환을 이루는 기회가 될 수 있는 것이 바로 기후변화다. 이로써 우리는 물질만능주의, 성장지상주의, 무한팽창주의 따위에서 벗어나 민주적이고도 지속가능한 세상으로 나아갈 수 있게 된다. 저자는 이렇게 말한다.

나는 기후변화가 과거의 것과는 비교할 수 없을 만큼 커다란 기회를 열어주고 있다고 생각한다. 우리는 기후변화의 위기 속에서 생활의 질을 개선하고, 빈부 격차를 줄이고, 좋은 일자리를 대폭 확대하고, 민주주의의 근본 원칙을 되살리는 정책들을 진전시킬 기회를 다시금 맞고 있다. 기후변화는 소수의 수중에 놓인 권력을 강화하는 방향이 아니라, 권력을 다수의 대중에게 분산시키는 방향으로 사회를 변화시킬 수 있다.

책 제목 '이것이 모든 것을 바꾼다'(원제도 'This Changes Everything' 이다)에서 '이것'이 일차적으로 가리키는 것은 기후변화다. 하지만 이 책의 메시지를 떠올려보면 '이것'의 의미가 달라진다. 그렇다. '이것'은 자본주의에 맞서는 투쟁이다. 이것이야말로 기후변화에 대한 올바른 대응인 동시에 '모든 것'을 바꿀 수 있는 길이다.

최근 기후변화(climate change) 대신 기후위기(climate crisis)라는 말이 빠르게 보편화되고 있다. 'climate breakdown'(기후붕괴, 기후파국), 'climate emergency'(기후비상사태)라는 말도 자주 쓰인다. 'global warming'(지구온난화) 대신에 'global heating'(이것을 '지구가열'로 표현하곤 하는데 더 정확한 번역어가 필요할 듯하다)이라는 말도 사용 빈도가 늘고 있다. 실제로 영국의 〈가디언〉(The Guardian)은 2019년 5월 이런 용어들을 지면에 공식적으로 사용하기로 결정한 바 있다. 그만큼 기후변화가 파국적 사태로 치닫고 있다는 뜻이다. 스웨덴 학생 그레타 툰베리가 기후 저항의 세계적 영웅으로 떠오른 것도 같은 맥락이다.

현실이 이러함에도 우리나라는 기후위기에 대한 대응이 뒤떨어져 있기로 악명이 높다. 그래서 국제적으로 얻은 불명예스러운 별

명이 '기후악당국가'다. 요즘 세계적으로 '녹색 뉴딜'이 큰 흐름을 이루고 있다. 기후변화를 비롯한 생태 재앙을 막고 갈수록 깊어지는 사회경제적 위기를 이겨내기 위한 총체적인 '전환의 몸부림'이다. 여기서도 우리는 한참이나 뒤처져 있다. 서둘러 신발 끈을 고쳐 매야 한다.

이제 기후변화에 대한 관심이 좀 높아졌는가? 그렇다면 이 책을 꼭 읽어보시라. 기후변화에 관한 '거의 모든 것'을 알게 될 것이다. 아쉬움이 있긴 하다. 자본주의를 넘어설 수 있는 구체적인 대안 제시가 미흡하고, 서술이 좀 장황하게 느껴지는 대목들도 없잖다. 그렇지만 기후변화에 대한 세부 지식을 시시콜콜 쌓기보다 기후변화를 바라보는 올바른 관점과 시야를 정립하는 데는 특히 유용한 책이다. 저자는 세계 곳곳을 발로 뛰며 취재하고 기후정의운동에 직접 참여하기도 하면서 이 책을 썼다. 현장감이 살아 있다. 그래서 좀 두껍긴 하지만 어렵잖게 독파할 수 있다.

코로나19,
그 이전과 이후

- 《인수공통 모든 전염병의 열쇠》
- 데이비드 콰먼 지음
- 강병철 옮김
- 꿈꿀자유, 2020

인수공통감염병의 충실한 세밀화

'기원전'을 뜻하는 BC가 'Before Christ'의 약자라는 건 다 아는 사실이다. 예수가 태어난 해를 연호의 기점으로 쓰는 서력(西曆)기원에 따른 것이다. 서력 기원후는 AD라 쓴다. '주님의 해'를 뜻하는 라틴어 '아노 도미니'(*Anno Domini*)의 약자다. 이런 표기 방식이 특정 종교 중심이어서 불공평하다는 비판이 높아지자 요즘 일각에서는 기원전과 기원후를 BCE(Before Common Era)와 CE(Common Era)라 쓰기도 한다. '공동연대 이전'과 '공동연대'라는 뜻이다. 하지만 기원전과 후를 나누는 기준 시점이 '예수 탄생'인 것은 BC, AD와 같다.

　이제 새로운 기원 원년이 탄생할지도 모르겠다. 표기는 BC 그대로지만 내용은 다르다. Before Corona. 2020년 우리나라는 물론 전 세계를 덮친 코로나19(신종 코로나바이러스감염증, 세계보건기구가 정한 공식 명칭은 'COVID-19'다)는 우리가 일찍이 경험해보지 못한 무시무시한 재난이다. 이 글을 쓰는 2020년 5월 현재, 재난은 여전히 진행 중이다. 세계는 이제 코로나19 이전인 BC(Before Corona)와 이후인 AC(After Corona)로 구분될 거라는 얘기마저 심심찮게 오르내릴 정도다. 물론 공식적으로 채택되지는 않겠지만 말이다. 어쨌든 코로나19가 그만큼 역사의 결정적인 전환점이 될까? 아니면 지나친 호들갑일까?

나는 잘 모르겠다. 사실 지난 2001년 9·11 테러 때나 2008년 세계 금융위기 때도 세상이 근본적으로 변할 것이라는 식의 얘기들이 쏟아지곤 했다. 결과는? 알다시피 그 뒤에도 크게 달라진 건 없다. 하지만 코로나19 사태가 엄청난 충격과 교훈을 안겨줬고, 이제 우리가 코로나19 이전과 같은 방식으로 살아선 안 된다는 공감대가 크게 넓어진 것은 사실이다. 그리하여 우리는 평온한 일상을 온전히 되찾을 수 있을까? 이 또한 나는 잘 모르겠다. 다만 아는 것은 바로 지금 우리가 과거와는 질적으로 다른, 아주 새로운 종류의 도전을 마주하고 있다는 점이다.

무시무시한 신종 질병이나 치명적인 바이러스, 전 세계적인 유행병에 관해 책을 쓴다고 하면 자세한 내용을 궁금해하기보다 결론만 알고 싶어 하는 사람들이 있다. 그들은 바로 질문한다. "우린 다 죽는 건가요?" 언제부턴가 나는 그렇다고 대답하기로 했다. (세계적인 전문가와 수많은 학자 가운데) 어느 누구도 다음번 대유행이 실제로 찾아온다면, 그

병은 인수공통감염병이라는 대전제에 이의를 제기하지 않았다.

미국의 과학 및 생태 저술가인 데이비드 콰먼은 2013년에 쓴 이 책에서 이미 코로나19 사태를 예견했다. 인수공통감염병이란 사람에게 전염되는 동물의 감염병을 일컫는 말이다. 바이러스나 세균 같은 동물의 병원체가 인간에게 건너와서 생기는 병이라는 얘기다. 2015년 우리나라를 덮쳤던 메르스, 3천만 명에 가까운 사망자를 낳은 에이즈, 전 세계를 공포의 도가니에 빠뜨렸던 사스, 수많은 아프리카 사람을 죽음으로 몰아넣은 에볼라, 닭과 오리 등을 몰살시키고 사람마저 위협하는 조류독감 등이 모두 인수공통감염병이다.

저자는 이 인수공통감염병의 실체를 파헤치고 이것이 초래할 재앙을 경고하기 위해 세계 곳곳을 누볐다. 중국 남부의 박쥐 동굴과 광둥성의 식용동물시장, 콩고강변의 외딴 마을과 중앙아프리카의 밀림, 방글라데시의 오지와 말레이시아의 열대우림, 미국과 오스트레일리아와 홍콩 등지가 이 책의 무대다. 저자는 현장을 취재함은 물론 이들 지역의 감염자, 의료진, 과학자, 지역 주민 등을 일일이 찾아다녔다. 그리고 이들로부터 들은 다채로운 이야기를 꼼꼼히 기록했다.

인수공통감염병은 우리에게 어떤 의미를 지닐까? 왜 발생할까? 완전히 없앨 수는 없을까? 앞으로는 어떤 일이 벌어질까? 재앙을 피하려면 무엇을 어떻게 해야 할까? 코로나19 사태를 겪으며 우리가 절박하게 떠올렸던 물음들이다. 이 책은 이런 질문들에 대한 충실하고도 방대한 답변서다. 다양한 인수공통감염병을 일으키는 병원체들의 정체와 특성, 발생원과 감염경로, 병의 비밀을 규명하고 극복하고자 하는 수많은 이들의 노력 등이 그 답변의 세부 목록을 이룬다. 이를 통해 쾨먼은 인수공통감염병의 '세밀화'를 솜씨 좋게 그려냈다.

분량이 만만찮고 간간이 전문적인 내용도 나오지만 전체적으로 잘 읽히는 편이다. 저자의 작가적 역량이 뒷받침된 덕분이다. 널리 알려진 그의 대표작은 《도도의 노래》(*The Song of the Dodo*, 김영사) 다. 생물 멸종 문제를 화두 삼아 '섬 생물지리학'이라는 독특한 세계를 펼쳐 보인 책이다. 과학과 생태 분야를 넘나들며 갈고닦아온 저자의 저술 내공은 인수공통감염병이라는 새로운 주제를 만나서도 빛이 바래지 않았다.

우리가 바이러스에게 다가갔다

동물 몸속에 있던 병원체가 사람에게 전파되는 이유는 뭘까? 사람과 동물 사이에 접촉이 이루어져서다. 이 접촉의 역사는 물론 유구하다. 오늘날 인수공통감염병이 이토록 세상을 뒤엎을 정도로 심각한 문제가 된 것은 이 접촉의 규모와 양상, 그리고 그 파장이 예전과 크게 달라진 탓이다. 그 뿌리에는 인간의 탐욕이 똬리를 틀고 있다. 인간은 자신의 욕구나 필요를 채우려고 생태계를 마구 파괴해왔다. 자본의 끝없는 이윤 추구가 여기에 날개를 달아줬다. 숲, 산, 들, 강, 바다가 파괴되는 건 물론이고 지구의 기온마저 위험수위를 넘어 계속 올라가고 있다.

이런 변화가 동물에게 어떤 영향을 미칠지는 불을 보듯 빤하다.

서식지가 파괴되고 줄어들 수밖에 없다. 게다가 인간은 고기를 먹으려고, 실험에 사용하려고, 물건 만드는 재료로 쓰려고, 때로는 단지 즐거움을 맛보려고 수많은 동물을 죽인다. 이 모든 과정에서 그렇게 본래의 터전에서 밀려난 동물들이 먹이 등을 구하려고 인간이 있는 곳으로 오면서 사람과 동물 사이의 접촉 기회는 빠르게 늘어났다. 게다가 인구 또한 급속하게 증가했다. 사정이 이러니 동물 안의 병원체는 어찌되겠는가?

병원체도 갈 곳이 없다. 인간이 나무를 자르고 토종 동물을 도살할 때마다, 마치 건물을 철거할 때 먼지가 날리는 것처럼, 주변으로 확산된다. 밀려나고 쫓겨난 미생물은 새로운 숙주를 찾든지 멸종해야 한다. 그 앞에 놓인 수십억 인체는 기막힌 서식지다. 이들이 특별히 우리를 표적으로 삼거나 선호하는 것이 아니다. 우리가 너무 많이 존재하고, 너무 주제넘게 침범하는 것이다.

인간과 동물의 접촉은 병원체 입장에서는 좋은 '기회'다. 굶주리고 갈 곳 없는 병원체의 처지에서 볼 때 도처에 널린 수십억의 사람 몸은 "기막힌 서식지"를 제공해준다. 책에 따르면 병원체는 생물학적 다양성이 높고 생태계가 안정적이라면 보유숙주의 몸속에 숨어들키지 않고 조용히 살아간다. 이것은 쉬운 일이다. 하지만 생태적으로 큰 변화가 생기면 숨어 있던 것들이 하나둘씩 나타난다. "나무를 흔들면 뭔가 떨어지게 돼 있는 것이다." 우리 인류는 이 나무를 너무 심하게, 너무 무분별하게 흔들어왔다. 나무에 깃들여 살던 병원체들이 우수수 떨어지고 흩날려 널리 확산될 수밖에 없다.

옮긴이는, 인간의 개체수와 능력이 모두 폭발적으로 증가했는데 인간의 분별과 도덕과 지혜가 그 능력을 쫓아가지 못한다고 지적한다. "손에 쥔 것이 수류탄인지 공깃돌인지 모르고 던지며 노는 어린아이 같다"는 것이다. 인수공통감염병은 저절로 생긴 것이 아니다. 우리 인간이 저지른 일들의 의도하지 않은 결과다. 우리가 동물을 포위하고, 구석으로 몰고, 몰살시키고, 잡아먹는 탓에 동물의 질병에 걸리는 것이다. 바이러스가 우리를 쫓아다녔나? 아니다. 우리가 그들에게 다가갔다.

인수공통감염병은 인간과 동물의 관계, 나아가 인간과 자연의 관계를 되돌아보게 해준다. 에볼라를 다룬 대목에서 저자는 이렇게 쓰고 있다. "에볼라는 우리의 서식지 안에 있는 것이 아니다. 우리가 에볼라의 서식지 안에 있다.…인간과 고릴라, 말과 다이커 영양과 돼지, 원숭이와 침팬지와 박쥐와 바이러스… 우리는 모두 하나다."

우리는 똑똑해질 수 있다

코로나19는 바이러스다. 각종 독감, 에이즈, 에볼라, 사스, 광견병, 뎅기열, 황열 등도 모두 바이러스다. 책은 다양한 종류의 병원체 가운데서도 가장 골치 아픈 게 바이러스라고 지적한다. 바이러스는 다른 생물이나 유사 생물체에 비해 엄청나게 단순해서 빨리 진화한다. 항생제가 잘 듣지도 않는다. 찾아내기도 힘들고, 때에 따라서는 엄청난 사망률을 보이기도 한다. 크기가 평균적인 세균의 약 10분의 1에 지나지 않을 정도로 아주 작고 단순하지만 매우 영리하고 예측할 수 없다.

바이러스는 기생하고 경쟁하며, 공격하고 방어하며, 살기 위해 투쟁한다. 살아남고, 증식하고, 영원히 후손을 이어간다. 오늘날 지구상에 존재하는 모든 바이러스는 진화의 원리에 따라 살아남은 것들로, 그들이 하는 일에 더없이 적합한 존재로 진화해왔다. 그들이 하는 일이란 '남의 것을 훔치는 것'이다. 바이러스는 기회를 포착해 뭔가에 의존해서 살아가는 데 필요한 유전자만 지녔다. 스스로 복제하는 장치가 없어서 남에게 빌붙어 살아야 하는 것이다.

책에 따르면, 그래서 바이러스 입장에서 해결해야 할 과제는 다음의 네 가지다. △어떻게 다른 숙주로 옮겨갈 것인가, △어떻게 그 숙주의 몸속에서 세포를 뚫고 들어갈 것인가, △어떻게 그 세포의 내부 기관과 자원을 징발하여 자신을 대규모로 복제할 것인가, 그리고 △어떻게 그 세포와 숙주를 탈출할 것인가가 그것이다. 진화 과정에서 바이러스는 자기에게 주어진 이 과제들을 잘 해결했다. 우리가 바이러스의 공격에 쩔쩔맬 수밖에 없는 것은 바이러스가 이런 '능력'을 갖췄기 때문이다. 책은, 치명적인 세균의 위험을 크게 줄이는 항생제는 쉽게 구할 수 있으므로 다음번 감염병 대유행도 바이러스가 일으킬 것이라고 예측했다. 이 경고가 현실로 증명된 것이 코로나19 사태다.

바이러스는 과제를 잘 해결했다지만 정작 중요한 것은 우리 인간이다. 우리에게는 어떤 과제가 주어졌는가? 우선 필요한 것은 "과학적 근거를 강화하여 보다 철저하게 대비하는 것"이다. 구체적으로는 이런 것들이다. △어떤 바이러스를 주시해야 하는지 알아야 한다. △외딴곳에서 일어난 종간 전파가 한 지역 전체로 번지기 전에 현장에서 즉시 알아차릴 수 있는 능력을 갖춰야 한다. △지역적인 유행이 일어났을 때 전 세계적인 유행병으로 번지지 않도록 조직화된 역량을 키워야 한다. △새로운 바이러스의 특성을 신속히 파악하여 짧은 시간 내에 백신과 치료법을 개발할 수 있는 기술과 도구를 갖춰야 한다. 우리는 책이 적시하고 있는 이런 과제들을 해결하는 것이 얼마나 중요하고 또 필요한 일인지를 코로나19 사태를 겪으며 뼈저리게 확인했다.

그러나 책은 이런 '실용적인 대처'를 넘어 보다 근본적인 차원에서 해결책을 찾아야 한다는 사실을 끊임없이 환기시킨다. 바이러스 재난은 우연의 산물이 아니라 우리가 행한 일의 필연적 귀결이기 때문이다. 그러므로 앞으로 우리가 해야 할 일은 자명하다. 여태껏 해 오던 일들, 예컨대 지금의 지배적인 문명, 사회경제 시스템, 삶의 방식, 문화적 관습 같은 것들을 그만두거나 전면적으로 바꿔야 한다. 가능할까? 그것도 빠른 시일 안에?

이에 대한 답변이 부정적이라는 걸 우리는 안다. 이는 곧 코로나19 사태가 어떻게든 수습되더라도 또 다른 인수공통감염병이 새롭게 나타날 것이라는 뜻이다. 이 책의 전망도 다르지 않다. 저자는 인수공통감염병을 뿌리 뽑는 것은 불가능하다고 말한다. 그러면서도 사람들을 절망에 빠뜨리거나 우울하게 만들려고 이런 이야기를 하는 건 아니라고 강조한다. 책의 결론은 이것이다.

이 책의 목적은 사람들을 근심에 빠뜨리는 것이 아니다. 사람들을 보다 똑똑하게 만들려는 것이다. 이것이야말로 호모사피엔스가 천막애벌레나 매미나방과 다른 점이다. 우리는 상당히 똑똑해질 수 있다.…

어쩌면 행운이야말로 결정적인 요소인지 모른다. 어쩌면 상황이 중요할지 모른다. 어쩌면 그냥 운명인지도 모른다. 어쩌면 행동일 것이다. 유전학일 수도 있다. …모든 것은 우리에게 달려 있다.

행운, 상황, 운명… 이런 말들이 드러내듯 저자는 신중한 태도를 취한다. 섣부른 낙관을 경계한다. 하지만 "모든 것은 우리에게 달려 있다"는 마지막 발언엔 힘이 실려 있다. '지혜로운 자'라는 말뜻 그대로 호모사피엔스인 우리는 똑똑해질 수 있다.

'레드카드'를 받지 않으려면

언급했듯이 인간 또한 수많은 바이러스와 함께 이 세계의 일부일 뿐이다. 인수공통감염병은 우리 인간이 동물은 물론 자연 전체와 분리될 수 없는 존재라는 사실을 또렷이 일깨워준다. 그렇기에 인간이 자연을 대하는 방식, 인간이 자연과 관계 맺는 방식을 바꾸지 않는 한 신종 감염병은 끊임없이 새로 생겨날 수밖에 없다.

정리해보자. 대다수 인수공통감염병의 근본 원인은 막개발, 기후변화, 삼림 파괴, 공장식 축산, 산업형 집약 농업, 항생제 남용 등이다. 이 모두 인간이 자신의 이익과 편의를 추구하느라 자연을 망가뜨리면서 생태계 질서를 어지럽히는 활동들이다. 이 책에선 제대로 다루지 않았지만 세계화 시대가 전면화한 것도 지나칠 수 없는 대목이다. 세계화로 온 세상이 하나의 지구촌으로 통합되는 바람에 질병의 세계적 전파와 확산이 순식간에 이루어질 수 있는 조건이 마련됐기 때문이다. 실제로 2003년 코로나바이러스 계열인 사스의 경우 특정 지역 호텔 복도의 공기 속과 비행기 객실 속을 떠다니다가 삽시간에 세계 곳곳으로 퍼졌다. 이 바이러스는 공기 전염도 가능했던 것이다.

이 책은 문명과 삶의 근본적인 전환을 촉구한다. 살아남으려면 성장과 개발의 신화, 물신주의와 생명경시주의, 풍요와 안락 제일주의 등에서 벗어나야 한다. 눈에 보이지도 않는 그 작디작은 바이러스가 인간을 덮쳤을 때 거대 포유동물이자 높은 수준의 지능을 갖춘 인간은 거의 속수무책이었다. 자연과 생명세계란 이런 것이다. 인수공통감염병이 일으키는 재앙은 미래가 인류에게 보내는 '옐로카드'다. 사람과 자연의 평화로운 공존을 추구하는 이른바 '문명의 뉴 노멀(new normal)'이 필요한 때다. '레드카드'를 받을 순 없잖은가.

원제는 'Spillover'다. 질병생태학에서 '종간 전파'를 뜻하는 용어다. 어떤 생물종을 숙주로 삼았던 병원체가 다른 생물종으로 전파되는 현상을 가리킨다. 본래 뜻은 '넘침, 과잉'이다. 현대 산업문명의 중요한 특성 가운데 하나가 '과잉'이다. 그래서 나는 이렇게도 해석해본다. 혹시 이 제목에 인간 활동과 환경 파괴가 넘칠 정도로 지나치다는 뜻도 중의적으로 담긴 건 아닐까?

동물 전염병 문제를 생태주의 시각에서 잘 정리한 책으로는 미국의 수의학자이자 언론학자인 마크 제롬 월터스가 쓴 《에코데믹, 끝나지 않는 전염병》(*Six Mordern Plagues: And How We are Causing Them*, 책세상)을 꼽을 수 있다. '에코데믹'(ecodemic)은 생태를 뜻하는 '에코'(eco)에 전염병을 의미하는 '에피데믹'(epidemic)을 합성해서 만든 용어다. 인간이 지구 환경을 파괴한 결과로 일어난 생태적 변화와 밀접한 관계를 맺고 있는 전염병, 곧 '생태병' 혹은 '환경 전염병'을 가리킨다. 광우병, 에이즈, 사스, 조류 인플루엔자 등 여섯 가지 전염병을 집중으로 다뤘다. 미국의 도시사회학자인 마이크 데이비스가 저술한 《조류독감》(*The Monster at Our Door: The Global Threat of Avian Flu*, 돌베개)은 신종 전염병들이 전 지구적 자본주의 문제와 복합적으로 얽혀 있는 '사회경제적 질병'이라는 점을 파헤친 책으로 유명하다. 《팬데믹의 현재적 기원》(*Big Farms Make Big Flu*, 너머북스)도 읽어볼 만하다. 감염병 확산과 거대자본이 주도하는 현대 농축산업 사이의 연결고리를 집중 탐구했다. 사람과 동물은 물론 생태계와 사회경제적 차원까지 모두 포괄하는 이른바 '원 헬스'(one halth)의 중요성을 확인할 수 있다. 두루 읽어본다면 지금의 전염병 재난에 관한 보다 종합적이고 체계적인 안목을 얻을 수 있다.

인간이 만든 새로운 지질시대, 인류세

· 《인류세》
· 클라이브 해밀턴 지음
· 정서진 옮김
· 이상북스, 2018

저 엄청난 인간의 힘

'인류세'라는 말을 들어보셨는가? 최근 많은 사람이 입에 올리는 아주 '핫'한 유행어다. 인류세(Anthropocene)는 새로운 지질시대를 일컫는 말이다. 지난 1만 년에 걸친 지질시대 이름은 홀로세였다. 문명이 번성할 수 있는 온화한 기후와 안정적인 자연조건을 오랫동안 제공해주었다. 이 홀로세가 끝나고 새롭게 시작된 지질시대가 인류세다. 알다시피 지구가 생겨난 이후 지구의 역사를 굵직굵직하게 구분해 나타내는 것이 지질시대다. 선캄브리아대, 고생대, 중생대, 신생대 등이 대표적이다.

그러므로 지질시대가 바뀌었다는 것은 지구에 엄청난 변화가 일어났다는 뜻이다. 그게 뭘까? 인간의 활동이 일으킨 환경위기와 생태 재앙이다. 그 결과 지구에는 인간의 거대한 '발자국'이 선명하게 새겨졌다. 그러니까 인간의 힘이 너무 강력하고 인간의 활동이 지나치게 무절제하게 이루어짐으로써 지구 시스템 전체의 기능이 교란된 결과 등장한 것이 인류세라는 얘기다. 이는 곧 우리 인류가 지구의 행로와 운명을 바꾸는 주체가 되었다는 뜻이기도 하다. 지구 시스템 기능에 미치는 인간의 영향력이 마침내 자연의 힘과 겨룰 정도가 된 것이다.

지구 시스템이란 대기, 물, 토양, 생물 등을 모두 포괄하는 역동적이고 통합적인 시스템이다. 동시에 끊임없이 변화하고 진화하는 시스템이다. 그래서 지구의 기능은 서로 맞물린 무수하고도 복잡한 과정과 관계들로 이루어진다. 여기에 자연의 섭리를 벗어난 인위적인 인간 활동이 너무 과도하게 가해졌다. 그 바람에 지구 시스템은 크게 헝클어지고 망가졌다. 그 규모와 강도가 지질학적 연대를 바꿀 만큼 어마어마했다. 인류세는 이렇게 지구 역사에 모습을 드러냈다.

우스꽝스러운 것은 인류세를 만들어낸 인간이 바로 그 인류세 속에서 자신의 생존을 걱정해야 할 지경에 이르렀다는 점이다. 비극적인 희극이자 희극적인 비극이다. 지구촌 전체를 덮친 기후변화 사태를 보라. 인간은 지구의 역사를 바꿀 정도로 강력해졌다. 하지만 자기가 가진 힘을 스스로 조절하지 못하고 있다. 기이한 상황이다. 그 속에서 오늘날 인류는 파멸과 구원의 가능성 사이에서 분투하고 있다. 이것이 인류세를 살아가는 인간이 처한 얄궂은 운명이다.

이 책은 인류세 입문서다. 인류세를 화두 삼아 지구와 인간이 맺고 있는 관계와 그 속에서 우리가 해야 할 일을 탐색했다. 오스트레

일리아의 경제학자이자 실천적 지식인인 클라이브 해밀턴이 썼다. 인류세를 종합적으로 이해할 수 있게 해주는 것은 물론, 특히 인류세에 대한 철학적 접근이 돋보인다. 내가 가장 눈여겨본 것도 이 대목이다. 생태위기 시대에 인간이라는 존재는 무엇인가? 이 책은 인류세 이야기를 바탕으로 이런 물음에 대한 나름의 답변을 제시한다.

책에 따르면 인류세는 제2차 세계대전이 끝난 1945년경에 시작되었다. 자본주의의 폭발적 확산, 산업적 경제성장과 소비지상주의의 무한 질주, 화석연료 사용의 급속한 팽창 등이 전 지구 차원에서 본격화되기 시작한 시점이다. 변화의 속도와 파급력이 유례를 찾아보기 힘들 정도로 엄청났던 대격동의 시기였다. 책이 인류세의 '증거물'로 제시하는 인공 방사능물질, 플라스틱, 잔류 농약, 미세먼지 등이 지구에 뚜렷한 지질학적 흔적을 남기기 시작한 것이 이때였다. 온실가스 농도 증가와 이것이 지구 시스템 전반에 미치는 연쇄적인 영향은 특히 결정타가 되었다. 전 세계적인 경제성장, 자원 채굴과 이용, 쓰레기와 오염물질의 양 등도 중요한 근거가 됐다. 1945년을 전후한 시점은 지구의 지질학적 진화가 자연의 힘이 아닌 인간의 주도 아래 이루어진 지구 생애의 획기적인 분수령이었다.

인류세에 담긴 의미

인간 역사와 지질학적인 자연 역사의 만남. 이 일대 사건이 인류세다. 이것이 뜻하는 바는 뭘까? 그것은 인간은 자연세계와 분리될 수 없고, 인류의 미래는 지구의 운명에 얽매이게 되었다는 점이다.

인간이 지구 시스템에 교란을 일으킴에 따라 역설적으로 인류의 앞날은 더욱 불안정해지고 예측할 수 없는 지경에 빠져들었다. 그래서 인류세는 지구에 대한 과학적 이해의 전환뿐만 아니라 인간에 대한 철학적·존재론적 이해의 전환도 동시에 요청한다.

핵심은 지구를 새로운 방식으로 이해해야 한다는 것이다. 인류가 지구라는 행성의 진화에 직접 참여하게 되었음을 보여주는 것이 인류세다. 그로써 인간과 지구를 동시에 아우르는 공동의 이야기가 생겨났다. 인류세란 지구사 전체의 균열인 동시에 인류사 전체의 균열이기도 한 셈이다. 그렇다면 지구 자체의 경로를 변화시키는 데까지 이른 인간은 과연 어떤 존재인가?

책은 이 질문에 대해 '새로운 인간 중심주의'라는 대단히 중요한 논점을 제시한다. 새로운 인간 중심주의가 필요한 이유는 인간의 힘이 자연의 거대한 힘에 필적할 만한 새로운 지질시대가 도래했기 때문이다. 쉽게 풀면 이런 얘기다. 인간은 지금까지 자신의 힘을 무절제하게 사용했고 그 결과 인류세가 도래했다. 그러니 이제는 힘을 절제하면서 훨씬 더 현명하고 신중하게 그 힘을 사용해야 한다.

결국 수많은 생물을 포함해 전체 행성의 미래가 인간이 자신의 힘을 어떻게 사용하느냐에 달렸다는 사실을 명심해야 한다는 것이 인류세 이야기의 교훈이라고 할 수 있다. 책은 "인류가 최종적으로 지구의 중심에 있는 존재다"라고까지 표현한다. 그러므로 우리의 과제는 인류의 위대함과 특별함을 새롭게 성찰하고 재구성하는 것이다.

여기서 키워드는 '책임(감)'이다. '오만한 인간 중심주의'는 인간을 터무니없이 높은 위치에 올려놓았다. 그런 인간은 결과에 책임을 지지도 않으면서 자기 능력을 무분별하게 행사했다. 이제 우리에게 필요한 것은 이와는 반대로 '겸허한 인간 중심주의'다. 인간에게는 지구를 잘 보살피고 이 지구를 생태 재앙과 같은 위기에서 구해낼 책임과 의무가 있다는 것이다. 그렇다고는 해도 새로운 인간 중심주의는 인간이 궁극적으로는 자연세계의 힘에서 벗어날 수 없다는 점을 잊지 않는다. 인간이 그 어느 때보다 강력한 힘을 갖춘 것은 사실이지만 인간은 자연에 엮여 있는 존재다. 우리가 해야 할 일 또한 자연의 구조 안에서 매듭을 지어야 한다.

따지고보면 이 책임은 자유에서 말미암는 것이다. 우리는 스스로의 자유를 가지고 무엇을 할 것인가? 우리의 자유를 어떻게 사용하기로 결정할 것인가? 인류세는 이런 질문을 던진다. 우리 시대가 커다란 위험과 위기에 봉착한 이유는 이 질문에 틀린 답을 내놓은 탓이다. 오랫동안 우리는 이 자유를 지구를 지배하고 정복하는 데만 사용해왔다. 그것도 아주 폭력적이고 파괴적인 방식으로. 하지만 이제 인류는 자유란 것이 필연성과 동떨어져 행사될 수 없다는 사실을 깨달아야 한다. 진정한 책임감은 이런 깨달음에서 나온다. 책의 설명을 들어보자.

자유는 자연에 엮여 있고, 매여 있다. 자연과 연결되어야 한다. 자유의 근원이 자연 전체 내에 있음을 알게 되면 무거운 책임감이 따라온다. 자연을 보호하고 개선하기 위해, 또한 새로운 세상을 만들어가며 자연의 한계 내에서 살아가기 위해 책임감을 가져야 하는 것이다. 이런 윤리는 다른 모든 것과 마찬가지로 선택할 수 있는 자유에서 비롯되지만 다른 것들과는 달리 필연의 영역에 뿌리를 두고 있다. 자유가 자연에 엮여 있다면 책임 또한 자연에 엮여 있다.

이제까지 자유는 인간관계 안에서만 이해되었다. 하지만 인류세에 진입한 지금은 지구와의 관계 속에서 자유를 이해해야 한다. 이제 우리는 인간과 자연, 필연과 자유 사이의 새로운 이중교차 상황을 운명처럼 맞이하고 있다.

새로운 '인류 프로젝트'

이런 측면에서 인간이 지닌 본질적인 이중성을 인식하는 것이 중요하다. 인간은 나날이 새로워지는 놀라운 창의력으로 위대한 일을 해낼 수 있다. 그러나 동시에 파국을 부르는 오만으로 치달아 일을 그르칠 수도 있다. 책은 이 점을 명심하면서 인간과 자연이 함께 번영하는 방향으로 인간이 지닌 창의력과 잠재력을 이끌어내자고 호소한다. 이것이 우리가 수행해야 할 새로운 '인류 프로젝트'다. 이 프로젝트는 "인간이 지구를 지배하는 게 아니라 서로 협조하며 지구의 한계 내에서 지혜롭게 살아가는 법을 배우는 동시에 인간과 행성의 잠재력을 키우는 것을 목표로 삼는다."

이는 인간 차원에서만 끝나지 않는다. 그렇게 해서는 실패로 끝날 수밖에 없다. 이것은 지구와 함께, 자연과 더불어 이루어내야 할 과업이다. 이른바 '거대서사'가 필요해지는 대목이다. 책의 설명을 다시 한 번 들어보자.

새로운 지질시대로 이행하는 과정에서 새로운 서사는 인간의 역사에만 국한되는 게 아니라 행성의 역사여야 한다. 인간의 역사와 지구의 역사를 아우르는 서사인 것이다. 이 서사 안에서 인간의 구원은 초월적인 영역에서도, 경제성장이라는 무한한 약속에서도 찾을 수 없다. 오히려 구원은 다 함께 자제력을 발휘하는 인간들을 통해 일어날 것이다. 인류의 종말과 기술 산업 프로젝트의 궁극적인 실패 전망으로 인해 우리는 인간에 관한 근원적인 질문들, 기원을 둘러싼 난제, 지구상에서 인간의 위치, 삶의 의미, 구원에 관한 질문들을 다시 던지고 있다.

그래서다. 우리가 더욱 열심히 익혀야 할 것은 '한계에 대한 성찰'과 '겸손의 지혜'다. 인간은 다채로운 능력을 가졌다. 그중에서 이 시대에 가장 절실히 필요한 건 뭘까? 자기가 가진 지식과 기술 또는 자기가 하는 일이 인간, 자연, 사회와 어떤 관계를 맺고 있고 역사 속에서 어떤 맥락에 놓이는지를 분별할 줄 아는 능력이 아닐까? 이른바 '전문가'들은 자기가 잘 아는 특정 분야의 좁은 울타리 안에 기계적으로 갇힐 때가 많다. 이는 어리석고 위험한 일이다.

인간, 자연, 사회를 아우르는 능력은 또 다른 소중한 능력으로 연결된다. 자신이 가진 지식과 기술에 어떤 한계가 있는지를 알아차리는 능력이 그것이다. 이 한계를 알고 수긍해야 자기가 하는 일에 어떤 실수나 오류가 저질러질지, 그리고 어떤 위험이나 위기가 도사리고 있는지를 내다볼 수 있다. 또한 그래야 그것들을 피해갈 방법을 찾아낼 수 있다. 이것이 '한계에 대한 성찰'이다.

한 걸음 더 나아가자. 한계가 있음을 안다는 것은 어느 정도 이상을 넘어서는 것은 좋지 않다는 것을 안다는 말이기도 하다. 바로 그 래서 할 수 있음에도 불구하고 스스로 하지 않을 줄 아는 능력이 중 요하다. 예를 들면 이런 것들이다. 경제성장을 더 밀어붙일 수 있지 만 우리 스스로 멈춰 세울 줄 아는 능력. 핵발전을 더 확대하고 핵무 기를 더 개발할 수 있지만 우리 스스로 그만두고 폐기할 줄 아는 능 력. 언젠간 인간복제마저도 가능해질지 모르지만 생명공학의 폭주 에 우리 스스로 제동을 걸 줄 아는 능력.

이런 종류의 능력을 기르지 못했기에 인류는 오만과 탐욕에 빠 졌다. 그 결과 쌓아올린 자멸적 물신의 바벨탑이 곧 오늘의 현대 산 업문명이다. 이것이 인류세를 낳았다. 그러니 이 시대가 요청하는 최고의 능력은 '겸손의 지혜'라고 해야 하지 않을까? 할 수 있는 것 을 하는 것은 쉬운 일이다. 이에 견주어 할 수 있는 능력이 있음에도 스스로 절제하고 다스려 그 능력을 행사하지 않는 것은 쉬운 일이 아니다. 더구나 우리는 여태껏 능력을 최대한 키우고 행사하는 것 을 진보나 발전으로 여겨왔다. 그러나 이제는 자기가 지닌 능력을 아무렇게나 사용하는 게 아니라 옳은 일, 아름다운 일, 선한 일에 사 용할 줄 알아야 한다.

인류세라는 미증유의 상황은 우리 인간에게 이런 능력을 요구한 다. 이런 능력을 갖출 때 "또 다른 미래를 구체화할 수 있는 새로운 인류, 기술산업적 방식에만 치우친 세계의 종말에 대해 생각하는 인류, 지구 시스템이 지속될 수 있는 선에서 스스로의 활동 범위를 허용할 줄 아는 인류가 등장할" 수 있다.

중세를 지나 우리가 살아온 근대는 과학, 이성, 근대성, 물질적·사회적 진보 등으로 상징되는 '빛의 시대'였다고 할 수 있다. 우리는 오직 빛만이 미래로 가는 길을 밝혀주리라고 믿었다. 하지만 인류세를 맞아 우리는 더 이상 빛을 믿지 못하게 되었다. 그렇다면 이제 우리는 어둠 속에서 살아야 할까? 책은 그건 아니라고 분명히 말한다. 그러면서 이런 이야기를 전한다. "우리는 위험이 감도는 새로운 분위기에서 모든 것을 다 알 수는 없는 흐릿한 빛 속에서 살아야만 하리라."

모든 것을 다시 생각하라

사실 인류세 서사에서 행복한 결말에 대한 약속은 없다. 어쩔 수 없이 받아들여야 하는 이야기 쪽에 가깝다. 좋든 싫든 인류는 다른 모든 것을 포괄하는 인류세의 서사 안에서 살아갈 수밖에 없다. 이제 그 서사를 기준으로 판단하는 것이 보편적 진리가 될 것이라고 이 책은 주장한다. 책은 이렇게 마무리된다.

> 인류세가 가혹하게 여겨질지라도, 먼 훗날 생존자들에 의해 이것이 진정한 해방으로 이어지는 길이자 지구와 연대해 살아가는 법을 배우기 위해 치러야 하는 대가였음이 판가름 날지도 모른다. …과거의 문명이 붕괴되고 남은 잿더미에서 새로운 문명을 건설하고자 하는 새로운 인류는 그 잿더미를 보며 이렇게 선언할 것이다. Never Again!

그렇다. 잿더미에 파묻힌 지난 문명의 과오를 다시는 되풀이하지 말아야 한다. 절대로. 그런 파국의 길을 벗어나 이제 인간과 지구 모두 해방을 누릴 수 있는 새로운 대장정에 나서야 한다. 그 머나먼 여정의 들머리에서 우리는 거대한 충격파로 다가온 인류세가 던지는 질문 앞에 정직하게 서야 한다. 인간, 지구, 역사를 어떻게 볼 것인가? 우리는 어떻게 살아야 하는가? 이 책은 이런 물음에 대한 유효적절한 답변 가운데 하나다. 모든 것을 다시 생각하라! 이것이 인류세라는 도전이 인류에게 던지는 근원적인 메시지다.

인류세 문제를 제대로 다룬 또 다른 책으로는 영국의 작가이자 방송인인 가이아 빈스가 쓴 《인류세의 모험》(*Adventures in the Anthropocene*, 곰출판)을 꼽을 수 있다. 같이 읽어본다면 인류세에 대한 더 깊이 있는 공부가 될 것이다

저 목소리를 듣고서도
핵발전을?

· 《체르노빌의 목소리》
· 스베틀라나 알렉시예비치 지음
· 김은혜 옮김
· 새잎, 2011

끝나지 않은 체르노빌

주변이 다 새로운 세상이었다. 어디에든 새로운 적이 있었다. 죽음은 전에 보지 못했던 모습을 하고 나타났다. 보이지도 않고, 만질 수도 없고, 냄새도 나지 않았다. 물, 흙, 꽃, 나무에 대한 사람들의 두려움은 말로 표현할 수 없었다. 그때까지 익숙했던 색깔, 모양, 냄새가 나를 죽일 수도 있게 되었다. …히로시마와 나가사키, 체르노빌을 겪어본 인류는 핵 없는 세상을 향해 갈 것만 같았다. 원자력의 시대를 벗어날 것만 같았다. 다른 길을 찾을 줄 알았다. 하지만 우리는 아직도 체르노빌의 공포 속에서 살아간다. 나는 과거에 대한 책을 썼지만, 그것은 미래를 닮았다.

이 책을 쓴 스베틀라나 알렉시예비치는 벨라루스의 여성 작가이자 저널리스트다. 벨라루스는 우크라이나에 위치한 체르노빌 핵발전소에서 아주 가깝다. 발전소가 두 나라의 국경 가까이에 자리 잡은 탓이다. 방사능은 국경 따위엔 아무런 관심도 없다. 1986년 4월 26일 체르노빌 참사가 터진 뒤 벨라루스 전 국토의 23퍼센트가 방사능물질로 오염되었다. 1천만 인구 가운데 오염 지역 거주자가 200만 명을 넘었다. 그 가운데 아이들이 70만 명이었다. 피해는 지금까지 계속되고 있다. 방사능 피폭은 벨라루스 사람들의 주요 사망 원인이다. 방사능이 일으키는 암을 비롯한 갖가지 병으로 고통받는 사람도 부지기수다. 참사 이후에 태어난 어린이들마저도 피해 당사자이기는 마찬가지다.

이 책은 체르노빌 핵발전소 사고로 재난을 당한 사람들의 이야기다. 그 실상은 형용하기 어려울 정도로 참혹하다. 소설처럼 읽히지만 실화다. 저자는 '목소리 소설'(Novels of Voices)이라 불리기도 하는 자신만의 독창적인 장르를 개척했다. 그가 쓰는 글의 형식은 논픽션이다. 하지만 손에 잡힐 것처럼 펼쳐지는 그의 '다큐멘터리 산문'은 문학작품에 못지않은 흡인력과 호소력을 갖췄다. "다성악(多聲樂) 같은 글쓰기로 우리 시대의 고통과 용기를 담아낸 기념비적 문학." 그가 2015년 노벨문학상을 수상할 때 받은 평가다.

그는 스스로를 '체르노빌의 증인'이라고 규정한다. 증인의 임무를 충직하게 수행하려고 그는 100명이 넘는 사람을 만나 인터뷰했다. 시간도 많이 걸렸다. 책에 실린 '저자의 독백 인터뷰'에 따르면 이 책을 쓰는 데 거의 20년이 걸렸다고 한다. 그는 그 방대한 육성과 취재 내용을 재구성해 체르노빌의 감추어진 진실을 밝은 햇빛

아래 드러냈다. 이 책 초판이 나올 때 몇몇 인터뷰는 검열에 걸려 실리지도 못할 정도였다. 그만큼 이 책은 체르노빌의 참상을 민낯 그대로 보여준다. 핵 재앙을 몸소 겪은 사람들의 삶과 죽음, 희망과 절망, 사랑과 분노의 목소리가 생생하고도 절절하게 담겼다.

앞의 인용문은 '한국어판 서문'의 한 대목이다. 일본 후쿠시마 핵발전소 사고가 난 뒤에 새롭게 쓴 것이다. 이 글에서 저자는 일본 홋카이도에 있는 토마리 원전을 방문했을 때 그곳 직원에게 들은 이야기를 이렇게 전한다. "원전 건물 위로 비행기가 떨어져도 끄떡없고, 가장 강력한 지진, 규모 8.0의 강진도 견뎌낼 수 있다." 그러나 2011년 3월 11일 후쿠시마를 강타한 것은 그 누구도 상상하기 어려웠던 규모 9.0의 대지진이었다. '소련 핵에너지의 아버지'라 불리는 러시아 물리학자 아나톨리 알렉산드로프는 이렇게 큰소리쳤다. "(원전을) 크렘린 궁전 바로 옆 붉은광장에 세워도 된다." 하지만 그렇게 안전하다고 강변하던 핵발전은 결국 체르노빌 참사로 이어졌다.

자본주의든 사회주의든 현대 산업문명은, 그리고 그 안에서 살아가는 사람들은 자기 능력의 한계를 인정하려 들지 않는다. 책에 따르면 후쿠시마 원전 사고가 터진 날은 미국 애플사가 팬들을 흥분케 한 2세대 아이패드를 출시한 날이기도 하다. 참 공교롭다. 오늘날 현대인들은 첨단 기술이 편의와 즐거움만을 제공해주길 기대한다. 그리고 시장은 즉각적 결과를 가져다주는 것에만 투자한다. 저자는 안타까워한다. 끝없이 증가하는 소비를 우리는 '진보'라 부른다고. 끔찍한 살상무기를 개발해도 그것을 '진보'라 부른다고. 지금도 멈추지 않은 핵발전은 그런 '엉터리 진보'가 낳은 끔찍한 '괴물'

이다. 체르노빌은 아직 끝나지 않았다. 체르노빌은 과거이자 현재다. 동시에 미래다. 저자의 말대로 과거는 미래를 닮았다.

그곳은 지옥이었다

책에는 평범한 보통사람들이 대거 등장한다. 소방대원, 마을 주민, 군인, 기술자, 의사, 간호사, 과학자, 노동자, 기자, 공산당원… 저마다 다른 목소리로 체르노빌을 증언하는 이들은 모두 누군가의 남편이자 아내이고, 부모이자 자식이고, 이웃이자 동료다. 이들은 진실을 캐고자 하는 저자에게 자신의 경험을 털어놓는다. 때로는 격정적으로, 때로는 담담하게. 때로는 눈물을 쏟으며, 때로는 탄식과 회한에 젖은 얼굴로. 그것을 저자는 특유의 섬세한 감수성으로 가감 없이 기록했다.

사고 당시 소련 정부는 진실을 감추고 억누르는 데 급급했다. 책에는 사고 수습을 위해 투입됐던 소방대원, 군인, 헬리콥터 조종사들이 다수 등장한다. 정부가 동원하거나 정부의 호소에 자발적으로 응한 사람들이다. 그러나 이들에게는 안전에 필요한 장비나 도구가 제대로 지급되지 않았다. 정보도 차단됐다. 그들은 그저 주어진 임무를 묵묵히 수행했다. 이런 이들에게 돌아온 것은 방사능 피폭이었다. 그들은 버림받았다. 어느 소방관은 아예 '방사능 오염물'로 취급됐다. 피폭으로 사망한 또 다른 소방관은 마치 핵폐기물처럼 납과 콘크리트로 밀봉된 채 오염된 땅에 묻혔다. 그걸로 끝이었다.

정부는 협박과 거짓말도 서슴지 않았다. 서방의 음모로 전시 상황에 처했다며 미국의 침략에 대비해야 한다고 군인들을 윽박질렀다. 체르노빌에 다녀온 군인은 제대하기 전 소련 정보기관이었던 KGB 요원들에게서 당신이 본 것을 누구에게도 발설하지 말라는 요구를 받았다. 공산당 간부와 정부 관료들은 자신의 안위는 챙기면서도 시민을 구조할 책임은 내팽개쳤다.

참사 당시 소련 입법기구에서 일했던 어떤 사람은 이렇게 말했다. "체르노빌 원전에서 나온 가장 위험한 물질은 방사능이 아닌 '거짓말'이었어요. 1986년의 거짓말. 저는 체르노빌 원전 사고를 이렇게 부릅니다." 사고가 터지자 소련 정부는 방사능 피해의 실상을 철저히 숨겼다. 수많은 사람이 죽거나 병원으로 실려가는 와중에 정부는 방사능 기준치를 갑자기 다섯 배나 올렸다. 환자 수를 줄이려는 꼼수였다. 그 결과 긴급하게 치료받아야 할 환자들이 기준치 이하라는 이유로 병원에서 나와야만 했다. 소련 정부는 이후에도 사망자와 부상자 수를 끊임없이 줄이거나 숨기려고 했다. 사망자, 부상자, 환자, 이주민 등에 대한 조사도 제대로 하지 않았다.

언론은 달랐을까? 이들 또한 진실을 말하지 않았다. 혹은 말하지 못했다. 정부의 통제가 극심했다. '비극'을 촬영하는 것은 금지된 반면 '영웅'을 촬영하는 건 허용되었다. 어느 텔레비전 방송은 강에서 수영을 즐기며 살갗을 태우는 사람들을 보여주며 "보시다시피 정상입니다. 발전소까지는 10킬로미터나 떨어져 있습니다"라고 선전했다. 하지만 저 멀리 화면 배경으로는 폭발한 원자로에서 피어나는 연기가 소용돌이치고 있었다. 곧이어 이런 해설이 흘러나왔다. "서양의 목소리가 공황을 조성하고 사고에 대한 비방을 퍼뜨리고 있습니다."

저자는 "그곳은 악이 아무런 설명도 하지 않고, 자신을 드러내지도 않는 무법의 세상"이었다고 묘사한다. 그런 세상은 피폭으로 고통스럽게 죽어가는 남편을 보살피고자 하는 아내에게 의사가 이런 말을 하는 곳이었다. "가까이 다가가면 안 됩니다! 입 맞추면 안 됩니다! 만지면 안 됩니다! 이제 그는 사랑하는 사람이 아니라 방사선 오염 덩어리입니다." 그곳은 지옥이었다.

실험용 개구리가 되더라도

책은 방사능으로 오염된 채 태어난 기형아에 얽힌 사연도 소개한다. "갓 태어난 딸은 아기가 아니라 살아 있는 자루였다. 온몸이 구멍 하나 없이 다 막힌 상태였고, 열린 것이라곤 눈뿐이었다. 의료카드에는 이렇게 적혀 있었다. '다양하고 복잡한 선천성 병리현상: 항문 무형성증, 질 무형성증, 좌(左) 신장 무형성증.'" 이런 경우 대개는 바로 사망한다. 이 아이는 가까스로 살아남았다. 4년 동안 네 차례 수술을 받았다. 조금 길지만 이 아이의 엄마가 털어놓는 가슴 아픈 이야기를 들어보자.

아직은 모르지만, 언젠가 물어볼 것이다. "왜 나는 사람들이랑 달라요?" "왜 나는 남자의 사랑을 받을 수 없어요?" "왜 나는 아이를 낳을 수 없어요?" "왜 모두한테, 나비, 새한테도 일어나는 일이 나에게는 안 일어나요?" 나는…나는 증명해야만 했다. 딸이…나는 증명 서류를 받고 싶었다. 딸이 자라서 이 사실을 알도록. 바로 나와 내 남편의 잘못이 아니라는 것을, 우리 사랑 때문이 아니라는 것을…(또 울음을 참는다.) 4년을 싸웠다. 의사들과, 공무원들과 싸웠다. 높은 사람들과 면담도 했다. 힘들게 노력했다. 4년 만에 딸이 앓는 무서운 병이 전리 방사선, 저준위 방사선과 관련이 있음을 확증하는 진단서를 받아냈다. 나는 4년 동안 거절당했고, 그들은 내 딸이 소아장애를 앓고 있다고 주장했다. 소아장애라니? 내 딸이 앓는 장애는 체르노빌 장애다.

이 엄마는 어느 교수에게서 딸아이의 병리현상은 학문적으로 큰 관심을 모을 수 있으니 외국 병원에 편지를 보내보라는 조언을 받았다. "30분마다 오줌을 손으로 짜내야 하는 아이"를 어떻게든 살리려고 그는 편지를 수십 통이나 보냈다. "실험이 목적이라도 내 딸 좀 봐주세요. 내 딸이 살 수만 있다면 실험용 개구리나 토끼가 되어도 괜찮아요." 편지는 북받쳐오르는 어미의 오열로 얼룩져 있다.

핵발전은 생태계를 파괴했고, 그것은 삶의 파괴로 이어졌다. 피폭된 남편과의 사이에서 태어난 아이를 네 시간 만에 하늘나라로 보낸 어느 여인은 이렇게 절규한다. "내가 딸을 죽였다. 딸이 방사선을 모두 끌어모아 나를 살렸다." 남편은 이미 죽었다. 그녀는 남편과 딸의 묘지에 가면 무릎을 꿇고, 그 무릎으로 기어서 다닌다.

국가는 자신을 지키는 데만 관심이 있을 뿐 사람들을 지켜주지 않았다. 어이없는 참사가 터져도 원인은 규명되지 않는다. 책임지는 사람도 없다. 진실은 은폐되거나 왜곡된다. 체르노빌은 낯설지 않다. 우리 또한 세월호 참사 때 비슷한 일을 겪었다. 무서운 전쟁과 혁명이 20세기를 대표한다고들 하지만 저자에게는 체르노빌 참사야말로 가장 중요한 사건이다. 그는 이렇게 말한다.

체르노빌은 그 자체가 시간의 재앙이었다. 우리 땅에 흩어진 방사성 핵종은 5만, 10만, 20만 년, 아니 그보다도 더 오래 남아 있을 것이다. 인생의 관점으로 볼 때, 영원하다고 할 수 있다. 우리는 무엇을 이해할 수 있는가? 아직은 낯설기만 한 그 악몽의 의미를 이해하고 연구할 능력이 되는가?…겉으로 드러내든, 숨기든, 우리 모두는 불가사의한 무언가를 만나버렸다는 것을 느꼈다. 체르노빌은 우리가 아직 밝혀내지 못한 비밀이다. 해독할 수 없는 암호다. 어쩌면 21세기를 위한 수수께끼일 수도 있다. 새로운 세대를 위한 도전이다.

이 책은 '탈핵 판결문'이다

이런데도 핵발전을 찬성하는 사람이 적지 않다. 이들은 원전이 안전하고, 비용이 적게 들며, 온실가스를 거의 배출하지 않는다고 주장한다. 에너지를 값싸게 대량으로 공급할 수 있는 가장 안정적이고 적절한 방법이 핵발전이라는 것이다. 단도직입으로 말할 수 있다. 이런 주장은 모두 거짓말이다. 체르노빌에서 수십 년 동안이나 들려왔고 또 앞으로도 끝없이 들려올 저 비탄의 목소리를 접하고서도 핵발전을 찬성할 수 있을까?

절대적으로 완벽한 기술은 있을 수 없다. 거대 과학기술은 필연적으로 거대 위험을 낳는다. 원전은 200만-300만 개에 이르는 부품으로 이루어져 있다. 거대하고 복잡한 첨단 기술의 복합체. 아무리 안전관리에 만전을 기한다고 해도 까딱 방심하거나 사소한 잘못이라도 저지르면 재앙을 피할 수 없다. 게다가 사람이란 본디 실수하기 마련인 불완전한 존재다. 기계나 장비 또한 노후하면 고장을 일으키기 마련이다. 거대한 위험의 결정체이자 '압축판'. 이것이 핵발전의 실체다.

핵발전소는 오로지 전기를 생산하는 용도로만 사용할 수 있다. 전기를 만들 수 있는 다른 대안이 없다면 계속 원전에 의존해야 할지도 모른다. 그러나 우리에겐 다른 대안이 얼마든지 있다. 태양이나 바람 같은 재생가능 에너지가 대표적이다. 더군다나 인류는 아직 사용후핵연료와 같은 고준위 핵폐기물을 안전하게 처리할 방법을 찾지 못했다. 현재 인류가 도달한 과학기술 수준으로는 이 문제를 해결할 방도가 없다. 비행기가 일단 이륙은 했는데 착륙할 곳을 찾지 못해 공중에서 헤매는 꼴인 것이다. 핵발전은 '영원히 끌 수 없는 불'이다. 핵발전은 우리 인간의 능력으로는 감당할 수 없는, 애당초 태어나지 말았어야 할 '재앙의 시한폭탄'이라고 할 수 있다.

탈핵은 단순한 에너지 정책에서 끝나는 게 아니다. 과거와 미래, 파멸과 생존 가운데 어느 쪽을 선택할 것인가의 문제다. 경제적·기술적 차원을 넘어서는 사회정치적·윤리적 결단의 문제다. 탈핵에는 여러 소중한 가치가 담겨 있다. 안전, 평화, 지속가능성, 미래 세대에 대한 책임, 산업주의와 현대 과학기술 문명에 대한 성찰, 삶과 사회의 생태적 전환 등이 그것이다. 그래서다. 탈핵으로 가는 길은 이 세상과 우리 삶을 바꾸는 길이다. 이 책은 이 사실을 확증하는 '판결문'이다.

저자에게는 전쟁 기록문학의 걸작인 《전쟁은 여자의 얼굴을 하지 않았다》(문학동네)라는 또 하나의 대표작이 있다. 제2차 세계대전에는 100만 명이 넘는 여성이 참전했다. 이 책에는 전쟁에서 살아낢은 여성 200여 명의 이야기가 담겼다. 전쟁 이야기에서 여성의 목소리는 철저하게 배제돼왔다. 이 책에서 승리나 패배, 작전, 전쟁 영웅, 이념 같은 것들은 찾아보기 어렵다. 도드라지는 것은 '사람과 삶의 이야기'다. 이를 통해 우리는 남성의 목소리에서는 듣기 힘든 전쟁의 더 깊은 본질과 진실에 바투 다가서게 된다. 필독을 권한다.

한 권을 더 얹는다. 일본 작가로서 저널리스트이자 반핵평화운동가로도 활약하는 히로세 다카시가 쓴 소설 《체르노빌의 아이들》(프로메테우스출판사)이 그것이다. 소설이지만 기록문학으로서 르포 성격도 지녔다. 체르노빌 사고를 재구성해 비극의 전말과 참상을 실감 나게 고발한다. 핵발전이 얼마나 위험하고 어리석은 것인지를 단박에 알 수 있다. 저자는 이렇게 썼다. "원전 추진 정책은 에너지 부족 문제가 아니라 독점자본의 이익과 결부된 문제이며, 그렇기에 피할 수 없는 선택이 아니다."

석유 없이 산다는 것은

- 《장기 비상시대》
- 제임스 하워드 쿤슬러 지음
- 이한중 옮김
- 갈라파고스, 2011

세계화 경제와 석유문명의 동시 종말

최근 세계 곳곳에서는 자본주의 체제가 강요하는 고통과 모순에 맞서 싸우는 대중운동이 활발하게 벌어지고 있다. 이에 대한 공감과 지지도 뜨겁다. 자본주의 시스템의 냉혹한 칼날 아래 양극화와 불평등, 민주주의와 삶의 파괴가 갈수록 깊어가는 현실을 더는 두고 볼 수 없다는 절박감을 그만큼 많은 이들이 공유하고 있기 때문이다.

미국의 작가이자 사회비평가인 제임스 하워드 쿤슬러가 쓴 이 책에 따르면, 지금 이런 불의한 세상은 급속히 끝나가고 있다. 민주주의와 정의를 옹호하고 삶의 존엄을 소중히 여기는 사람이라면 마땅히 기뻐할 일이다. 그런데 이것이 그렇게 간단한 얘기일까?

이 책은 이렇게 주장한다. 자본주의가 낳은 세계화 경제는 석유

시대의 산물이자 석유신화의 논리적·현실적 절정이다. 무한 성장이 가능하다는 환상을 전제로 지탱되는 이 시스템은 당장의 이익을 위해 미래를 희생시키고, 극소수의 이익을 위해 다수를 희생시키는 체제다. 또 권력만 휘두를 뿐 아무 책임도 지지 않는 기업들이 사업 활동의 비용은 사회화하면서 이익은 사유화하는 체제다. 이런 세계화 경제를 가능케 한 가장 중요한 토대는 값싼 석유의 안정적 공급이었다. 그런데 바로 그 석유가 고갈되고 있다. 결국 석유문명의 종말과 그것의 필연적 귀결인 세계화 경제의 붕괴가 동시에 진행되고 있다는 얘기다.

석유가 바닥나고 있는 오늘날의 상황을 이 책은 "세계는 불타는 집을 막 나서서 몽유병 환자처럼 벼랑 끝으로 걸어가고 있다"고 표현한다. 문제는 그 "벼랑 너머에 지금껏 누구도 목격한 적이 없는 어마어마한 규모의 경제적·정치적 혼란의 심연이 놓여 있다"는 점이다. 다가오는 이 전례 없는 고난과 혼돈의 시기가 바로 책의 제목인 '장기 비상시대'(원제도 'The Long Emergency'다)다. 그러니까 피크 오일(peak oil), 즉 석유 생산 정점이 지나 석유 생산량이 갈수록 줄어드는 긴급 비상사태가 오랫동안 계속되리라는 것이다. 석유가 부족해지고 사라지는 비상사태가 오히려 정상적이고 일상적인 상황이 되는 시기, 이것이 곧 장기 비상시대다.

세상과 인간을 망가뜨리는 자본주의 세계화 경제가 끝나가는 것은 좋은 일이다. 하지만 이것이 혹독한 시련을 겪을 수밖에 없는 장기 비상시대로 이어진다면? 그렇다면 우리는 무얼 어떻게 해야 할까? 이 책은 '석유 없는 세상'을 내다보며 석유문명의 역사와 함의를 종합적으로 탐구했다. 자원 고갈이나 석유문명의 종말을 다룬 책들은 이미 많이 나와 있다. 실제로 이 책의 상당 부분도 에너지 문제나 생태위기에 어지간한 관심이 있는 사람이라면 그리 낯설지 않은 내용이다. 하지만 이 책은 세 가지 대목에서 다른 책들과 구별되는 특징을 지니고 있다.

첫째, 석유 정점 이후 펼쳐질 장기 비상시대의 모습을 구체적이고 적나라하게 그렸다. 머릿속 공상이나 소설 같은 이야기가 아니라 객관적인 근거에 입각한 전망을 펼쳐 보이고 있다. 이 점에서 특이하고 기발하다. 둘째, 많은 사람이 석유의 대체재이자 에너지위기의 대안으로 여기는 재생가능 에너지의 한계와 문제점을 날카롭게 지적했다. 셋째, 지역과 농업의 중요성을 특별히 강조했다.

장기 비상시대를 건너는 법

저자가 "이미 시작됐다고 생각한다"고 밝힌 장기 비상시대는 구체적으로 어떤 모습으로 펼쳐질까? 현대문명의 버팀목이었던 석유가 사라지면 기존의 사회·경제·정치 시스템, 국제 질서, 생활방식 등에 거대한 균열과 붕괴가 일어나리라는 것은 익히 짐작할 수 있다. 이에 책은 산업 성장의 중단과 생활수준의 급격한 저하, 편의와 안락의 상실, 수명 단축, 식량 생산과 인구의 감소, 정치적 혼란, 군사 분쟁 등을 그런 균열과 붕괴의 주요 양상으로 꼽는다. 포만감 대신 배고픔이, 따뜻함 대신 추위가, 여가 대신 고역이, 건강 대신 아픔이, 평화 대신 폭력이 기승을 부리게 되리라는 것이다. 그 결과 생존 자체가 다른 모든 관심사를 압도하게 된다.

책은 이런 전망을 경제, 상업, 도시, 교통, 주거, 교육 등의 분야로 나누어 보다 세밀하게 그려 보인다. 예컨대 이런 식이다. 에너지 공급이 줄어듦으로써 생활이 갈수록 지역화되고 규모 또한 축소된다. 화석연료 고갈이 기후변화와 겹침으로써 세계 식량 공급이 치명적 타격을 받는다. 그 결과 앞으로 수십 년 동안 많은 사람들이 굶주림에 시달리고 그중 다수는 죽는다. 거대 글로벌 독점 기업과 월마트 같은 대형 할인점 등은 시들시들해지다 사라질 것이다. 일반 사람들은 오랫동안 익숙해진 수많은 상품이 없는 상태에서 살아가야 한다. 먼 곳을 돌아다니기보다 한곳에 머물러 있는 생활이 중심이 될 것이며, 기존의 자동차 및 고속도로 시스템은 더 이상 유지하기 힘들어질 것이다.

그렇다면 장기 비상시대는 '지옥'일까? 책은 꼭 그렇지만은 않을 수도 있다고 조심스럽게 전망한다. 큰 재난과 어둠의 터널이 우리를 기다리고 있는 것은 분명한 사실이지만 인류가 그것을 극복하고 살아남아 새로운 문명의 창조로 나아갈 가능성의 문을 완전히 닫을 필요는 없다는 것이 이 책의 주장이다.

여기서 떠오르는 것이 지역과 농업이다. 장기 비상시대에는 사회와 경제는 물론 일상적 삶 전반이 지역과 농업 중심으로 재편되리라는 것이 이 책의 예측이다. 생각해보면 이는 당연한 일이다. 석유가 없다면 장거리 무역이나 이동에 토대를 두었던 기존의 시스템과 생활은 더 이상 가능하지 않다. 사람들은 지역 중심의 삶을 꾸려나갈 수밖에 없다. 또한 인류를 먹여 살렸던 석유농업이 무너져 생존이 힘들어지면 식량을 생산하는 새로운 방식의 농업을 강구할 수밖에 없다.

역설적으로 여기에 새로운 희망과 재생의 실마리가 있다. 예를 들어, 석유농업을 대신하는 새로운 농업은 보다 작은 규모로, 지역 적으로, 그리고 석유와 기계가 아닌 인간의 노동으로 재구성돼야 한다. 농사일 또한 협동적으로 이루어져야 한다. 이렇게 된다면 자본주의 아래 파괴됐던 우정과 연대와 호혜의 사회적 연결망이 되살아날 가능성이 높다. "공동체적인 친밀한 관계가 회복되고, 이웃과 친근하게 어울려 일하게 될 것이며, 정말 중요한 일에 동참하게 되고, 주어지는 오락거리를 수동적으로 즐기기보다는 의미 있는 사회 행사에 열심히 참여할 수 있게 되는 것이다."

이런 논지에 따르자면 인류는 장기 비상시대라는 '고난의 행군'을 거쳐야만 비로소 그동안 파괴된 이 세계와 삶의 참된 가치를 되찾게 될지도 모른다. 그래서일까. 책의 말미에서 저자는 독백하듯이 이렇게 말한다.

천 년쯤 뒤에는…새롭고 신나는 무언가가 시작되고 있을지도 모른다. 그때쯤이면 분명 하느님도 스스로를 축복하사 다시 살아나실 것이다. 인간의 조건이란 신비 그 자체다. 우리는 우리가 어디로 가고 있는지는 잘 모르지만, 적어도 우리가 어디서 이리로 왔는지는 알 수 있다. 때로는 그것만으로도 충분한 게 아닌가 싶다.

다음은 재생가능 에너지를 포함한 대체 에너지 이야기다. 이 책의 입장은 꽤 단호하다. 수소, 태양광, 풍력 등과 같은 "대체 에너지는 어떤 식의 조합으로도 지금 우리가 석유체제 하에서 익숙해진 생활방식을 유지해줄 수 없다"는 것이다. 왜냐하면 이들 대부분이

'화석연료 경제'를 기반으로 하는 시스템으로 만들어지는 탓이다.

예컨대 최근 들어 수소 경제에 대한 환상이 널리 퍼져 있다. 하지만 수소는 연료라기보다는 에너지 '운반체'(carrier)다. 더구나 수소 자체가 생산하는 에너지보다 수소를 만드는 데 드는 에너지가 더 많다. 저장과 수송도 매우 어렵다. 태양광은 어떨까? 태양광이 전기를 만들어낼 수 있다는 것은 분명한 사실이다. 그러나 여기에 필요한 배터리, 전지판, 전자장치, 배선, 플라스틱 같은 것들을 조달하려면 광물 채굴과 화석연료를 이용하는 산업적 생산 활동이 전제돼야 한다. 풍력 터빈 또한 전기를 만들어낸다. 하지만 터빈 부품을 생산하려면 화석연료 사용이 불가피하고, 발전소 터를 닦고 장비를 옮겨오고 설비를 갖추는 데에도 석유로 움직이는 중장비를 동원해야 한다.

대체 에너지는 화석연료 경제의 부속물 정도이거나, 화석연료의 부분적이고 일시적인 대체물을 넘어서지 못한다. 그러므로 대체 에너지 기술을 개발해 석유를 대신하자는 것은 순진한 환상이거나 어리석은 공상이다. 이 책은 구조적인 체제와 사람들의 생활방식을 바꾸지 않고서 '석유 이후'의 해결책을 찾는 것은 불가능하다고 주장한다.

수류탄을 자명종으로

많은 사람들은 심각한 위기가 머잖아 닥치리라는 것을 예감하면서도 이런 식으로 생각할 때가 많다. 뭐, 어떻게 되겠지. 새로운 기술

개발로 해결책을 찾을 수 있을 거야. 고통스럽더라도 문제의 본질을 직시하고 정면으로 부딪치기보다는 문제 자체를 회피하는 무책임한 태도를 취하는 것이다. 근거 없는 낙관주의가 드리우는 안락의 그늘 아래 누워 백일몽에서 깨어나지 못하기도 한다. 이런 상황에서 이 책은 '석유중독증'에 빠진 현대인들을 색다른 방식으로 흔들어 깨운다.

아쉬운 점 두어 가지는 지적해두어야겠다. 하나는 책 내용 전반이 미국 사례 중심이라는 점이다. 그래서 약간 실감으로 와 닿지 않는 대목이 더러 눈에 뛴다. 또 하나는 해법 또는 대비책에 대한 구체적인 논의가 조금 부실하다는 점이다.

이 책이 내놓는 장기 비상시대의 전망에 동의할지 여부는 독자의 몫이다. 하지만 설사 동의하지 않더라도 이 책의 주장을 비관론에 사로잡힌 종말론자의 상투적인 '예언'쯤으로 치부하는 건 현명한 일이 아닐 듯하다. 위기를 명확하게 알아차리는 건 그 위기가 지나서일 때가 많다. 석유 고갈과 석유시대의 운명은 더욱 그럴 것이다. 이것을 책에서는 '백미러 효과'라 부른다. 어떤 사태가 일어나고 난 후 뒤를 돌아보고서야 그 사태가 일어났음을 알게 된다는 뜻이다.

그러므로 이 책의 주장에 동의하지 않더라도 '석유문명 너머'를 진지하게 고민하고 대비하는 것은 그 자체로 중요한 일이다. 아니, 저자의 판단처럼 어쩌면 우리는 장기 비상시대에 이미 발을 들여놓았는지도 모른다. 기후재난과 코로나19 사태가 그 증거라고 한다면 과장일까? 특히 팬데믹, 즉 전염병의 세계적 대유행이 코로나19 이후에도 또다시 발생할 가능성이 매우 높다는 점에서 이 책의 메시지는 가볍게 들리지 않는다. 장기 비상시대임을 알리는 표징이 바이러스가 되지 말란 법은 어디에도 없다.

사실 이 책처럼 경고를 보내는 신호음이 끊임없이 울리는 덕분에 우리는 상황을 보다 앞서 성찰할 수 있다. 또한 위기에 선제적으로 대응할 수 있다. 소를 잃고 나서야 외양간을 고치는 어리석음을 범해선 안 될 일이다. 이런 뜻에서 장기 비상시대를 둘러싼 이 책의 이야기는 "여러분의 침실 창문으로 던져진 수류탄을 자명종으로 바꾸는 '모닝콜' 역할"을 할 수 있다.

첨언 하나. 알다시피 최근 미국에서는 셰일 에너지 열풍이 불고 있다. 재래식 화석연료와는 구분되는 셰일 석유와 셰일 가스를 새롭게 대량으로 뽑아 올리고 있다. 이 때문에 에너지원 고갈 예상 시점을 늦추는 사람이 늘었다. 이 책의 원저가 나온 2005년은 미국에서 셰일 에너지 채굴이 본격화하기 이전이다. 그래서 이 책에는 이에 대한 이야기가 나오지 않는다. 하지만 셰일 에너지 또한 언젠가는 고갈될 수밖에 없는 화석연료라는 점에서 이 책의 논지가 훼손되는 건 아니다.

'에너지 노예'의 반란

기왕에 석유문명과 에너지 문제를 다루었으니 한 권의 책을 더 언급하고 싶다. 《에너지 노예, 그 반란의 시작》(*The Energy of Slaves*, 황소자리)이 그것이다. 캐나다의 저명한 저술가이자 저널리스트 앤드루 니키포룩이 쓴 이 책은 '에너지 노예'라는 흥미로운 개념으로 석유를 중심으로 한 현대 화석연료 문명을 분석한다.

이 책에 따르면 세상을 뒤바꾼 산업혁명은 노예를 또 다른 노예로 대체했다. 이는 기존의 인간노예 대신에 석유와 석탄 같은 화석연료가 새로운 노예로 등장했다는 뜻이다. 현대인의 삶과 현대문명은 화석연료가 제공하는 에너지 없이는 한순간도 존재할 수 없고 지탱할 수도 없다. 이 세상에 존재하는 기계, 시설, 장비 등은 거의 모두 화석연료 에너지로 움직인다. 우리가 생활하는 데 없어서는 안 되는 수많은 물건 또한 석유를 비롯한 화석연료로 만든다. 먼 옛날에는 인간노예의 육체가 떠맡았던 온갖 고된 일을 지금은 화석연료가 제공하는 에너지와, 그 에너지로 움직이는 각종 기계가 하고 있다. 인간노예를 대신해 새로운 노예, 곧 에너지노예와 기계노예가 탄생한 것이다. 인류는 산업혁명 이후 아주 값싸고 말도 잘 듣는, 그러면서도 일은 훨씬 더 잘하는 기계를 인간노예 대신 부리게 되었다.

이 새로운 노예는 어마어마한 힘을 발휘한다. 책에 따르면, 운전자 한 명이 자동차 한 대로 쓰는 에너지는 2천 명에 이르는 사람의 힘을 사용하는 것과 같다. 기차를 운행하는 기관사 한 명이 관리하는 에너지는 10만 명, 제트기 조종사의 경우는 무려 70만 명의 사람을 부리는 것과 같다. 또한 미국 사람 한 명이 해마다 소비하는 석유의 양은 174명의 가상 노예를 거느리는 것과 마찬가지라고 한다. 미국 인구가 3억 명이 넘으니 자그마치 5천억 명이 넘는 노예를 거느리고 있는 셈이다. 검소한 생활을 하는 미국인조차 옛날 아주 부유한 귀족이 부렸던 것보다 더 많은 노예를 부리고, 고대의 왕들보다 더 호화로운 생활을 하고 있다고 해도 지나친 말이 아니다.

지금 우리가 겪고 있는 기후변화, 에너지위기, 경제위기 등은 책 제목이 알려주는 대로 이 에너지노예가 반란을 일으킨 결과다. '환경의 역습'이나 '자연의 반격' 같은 말들이 뜻하는 바도 크게 다르지 않다. 그런데 사실은 화석연료가 우리의 노예라는 것과 우리가 화석연료의 노예라는 것은 같은 말이라고 할 수 있다. 현대 산업문명은 화석연료 없이는 굴러갈 수 없고, 현대인의 삶은 화석연료가 안겨주는 안락함과 편리함에 깊이 중독돼 있다. 화석연료를 노예로 맘껏 부리는 동시에 그 화석연료 없이는 살 수 없게 되었으니, 서로가 서로에게 노예의 족쇄를 채우고 있는 꼴이다.

이제 이 노예들의 반란에 어떻게 대처해야 할까? 노예가 사라지면 어떻게 될까? 우리가 노예 신세에서 벗어나려면 어떻게 해야 할까? 책에는 이런 대목이 나온다. "화석연료는 은행에 예치한 자본과 비슷하다. 신중하고 책임감 있는 부모라면 최대한 많은 유산을 후손들에게 물려주기 위해 그 자본을 절약해서 사용할 것이지만, 이기적이고 무책임한 부모는 방종한 생활을 하면서 자본을 탕진하고 자손들이 어떻게 살아갈지는 신경 쓰지 않을 것이다." 우리는 어떤 부모가 될 것인가?

2부

굿바이, 경제성장

시대의 '우상'을
무너뜨린 돌팔매

- 《작은 것이 아름답다》
- E. F. 슈마허 지음
- 이상호 옮김
- 문예출판사, 2002

현대문명의 '비상 경고등'

이 책을 처음 만났을 때 먼저 이런 생각이 들었다. 제목 한번 잘 지었군. '작은 것이 아름답다'라는 말 자체도 멋진 데다 책의 메시지를 아주 명쾌하고도 간결하게 전달하고 있어서다. 아니나 다를까, 독일 출신의 영국 경제학자이자 환경운동가인 E. F. 슈마허가 1973년에 펴낸 이 책의 제목으로 쓰인 이 단순한 문장은 그뒤 생태주의의 상징적인 슬로건을 넘어 오늘날 수많은 사람이 즐겨 쓰는 말로 자리 잡았다. 하지만 제목보다 더 중요한 것은 내용일 것이다.

모든 것이 그러하듯이 환경문제 또한 '껍데기'만 알면 제대로 안다고 할 수 없다. '알맹이', 곧 본질과 구조를 알아야 온전히 안다고 할 수 있다. 이 책의 큰 장점이 여기에 있다. 환경문제의 바탕에 깔린 산업기술 사회의 실체를 파헤치고 자본주의 현대문명의 급소를 찌르는 책. 그럼으로써 지금 우리가 살아가는 이 세상과 우리 삶의 진실이 무엇인지를 깨닫게 해주는 책. 나아가 '작은 것'과 인간의 가치를 중심으로 하는 새로운 대안의 경제학을 주창한 생태 담론의 기념비적 저작. 이 책은 이렇게 요약할 수 있다. 나는 이 책을 읽으며 무엇보다 주류 사회가 강요하는 고정관념을 깨는 것이 얼마나 중요한 일인지를 깊이 깨달았다.

나뿐만이 아니다. 이 책은 이 지구와 인류의 앞날을 고민하는 많은 이에게 신선한 충격과 각성을 안겨주었다. 특히 성장과 경제, 과학기술 등을 둘러싼 현대인의 고정관념을 뒤바꾸는 기폭제 구실을 했다. 이런 점에서 이 책은 좁은 의미의 '생태·환경문제'에 대한 논의를 넘어 현대 산업주의 사회의 본질을 파헤치고 앞으로 인류가 가야 할 길의 '지도'를 제시한 '현대문명의 경고등' 같은 책이라고 할 수 있다. 인문적 지혜도 만날 수 있다. 현대 물질문명의 자기파괴적인 성장과 기술논리를 이길 수 있는 힘의 원천은 '참된 인간'과 그런 인간을 기르는 인문학에 있다는 것이 저자의 신념이었다. 이 책은 환경 고전이자 경제 비평서이며, 문명 담론서이자 인문서다.

저 망할 놈의 경제성장 신화

이 책이 가장 공들여 논의하는 것은 경제성장 신화다.

경제성장이 물질의 풍요를 약속한다고 해도 환경 파괴와 인간성 파괴라는 극복하기 힘든 부산물을 낳는다면 미래는 결코 우리를 행복으로 이끌지 못할 것이다. 이제 인간 중심의 경제가 절실히 요구된다. 인간은 우주의 한 작은 존재다. 작은 것은 아름답다. 거대함만을 추구하는 것은 자기파괴로 치닫는 행위다. 경제학이 지금 맞닥뜨리고 있는 과제는 성장이 아니라 인간성 회복이다.

책에 따르면 경제성장이 좋고 바람직하다는 생각은 허구적 환상이다. 경제성장을 재는 가장 중요한 잣대는 GDP, 곧 국내총생산이다. 잘 알다시피 GDP란 한 나라 안에서 한 해 동안 생산된 재화와 서비스를 모두 합한 금액을 화폐단위로 나타낸 것이다. 다시 말하면 화폐로 측정할 수 있는 물건과 서비스의 총생산량을 양적으로만 계산한 것이다. 이는 곧 돈이 더 만들어지고 늘어나기만 하면 GDP는 올라가고 경제성장을 한 것이 된다는 뜻이기도 하다. 그러다보니 실제 현실에서는 어처구니없는 일이 종종 벌어진다.

가령 전쟁이 터지고, 환경 사고나 자동차 사고가 나고, 숲을 베어내고, 물이 오염된 탓에 생수를 사 먹고, 태풍이 휩쓸고 지나가 한 도시가 쑥대밭이 되어도 GDP는 올라가고 경제는 성장한 것이 된다. 이 모든 경우에 생산이 늘어나고 돈이 만들어지기 때문이다.

전쟁이 터지면 무기를 더 많이 생산하고 사고판다. 자동차 사고가 나면 부품을 교체하거나 새 차를 사야 한다. 이 모든 경우에 생산이 늘어나고 돈거래도 늘어난다. 베어낸 나무를 거래하고 그것으로 목재를 생산할 때에도, 생수 공장을 짓고 생수를 사 먹을 때에도, 태풍으로 부서진 집과 다리를 새로 지을 때에도 생산이 늘고 돈이 오간다. 그래서 자기 집 뜰에서 키운 감자를 이웃과 나누어 먹는 건 경제적으로 아무런 의미도 없지만, 머나먼 나라에서 생산되어 먼 거리를 이동해온 외국의 포테이토칩을 사 먹는 건 경제성장에 이바지하는 행위가 된다. 사람이 죽고 환경이 망가지고 공동체가 무너지고 사회가 병들어도 이 모두 GDP를 끌어올리고 경제를 성장시키는 일이 되는 것이다. 슈마허는 어느 강연에서 이렇게 말했다.

> GDP는 실제로는 아무런 의미가 없는 개념입니다. 순전히 양적인 개념이기 때문이지요. GDP로는 어떻게 삶의 질을 높일 것인가와 같은 물음에 대해 답을 얻을 수 없습니다. 이런 개념으로는 물질 외에도 다른 목표가 우리 삶에 있다는 생각은 주목을 끌지 못합니다.

그가 왕성한 활동을 펼치던 1950-1960년대는 자본주의 경제가 한창 번영을 구가하던 때였다. 그만큼 당시는 경제성장을 신봉하는 주류 경제의 논리를 거스르기가 쉽지 않았다. 하지만 그는 아랑곳하지 않았다. 그는 무한 성장이라는 깃발 아래 인류가 망하는 길로 치닫고 있다는 사실을 누구보다 먼저, 그리고 누구보다 절박하게 인식했다.

무한 성장을 망하는 길이라고 하는 이유는 무엇인가? 성장주의 경제는 치명적 한계를 안고 있을뿐더러 돌이키기 어려운 폐해를 낳기 때문이다. 한계란 지속가능성의 문제를 가리킨다. 지금의 성장주의 경제와 현대인이 누리는 생활 수준은 이미 지구의 자연 생태계가 감당할 수 있는 한계를 넘어섰다. 이것은 널리 알려진 사실이다. 《성장의 한계》를 다룬 글에서도 얘기했듯이, 끝없는 경제성장이 가능하려면 두 가지 전제조건이 필요하다. 하나는 자원과 에너지 공급이 끝없이 계속되어야 한다는 것이고, 다른 하나는 쓰레기와 오염물질 배출이 계속되어야 한다는 것이다. 이 두 가지 다 가능하지 않다는 것은 명백한 사실이다. 지구는 본질적으로 무한 성장을 감당할 수 없다. 한마디로 성장주의 경제는 '자멸의 시스템'이라고 해도 지나친 말이 아니다.

폐해는 무엇인가? 성장주의 경제는 자연뿐만 아니라 인간도 망가뜨린다. '폭력과 파괴의 시스템'이라고 할 수 있다. 책은 이렇게 말한다.

현대 산업사회 시스템은 '성장을 갈망하는 붙박이 장치'를 자기 안에 간직하고 있다. 이 시스템은 계속 성장하지 않으면 굴러갈 수 없다. 무슨 특별한 목표나 고결한 목적으로 성장을 추구하는 게 아니다. 그저 성장을 위한 성장을 계속할 뿐이다. 성장의 맨 나중 모습에 대해서는 누구도 묻지 않는다.

이런 사회는 사람들의 정신과 영혼을 파괴한다. 노동은 의미와 재미가 없는 것으로 전락하고 인격 또한 망가진다. 산업사회에서 노동은 자연과 동떨어진 기계적이고 인위적인 방식으로 이루어지며 인간의 풍요로운 잠재능력 가운데 극히 미미한 부분만을 사용하도록 강요당하는 탓이다. 그러므로 이러한 체제는 "인간을 책임 있는 개인이 아닌 오직 '생산의 요소'로만 취급함으로써 노동자들의 삶을 저해하고 낭비하게 만드는 중차대한 악"이라고 할 수 있다.

돈을 위해서만 존재하는 시스템의 노예. 부질없고 의미 없는 노동의 포로. 자연과 사람을 끝없이 학대하는 성장주의 산업사회에서 인간은 이렇게 길든다. 우리의 삶이 평화롭지 않고 명랑하지 못한 근본적인 이유가 여기에 있다.

경제와 과학기술의 전환

책은 현대 산업사회를 지배하는, 그래서 우리가 버려야 할 잘못된 관념들이 무엇인지를 알려준다. 정리하면 이렇다. △모든 사물은 화폐라는 획일적 단위로 측정하고 계산하고 표현할 수 있다. △끝없는 성장은 가능할 뿐만 아니라 바람직하며, 경제성장과 과학기술 발전은 인류가 맞닥뜨리는 온갖 문제들을 해결해줄 것이다. △자연은 경제성장과 인간의 욕구 충족을 위해 무한정으로 착취하고 개발하고 이용해도 된다. △인간은 경제성장을 위해 쓰여야 할 노동력에 지나지 않는다. △행복과 삶의 질을 규정하는 핵심 요소는 물질의 소유와 소비다.

　그러면 새롭게 일구어야 할 대안의 경제는 어떤 것일까? 책의 내용을 종합하면 이렇게 간추릴 수 있다. △'인간의 얼굴'을 한 인간 중심의 경제. △자연의 한계를 깊이 인식하고 지속가능성을 최고 가치로 추구하는 생명과 생태 중심의 경제. △소박함과 비폭력을 핵심 원리로 삼는 평화의 경제. △거대주의에 맞서는 '작은 것'의 경제.

　새로운 경제가 중시하는 가치는 인간, 생명, 평화, 한계 등이다. '작은 것'은 이 모두를 포괄하는 개념이다. 사실 슈마허가 '작은 것이 아름답다'를 책 제목(원제도 'Small is Beautiful'이다)으로 내건 가장 큰 이유는 현대 산업사회의 가장 중요한 특성을 '거대주의'에서 찾았기 때문이다. 경제든 무엇이든 큰 것 또는 커지는 것을 숭배하는 것이 거대주의다. 거대주의와 짝을 이루는 건 기계화다. 슈마허는 자신의 다른 책 《내가 믿는 세상》(*This I Believe and Other Essays*, 문예출판사)에서 이렇게 썼다.

공장은 사람이 아닌 기계들의 집으로 지어진 것이다. 사람이 기계처럼 된 만큼 기계는 사람처럼 되었다. 인간이 로봇이 되는 동안 기계는 생명의 박동을 한다. 너무나 많은 사람이 조직 안에 갇히고, 그 조직은 엄청난 크기로 사람을 자꾸만 작고 무기력하게 만든다. 이런 식의 기계화 아래서 사람들의 힘은 꺾이고 마비된다. 이제 인간적 소통이 가능한 적당한 크기, 안성맞춤의 크기가 중요하다. 거대주의 중독에서 벗어나 훨씬 더 작은 단위로 생각하는 데 익숙해져야 한다.

그는 "작은 것은 자유롭고 창조적이며 효율적이다. 뿐만 아니라 편하고 즐겁고 지속적"이라고 말한다. 뿐만 아니라 지혜 또한 작은 것에 깃든다. 그는 이렇게 갈파했다. "가장 커다란 위험은 언제나 부분적인 지식을 대규모로 무자비하게 이용하는 데서 나온다."

이런 그의 생각은 그가 창안한 '중간기술'에도 고스란히 적용됐다. 그는 현대 산업문명을 규정하는 또 하나의 핵심 요소인 과학기술 분야에도 심혈을 기울였다. 그는 현대 과학기술이 너무 거대하고, 복잡하고, 전문적이고, 폭력적이고, 막대한 돈의 힘으로 굴러간다고 비판했다. 책에 따르면 그런 기술은 소수를 위한 기술, 착취를 위한 기술, 돈과 권력에 봉사하는 기술, 요컨대 민주주의와 인간과 자연을 망가뜨리는 기술이다.

대안은 중간기술이다. 중간기술은 이중적 성격을 띤다. 전통사회의 뒤떨어진 기술보다는 더 생산적이고 효율적이고 강력한 힘을 발휘한다. 동시에 현대 산업사회의 거대하고 복잡한 기술보다는 훨씬 값싸고 단순하고 대중적이다. 상대적으로 규모가 작고, 간단하며, 자본이 적게 들고, 환경을 파괴하지 않도록 신중하게 고안된 기술. 이것이 중간기술이다.

이런 기술은 누구든 쉽게 접근할 수 있다. 인간을 기술에 종속시키지 않는다. 중앙 집중적이지 않고 관료주의와도 거리가 멀다. 간단히 말해 '작은 기술'이다. 이런 기술에서는 가난한 사람들이 소수의 권력자나 기술 엘리트에게 예속되지 않는다. 사람들이 자기 지역의 환경과 조건에 맞추어 스스로를 도울 방법을 찾고 그럼으로써 실제 삶의 질을 높이는 기술이 중간기술이다. 이렇게 해서 중간기술은 민중의 기술, 자립과 자조의 기술, 민주적인 기술, 평화의 기술이 된다. 참된 '인간의 기술'이 되는 것이다. 방금 언급한 새로운 대안의 경제에 걸맞은 기술인 셈이다.

중간기술은 슈마허 사후에도 끊임없는 연구개발과 현장 적용 등의 과정을 거쳐 오늘날은 '적정기술'이라는 이름으로 불린다. '적정'이란 말이 붙은 이유는 중간기술의 취지가 그렇듯이 '구체적인 상황에 잘 들어맞는 것'이 이 기술의 핵심 특성이기 때문이다. 오늘날 적정기술은 큰 관심과 주목을 모으고 있다. 지금 인류가 시급히 해야 할 일들이 이 기술과 맞물려 있어서다. 민중의 삶의 질을 높이고 자급의 힘을 키우는 일, 기후변화를 비롯한 환경위기를 해결하는 일, 폭주하는 과학기술의 방향을 제어하고 바로잡는 일, 민주주의와 평등과 평화를 이루는 일 등이 그런 것들이다. 슈마허가 창안해 세계 곳곳으로 전파하려고 무던히도 애썼던 중간기술은 이처럼 그의 당대를 넘어 지금까지도 빛을 발하고 있다.

인간의 위대함을 되찾자

슈마허는 생애의 말년에 접어들어서는 '인간의 위대함'과 '좋은 삶'을 탐구하는 데 집중했다. 그는 산업사회의 생사가 걸린 중요한 문제들은 정치개혁, 경제개혁, 과학기술 발전 등으로는 해결하기 어렵다고 생각했다. 변화가 일어나야 할 곳은 다른 데가 아니라 우리 마음과 영혼이라는 것이 그의 생각이었다. "내가 실제로 할 수 있는 일이 뭘까요?"라고 묻는 사람들에게 그는 이렇게 답했다. "먼저 자기 마음의 집을 손질하십시오."

그의 생각을 쉽게 풀이하면 이렇다. 산업사회를 변화시키는 데 가장 중요한 일은 '목적'을 바꾸는 것이다. 이 일을 하는 데 반드시 필요한 건 지혜다. 지혜란 현실을 똑바로 알고 그 앎을 바탕으로 현실을 바꿀 줄 아는 능력이다. 이런 지혜는 마음과 정신과 영혼에서 비롯하며, 현실의 변화 또한 '마음의 집'을 손질하는 데서 시작된다. 내 삶을 이끌어갈 '등불'을 찾아내고 그 등불이 인도하는 길을 흔들림 없이 걸어갈 힘과 지혜와 용기를 기르는 것. '마음의 집'을 손질하는 일이란 이런 것이다.

너나없이 경험하듯이 지금의 지배체제는 사람을, 특히 인간의 영혼과 정신을 불구와 파산 상태로 몰아넣고 있다. 숭고해야 할 우리 삶을 망가뜨리고 조롱하면서 수많은 인간적 가능성을 탕진하고 있다. 이런 상황에서 슈마허는 '우리 함께 인간의 위대함과 존엄성을 되찾자'고 호소한다. 그리하여 '인간의 길'로 함께 나아가자며 손을 내민다. 그는 이렇게 말했다.

예술가가 특별한 인간이 아니라 모든 인간이 특별한 예술가입니다. 인간은 신의 위치에서 지상으로 내려온 존재입니다. 인간이 이 세상에 온 것은 자신을 완성하기 위해서입니다. 우리 한 사람 한 사람은 신이 만드신 우주입니다.

그 자신이야말로 평생에 걸쳐 이런 길을 묵묵히 걸어간 사람이었다. 그 여정에서 남긴 가장 돌올한 성취가 이 책이다. 대표작인 이 책 외에도 슈마허가 쓴 다수의 책이 국내에 소개되어 있다. 《굿 워크》(*Good Work*, 느린걸음), 《내가 믿는 세상》, 《당혹한 이들을 위한 안내서》(*A Guide for the Perplexed*, 따님) 등이 그것이다. 모두 좋다. 하지만 이중에서 가장 먼저 건네고 싶은 책은 강연 모음집인 《굿 워크》다. 슈마허의 정신과 사유가 알차게 담겼다. 일반 대중을 상대로 한 강연 내용을 풀어놓은 것이어서 부담 없이 읽을 수 있다는 것도 큰 장점이다.

경제발전이 가난을
없앤다는 거짓말

- 《경제성장이 안 되면 우리는
  풍요롭지 못할 것인가》
- 더글러스 러미스 지음
- 김종철, 최성현 옮김
- 녹색평론사, 2011

가면을 벗자

책 제목 그대로 물어보자. 경제성장이 안 되면 우리는 풍요롭지 못할까? 뒤집어서 물어보자. 경제성장을 이루면 가난이 사라질까? '그렇다'고 생각하는 것이 대다수 사람의 뿌리 깊은 고정관념이리라. 이 책의 대답은 다르다. 그것은 거짓말에 지나지 않는다. 감언이설이다. 그러기는커녕 경제성장은 오히려 새로운 가난을 만들어낸다는 게 이 책의 주장이다.

미국 출신의 정치학자이자 평화운동가로서 일본 오키나와를 중심으로 활동하는 이 책의 저자 더글러스 러미스는 '경제발전'이란 과연 무엇인지 캐묻는다. 그리고 나서 경제성장으로 모두가 풍요로워질 것이라는 믿음은 실현 불가능하다고 단언한다. 또한 '가난함'

이나 '부유함'은 경제 개념이 아니라 정치 개념이라는 탁견을 제시한다. 이런 문제의식에 따라 이 책은 선진 공업국들이 자원 소비를 90퍼센트 감소시키지 않으면 지구 같은 행성이 다섯 개는 더 필요하다며 발전의 엔진을 멈추라고 촉구한다. 파국에서 벗어날 수 있는 길은 뭘까? 이 책이 내놓는 대안은 '대항발전'이라는 개념이다. 이에 대해선 뒤에서 살펴보자.

저자에 따르면, 인간사회에서 경제라는 요소를 줄여나가도 사람들은 별 탈 없이 살 수 있다. 발전시켜야 할 것은 경제가 아니라는 것. 외려 경제와 시장의 요소를 조금씩 줄여나가고 경제 이외의 것들을 발전시키는 것이 우리가 해야 할 일이다.

이 책은 성장 이데올로기의 가면을 벗긴다. 그것이 허구적인 논리와 자가당착, 무지와 공포에 토대를 둔 반생명적 이데올로기라는 사실을 설득력 있게 논증한다. 그럼으로써 우리가 은연중에 절망적으로 동의했던 주류 상식을 뒤엎는다. 뿐만 아니라 이 책은 민주주의, 국가, 폭력, 평화, 미국의 패권주의 등 다양한 주제들을 날카로운 시각으로 분석한다. 그래서 이 책을 읽다보면 오늘날 세계가 처한 현실의 감추어진 속살을 들여다볼 수 있다.

가난은 정치적 개념이다

부와 가난은 경제 개념이 아니라 정치 개념이다. 이 획기적 통찰이 내가 이 책에서 얻은 가장 큰 수확이다. 이 이야기의 실마리는 '부유한' '부자' 등을 뜻하는 'rich'라는 영어 단어에 담겨 있다. 'rich'는 라틴어 'rex', 곧 '(국)왕'에서 비롯한 말이다. 때문에 'rich'의 본래 의미는 경제적 힘이라기보다는 '권력'이라고 할 수 있다. '왕이 가진 것과 같은 힘'이 이 단어의 본래 의미다.

이 힘의 특징은 무엇일까? 그것은 왕 이외의 사람은 왕이 가진 힘을 가지고 있지 않다는 점이다. 누가 아무리 "나는 왕이다"라고 해봤자 다른 사람들도 들고일어나 "너만 왕이냐. 나도 왕이다"라고 하면 어떻게 될까? 이렇게 되면 왕이라고 해도 아무런 힘을 가질 수 없다. 이것이 부자의 본래 의미인데, 오랜 세월을 거치며 경제적인 의미를 가리키는 것으로 바뀌었다. 돈으로부터 생기는 힘, 바꿔 말하면 경제력이 'rich'의 의미가 된 것이다.

왜 돈을 소유하는 것이 힘이 될까? 이유는 간단하다. 남들은 돈을 가지고 있지 않아서다. 생각해보라. 돈이 없어도 아무도 돈이 필요하다고 생각하지 않으면 돈을 소유한 것이 전혀 힘이 될 수 없다. 돈이 없어서 돈을 필요로 하는 수많은 사람이 있다는 것이 부자의 전제다. 돈을 가진 사람이 돈이 없는 사람을 지배할 수 있는 이유가 여기에 있다. 자본주의 시스템이 이것을 잘 보여준다. 돈을 가진 자본가는 돈이 없는 노동자의 노동력을 지배할 수 있다. 사람을 직접 고용하든 저임금 노동으로 만들어진 상품을 싸게 팔든 이것은 마찬가지다. 타인의 노동력을 지배할 수 있다는 것이 부자의 본질이다.

그러므로 부자와 가난한 사람은 일종의 사회적 관계, 곧 사람과 사람의 관계를 가리키는 말이라고 할 수 있다. 부나 가난을 정치 개념이라고 하는 것은 이런 맥락에서다. 경제성장이 빈곤이나 불평등의 해결책이 될 수 없는 근본 이유가 여기에 있다. 경제성장으로 한 사회의 물질적 부를 아무리 늘려도 그 사회 전체가 풍요로워지지는 않는다. 자본주의의 풍요는 어디까지나 상대적 풍요다. 그 풍요는 어딘가에 저임금 노동자가 있고, 돈을 필요로 하는 사람이 무수히 많다는 전제 위에서 이루어진 풍요다.

때문에 세계의 모든 사람이 한꺼번에 부자가 될 순 없다. 불평등하고 부조리한 '관계의 구조'가 그대로 있는 한, 그런 체제 아래서 가난한 자는 본질적으로 존재할 수밖에 없다. 끊임없이 가난한 자들을 만들어내야만 작동하고 유지될 수 있는 것이 자본주의 시스템이다. 끝없는 자본주의적 경제성장이 빈곤이나 불평등을 해소하기는커녕 오히려 확대 재생산한다는 것이 훨씬 진실에 가깝다.

저자의 이런 관점은 일찍이 카를 마르크스가 한 말을 떠올리게한다. "흑인은 흑인이다. 일정한 관계 아래서 그는 노예가 된다. 기계는 기계다. 일정한 관계 아래서 그것은 자본이 된다." 자본주의를 변혁하려면 '관계'를 바꿔야 한다는 얘기다. 자본주의가 추구하는 무한 성장은 가능하지도 않을 뿐더러 바람직하지도 않다. 무한 성장은 문제의 해결책이 아니라 문제의 원천이다. 아니, 문제 그 자체다. 이것은 생태적으로뿐만 아니라 사회적·경제적으로도 그렇다.

자동사에서 타동사로 바뀐 'develop'

'rich'에 이어 '발전하다'나 '개발하다'의 뜻을 지닌 'develop'라는 영어 단어를 분석한 대목도 흥미롭다. 경제발전 이데올로기가 현대사회에서 가장 뿌리 깊은 이데올로기라는 사실은 의심의 여지가 없다. 그런데 이 책에 따르면, 세계적 규모로 이 이데올로기가 나타난 출발점은 1949년 1월 20일 미국 대통령 해리 트루먼의 취임 연설이었다. 당시 트루먼은 "미국에는 새로운 정책이 있다"고 발표했다. 그 내용은 미국이 전 세계 '미개발' 국가들에게 경제적·기술적 원조와 투자를 해서 이들 나라를 '발전시킨다'는 것이었다.

이 책은 '발전'(development)이 국가 전체의 정책이 된 것은 이때가 처음이라고 주장한다. 게다가 발전은 미국이라는 나라를 넘어 세계 전체에 적용되는 정책이 되었다. 경제발전 정책의 대상이, 다시 말하면 '발전을 당하는' 나라가 미국뿐만 아니라 가난한 나라들을 비롯한 온 세계가 되어버린 것이다. 그리하여 이제 "나라 A는 국가 정책으로 나라 B를 발전시키고(develop), 그것이 나라 B의 발전(development)이라고" 여겨지게 되었다.

주목할 것은 'develop'은 본래 타동사가 아니라 자동사라는 점이다. 이상하지 않은가? 국가 A가 국가 B를 발전시키는 것을 정책으로 삼는다는데 그 발전이 자동사라고? 이건 아주 큰 모순이다. 저자는 바로 이 모순 속에 '경제발전'이라는 말의 이데올로기적 함의가 있다고 강조한다. 설명은 이렇게 이어진다.

'develop'의 반대말은 'envelop'다. '싸다', 즉 뭔가를 종이나 수건 같은 것으로 싼다는 의미다. 'develop'은 그 반대 행위인 '풀다'나 '꺼내다'를 뜻한다. 종이나 천에 싸인 뭔가가 조금씩 나오는 변화를 가리키는 말이 'develop'다. 꽃망울이 꽃이 되거나, 씨앗이 자라 나무가 되거나, 아이가 어른이 되는 것 등이 그런 보기다. 그러니까 'develop'은 주로 생물, 곧 생명이 있는 것의 성장을 가리킨다. 이는 물론 어느 단계에서 다음 단계로 바뀌는 변화를 말한다. 그러나 여기에는 기본적으로 이전 단계의 가능성이나 잠재력이 다음 단계

에서 실현된다는 의미가 함축돼 있다. 'develop'이 자동사라는 데
에는 이런 뜻이 담겨 있다.

하지만 트루먼 이후 이것은 전면적으로 타동사로 바뀌었다. '경
제발전'이라는 정책이 한 국가 전체는 물론 지구의 모든 것을 바꾸
게 된 것이다. 여기에는 경제만이 아니라 자연, 문화, 사회, 삶의 방
식 등이 모두 포함된다. 미국을 비롯한 서구의 주류 제도 안에 들어
와 있지 않은 것은 그것이 무엇이건 '미개발'이라는 하나의 범주로
묶인다. 그러면서 그 미개발은 '야만'이나 '뒤떨어진 상태' 같은 것으
로 치부된다. 저자는 이것을 재치 있게 비유한다. 포유류를 모두 '토
끼'와 '토끼 아닌 것'으로 나누면 고래와 코끼리와 개가 한 범주에 들
어가는 것과 마찬가지라고.

과거의 식민주의나 제국주의는 적어도 '정직한'(?) 측면이라도
있었다. 그것이 착취와 수탈이라는 걸 모두 알고 있었다. 그런데 이
제 '발전'이라고 하면 마치 어떤 사회나 문화 속에 들어 있던 가능성
이나 잠재력이 발현되는 듯한 느낌을 풍기게 된다. 발전이 자동사
의 뜻을 가질 때처럼 꽃이 피거나, 씨앗에서 나무가 자라거나, 아이
가 성장하는 듯한 환상을 불러일으키는 것이다. 수많은 사람이 여
기에 속아 넘어갔다. 바깥에서 자본이 들어와 자연과 전통문화를
파괴하고 사람들을 폭력적으로 착취해도 그것을 '발전'이라고 부르
기 시작하면 생각이 달라진다. 그것이 자연스럽고 당연할 뿐만 아
니라 마땅히 그래야 할 변화인 것처럼, 심지어 긍정적이고 바람직
한 과정인 것처럼 여겨지는 것이다.

이제 이런 환상에서 벗어나야 한다. 우리가 '경제발전'이라 부르
는 것의 실체는 지구 위의 모든 인간과 자연을 서구식 자본주의의

산업경제 시스템 속으로 집어넣는 것이다. 책이 설명하듯이 "제3세계 또는 '남'의 국가는 '발전되어' 있지 않은 것이 아니라 '발전되어' 그렇게 됐다." 발전이 부족해서 가난한 게 아니다. 반대로 발전했기 때문에 가난한 생활이 이전과 다른 방식으로 바뀐 것이다. 그 결과 "가난하냐 아니냐에 관계없이 이제 지구상의 모든 사람은 세계경제 시스템의 톱니바퀴에 완벽하게 물려 있다."

그러므로 앞서 언급했듯이 경제발전은 빈부 격차의 해소책이 아니라 그 원인의 하나다. 이는 경제발전으로 비로소 빈부 차이가 생겨났다는 뜻이 아니다. 이전부터 있던 빈부 차이를 경제발전이 합리화하고 정당화했다는 뜻이다. 나아가 빈부 차이는 경제발전의 조건이자 원동력이 되기도 한다고 이 책은 지적한다. 경제발전이나 성장으로 모두가 풍요로워질 거라고? 이는 구조적으로나 원리적으로나 이루어질 수 없는 미망에 지나지 않는다. 거짓말이다.

'대항발전'과 참된 진보의 길

빈곤을 둘러싼 이야기도 참신하다. 저자는 네 가지 빈곤을 구별해 설명한다.

첫째, 전통적 빈곤. 지구 곳곳의 지역과 마을에서 형성돼온 자급자족 사회를 떠올리면 된다. 가진 것이 많지 않지만 그것으로 만족한다. 둘째, 절대적 빈곤. 먹을 것이 부족하고, 약이 모자라고, 입을 옷이 없어서 기본적인 차원에서 제대로 된 생활을 할 수 없는 상태다. 굶주림이나 영양실조로 어린이가 죽는 것이 대표 사례다.

셋째, 사회관계로 규정되는 빈곤. 'rich' 이야기에서 언급한 빈곤이 이것이다. 어떤 사회에 부자가 있으면 반드시 그 주변에 다수의 가난한 사람이 있기 마련이다. 넷째, 기술 발전으로 생겨나는 빈곤. 기술이 발달함에 따라 새로운 필요가 만들어지고, 이로부터 새로운 종류의 빈곤이 탄생한다는 것이다(《과거의 거울에 비추어》를 다룬 글에 이에 대한 상세한 설명이 있다).

이 책은 20세기 이후 지금까지의 경제발전이 이 네 종류의 빈곤 가운데 첫 번째 것을 세 번째와 네 번째 것으로 고쳐 만드는 과정이 었다고 주장한다. 예전에 세계에는 자급자족을 좋다고 생각하는 사람이 많았다. 이들은 착취하기 어렵다. 현실에 만족하기 때문이다. 이런 빈곤을 착취하기 쉬운 세 번째와 네 번째 빈곤의 형태로 전환시킨 것이 경제발전의 정체였다는 것이다. 세 번째 빈곤은 인간을 노동자로 만드는 것이고, 네 번째 빈곤은 인간을 소비자로 만드는 것이다. 모든 사람을 노동자와 소비자로 만드는 것이 경제발전의 실체였던 것이다. 빈곤을 없애는 게 아니라 또 다른 형태의 빈곤을 끊임없이 만들어내는 것, 이것이 곧 경제발전의 민낯인 셈이다.

대안은 무엇인가? 책은 '대항발전'(counter-development)을 제안한다. 이것의 요체는 경제는 줄이고 경제 이외의 것을 발전시키자는 것이다. 이것이 가난해지자거나 새로운 금욕주의를 실천하자는 게 결코 아니라고 책은 강조한다. 오히려 이것은 돈, 기계, 기술 등에 의지하지 않고도 즐거움을 느끼고 기쁘게 지낼 수 있는 능력을 발전시키자는 주장이다. '살아 있음' 그 자체를 즐기는 능력을 배우고 익히자는 얘기다. 이 점에서 대항발전은 "참다운 의미의 행복주의"라고 할 수 있다.

일과 소비중독에서 벗어나 '인간'으로 되돌아오는 것이 중요하다. 값이 매겨져 있지 않은 즐거움, 사고파는 일과 관계가 없는 즐거움을 되찾아야 한다. 어떻게 하든지 경제성장을 하지 않으면 안 된다는 시스템에서는 '진짜 필요한 물건'만을 생산할 수가 없다. 필요 없는 물건을 생산하여 그것을 광고로 어떻게든 팔지 않으면 성장은 계속되지 않는다. '대항발전'은 경제는 성장하지 않아도 좋다. 그 대신 의미 없는 일, 세계를 망치는 일, 돈 외에는 아무것도 나오지 않는 그런 일을 조금씩 줄여가자는 것이다. 싫은 일을 줄이고 의미 있는 일을 추구하자는 것이다.

우리가 추구해야 할 진보란 이런 게 아닐까? 진보란 뭘까? 인간의 윤리와 도덕의 진보? 인간 각자의 능력이나 지식의 진보? 과학기술의 진보? 자본주의와 경제발전 이데올로기에는 경제성장이 진보라는 생각이 깊이 새겨져 있다. 그러나 이제 물질이 아닌 인간과 사회와 문화가 발전하는 것을 진보라 여겨야 하지 않을까? 이른바 '제로성장'을 받아들이고, 공포와 불안이 지배하는 경쟁사회를 넘어 공생의 사회, 상부상조 사회로 나아가야 하지 않을까? 물질만의 풍요가 아니라 참다운 의미의 풍요를 추구하는 대안적 삶의 문법을 터득해야 하지 않을까? 대항발전 개념은 이런 진보를 추구한다.

여기서 명심할 게 있다. 이런 일을 해내는 것은 정치적 실천에 달렸다는 사실이 그것이다. 한 번 더 저자의 목소리를 들어보자.

경제제도를 민주화하는 과정의 첫걸음은, 경제적인 결정이라고 말해지는 정책 결정의 대부분이 실은 경제적인 것이 아니라 정치적 결정이라는 사실을 인식하는 일입니다. 즉 그것은 전문가의 결정 사항이 아니라 보통의 시민, 인민이 선택하고 결정할 권리를 갖고 있다는 의미입니다.

그렇다. 이 선택은 소수의 전문가에게 위임해 해결할 기술적인 선택이 아니다. '인간은 어떻게 살아야 하는가?'라는 가치판단을 동반한 선택, 곧 살아 있는 인간만이 할 수 있는 선택이다. 정치적인 선택이 의미하는 바가 이것이다. 알다시피 민주주의(democracy)의 본래 의미는 인민에게 힘이 있다는 것이다. 인민 자신이 힘과 권력을 가지고 스스로를 다스리는 것이 민주주의의 본령이다. 결국 환상과 신화로 덧칠된 경제발전 이데올로기에서 벗어나 대항발전, 곧 진정한 진보를 이루는 것은 민주주의의 문제라는 얘기다. 이것이 이 책의 궁극적 결론이다.

이 책은 상투적인 고정관념과 선입견을 깨뜨린다. 읽어나가다 보면 생각의 틀이 바뀌고 새로운 시야가 열리는 경험을 맛볼 수 있다. 국내 출간된 저자의 다른 책으로는 공동 저작인 《에콜로지와 평화의 교차점》(녹색평론사) 등이 있다.

끝없는 경제성장은
불가능하다

- 《성장의 한계》
- 도넬라 H. 메도즈, 데니스 L. 메도즈, 요르겐 랜더스 지음
- 김병순 옮김
- 갈라파고스, 2012

연못과 연꽃

어떤 연못에 연꽃이 자라고 있다고 가정해보자. 시한은 한 달이고, 연꽃은 하루에 두 배씩 늘어난다. 그런데 29일째 되는 날 연못의 절반이 연꽃으로 뒤덮였다. 이제 당신은 어떻게 할 것인가? 아직 연못의 절반이나 남았다고 안심할 수 있는가? 연꽃이 연못을 완전히 점령하는 날이 바로 내일인데도?

이 이야기는 지금 우리 인류와 지구가 처한 상황을 상징적으로 보여준다. 자연을 파괴하고 자원을 고갈시키면서 추구해온 경제성장은 이 지구를 거대한 위기로 몰아넣었다. 기후변화 사태가 보여주듯이 지구와 자연 생태계 전체가 일대 교란에 빠졌다. 그 속에서 우리 인간은 지속가능한 생존 자체를 위협받고 있다. 그런데도 이

런 사태를 낳은 주범인 경제성장은 멈출 줄을 모른다. 여전히 사람들은 성장의 신화에 사로잡혀 있다. 먼 미래가 아니라 바로 내일 연못이 연꽃으로 뒤덮일 것이라는 경보음이 끊임없이 울리는데도, 성장이 안겨주는 환상과 미몽의 덫에서 빠져나오지 못하고 있는 것이다. 그 와중에 파국을 향해 가는 시계는 지금 이 순간에도 째깍째깍 쉼 없이 돌아가고 있다.

이 책은 일찍이 '성장의 한계', 곧 끝없는 경제성장은 불가능하다는 사실을 역설한 선구적인 저작이다. 1972년에 초판이 나온 후 여러 나라에서 베스트셀러가 되었고, 모두 30개 언어로 번역되어 전 세계적으로 1천 만 부가 넘게 팔렸다. 당시 로마클럽이란 이름의 모임이 있었다. 1968년 이탈리아 사업가 아우렐리오 페체이의 주도로 지구는 유한하다는 문제의식을 가진 유럽의 경제학자, 과학자, 교육자, 기업인 등이 만든 비영리 연구단체다. 이들은 특히 자원 고갈, 환경오염, 인구 증가 등과 같은 문제들을 집중 연구했다. 이들이 펴낸 보고서가 이 책이다. 그래서 이 책은 '로마클럽 보고서'라 불리기도 한다.

당시는 자본주의 번창기로서 세계경제 전체가 눈부신 고도성장을 계속하던 때였다. 그런 상황에서 이 책은 경제성장에는 한계가 있고 또 있어야 한다는 도발적인 주장을 펼쳤다. 이는 경제성장이 안겨주는 풍요의 열매에 취해 있던 당시 세계 사람들에게 큰 충격과 새로운 깨달음을 주었다. 게다가 이 책이 나온 직후 공교롭게도 제1차 오일쇼크가 터졌다. 번영을 구가하는 것처럼 보이던 세계경제가 갑자기 커다란 혼란과 위기에 빠졌다. 경제성장을 둘러싼 사람들의 낙관과 고정관념도 흔들렸다. 당연히 이 책을 새롭게 조명하는 사람이 크게 늘었다. 그러면서 자연스레 이 책은 이후 세계 각지의 환경운동 발전에도 중요한 영향을 미치게 된다.

환경 고전의 반열에 오른 이 책은 1992년에 《성장의 한계, 그이후》라는 제목으로 개정판이 나왔고, 2004년에 세 번째 개정판이출간됐다. 그 과정에서 초판의 부분적인 오류나 실수가 바로잡혔고, 내용 또한 시대 변화와 지식 발전 등에 발맞추어 한층 충실해졌다. 이 글은 가장 최근에 나온 세 번째 개정판을 대상으로 했다.

'한계의 시대'를 넘어서려면

1992년 개정판은 한 가지 중요한 사실을 밝혀냈다. 인류가 이미 지구의 수용능력 한계를 넘어섰다는 것이다. 1990년대 초반에 벌써인류는 지속 불가능한 영역으로 좀 더 깊숙이 발을 들여놓고 있었다. 책에 따르면 지금 우리가 맞닥뜨린 상황은 초판이 나온 1972년보다 훨씬 더 비관적이다. 이에 저자들은 명백하고 일관된 세 가지문제를 다시금 환기시킨다. 언젠가 고갈될 수밖에 없는 자원의 한계, 이를 거스르는 끝없는 성장의 추구, 다가오는 한계에 대한 사회의 대응 지체가 그것이다. '대응 지체'는 사람들의 무관심, 잘못된데이터, 정보 전달의 지연, 뒤늦은 대응, 무능한 관료주의, 거짓 이론들, 기존의 잘못된 타성 등을 가리킨다.

사람들이 성장 지상주의에 계속 매달리는 이유는 뭘까? 그것은성장이 끊임없이 자신들을 잘살게 해줄 것이라고 믿는 탓이다. 대부분 나라의 정부들은 성장이 거의 모든 문제를 해결해주리라 생각한다. 선진국이라 불리는 나라들은 성장이 고용과 경제발전, 기술 혁신을 위해 필요하다고 여긴다. 개발도상국이나 후진국으로 불리는 나라들은 성장이 가난을 벗어날 수 있는 길이라고 믿는다. 심지어 환경보호와 개선에 필요한 자원들을 마련하거나 공급하기 위해서라도 성장이 필요하다고 생각하는 사람이 적지 않다. '성장중독증'이 얼마나 깊이 뿌리내렸는지는 성장과 비슷한 뜻으로 통용되는 단어들이 발전, 진보, 전진, 증진, 향상, 번영, 성공 같은 것들이라는 데서도 잘 드러난다. 이처럼 성장은 지금까지 모든 사람이 지지하고 환영해야 할 일종의 '대의'로 여겨져왔다.

이런 상황에서 비관이나 체념에 빠지지 않으려면 어떻게 해야할까? 먼저 필요한 것은 이 책의 열쇳말인 '한계'에 대한 올바른 이해다. 한계란 구체적으로 무엇인가? 끝없는 성장이 가능하려면 두가지 전제조건이 충족되어야 한다. 하나는 자원과 에너지원이 무한히 공급될 수 있어야 한다. 다른 하나는 쓰레기와 오염물질이 무한히 배출될 수 있어야 한다. 이것은 당연한 얘기지만, 이 두 가지 모두 가능하지 않다는 것 또한 당연한 얘기다.

석유 같은 화석연료나 갖가지 광물자원은 재생되는 게 아니다. 매장량에 한계가 있다. 언젠가는 고갈될 수밖에 없다. 기후변화는 왜 일어나는가? 경제성장을 비롯한 여러 인간 활동으로 이산화탄소 같은 온실가스가 지나치게 많이 배출된 탓이다. 이는 오염물질과 쓰레기 배출 또한 무한히 계속될 수 없음을 보여주는 증거다. 이렇듯 성장의 한계는 두 축으로 이루어져 있다. 하나는 인간에게 물질과 에너지를 제공하는 지구의 자원 생산력의 한계다. 다른 하나는 인간이 배출한 오염물질과 쓰레기를 저장하거나 처리하는 지구

흡수력의 한계다.

책은 한계와 관련된 세 가지 기준을 소개한다. 생태경제학자 허먼 댈리가 제시한 것이다. 첫째, 재생 가능한 자원(토양, 물, 숲, 물고기 등)의 지속가능한 사용량은 지구가 이것들을 재생산하는 양보다 더 많을 수 없다. 둘째, 재생 불가능한 자원(화석연료, 광석 등)의 지속가능한 사용량은 재생 가능한 자원이 지속할 수 있는 범위 안에서 재생 불가능한 자원을 대체할 수 있는 양보다 더 많을 수 없다. 예를 들어 설명하면 이런 얘기다. 유전 개발에서 얻는 이익의 일부를 풍력발전소나 광전지 시설, 식목 사업 등에 투자해 재생 가능한 에너지로 석유를 대체한다면 석유 생산이 줄어들더라도 유전을 지속가능하게 사용할 수 있다. 셋째, 오염물질의 지속가능한 배출량은 지구가 손상을 입지 않은 채 오염물질을 재순환, 흡수, 정제할 수 있는 양보다 더 많을 수 없다.

이는 속도에서도 마찬가지다. 즉 첫째, 재생 가능한 자원을 사용하는 속도는 그것이 재생산되는 속도보다 빠르면 안 된다. 둘째, 재생 불가능한 자원을 사용하는 속도는 지속적으로 재생 가능한 대체 자원이 개발되는 속도보다 빠르면 안 된다. 셋째, 오염물질 배출 속도는 환경의 동화 및 자정 활동이 이루어지는 속도보다 빠르면 안 된다. 한편으로 "한계가 겹겹이 쌓여 있다"는 점도 놓치지 말아야 한다. 어느 하나의 한계를 넘어 성장을 계속한다면 머잖아 또 다른 한계를 만날 것이라는 뜻이다. 대규모 성장이 급속도로 이루어지고 있다면 그다음 한계는 아주 순식간에 나타날 것이다. 그러다 한계가 임계점을 넘어서면 지구 환경이나 시스템을 망가뜨리는 속도가 더욱 빨라지고 다시는 회복할 수 없는 상태로 나아가게 된다.

그렇다면 기술적 해법이나 시장 중심의 대응은 한계의 문제를 해결하는 데 얼마나 도움이 될까? 이 책은 일단 부정적인 태도를 취한다. 책에 따르면 이런 방법은 "상황이 발생하고 난 뒤 취하는 뒤늦은 조치이며 또한 그 자체가 불완전하기 때문에 부족한 면이 많다." 게다가 "그런 조치들을 취하려면 시간이 많이 걸리고 자본이 필요하며 많은 물질과 에너지를 투입해야 한다." 기술과 시장이 안고 있는 가장 근본적인 문제도 지적한다. 이것들은 단순한 도구에 지나지 않는다는 점이 그것이다. 때문에 기술과 시장은 이것들을 누가 어떻게 사용하느냐에 따라 그 결과가 크게 달라질 수밖에 없다.

그러나 이 책은 기술 발전과 시장의 유용성을 전적으로 거부하지는 않는다. "기술과 시장은 장기적으로 공동선을 위해 적절하게 규제되고 활용된다면 지속가능한 사회를 만드는 데 엄청나게 큰 기여를 하리라"는 것이다. 심지어 "우리는 기술의 창조력과 기업가 정신, 상대적으로 자유로운 시장 없이 만족스럽고 공평하고 지속가능한 세계가 올 수 있다고 생각하지 않는다"라고까지 얘기한다. 어쨌든 중요한 것은 기술과 시장만으로는 충분치 않다는 사실이다. 이 때문에 지속가능한 세계로 나아가려면 또 다른 인간의 능력이 필요하다. 이런 새로운 능력이 발휘되지 않는다면 기술 진보와 시장 발달은 지속가능성을 파괴하거나 왜곡할 것이라고 이 책은 전망한다.

'지속가능성 혁명'을 위하여

한계를 넘어서면 지구는 인간에게 신호를 보낸다. 이때 우리가 할 일은 한계를 넘어서게 된 근본 원인을 찾아내 시스템의 구조 자체를 바꾸는 것이다. 이는 총체적이고 근본적인 변화, 곧 혁명에 가까운 일이다. 인류 역사를 보면 농업혁명이나 산업혁명이 여기에 해당한다. 이 책은 한계의 시대에 필요한 것은 '지속가능성 혁명'이라고 천명한다. 이 혁명을 성공적으로 완수함으로써 우리는 지속가능한 사회에 이르게 된다.

지속가능한 사회란 무엇인가? 간단히 말하면 여러 세대에 걸쳐 살아남을 수 있는 사회다. 곧 "사회 시스템을 지탱하고 있는 물질적·사회적 기반을 무너뜨리지 않을 만큼 충분히 멀리 내다볼 줄 알고 유연하게 대처하는 슬기로운 사회"를 말한다. 이 책은 이렇게도 표현한다. "지속가능한 사회는, 자연과 사회가 부담해야 할 비용을 모두 따져보았을 때, 거기서 얻을 가치보다도 대가가 클 경우, 그 일이 무엇이든 간에 한계를 초과하지 못하게 하거나 당장 멈추게 하기 위해서 마이너스 성장까지도 합리적이라고 생각할 수 있는 사회를 말한다." 이런 사회에서 물질적 성장은 반드시 이루어야 할 지상명령이 아니다. 신중하게 고려해야 할 하나의 수단이다. 그러면서 이 책은, 지속가능한 사회는 성장을 무조건 찬성하지도 반대하지도 않으며, 그 찬반은 성장의 종류와 목적에 따라 달라질 수 있다고 주장한다.

지속가능한 사회는 기술이나 문화 등 여러 측면에서 지금보다 뒤떨어진 사회일까? 아니다. 오히려 이런 사회에서 인류는 탐욕이나 불안에서 벗어나 자신의 창의성을 충분히 발휘할 가능성이 높다. 사회와 환경과 경제가 서로 조화를 이루며 성장을 위해 비싼 대가를 치르지 않고서도 기술과 문화가 꽃을 피울 수 있으리라는 것.

다만 이 책은 '신중한 이행'의 중요성을 잊지 않는다. 모두가 새로운 시스템 속에서 제자리를 찾을 수 있도록 천천히, 그리고 충분한 사전 조정을 거쳐 지속가능성 혁명을 이뤄가야 한다는 얘기다.

현실은 암울해도 이 책은 희망의 끈을 놓지 않는다. 저자들은 "지속가능성 혁명은 무엇보다도 인간 본성이 최악이 아니라 최선으로 구현되고 길들여지는 집단적인 변화를 필요로 한다"면서 이렇게 말한다.

세계는 미리 예정된 미래가 있는 것이 아니라 인간의 선택에 따라 달라진다. 허비할 시간은 없지만 위기에 대처할 수 있는 시간은 충분하다. 인간의 생태발자국을 계획대로 줄일 수 있는 충분한 에너지와 물질, 돈, 환경 복원력, 인간적 미덕이 있다. 지속가능성 혁명은 마침내 대다수 사람들에게 더 좋은 세상을 가져다줄 것이다.

알다시피 우리나라는 유독 '성장중독증'이 강한 나라다. 세계에서 유례를 찾아볼 수 없는 급속한 경제성장이 남긴 후유증이다. 그 바람에 물신주의와 각자도생의 경쟁주의가 지배하는 천민자본주의 사회가 되고 말았다. 우리나라가 대표적인 '기후 악당 국가' 가운데 하나로 지목되는 것도 이와 관련이 깊다. 이산화탄소 배출량이 세계 7위에 이르고 온실가스 배출 증가율이 세계 최고치를 기록하고 있음에도 기후변화 대책은 지지부진하기 짝이 없는 게 우리나라의 '환경 현주소'다. 이제 '녹색 전환'을 서둘러야 할 때다. 멀고 험난한 여정이더라도 보다 담대하게 지속가능성 혁명의 길로 나아가야 한다. 이 책이 일깨워주는 희망의 근거를 믿으면서 말이다.

'도넛 경제학'이라는 대안

덧붙여, 놓치기 아까워서 꼭 소개하고 싶은 책이 있다.《도넛 경제학》
(*Doughnut Economics*, 학고재)이 그것이다. 《성장의 한계》와 함께
읽으면 잘 어울린다. 영국 경제학자가 쓴 이 책은 '성장의 한계'를
넘어 분배적이고 재생적인 설계로 균형을 지키면서도 삶을 번영케
하는 지구 경제를 만들자는 제안을 내놓는다. 경제학에 관한 전문
적인 식견에 기초해 새로운 경제(학)의 비전을 제시하고 있다. 지속
가능한 미래 경제를 모색하는 데서 좁은 의미의 생태적 차원뿐만 아
니라 사회정의 차원도 동시에 중시한다는 점이 돋보이는 책이다.

핵심 메시지는 책 제목인 '도넛 경제학'이라는 말에 함축돼 있다.
가운데 구멍이 뚫린 둥그런 모양의 도넛을 떠올려보라. 안쪽과 바
깥쪽에 동심원 두 개가 있다. 안쪽 고리는 사회적 기초를 나타낸다.
그 안으로 떨어지면 식량, 주거, 교육 등과 같은 인간 삶의 기본 조
건들이 파괴된다. 바깥쪽 고리는 생태적 한계를 가리킨다. 그 밖으
로 뛰쳐나가면 기후변화를 위시한 치명적인 환경위기가 들이닥친
다. 이 두 고리 사이에 도넛이 있으니, 이 공간이 지구가 베푸는 한
계 안에서 만인의 필요와 욕구를 충족시키는 영역이다. 생태적으로
안전하고 지속가능한 동시에 사회적으로 정의로운 공간인 셈이다.

일찍이 존 러스킨은 이렇게 썼다. "부란 존재하지 않는다. 오로
지 삶만 있을 뿐이다." 이것을 이어받아 이 책의 저자는 이렇게 말한
다. "시간이 지나도 변하지 않는 부는 하나뿐이다. 태양을 동력 삼
아 모든 것을 재생시키는 삶, 즉 생명의 힘이다." 이는 성장이라는
조건 아래서만 작동하도록 만들어진 기존의 경제·정치·사회구조

를 폐기하고 대신에 경제성장과는 상관없이 "인간 스스로의 삶이 피어나는 경제"를 만들자는 이야기로 이어진다.

책에 따르면, 이제 경제라는 비행기는 하늘을 날아오를 능력과 마찬가지로 착륙하는 능력도 갖춰야 한다. 성장이 종말을 고했을 때에도 사람들의 삶을 꽃피우고 번영케 할 능력을 키워야 한다는 뜻이다. 이것이, 재물을 얻는 기술이 아니라 삶의 기술을 열망하는 시대로 이행하는 도덕적·사회적 진보의 첫걸음이라는 것이 이 책의 주장이다. 마을에서 전 지구에 이르는 모든 차원의 경제가 사회 안에, 그리고 생명세계 안에 녹아들어 있다는 사실을 인정하는 것이 그 출발점이다.

이 책은 경제는 물론 가정, 국가, 환경, 그리고 우리 삶을 근본적으로 다르게 설계할 대안적 사유를 벼리는 데 아주 유용한 '나침반'을 제공한다. 《성장의 한계》가 주창하는 지속가능성 혁명이 이와 직결됨은 물론이다. '폴 새뮤얼슨의 20세기 경제학을 박물관으로 보내버린 21세기 경제학 교과서'가 부제다. 원저는 2017년에 출간됐다.

자본주의 너머의 대안,
정치생태학

· 《에콜로지카》
· 앙드레 고르스 지음
· 임희근, 정혜용 옮김
· 갈라파고스, 2015

유럽의 가장 날카로운 지성

이런 상황을 가정해보자. 어떤 마을에서 주민들이 힘을 합쳐 우물을 팠다. 덕분에 마을 사람들 전체가 거기서 물을 길을 수 있게 됐다. 이 우물물은 공동의 재산이고, 우물은 공동노동의 산물이다. 우물은 마을에 커다란 이득과 혜택을 안겨주는 원천이라고 할 수 있다. 그런데 이렇게 되었다고 GDP, 곧 국내총생산이 증가할까? 아니다. 왜냐면 화폐 교환이 발생하지 않았기 때문이다. 물을 상품으로 사고파는 행위가 발생하지 않았다는 얘기다. 이에 반해 어떤 사기업이 우물을 파서 자기 소유로 만든 뒤 마을 사람들에게 돈을 받고 물을 팔면 어떻게 될까? 이 경우에는 GDP가 증가한다. 주민이 기업에 물 사용료를 지불하면서 화폐 교환이 발생하기 때문이다.

한 가지 예만 더 살펴보자. 여기, 토지를 소유하지 못한 다수의 농민이 있다. 만약 당신이 10만 가구에게 경작하지 않은 땅을 나눠 주고 거기서 식량이 생산된다면 어떻게 될까? 이 경우에 GDP에는 아무 변동이 없다. 식량이 화폐 교환을 발생시키는 상품으로 변하는 게 아니라 농민과 그 가족의 자급자족을 위한 생계에 쓰였기 때문이다. 이에 반해 100명의 지주가 자신들의 땅에서 10만 가구를 쫓아내고 그 땅에 수출할 작물을 심는다면 GDP는 증가한다. 상품으로 변한 작물을 수출해서 벌어들이는 액수만큼, 또 농업 노동자에게 지불한 보잘것없는 임금 액수만큼 말이다.

이런 것이 GDP다. GDP는 부(富)가 상품의 형태를 띨 때만 부로 인정하고 계산한다. 노동도 다르지 않다. 노동으로부터 이윤을 끌어내는, 다시 말해 노동이 만들어낸 생산품에 이윤을 붙여 되팔 수 있는 기업에게 판매된 노동만을 생산적 노동으로 간주한다. 자본의 관점에서 보면 자본을 늘릴 수 있는 이익, 즉 '잉여가치'를 창출하는 노동만이 생산적 노동이다. 이런 GDP를 신줏단지 모시듯 하고 이런 노동을 끊임없이 강요하는 것이 자본주의다. 우리가 살아가는 자본주의는 이런 방식으로 굴러간다.

이 두 이야기는 내가 지어낸 게 아니다. 이 책 《에콜로지카》에 등장한다. 저자는 앙드레 고르스다. 생태주의는 물론 1960년대 이후 신좌파의 주요 이론가로 맹활약한 오스트리아 출신의 프랑스 정치생태학자이자 철학자다. 고르스는 산업화 시대의 낡은 노동 중심 시스템이 막을 내리고 1980년대 이후 글로벌 경제와 정보화 시대가 도래하리라고 예견했다. 특히 그는 재생이 불가능할 뿐만 아니라 점점 더 불안정해지는 허구적 토대 위에서만 작동할 수 있는

자본주의의 위기와 붕괴를 일찍부터 경고했다. 지난 2008년 금융
위기가 전 세계를 덮쳤을 때 이 경고가 적중하며 그의 혜안은 다시
금 큰 주목을 받았다. 실존주의 철학의 거두 장 폴 사르트르는 그를
'유럽의 가장 날카로운 지성'이라 일컫기도 했다.

파괴가 부의 원천이라고?

'정치적 생태주의'쯤으로 해석되곤 하는 책 제목이 보여주듯이 이
책에는 고르스가 역설한 정치생태학의 고갱이가 담겼다. 정치생태
학의 출발점은 자본주의 비판이다. 고르스에 따르면 자본주의 체제
는 인간의 자율성을 파괴함으로써 인간으로부터 '주체'를 빼앗아간
다. 이에 맞서 인간은 자율성을 회복하고 주체를 되찾기 위한, 즉 참
된 인간해방을 위한 실존적 투쟁을 벌여야 한다. 이 투쟁의 과정에
서 그가 도달한 것이 정치생태학이다.

　지구를 망가뜨리고 모든 생명의 자연적 기반을 훼손하는 행위를
막으려면 자연과 인간의 노동을 비롯해 모든 것을 상품화하는 기존
의 사회경제 시스템을 변혁해야 한다. 그는 특히 탈(脫)성장이 중요
하다고 강조했다. 이것은 인간이 살아남으려면 반드시 해야 할 일
이라는 게 그의 주장이다. 이런 변화에는 자본주의가 아닌 다른 경
제, 다른 생활방식, 다른 사회적 관계, 다른 문명이 전제된다. 이를
위해 전면적인 생태혁명, 사회혁명, 문화혁명, 삶의 혁명을 이루고
자 하는 새로운 정치 전략이 정치생태학이다.

　《에콜로지카》는 고르스가 다양한 자리에서 발표한 6편의 텍스트

(머리말을 포함하면 7편)를 자신이 직접 골라서 엮은 책이다. 그 내용을 내 나름으로 재구성해 분류하면 크게 세 덩어리의 이야기로 생각할 수 있다. 첫 번째는 자본주의의 실체 규명과 비판이고, 두 번째는 인간 주체를 둘러싼 이야기다. 그리고 세 번째가 이 두 가지 논의의 결론이자 대안인 정치생태학에 관한 구상이다. 이 세 가지는 유기적으로 통합돼 있다.

먼저 자본주의 이야기. 일단 고르스의 발언부터 들어보자.

경제적 합리성이 다른 모든 형태의 합리성 위에서 군림하게 되는 것이 자본주의의 본질이다. 그냥 내버려두면 자본주의는 삶의 절멸에까지 이르게 되며, 그리하여 자본주의 자체도 절멸하게 된다. 자본주의가 의미를 지닌다면, 그 의미는 오직 자기 자신을 제거할 조건들을 만들어낸다는 것이다.

스스로를 소멸시킬 조건을 만들어내는 것이 자본주의가 지닌 유일한 의미란다. 신랄하다. 그는 자본주의의 붕괴를 필연이라고 보았다. 자본주의는 이미 막다른 위기에 빠져들었으며, 자신의 내적 한계 탓에 소멸을 향해 다가가고 있다는 것. "위기의 원인으로는 정보공학 혁명, 노동과 자본의 비물질화를 들 수 있고, 그로 인해 노동, 자본, 그리고 상품의 '가치 측정'이 점점 더 불가능해지고 있다는 사실을 들 수 있다." 무엇보다 간과할 수 없는 것은 자본주의 자체가 본질적으로 지속가능하지 않다는 점이다. 자연 생태계를 무한정 수탈하는 것도, 인간 노동력을 무한정 착취하는 것도 한계가 있을 수밖에 없기 때문이다.

134

그의 설명을 조금 더 들어보자. 자본주의는 사람들이 점점 더 무언가를 많이 필요로 하기를 요구한다. 나아가 필수적인 것 속에 불필요한 것도 최대한 집어넣고, 상품의 폐기 속도를 가속화하고, 그 내구성을 감소시킨다. 그러면서 최소한의 필요를 가능한 한 최대의 소비로 충족시키라고 강요한다. 그 결과 자본주의 시스템에서는 "일회용 포장, 폐기처분된 기계와 금속, 쓰레기와 함께 태워버린 종이, 깨져서 수리 불가능한 도구, 노동재해를 입은 사람들과 교통사고 피해자들이 필요로 하는 보철구나 의료 서비스로 인한 생산 증가 등"을 포함해 생산과 구매가 양적으로 늘어나기만 하면 무조건 국가적 부가 증대한 것으로 간주된다.

이렇게 해서 파괴는 부의 원천이 된다. 부서지고 폐기되고 내다 버린 모든 것은 새것으로 대체되어야 하고, 이에 따라 더 많은 생산과 상품 판매, 화폐 거래, 이윤이 발생하기 때문이다. GDP 증가와 경제성장은 이런 식으로 이루어진다. 몸을 다치거나 병에 걸리는 것마저도 그것이 약과 의료 서비스 소비를 증가시키는 한 부의 원천으로 계산된다. 파괴가 늘어날수록 성장하는 경제 시스템. 이런 '괴물'이 필연적으로 망하지 않는다면 이게 오히려 더 이상한 일이리라. 이것이 고르스의 자본주의 비판의 핵심이다.

덜 일하고 덜 소비하자

다음은 정치생태학의 인간 이야기. 충분히 짐작할 수 있듯이 이런 자본주의 아래서는 인간도 파괴될 수밖에 없다. 고르스는 "우리는 주체로 태어난다"고 선언한다. 인간이란 "남들이나 사회가 무엇인가를 요구하고 허용하는 존재로 축소될 수 없는 존재"라는 뜻이다.

그런데 자본주의 시스템에서 대중의 절대다수를 차지하는 노동자에게 자본이 강요하는 자리는 무엇인가? 그것은 두 가지다. 한편으로는 자본에 복무하여 보상받는 기능적 노동의 자리이고, 다른 한편으로는 자본에 복무하는 소비를 위한 자리다. "노동자이자 소비자로서, 지급받는 월급과 구매하는 상품에 동시에 의존하는 자본의 '고객'으로만 규정"되는 것이다. 그 결과 "이제 사람들은 자본에 의해 매개되는 실존 외에는 어떤 사회적·공적 실존도 가질 수 없다."

이런 상황에서 인간은 불가피하게 자신의 정체성을 규정하는 '주체'를 부정당하고 자율성을 빼앗긴다. 우리는 우리 자신으로 존재하지 못한다. 우리가 하는 행위의 의미에 대해 스스로 질문할 수도 없고 그 질문을 감당하지도 못한다. 심지어는 이것을 금지당하기까지 한다. 여기서 인간 주체의 해방이라는 윤리적 요청이 제기된다. 이 요청에 대한 답변이 정치생태학이다.

그러므로 고르스가 제시하는 인간론의 바탕이자 전제는 자본주의로부터의 이탈이다. 이것이 실질적으로 뜻하는 바는 뭘까? 그것은 자본이 소비에 대해 행사하는 장악력에서, 또한 자본의 생산수단 독점에서 우리가 해방되는 것이다. 자본주의에서 생산수단들은 거대기계를 이룬다. 모든 사람은 그 기계에 종속된 노예다. 그는 기계가 우리에게 어떤 목표를 추구해야 하며 어떤 삶을 살아야 하는지를 정해준다고 표현한다. 그의 주장에 따르면 이런 시기는 끝나가고 있다.

자본주의에서 이탈함으로써만 비로소 우리는 스스로 자신의 필요나 그것을 충족하는 양식을 규정할 수 있게 된다. 이는 인간 주체의 자율성 회복으로 이어진다. 그렇다면 자율성을 되찾는다는 것은 구체적으로 무슨 뜻일까? 고르스는 자율성이 무엇인지 이렇게 설명한다. "개개인들이 함께 공통의 목표와 공통의 필요에 대해 깊이 생각하고, 낭비를 근절하고, 자원을 절약하고, 생산자이자 소비자로서 '충분한 것의 공통 규범'을 함께 마련하기 위한 최선의 방법을 만들어낼 수 있는 능력."

말이 좀 복잡하고 어렵다. 특히 '충분한 것의 공통 규범'이라니? 자크 들로르는 이것을 '검소한 풍요'라 불렀다. 쉽게 말해 더 많은 생산과 소비 대신에 "더 적은 것으로 더 많이, 더 잘 하기"를 지향하는 것이다. "우정, 사랑, 자유로운 협동, 개인적 창의성, 이런 것의 기쁨을 최우선에 놓는 삶의 방식"을 실현하자는 얘기다. 자율성과 주체성을 되찾는 길이 여기에 있다. 그리고 이는 정치생태학의 중요한 과제 가운데 하나다. 고르스의 얘기를 한 번 더 들어보자.

생태사회적 정치의 근본적 의미는 모든 이에게 한편으로 덜 일하고 덜 소비하는 것, 다른 한편으로 존재의 더 많은 자율성과 안전을 확보하는 것 사이의 관계를 정치적으로 확립하는 것이다. 생태사회적 정치의 핵심은 노동시간과 상관없는, 경우에 따라서는 노동 자체와도 아무 상관없는 최소한의 수입을 보장하는 데 있다. 즉 사회적으로 필요한 노동을 재분배하여 누구나 일할 수 있고 일을 좀 더 잘하되 모두가 덜 하도록 하는 데 있으며, 노동에서 벗어난 시간을 개개인이 자기가 선택한 활동에 쓸 수 있는 자율성의 공간을 창출하는 데 있다.

생태문명을 위한 민주주의의 길

그러므로 다시 중요한 것은 돈벌이 경제의 지배에서 벗어나는 것이다. 대신 사회 전체적으로 늘어나야 하는 것은 경제적 합리성이 적용되지 않는 활동 영역이다. 이에 고르스는 그 자체로서 목적인 활동에 바칠 수 있는 '자유시간'을 부의 진정한 척도로 삼아야 한다고 주장한다. 이를 위해 그가 내놓은 대안이 '생존소득'이다. 이는 최근 큰 주목을 모으는 기본소득과 유사한 개념이다. 생존소득의 목적은 인간의 활동을 고용의 독재에서 해방시키는 것이다. 즉 실업자나 고용 불안정 상태에 있는 사람들도 자신을 팔지 않아도 살아갈 수 있도록 하자는 얘기다. 이렇게 되면 사람들은 정신적 풍요와 참된 행복을 위한 활동들을 훨씬 자유롭게 할 수 있다.

고르스는 이런 활동의 하나로서 이른바 '내재적 부'를 만들어내는 것을 중시한다. 그가 언급한 내재적 부란 생활환경의 질, 교육의 질, 연대관계, 상부상조 조직, 공통의 상식과 실질적 지식의 확산, 일상의 상호작용 속에 반영되고 펼쳐지는 문화 등을 가리킨다.

그는 삶의 질과 의미는 물론이고 어떤 사회나 문명의 질이 어떠한지도 이런 내재적 부에 달렸다고 강조한다. 내재적 부를 만들어내는 활동을 하면서 사람은 자신의 인간다움을 한껏 드러낼 수 있고, 인간다움을 자기 존재의 의미이자 절대적 목적으로 삼을 수 있기 때문이다. 그래서 무조건적인 사회적 소득으로서 생존소득이라는 아이디어는 사물을 다르게 바라보게 해준다. 특히 돈과 상품의 형태를 취하지 않는 부의 중요성을 새롭게 깨닫게 해준다. 생존소득은 고르스 정치생태학의 대의인 인간해방을 이루는 데 중대한 의미와 효용을 지닌다.

또 한 가지 주목할 게 있다. 고르스가 기존의 주류 환경보호 정책에 비판적 입장을 취한다는 점이 그것이다. 이유가 뭘까? 정책을 시행하는 주체인 국가는 기업이나 소비자 개개인에게 자신의 조치에 따르라고 생태적 규제를 가한다. 이는 구체적으로 각종 금지, 행정적 법제화, 세금 부과, 보조금과 범칙금 부과 등으로 나타난다. 이런 규제에는 물론 긍정적인 요소가 있다. 고르스가 우려하는 것은 그럴 때 발생하는 효과가 사회적 삶에서 타율 규제를 강화한다는 점이다.

실제로 우리는 산업주의와 시장논리의 틀 안에서 이루어지는 생태적 규제 조치들이 기술관료 권력의 확장으로 나타나는 경우를 자주 본다. 국가나 그 국가에 속한 소수의 전문가가 정책과 관련된 의사결정을 독점할 때가 많다는 것 또한 우리가 익히 아는 사실이다. 그 결과 일반 시민의 정치적 자율성은 약화되고 '전문가 정치'가 득세하게 된다. 이와는 달리 정치생태학은 기술관료주의나 전문가주의에 저항한다. 특정 소수로의 권력 집중을 반대한다.

고르스에 따르면, 생태주의 운동의 심층적 동기 또한 "개인이 자율성을 발휘하고 자율적으로 결정하는 능력이 있던 바로 그 자리에 상품관계, 고객, 의존이 들어서는 데 대항하여 '생활세계'를 지키는 것"이다. 이는 전문가의 지배와 화폐적 수량화 등에 저항함으로써 이루어질 수 있다. 결국 자연이 요구하는 사항들을 실천하는 과정에서 사람들이 자율성을 얼마나 발휘할 수 있느냐가 정치생태학에 제기되는 문제인 셈이다. 이는 곧 자연 생태계가 필요로 하는 객관적 필연성을 생활세계의 삶의 요구에 맞추어 윤리적 행동으로 옮기는 문제다. 이처럼 근본적으로 민주주의의 문제를 새롭게 제기하는 것이 정치생태학이다. 고르스의 정치생태학은 생태적 문명으로 나아갈 수 있는 유일하게 민주적인 길은 자율적 인간들의 자율 규제라고 역설한다.

이야기를 갈무리해보자. 이 책은 자본주의가 자멸의 길을 가고 있다고 진단한다. 그 속에서 사람과 자연이 모두 파괴되고 있다. 특히 수많은 인간이 자율성을 잃은 채 노예적 삶을 강요당하고 있다. 이 책은 인간이 당당한 자기 삶의 주인으로 다시 서고자 할 때 반드시 이런 질문을 던져야 한다고 말한다. 당신은 살면서 무엇을 하기를 바라는가? 당신의 인생으로 무엇을 하기를 욕망하는가? 고르스가 주장하는 정치생태학이라는 기획이 자본주의를 넘어설 수 있는 유일한 대안은 아닐지도 모른다. 하지만 대안을 찾아가는 도정에서 깊이 숙고해야 할 특별한 이정표임은 분명하다.

얇은 책이지만 술술 읽히지는 않는다. 조금 어렵고 딱딱하다. 자본주의 이론이나 마르크스 경제학을 접해본 이들은 한결 수월하게 책장을 넘길 수 있을 듯싶다. 재미없는 책이라고 불평하지 마시라. 가끔은 이런 책도 읽어야 한다. 이 책은 특히 생태적 관점에서 자본주의를 해부하고 진보적 인간해방을 어떻게 이룰지에 관심 있는 이들에게 맞춤하다.

현대의 모든 상식을
의심하라

- 《과거의 거울에 비추어》
- 이반 일리치 지음
- 권루시안 옮김
- 느린걸음, 2013

세상과 삶을 망가뜨리는 주범은?

몸이 아프면 병원에 간다. 뭔가를 배우려면 학교에 간다. 필요한 게
있으면 시장에서 산다. 이것이 우리가 사는 방식이다. 당연한 얘기
다. 그런데 여기에 딴죽을 거는 사람이 있다. 아니, 딴죽을 거는 정
도가 아니다. 그렇게 사는 건 당연한 게 아닐뿐더러 근원적으로 잘
못되었다고 정색하며 따지는 사람이 있다. 그는 반문한다. 언제부
터 인간은 학교에서 모든 걸 배워야만 하게 되었나? 언제부터 인간
은 고통과 죽음을 병원에 몽땅 내맡기게 되었나? 언제부터 인간은
모든 걸 사야 하는 무력한 소비자가 되었나? 그러면서 불쑥 이렇게
뒤통수를 친다. 왜 우리는 가장 풍요로운 시대에 가장 가난한 삶을
살게 되었나?

오스트리아에서 태어나 유럽을 비롯한 세계 곳곳에서 활동한 이반 일리치는 현대의 모든 상식을 뿌리에서부터 의심하고 뒤집은 우리 시대의 위대한 사상가다. 그는 기성의 사유와 논리 틀을 근원부터 거부하고 그 토대 위에서 산업사회의 모순 구조를 파헤쳤다. 《성장을 멈춰라》《학교 없는 사회》《병원이 병을 만든다》《행복은 자전거를 타고 온다》《깨달음의 혁명》《그림자 노동》 등 그가 쓴 다수의 책에 그 내용이 담겨 있다. 2002년 그가 독일에서 사망하자 〈가디언〉〈르몽드〉〈뉴욕 타임스〉 등 세계 유수 언론들이 "20세기 최고 지성 가운데 한 명"이라고 그를 기리며 그와의 작별을 안타까워했다.

그는 애초 유럽 여러 곳에서 공부한 뒤 가톨릭 사제 서품을 받았다. 그리고 푸에르토리코와 멕시코 등 제3세계 민중의 삶의 현장을 직접 체험했다. 그것이 그를 바꾸었다. 그는 자본주의 시장경제와 산업주의라는 서구식 개발논리가 얼마나 허구이고 폭력적인지, 그리고 그것이 어떻게 삶의 지혜와 민중의 생활조건을 파괴하는지 깨달았다. 왜 우리는 산업주의 체제를 배격해야 하는가? 그에 따르면 그것은 단지 산업주의 체제가 빈곤이나 사회적 불평등 문제를 해결해주지 못해서가 아니다. 더욱 근본적인 문제가 있다. 그는 인간이 인간다운 위엄과 명예를 갖추고 삶을 영위할 수 있는 기본 조건을 갈수록 망가뜨리는 주범이 바로 산업주의 체제라고 여겼다.

그동안 세상의 꼭대기에서 펄럭인 깃발은 산업화, 근대화, 경제성장, 개발 같은 것들이었다. 그러나 이런 것들을 떠받들며 굴러가는 시스템은 거대한 위기를 낳았다. 핵심은 두 가지다. 하나는 기후변화를 비롯한 생태 재앙이다. 이는 기후뿐만 아니라 지구 전체를 뒤흔들며 인류의 지속가능한 생존을 위협하고 있다. 다른 하나는 불평등으로 상징되는 사회경제적 재난이다. 이는 인간 삶과 공동체의 토대를 무너뜨리고 있다. 그 결과 지금 우리 인류는 거대한 위험과 복합적인 불확실성의 협곡에 갇혔다. 그 속에서 각자의 삶 또한 갈수록 지리멸렬하고 있다. 왜 이렇게 되었는가? 어떻게 해야 하는가?

일리치의 메시지는 이런 물음에 대한 근본적인 답변이다. 이 책은 그가 쓴 여러 책 가운데 어렵사리 고른 것이다. 사실 대표작을 선정하기가 곤혹스러웠다. 저서 자체가 많은 데다 책마다 서로 다르면서도 묵직한 주제들을 다루고 있어서다. 고민 끝에 이 책이 그래도 그의 정신적 토대와 사상의 전모를 가장 포괄적으로 정리한 책이라는 결론을 내렸다.

일리치는 세계 곳곳을 누비며 강연 활동을 펼쳤다. 이 책에는 경제·사회·환경·교육·의료·언어·종교 등 여러 분야에서 그가 12년에 걸쳐 행한 연설과 강연의 주요 내용이 망라돼 있다. 덕분에 종횡무진 펼쳐지는 그의 이야기를 각각의 주제에 따라 접할 수 있는 동시에 그 저변에 깔린 그의 사상의 중요한 줄기들을 폭넓게 이해할 수 있다. 게다가 책 뒷부분에는 《경제성장이 안 되면 우리는 풍요롭지 못할 것인가》의 저자인 더글러스 러미스가 일리치의 이론과 사상 전반을 간추린 글이 부록으로 수록되어 있다. 일리치를 공부하는 데 유용한 참고자료다. 물론 일리치의 저서 모두를 섭렵하는 것이 가장 좋다. 하지만 그게 힘들다면 우선 이 책부터 펼치시라.

'근원적 독점'과 '가난의 근대화'

그의 사상이 지닌 가장 큰 특징은 도저한 근본성과 급진성이다. 가령 그가 제시한 핵심 개념 가운데 '근원적 독점'(radical monopoly)이라는 게 있다. 어떤 물건 없이는 살아갈 수 없는 환경을 만들어 그것을 사용할 수밖에 없도록 강요하는 것이 근원적 독점이다. 그는 이것을 성장주의에 매몰된 산업기술 사회의 중요한 특성으로 여겼다. 이것은 세 단계로 이루어진다.

1단계는 새로운 상품이 만들어졌지만 가격이 비싸서 소수 부유층만 구매할 수 있는 단계다. 2단계는 그것의 가격이 떨어지면서 보통 사람들 대다수가 구매하는 단계다. 이 단계에서 그 상품은 가지고 있으면 '편리한' 물건이 된다. 3단계는 그 상품 없이는 제대로 생활할 수 없을 만큼 사회가 재조직되는 단계다. 이제 그 물건은 '편의품'을 넘어 '필수품'이 된다.

자동차가 대표적이다. 더글러스 러미스는 이렇게 설명한다. 자동차가 발명됐을 때 초기에는 부자들만 자동차를 살 수 있었다. 그전에는 아무도 가지지 않았고, 가질 생각도 하지 않았다. 그런데 자동차가 발명되고 나자 갑자기 특정 계층의 사람 전부가 단지 자동차가 없다는 이유로, 다시 말하면 그 물건을 살 수 없다는 이유로 가난해지고 말았다. 이 가난은 기술이 발전하는 한 계속된다. 존재하지 않았기에 원해본 적도 없는 것들이 계속 나타나면서 이 새로운 가난은 끊임없이 출몰한다.

자동차 말고는 제대로 된 이동수단이 없는 사회가 있다고 하자. 거기서 자동차를 사는 것은 '선택'이 아니라 '의무'가 된다. 그리고 자동차를 타는 것이 의무가 된 사회에서 자동차를 소유하지 못한 사람은 가난한 사람이 될 수밖에 없다. 그러니 러미스의 말대로 미래에 우리는 우주여행을 가지 못한다는 이유로 가난해질지 모른다. 바로 이것이 일리치가 내놓은 또 다른 개념인 '가난의 근대화' 또는 '근대화된 가난'이다. 자본주의 산업사회에서 기술 발전이나 경제성장은 이런 종류의 '희한한' 가난을 끊임없이 새롭게 만들어내고 확대 재생산한다. 그러므로 이 시스템이 계속되는 한 우리 모두는 영원히 가난에 시달릴 수밖에 없다.

명심할 것은 이런 사회 속에서 우리는 단순히 가난해지는 데서 끝나는 게 아니라 삶 자체가 불행해지고 무력해진다는 사실이다. 일리치는 우리가 살아가면서 모으는 갖가지 물건이나 기구는 결코 내면의 힘을 키워주지 못한다고 지적한다. 오히려 그런 편의를 더 많이 가지고 누릴수록 거기에 더 많이 의존하게 되고, 삶은 그만큼 더 큰 제약을 받는다. 사람은 살아갈 힘을 잃을수록 재화에 의존한다. 이렇게 되면 몸과 마음의 생활방식이 동시에 초라해진다.

그 과정에서 신체의 회복력과 삶의 생기를 잃는다. 이들은 자연과 거의 아무런 관계도 맺지 않고 동료 인간에 대한 친밀감도 거의 없다. 이들은 너무 복잡하게 살아가기 때문에 자신을 가두는 덫에서 빠져나오지 못한다.

대다수 현대인이 이렇게 살아가고 있다고 하면 과장일까? 일리치에 따르면, 산업문명을 인간의 발전으로 이어지는 길이라고 생각하는 것은 큰 잘못이다. 오히려 반대로 산업화가 진전될수록 사람은 고통을 겪는다. 불필요한 재화를 많이 소유할수록 행복을 받아들이는 능력은 줄어든다. 그런데도 오늘날의 생산방식은 한계를 모른 채 끝없는 확대와 팽창만을 추구한다. 그 속에서 우리는 갈수록 기계에 의존하게 되고 파멸을 향해 나아가게 된다. 일리치는 이렇게 단언한다. "진보를 원한다면 그런 방법은 틀렸다."

개발의 칼날 아래서

경제학이니 개발이니 하는 것들도 다르지 않다. 일리치는 이것들이 그동안 "민중과 그 복지가 아니라 사물과 그 축적에 이바지해왔다"고 비판한다. 전 세계에 걸쳐 민중의 평화를 상대로 벌인 전쟁. 이것이 개발의 실체였다. 제2차 세계대전 이후 미국이 주도하는 자본주의가 세계를 뒤덮기 시작하면서 거의 모든 나라와 집단과 개인이 이 개발에 매달리게 되었다.

실제로 근대화, 산업화, 자본주의화는 개발의 다른 이름에 지나지 않았다. 모든 것을 상품화하는 이런 시스템을 일리치는 '팍스 오이코노미카'(pax euconomica)라고 불렀다. 이는 개발이 주도하는, 그럼으로써 모든 형태의 민중의 평화와 자립을 희생시키는 새로운 종류의 '평화 체제'를 일컫는 말이다. 이것의 본질은 파괴성과 폭력성이다. 일리치에 따르면 과거 '민중의 평화'는 "토착적 자율, 그 자율이 번성할 수 있는 환경, 그리고 그것이 재생산될 수 있는 다양한 양식을 보호하는" 것이었다. 팍스 오이코노미카는 그 반대다. 필연적으로 민중의 평화와 자립을 희생제물로 삼는다.

일리치는 이 체제 아래 벌어지는 일들을 세 가지로 요약했다. 첫째, 여기에는 사람은 스스로 쓸 것을 스스로 마련할 수 없다는 전제가 숨어 있다. "자급을 '비생산적'이라 규정하고, 자율을 '비사회적'이라 부르며, 전통적인 것을 '저개발된 것'이라 낙인찍는다." 둘째, 환경에 대한 폭력을 조장한다. 이 체제에서 환경은 기껏해야 상품 생산에 필요한 자원이자 상품 유통을 위해 마련된 공간에 지나지 않는다. 이 체제는 환경에 가해지는 이런 폭력에 면죄부를 준다. 예전에 민중의 평화가 보호하던 공유지 같은 '공용물'의 파괴를 부추기기도 한다. 셋째, 남녀 간에 새로운 종류의 전쟁을 일으킨다. 이것은 '생산력의 성장', 곧 임금노동이 다른 모든 형태의 노동을 압도하면서 독점적 지위를 구축하는 과정에서 빚어지는 필연적 결과물이다. 이 모든 것의 결과는 민중에게 평화를 안겨주던 자급(노동)의 파괴다.

이리하여 개발은 사람의 대처 능력과 자급 활동을 상품 소비로 대체한다. 임금노동이 다른 모든 종류의 노동을 밀어내고 그 위에 군림한다. 인간의 필요를 정의하는 건 살아 있는 인간과 삶이 아니다. 전문가가 설계한 대로 대량생산되는 상품과 서비스라는 맥락에서 인간의 필요는 다시 정의된다. 그러고선 이런 변화를 불가피할 뿐만 아니라 선하다고 규정하며 높은 가치를 부여한다. 일리치는 이렇게 표현했다.

개발은 인간이 자연을 지배한다는 생태학적으로 있을 수 없는 개념과, 출생과 사망이 일어나는 문화적 장소를 전문 서비스를 위한 무균 병동으로 대치하려는 인류학적으로 사악한 시도를 길잡이 삼아 벌이는 사업이다. 한바탕 개발이 할퀴고 간 그 짧은 기간에, 신생아를 토해내고 죽어가는 사람을 다시 빨아들이는 병원, 취업 전·간·후의 무직자가 바삐 지내도록 운영되는 학교, 슈퍼마켓으로 오가지 않는 동안 사람들을 보관하는 고층 아파트, 차고와 차고를 이어주는 고속도로 등이 풍경 속에 문신처럼 새겨졌다. 이제 생태학적·인류학적 현실주의가 필요하다.

혁명에 동참하고 싶다면

이런 시스템 아래서는 '무력감'이 삶을 갉아먹는다. 상품 논리가 지배하는 환경 속에서 이제 사람들은 가게와 시장에 기대지 않고서는 더 이상 필요를 채울 수 없다. 인간이, 삶이 상품으로 결정되는 것이다. 이런 인간이 무력한 존재로 전락하고 만족감을 느끼지 못하는 것은 당연하다. 그 결과 개인의 욕망은 점점 더 잘게 쪼개지고, 주체로서 일관성을 잃는다. 일리치는 "개인은 필요의 조각을 자신에게 의미 있는 하나의 전체 속에 맞춰 넣을 능력을 잃어버린다"고 말했다. 사람들은 지속적으로 뭔가가 '필요한' 상태에 놓이게 되고, 산업사회의 요구에 따라 그 필요가 무제한으로 늘어나면서 역설적으로 사람들은 더욱 궁핍해진다.

이것은 늘 관리나 당하는 허깨비 같은 삶이다. 이런 삶에다 대고 지금의 문명은 보건의 '진보', 보편적 교육, 전 지구적 의식, 사회발전 등과 같은 그럴싸한 말을 갖다 붙인다. 또한 뭔가 '더 나은', '과학적' '현대적' '첨단' '빈민에게 유익한' 등과 같은 수식어를 주렁주렁

매단다. 허위와 기만의 잔치다. "'쓸모 있는 물건'만 만들고자 하면서 정작 쓸모 있는 물건을 너무 많이 만들면 쓸모없는 사람도 늘어난다는 사실을 잊고 있는" 것이 우리 시대의 자화상이다.

그렇다면 이제 무엇을 어떻게 해야 할까? 세계를 변화시키려면 이 세계를 뿌리에서부터 의심해야 한다. 그리고 저항해야 한다. 여기서 가장 중요한 구실을 하는 것은 자본이나 기계의 힘이 아니라 우정의 힘이다. 일리치는 국가·제도·기업·종교 등은 "우리가 온전히 서 있기엔 위태로운 발판들"이라고 일침을 놓는다. 그는 모든 것이 파괴된 인간의 영혼을 발견할 수 있는 곳은 바로 내 옆에 있는 이의 심장이라고 믿었다. "몸속 깊은 곳에서 다른 이를 경험하지 못한다면, 내가 당신을 온전히 겪어내지 못한다면, 자신을 구원할 수 없다"는 게 일리치의 확고한 신념이었다.

삶의 자율과 공생을 추구하는 자급도 이런 우정의 토대 위에서 꽃필 수 있다. 이로써 우리는 인생을 제대로 꾸려갈 수 있는 새로운 삶의 기술을 터득할 수 있다. 이를테면 그런 삶의 기술의 하나인 정주(定住)에 대해 일리치는 이렇게 말했다. "옛날에 정주한다는 것은 자기 자신의 흔적 속에 깃들어 산다는 뜻이었고, 그날그날 살아가며 자신의 일대기를 한 올 한 올 풍경 속에 적어 넣는다는 뜻이었다."

이 책은 '현대의 상식과 진보에 대한 급진적 도전'이라는 부제를 달고 있다. 이에 화답이라도 하듯 에리히 프롬은 일리치를 이렇게 평했다. "일리치는 전혀 새로운 가능성을 제시함으로써 사람들의 마음을 해방시키는 효과를 준다. 독자들로 하여금 틀에 박히고, 생기 없고, 고정관념에 가득 찬 관념의 감옥 문을 활짝 열고 생명 가득 찬 세상으로 나올 수 있게 해준다."

우리 일상은 일리치가 평생을 바쳐 대결한 현대 산업사회 시스템에 속속들이 길들었다. 그렇지만 이는 '과거의 거울에 비추어' 보면 아주 낯설고 기이한 풍경이다. 일리치는 현대사회에서 자명한 것으로 받아들여지는 그 모든 것을 인류 역사의 뿌리를 되돌아보면서 파헤치고자 했다. 그럼으로써 그는 '전면적으로 의심하고 새롭게 생각하는 법'을 우리에게 유산으로 남겼다.

그가 열망했던 것은 살아 있는 인간과 생동하는 삶의 복원이었다. 그는 모든 이가 가난하고 무력한 삶에서 벗어나 자신의 자율적이고 능동적인 삶을 살기를 염원했다. 그가 인간과 삶, 자연과 생명을 끝없이 망가뜨리는 자본주의 산업문명에 단호히 맞섰던 것은 이것을 이루기 위해서였다. 그는 참된 인간해방의 길을 밝히는 사상과 지성의 혁명가였다. 그 혁명에 동참하고 싶은가? 그 첫걸음은 그의 책을 읽는 것이다.

미래는 어디에서 오는가

- 《오래된 미래》
- 헬레나 노르베리 호지 지음
- 양희승 옮김
- 중앙북스, 2015

성찰의 길, 깨달음의 길

제목부터 눈에 쏙 들어온다. 오래된 미래? 미래는 새롭다고 여기는 게 통념이다. 그런데 이 책은 떡하니 제목에서부터 미래는 새로운 것이 아니라 오래된 것이라고 명토 박아 말한다. 미래는 과거로부터 와야 한다는 말일까? 과거, 현재, 미래는 어떤 관계를 맺고 있을까?

스웨덴 출신의 여성 언어학자이자 생태운동가인 헬레나 노르베리 호지가 쓴 이 책은 1991년 첫 출간 이후 50여 개 언어로 번역되어 세계적으로 널리 읽히고 있다. 덕분에 이 책의 배경인 '라다크'라는 인도 구석의 산골 고장도 일약 유명세를 타게 됐다. 최근엔 인도와 중국 사이에 국경 분쟁이 벌어지는 지역이기도 하다. 저자는

1970년대 중반에 자신의 본래 전공인 언어학 학위 논문을 쓰려고 이곳을 드나들다가 라다크의 문화와 사람들에게 빠져들었다. 그러다 이곳에 서구식 개발 바람이 불어 닥치면서 라다크가 간직해온 아름다운 전통과 삶의 방식이 급격히 무너져 내리는 과정을 목격했다.

이 책은 이런 직접 체험의 산물이다. 우리에게 익숙한 것은 서구 세계다. 많은 사람이 부러워하고, 닮아가려고 애쓴다. 이 책은 이런 서구 세계와는 근본적으로 다른 방식과 가치관으로 살아가는 사람들에 대한 생생한 탐사 보고서다. 사회학적·인류학적·생태학적 접근이 두루 어우러진 덕분에 라다크 사회를 입체적으로 이해할 수 있다. 우리가 걸어온 진보와 문명의 길은 바람직한 것일까? 삶의 참된 품위와 평화는 어디에 있을까? 책은 이런 물음을 길잡이 삼아 우리를 라다크의 황량한 고원으로 안내한다. 그 여행길은 세상과 삶에 대한 깊은 성찰의 과정이기도 하다.

땅에 속한 사람들

라다크는 인도 서북부 끄트머리인 카슈미르 지역에 있다. 험준한 히말라야산맥에 잇닿아 있는, 평균 고도 3천 미터가 넘는 고원 지대다. 특별한 자원도 없고 땅도 척박하다. 기후마저 혹독하다. 8개월가량 계속되는 겨울에는 기온이 영하 40도 밑으로 곤두박질치는가하면 비도 거의 내리지 않는다. 여기 사람들은 고원 지대 이곳저곳에 작은 마을을 이루고 농사를 지으며 산다.

이런 곳에서 라다크 사람들은 천 년이 넘는 세월 동안 평화롭고 안정된 생활을 누렸다. 자연과 조화를 이루며 살아온 이들의 기본적인 생활 형태는 자급자족이다. 외부에 의존하는 건 소금, 차, 요리기구나 공구 같은 금속제품 정도다. 티베트 불교의 영향 아래 독자적인 삶의 방식을 지켜온 이들의 생활태도에는 검약과 협동이 몸에 배어 있다.

그럴 수밖에 없다. 자원이 지극히 한정된 조건에서 생존을 이어가야 하기 때문이다. 또한 이런 환경에서는 서로 돕고 의지하며 살아갈 수밖에 없다. 중요한 것은 이런 자립의 생활방식이 라다크 사람들이 위엄 있는 삶을 누릴 수 있는 토대가 되었다는 점이다. 남에게 의존하거나 종속되지 않는 것이야말로 온전한 삶의 전제조건이기 때문이다.

이들의 삶을 꿰는 또 하나의 결정적 요소는 자연이다. 이들은 자연 속에서, 자연의 질서와 리듬에 따라 살아간다. 이곳에서 인간과 대지와 동물은 서로 친밀한 관계를 맺으며 하나로 연결돼 있다. 그래서일 것이다. 이들의 생활에는 여유와 활기가 넘친다. 조급해하지 않고 자신의 속도에 따라 느긋하게 살아간다. 일을 할 때도 웃음과 노래가 함께한다. 밭을 가는 짐승들에게도 노래를 불러주곤 하는 것이 이들의 습속이다.

가난, 실업, 경쟁 등의 개념 자체가 없고, 그러니 별다른 스트레스를 받을 일도 거의 없다. 맑은 공기를 마시고, 규칙적이고 충분한 활동을 하며, 자연에서 난 음식을 먹으니 몸도 건강하다. 상대방의 마음을 상하게 하거나 화를 내서는 안 된다는 배려의식 또한 깊다. 이곳에서 가장 심한 욕설은 '숀 찬'(schon chan)이라는 말이다. '화를 잘 내는 사람'이란 뜻이다.

100가구가 넘는 마을은 거의 없기에 여기 사람들은 직접 접촉과 상호의존도가 아주 높다. 삶터의 크기가 '인간의 규모'를 벗어나지 않는 덕분에 이들은 자기 생활의 대부분을 스스로 조절하고 통제한다. 멀리 떨어진 권력기구의 지배를 받지 않는다. 매일매일 변동하며 심술을 부리는 시장 상황에도 휘둘리지 않는다. 자기들 삶과 관련된 결정을 스스로 내린다. 자립에 기초한 단순하고 소박한 생활과 공동체적 삶의 방식 속에서 이들은 민주주의라는 선물까지 덤으로 받았다.

이들은 남을 돕는 것이 자신에게 이익이라는 것을 잘 알고 있다. 서로 돕고 더불어 살면서 자연스레 터득한 삶의 지혜다. 노인들은 공동체의 중요한 구성원으로 대접받고 삶의 경험과 지혜를 갖춘 어르신으로 존경받는다. 아이들은 누구의 자식이든 상관없이 모든 사람들에게 조건 없는 사랑과 보살핌을 받는다. 여기서 교육이란 공동체와 자연환경 사이에 맺어진 유대관계의 소산이다. 아이들은 가족과 마을 사람들에게서 사는 데 필요한 다양한 것들을 배우며 자란다. 이들에게 삶과 배움, 생활과 교육은 본래부터 하나였다. 태어나서부터 죽을 때까지 이들은 이런 문화 속에서 살아간다.

저자는 라다크 사람들의 이런 삶에서 깊은 감동을 받았다. 서구의 백인 지식인인 그녀에게는 신선하면서도 놀라운 문화적 충격이었다. 핵심은 '관계'다. 라다크 사람들은 전체적인 관계의 사슬 속에서 서로 이어지는 한 부분으로 살았다.

가장 중요한 요인은 이들은 자신이 자기 자신보다 훨씬 더 거대한 그 무엇인가의 한 부분이라 생각한다는 점이고, 또 자신은 다른 사람들 그리고 주변의 환경과 분리될 수 없는 연결 속에 존재한다고 믿는다는 점이다. 이들은 자신들의 땅에 속한 사람들이다. 이들은 친밀한 일상의 접촉관계를 통해, 그리고 계절의 변화, 필요한 것들, 한정된 것들 등 환경에 관한 이해를 통해 자신이 살고 있는 곳과 연결되어 있다. … 또 한 가지 중요한 것은 이들의 확고한 자아의식은 사람들 사이의 긴밀한 유대관계와 관련돼 있다는 점이다. 대가족제도와 작은 규모의 공동체 생활이 성숙하고 균형 있는 인격이 만들어지는 데 훌륭한 기초를 형성한다. …이런 풍요로운 구조 속에서 개인은 자신이 정말 자유롭고 독립적인 존재가 된다는 확신을 통해 안정감을 느끼게 되는 것이다.

서구식 개발이 낳은 결과들

그러나 세월이 흐르면서 라다크도 거센 변화의 소용돌이에 휩싸였다. 인도 정부가 이곳을 관광 지역으로 개방한 1974년이 분기점이었다. 이때부터 라다크에서도 서구식 개발이 본격적으로 시작되었고, 그뒤 모든 것이 바뀌었다.

한적했던 산골에 포장도로가 뚫렸고, 서구식 학교와 보건소, 발전소, 은행, 경찰서 따위가 속속 들어섰다. 외부 관광객들도 몰려오기 시작했다. 시골에 살던 사람들은 화려해진 도시로 몰려들었다. 도시에는 관광객을 대상으로 하는 호텔, 식당, 술집 같은 먹고 마시고 노는 시설이 급격히 늘어났다. 빈민가도 생겨났다. 급기야 그 청정하던 자연도 환경오염으로 망가지기 시작했다.

이제 라다크에도 아주 빠르게 현대 산업사회의 생활방식이 뿌리를 내리게 되었다. 그 변화의 실체가 무엇인지를 잘 보여주는 건 돈바람이었다. 본래 자급을 기본으로 하는 이곳의 생활경제 시스템에서 돈은 별다른 구실을 하지 못했다. 노동력 또한 정교하게 짜인 인간관계의 한 부분으로서 대개는 무상으로 제공되었다. 그러나 이제 돈이 라다크의 지배자가 되었다. 외국 관광객 한 사람이 하루에 쓰는 돈이 라다크의 한 가정이 1년 동안 쓰는 돈과 맞먹었다고 한다. 이렇게 뿌려진 돈은 라다크 사람들에게 물질적으로 편리하고 쾌적한 생활을 선사해주었다. 하지만 자급자족하며 살던 사람들이 이제는 바깥에서 들어온 상품에 의존하게 되었다.

자본주의 화폐경제로의 편입이 뜻하는 바는 뭘까? 그것은 라다크가 세계화 경제체제의 한 부분이 되면서 까마득히 먼 곳에 있는 외부 세계의 영향력에 종속되는 상황에 놓이게 되었음을 의미했다. "라다크라는 곳이 세상에 존재하는지조차 모르는 사람들이 내린 결정에 큰 영향을 받게 된" 것이다. 이들은 삶의 자율성과 주체성을 빼앗겼고, 수동적이고 무기력한 생활방식에 길들게 되었다.

사람들이 사는 모습도 크게 달라졌다. 스스로 만족하며 평온하게 살던 사람들이 갑자기 돈을 많이 벌려고 안달복달하게 되었다. 여기서 시간은 느리고 풍부한 것이었는데, 별안간 마치 뭔가에 쫓기는 것처럼 바빠져버렸다. 생활의 속도가 빨라지면서 사람들은 자꾸 조급해하게 되었다. 이제 라다크 사람들은 자꾸 남들과 비교하며 자기는 너무 가난하다고 느낀다. 자신의 생활이 너무 미개하고 비효율적이라고 여긴다. 특히 젊은이들은 이곳의 전통과 문화를 부끄럽게 여기며 열등감에 사로잡혔다. "여긴 지루해요. 너무 뒤떨어진 곳이잖아요. 더 이상은 밭에서 힘들게 일하기 싫어요"라며 자기 신세를 한탄하는 사람도 크게 늘어났다.

사람들 사이의 관계도 변했다. 친구가 사라졌다. 이전의 친구가 이제는 돈벌이나 일자리를 놓고 서로 경쟁하는 사이가 됐다. 실업이라는 개념 자체가 존재하지 않았던 이곳에서 실업이 심각한 사회문제로 떠올랐다. 그 와중에 노인과 아이가 한데 어울려 사는 대가족 문화도, 사람들 사이를 이어주던 끈끈한 정과 인심도 가뭇없이 사라지고 말았다.

'자연의 아들딸'이었던 사람들이 날씨의 작은 변화나 별의 움직임을 알아보는 것과 같은 예민한 감각도 잃어버리게 되었다. 이전에는 노래, 춤, 악기 연주, 연극 같은 것들을 스스로 할 줄 알고 또 즐기던 사람들이 이제는 텔레비전과 라디오를 끼고 살게 되었다. 공동체의 분열도 심각해졌다. 서로 연결돼 있던 사람들이 노인과 젊은이, 부자와 가난한 사람, 불교도와 이슬람교도, 남성과 여성, 전문가와 일반 사람, 도시 사람과 시골 사람 등으로 갈라졌다.

이런 사태를 어떻게 이해해야 할까? 열쇳말은 '분리'다. 말했듯이 라다크 사람들의 정체성을 이루던 바탕은 이들이 자연, 대지, 다른 사람들, 공동체, 전통문화 등과 맺고 있던 긴밀한 관계였다. 그런데 갑자기 쏟아져 들어온 화폐경제와 서구 문화가 이런 관계들을 망가뜨렸다. 다양한 연결고리들이 끊어졌다. 그 결과가 분리다. 이들은 땅으로부터 분리되었고, 서로가 서로에게서 분리되었다.

본래 이들은 "마음의 평화와 삶의 기쁨을 자신들의 천부적 권리라고 생각하는 사람들"이었다. 그랬기에 이들은 "자신들이 세상의 주변부에 있다고 느끼지 않았다. 그들에게 세상의 중심은 자신들이 살고 있는 바로 그곳이었다." 분리는 이 중심이 해체됐음을 뜻한다. 존재를 규정하는 정체성의 근거, 곧 '뿌리'가 사라진 것이다. 오랫동안 이들의 삶을 빛나게 해주던 인간적 위엄이 무너져내린 것은 그 당연한 결과다.

새로운 오래됨, 오래된 새로움

라다크 이야기는 사람과 자연과 공동체를 동시에 훼손하면서 진행되는 서구식 개발과 산업화의 실체를 슬프게 보여준다. 이윤, 효율, 속도, 경쟁 따위를 앞세우는 자본주의 세계화 경제 아래 우리 인간이 어떤 처지로 내몰리게 되는지도 일깨워준다. 대안은 무엇인가? 책이 제시하는 핵심 전략은 '탈중심화'와 '지역화'다. 세상을 획일적인 자본의 식민지로 전락시키는 중앙 집중식 자본주의 경제 시스템에서 벗어나 지역의 경제를 더욱 강화하고 다양화하자는 것이다.

한 지역에 뿌리를 내리고 애착을 갖게 되면 시간이 흐를수록 인간관계는 깊어진다. 그러면 삶이 안정되고 사람들 사이의 신뢰도 탄탄해진다. 라다크 사람들은 자연, 대지, 동물, 가족, 이웃, 마을 등이 마치 원처럼 사람들을 둥글게 둘러싼 가운데 상호 연관과 연대 속에서 기쁨을 누리며 살았다. 이것이 '분리'에 맞서 '관계'를 회복하는 길이다. 문화다양성과 생태다양성을 살리는 길이기도 하다. 이것은 설령 '새로운'이라는 수식어를 붙이더라도 아주 '오래된' 것이다. 라다크 사람들이 누렸던 삶의 기쁨과 안녕은 인류의 오랜 경험과 지혜라는 우물에서 샘솟은 것이었다.

책은 전통적 지혜의 재발견, 공동체와 지역경제의 재건, 생태적 순환 체계의 복구 등이 이루어져야 참된 행복의 기초를 쌓을 수 있다고 강조한다. 그러면서 이른바 '개발된 세계'가 오래된 라다크 사회로부터 배워야 할 것은 자립의 태도, 검약의 생활방식, 생태적 지속성, 사회적 조화, 내면의 풍요로움 같은 것들이라고 일러준다. 그 연장선에서 이 책은 라다크의 변모를 안타까워하면서도 미래에 대한 희망과 신념을 잃지 말아야 한다고 힘주어 말한다.

이 책이 큰 반향을 일으킨 이유는 대다수 현대인이 금과옥조처럼 떠받드는 진보니 발전이니 하는 것의 실체가 과연 무엇인지를 실제 사례를 들어 되돌아보게 해주었기 때문이다. 덕분에 우리는 별다른 의심 없이 앞으로만 달려가다가 잠시나마 발걸음을 멈추게 된다. 궁금증은 남는다. 그렇다면 과거로 돌아가는 게 능사라는 말일까? 두말할 나위 없이, 또한 책에서도 암시하고 있듯이, 그건 아니다. 저자는 이렇게 말한다. 좀 두루뭉술하지만 한번 들어보자.

나는 개발이라는 것이 꼭 파괴의 의미를 지닌다고 생각하지 않는다. 나는 라다크 사람들이 수세기 동안 영위해온 사회적·생태학적 균형을 희생하지 않고서도 그들의 삶의 수준을 끌어올릴 수 있다고 확신한다. 그러나 그렇게 하기 위해 그들은 관습화된 개발의 방향을 답습하여 고유의 것들을 해체해버리기보다 오래전부터 내려오던 그 기반 위에 새로운 것들을 건설해야 할 것이다.

덮어놓고 개발을 부정하기보다는 개발을 하더라도 '건강하고 올바른' 개발을 해야 한다는 얘기다. 그리고 그 전제로서 오래전부터 내려오는 고유의 기반을 함부로 허물지 말아야 한다는 얘기다. 사실 서구 사회가 많은 문제를 안고 있다고 해서 서구와 단절된 사회를 무조건 미화하거나 예찬하는 것은 또 다른 편향이다. 우리가 갖추어야 할 것은 균형 잡힌 시각과 안목이다.

그러니 이렇게 얘기할 수 있지 않을까? 우리가 추구해야 할 새로움은 새롭되 자신의 뿌리에서 자라난, 새롭지 않은 새로움이어야 한다고. 우리가 간직해야 할 오래됨은 오래되었으되 과거로의 퇴행이 아닌, 새롭게 갱신된 오래됨이라고. 요컨대 우리에게 필요한 것은 '새로운 오래됨'이자 '오래된 새로움'이라고 할 수 있다. 우리가 만들어가야 할 '오래된 미래'는 오래됨과 새로움의 이 역동적 긴장과 창조적 상호작용 속에서 태어나지 않을까?

원제는 우리말 제목 그대로 'Ancient Futures'다. 저자의 또 다른 책으로는 《허울뿐인 세계화》(*Small is Beautiful, Big is Subsidised*, 따님), 《행복의 경제학》(*Economics of Happiness*, 중앙북스) 등이 국내에 소개돼 있다.

'녹색자본주의'는 없다

· 《환경주의자가 알아야 할 자본주의의
  모든 것》
· 존 벨라미 포스터, 프레드 맥도프 지음
· 황정규 옮김
· 도서출판 삼화, 2012

녹색성장?

한때 우리 사회에서 '녹색성장'이라는 말이 유행한 적이 있다. 유행 정도가 아니다. 핵심 국정과제로 추앙받기까지 했다. 그 와중에 4대 강 사업과 핵발전이 '녹색'으로 포장되는 일이 벌어지기도 했다.

말도 많고 탈도 많았던 4대강 사업을 한번 들여다보자. 2009년 이명박 정부가 4대강 마스터플랜이란 걸 발표하던 기자회견장에는 '1000일의 약속, 4대강아 깨어나라!'라는 캐치프레이즈가 내걸렸 다. 1000일은 사업 기간을 말한다. 즉 2년 7개월여라는 짧은 기간 에 강바닥을 파헤치고 16개의 보를 쌓아 4대강의 물길을 토막토막 끊겠다는 게 4대강 사업의 실체였다.

4대강은 유구한 세월에 걸쳐 이 나라 생태계와 뭇 생명의 젖줄을 이루며 흘러왔다. 그런 4대강이 고작 5년짜리 정부 아래서 졸지에 '죽음과 불임의 인공호수'처럼 변하고 말았다. 그들은 자연을 상대로 하여 벌인 이 초대형 토목공사를 '4대강 살리기'라고 우겼다. 본래부터 멀쩡하게 깨어 있고 살아 있던 강을 향해 '깨어나라'고 외쳤다.

당시 이명박 정부는 4대강 사업의 5대 핵심 추진 과제를 내세웠다. △수해 예방을 위한 유기적 홍수 방어, △물 부족에 대비한 풍부한 수자원 확보, △수질 개선 및 생태 복원, △지역 주민과 함께하는 복합 공간 창조, △강 중심의 지역 발전 등이 그것이다. 잘 알다시피 이 가운데 제대로 이루어진 것은 하나도 없다. 모두 거짓말로 판명 났다. '4대강 살리기'가 아니라 '4대강 죽이기'였다.

반면에 4대강 사업을 반대한 쪽에서 쏟아냈던 우려와 예측은 어김없이 현실로 나타났다. '녹조라떼'를 넘어 '녹조반죽'이라는 유행어가 생길 정도로 강의 수질이 크게 나빠진 것이 대표적이다. 강을 기반으로 해서 살아가는 동식물이 사라지거나 줄어드는 '생태계 사막화'를 비롯해 강 생태계 전반이 엉망진창이 되었다. 특히 낙동강 유역에서는 사람들이 먹는 식수의 안전성이 심각한 위협을 받고 있다.

환경 파괴만이 문제일까? 돈 문제는 어떻게 됐을까? 이 사업에 쏟아부은 22조 원이 넘는 예산의 대부분은 대형 건설자본의 주머니로 흘러 들어갔다. 건설업체들은 동종 업계 출신 대통령을 맞아 강에서 모래를 파내는 게 아니라 '노다지'를 캐내는 행운을 거머쥐었다. 지역경제 살리기? 유역 주민들의 삶의 질 향상? 4대강 사업은 겉으로 내세운 이런 명분과는 거리가 먼 환멸의 돈 잔치였다. 정권이 아니라 이권을 잡은 것으로 판명 난 이명박 정부가 내건 '녹색성장'의 실체가 바로 이런 것이었다. 4대강을 둘러싸고 벌어진 일련의 사태는 이른바 '녹색담론'이 얼마나 타락하고 오염될 수 있는지를 잘 보여주었다

자본주의는 '녹색'이 될 수 없다

이 책은 녹색성장 따위와 같은 사이비 환경주의의 본질과 실체를 파헤쳤다. 미국의 진보적 지식인으로서 생태사회주의자 혹은 '녹색 좌파'라 부름직한 저자들이 겨냥하는 과녁은 자본주의 자체다. 수많은 환경주의자가 외쳐대는 생태위기의 뿌리에는 자본주의가 있으며, 그 위기를 이겨낼 수 있는 유일한 방법은 '생태혁명'이라고, 이들은 힘주어 말한다.

자본주의가 문제의 근본인 이유는 무엇인가? 그것은 끝없는 이윤 추구와 자본의 무한 축적을 위해 경제를 끊임없이 팽창시켜야만 하는 것이 자본주의 시스템의 본성인 탓이다. 이를 이루려면 자연을 끝없이 착취하고 파괴할 수밖에 없는 게 당연한 노릇 아닌가.

자본주의의 자기 팽창에는 어떤 한계도 없다. '이만하면 충분하다'거나 '너무 많다'고 할 수 있는 이윤의 총량, 부의 총량, 소비의 총량을 자본주의는 인정하지 않는다. 그러니 환경은 인간이 다른 생명체들과 더불어 살아가는 '공동의 삶의 터전'으로 여겨질 수 없다. 경제성장에 필요한 수단이자 도구에 지나지 않는다. 자연은 개발의 대상이거나 '자원 저장 창고'일 뿐이다.

이런 관점에서 보면 환경문제는 인간의 무지나 탐욕의 결과가 아니다. 기업의 소유자나 운영자가 도덕적으로 결함이 있어서 발생하는 문제도 아니다. 물론 그런 측면도 얼마간 있긴 하겠지만 말이다. 환경문제는 또한 정부의 적절한 규제가 없거나 부족해서 발생하는 것도 아니다. 책이 강조하는 것은 정치와 경제가 근본적으로 어떻게 작동하느냐다. 무엇보다 '구조'가 중요하다는 얘기다. 책에 따르면 생태 파괴란 자본주의의 생산 및 분배 체제의 내적인 본성과 논리에 내재되어 있는 것이다. 환경문제를 해결하기가 그토록 어려운 이유가 여기에 있다.

이 책이 역설하는 생태혁명이란 뭘까? 자본주의 체제의 극복을 바탕으로 민주적이고 평등한 사회를 건설하는 것. 인간과 환경 사이의 합리적 물질대사를 통해 생태적 가치를 실현하는 동시에 경제적·사회적 정의를 고무하는 사회를 만드는 것. 이것이 생태혁명이다. 이는 사회관계를 변혁하는 것이기도 하다. 생태혁명은 경제뿐만 아니라 공동체와 문화도 변혁하는 것이다. 나아가 우리가 다른 이들과 인간으로서 관계 맺는 방식과, 더 넓게는 우리가 지구와 관계 맺는 방식 또한 변혁하는 것이다.

그러므로 환경문제에 대한 기술적인 접근은 해결책이 될 수 없다. 이를테면 탄소배출거래제나 온실가스총량거래제, 보다 효율적이고 청정한 에너지의 생산과 이용, 화석연료를 대체하고 이산화탄소를 배출하지 않는다고 선전되는 핵발전, 마법의 탄환과도 같은 신기술 도입 등은 실제로는 생태위기를 더 심화시키는 데 일조한다. 이 모두 본질적으로는 자본주의 시스템의 논리를 따르는 것들이기 때문이다. 책은 이렇게 지적한다.

끊임없이 더 큰 규모로 자본 축적을 추구하면서 이윤을 극대화하려는 단 하나의 목적만을 가진 체제, 따라서 지구상의 모든 사물 하나하나를 가격을 지닌 상품으로 전환시키고자 하는 이 체제에 영혼이 있을 리 만무하다.

영혼이 없는 곳에 '녹색'이 깃들 자리는 없다. 자본주의 체제는 다른 이유 때문이 아니라 자신의 본성상 '녹색'이 될 수 없는 것이다. 생각해보면 이는 당연한 얘기다. 환경문제를 일으키는 근본 원인이 자본주의이거늘 그 원인에서 해결책을 찾는 것 자체가 모순인 탓이다. 같은 사고방식에서 나온 같은 방법을 반복하면서 다른 결과를 기대하는 것은 어리석은 일이다.

그럼에도 거대 기업과 국가, 많은 주류 환경주의자는 환경 재앙을 자본주의 체제를 운영하기 위한 불가피한 비용으로 여긴다. 그러면서 자연의 상품화 같은 경제적·기술적 처방으로 환경문제를 해결하려 한다. 이것이 '녹색자본주의'다. 자본주의 체제 안에서 녹색 가치를 실현하고자 하는 것이다. 하지만 녹색자본주의는 자본주의 체제로부터 벗어날 수 있는 출구를 제공하지 못한다. 그런 식의 개량적인 '수선'은 환경 파괴의 속도를 줄일 수 있을 뿐이다.

생태혁명은 이처럼 본질적으로 지속 불가능한 시스템인 자본주의를 넘어서고자 한다. 이 책은 이 혁명이 성공하려면 새로운 형태의 민주주의가 요구된다고 강조한다. 정치적 민주주의와 경제적 민주주의를 생태주의 가치를 바탕으로 결합시키는, 그리하여 평등과 지속가능성을 동시에 구현하는 새로운 민주주의 말이다. 생태위기를 극복할 급진적인 체제 변혁을 이루어낼 수 있는 길이 여기에 있다.

이것이 이 책의 결론이다.

환경주의자와 좌파들에게

이 책은 우리에게 환경문제의 본질이 무엇인지를 알려준다. 동시에 생태위기를 둘러싸고 펼쳐지는 복잡한 현실의 핵심 구조와 맥락을 꿰뚫는 안목을 제공한다. 덕분에 책을 읽으면서 우리는 환경문제를 보다 명료하고 예리하게 이해할 수 있는 시각을 얻는다.

이 책이 지금 우리 현실에 던져주는 시사점도 되새겨볼 가치가 있다. 많은 이들이 요즘 우리 사회에서 진보 진영이 위기에 빠졌다는 이야기를 자주 한다. 환경운동 진영도 크게 다르지 않다. 활력이 많이 떨어진 상태다. 양쪽 다 돌파구가 필요하다. 사회 변화와 시대 흐름에 걸맞은 새로운 전략을 찾아내야 한다. 여기서 떠오르는 것이 '적색'과 '녹색'의 연대다. 이는 사회운동뿐만 아니라 정치 전략 차원에서도 깊이 고민하고 또 실제로 추진해야 할 중요한 주제다. 유럽 등지에서는 오래전부터 이런 움직임이 활발했다. 값진 성과도 많이 일궈냈다. 반면에 우리 사회에서는 발걸음이 더디다. 이런 상황에서 이 책은 '적녹 연대'를 비롯해 진보와 환경 진영 모두에게 새로운 활로 모색에 도움이 될 힌트와 자극을 제공한다.

이와 관련해 이 책은 특히 두 부류의 사람들에게 필요하다. 하나는 생태위기가 자본주의와 어떤 관계를 맺고 있는지를 알고 싶어하는 환경주의자들이다. 특히 자본주의에 맞서지 않고도 생태위기를 해결할 수 있다고 여기는 환경주의자들이다. 다른 하나는 여전히 생태위기의 심각성과 그 의미를 제대로 알아차리지 못하고 있는 좌파들이다. 특히 자본주의의 위험이나 모순이 가장 고도로 표출된 것이 생태위기임을 여태껏 인식하지 못하고 있는 좌파들이다. 이들은 '녹색' 투쟁이 자신들의 '적색' 투쟁과 결합될 때 더 수준 높은 진보를 이룰 수 있다는 사실을 명확히 인식하지 못하고 있다.

환경문제와 자본주의의 본질은 뭘까? 이 둘은 어떤 관계를 맺고 있을까? 자본주의가 지배하는 세상에서 생태위기를 해결하려면 자본주의를 어떻게 해야 할까? 이 책은 이런 물음들에 대한 하나의 답변이다. 그러고 보면 이 책은 환경주의자와 진보주의자를 넘어 누구에게나 열려 있다고 할 수 있다. 이런 물음들은 생태위기와 자본주의의 위기가 동시에 깊어가는 오늘날의 현실이 보편적으로 제기하는 문제들과 맞닿아 있기 때문이다.

'녹색소비'에 얽힌 불편한 진실

함께 읽기에 잘 어울리는 책이 있다. '녹색소비'와 녹색자본주의에 얽힌 '불편한 진실'을 폭로한 《에코의 함정》(Green Gone Wrong, 이후)이 그것이다.

기후변화니 에너지위기니 하는 이야기를 들을 때면 당신은 살짝 이런 생각을 떠올릴지 모른다. 음, 환경위기가 심각하긴 한 모양이군. 그러면서 주위를 쓱 둘러본다. 이른바 '친환경' 제품이 차고 넘친다. 유기농 먹거리와 공정무역 제품을 비롯해 녹색건축, 녹색자동차, 녹색패션, 녹색투자 따위로 녹색 상품의 행렬은 끝없이 이어진다. 물론 가격이 좀 비싸긴 하다. 하지만 나름 교양 있고 양심적인 시민으로 살고자 하는 당신은 기꺼이 지갑을 연다. 그러고는 만족감이나 자부심 비슷한 걸 느낀다. 그래, 나도 지구를 살리는 일에 동참하고 있는 거야.

그럴까? 이 책에 따르면 그건 착각이다. 자신의 생활방식 자체를 희생할 마음은 없이 단순한 소비 행위로 손쉽고 편안하게 환경문제를 해결할 수 있으리라고 여기는 건 '게으른 환경주의' 혹은 '안락의자 환경주의'다. 쓰레기 문제를 심층 추적한 《사라진 내일》(*Gone Tomorrow: The Hidden Life of Garbage*, 삼인)이라는 책을 쓰기도 했던 저자 헤더 로저스는 이 책에서 세계 곳곳의 현장 취재를 바탕으로 '녹색 탈을 쓴 소비 자본주의'의 실체를 해부했다.

이를테면 유기농을 한번 따져보자. 파라과이의 대규모 유기농 사탕수수 농장에서는 화학물질을 뿌리지는 않지만 유기농의 본령에 어긋나는 단일경작을 한다. 유기농 작물 재배지를 확장하느라 숲을 파괴하기도 한다. 반면에 유기농 정신을 충실히 지키는 소규모 생산자들은 심각한 경제적 궁핍에 시달린다. 이는 유기농 시장이 갈수록 커지면서 돈벌이를 목적으로 하는 기존의 자본논리에 유기농이 종속된 탓이다.

바이오 연료도 마찬가지다. 옥수수, 콩, 사탕수수 등으로 만드는 바이오 연료는 이산화탄소를 적게 배출한다는 이유로 친환경 대체 연료로 각광받는다. 그러나 세계 3대 열대우림 지역으로 꼽히는 보르네오섬에서는 바이오 연료를 생산하는 대규모 농장을 개발한 결과 광대한 숲이 급속도로 사라지고 있다. 그 숲을 삶의 터전으로 삼던 수많은 원주민이 자신의 땅에서 강제로 쫓겨나고 있다. 또한 식용작물이 대거 자동차 연료로 전용되면서 세계적 식량난과 식료품가격 폭등 사태를 일으키기도 한다. '친환경'이라고 포장돼 있지만 실은 자연과 공동체와 민중의 삶을 망가뜨리는 것이 바이오 연료의 실체인 것이다.

이런 녹색자본주의는 대부분 기업과 정치인들이 선전하는 가정들을 내세우고 있다고 책은 비판한다. 녹색 제품은 환경문제에 관심을 보이는 소비자들을 자극해 물건을 더 많이 팔아보려는 자본주의의 새로운 이윤 창출 술책의 산물인지 모른다고 지적하기도 한다. 결론은 하나로 모인다. 자본주의 아래서 수동적으로 이루어지는 개별 소비자로서의 행동으로는 진정한 변화를 일으킬 수 없다는 것.

결국 우리가 해야 할 일은 정치구조와 경제구조의 근본적 변혁이다. 앞의 책이 주장하는 바와 다르지 않다. 이를 위해 중요한 일은 성장의 개념 자체를 기존과는 다른 방식으로 재규정하는 것이다. 그리고 이것을 가능케 하는 것은 대중의 손으로 만들어가는 새로운 정치다. 책이 소개하는 하나의 사례는 세계적으로도 널리 알려진 독일 프라이부르크 생태마을이다. 이곳의 성공 비결은 다른 게 아니라 주민들의 능동적 참여와 자치를 골간으로 하는 민주주의의 힘이었다. 참된 '녹색'을 이루어낼 수 있는 힘은 삶의 전환과 단호한 정치적 실천에서 나온다.

'녹색'과 자본주의는 근본적으로 양립할 수 없다. '녹색성장'이 그렇듯 '녹색자본주의'라는 말 자체가 형용모순이다. '둥근 삼각형'이 가능한가? '뜨거운 얼음'이 가능한가? 이 책은 자신을 그런대로 괜찮은 '녹색시민'이라고 안이하게 자족하거나 허술하게 착각해온 우리의 타성적 사고에 끼얹는 한 바가지 찬물이다.

가장 좋기로는 이 두 책을 서로 비교하며 읽는 것이다. 순서는 상관없다. 이론적 논의에 대한 관심이 더 크다면 《환경주의자가 알아야 할 자본주의의 모든 것》을, 다양한 현실 문제가 더 궁금하다면 《에코의 함정》을 먼저 읽는 게 좋다. 결국 두 책은 한곳에서 만난다. 다시 한 번 확인하자. 환경문제를 진짜로 해결하고 싶은가? 그렇다면 자본주의에 저항하라!

생명사상과 생명운동의
살아 있는 경전

- 《한살림선언》
- 김지하, 박재일, 장일순, 최혜성 지음
- 한살림, 1989

거대하고도 담대한 기획

환경 분야도 외국 이론이나 사상이 판을 치는 건 마찬가지일까? 우리나라 고유의 생태사상이나 환경이론은 없을까? 아마도 적잖은 사람이 이런 문제의식이나 의문을 품을 법하다. 이에 대한 명징한 답변이 있다. 바로 '한살림선언'이다.

지금 우리를 지배하는 발전 모델이나 주류 세계관은 서구에서 들어온 것이다. 한살림선언은 이처럼 바깥에서 이식된 것들을 좇아가느라 정신없이 내달려온 우리 현대사에서 처음으로 '이건 아니다'라고 제동을 걸며 서구 중심의 산업문명에 근본적으로 도전한 문헌이다. 나아가 선언은 기존 문명의 총체적 전환과, 동학(東學)을 비롯한 우리의 전통 생명사상에 기초한 문명의 개벽을 천명했다.

물질은 물론 정신 영역에서도 서구의 '수입품'과 '복제품'이 범람하는 우리 현실에서 이는 무척 뜻깊은 사건이었다. 한살림선언이 우리의 독자적인 정신과 지적 고투가 도달한 생명사상과 생명운동의 드높은 봉우리라 불리는 것은 이런 이유에서다.

선언이 발표된 것은 1989년이다. 전일(全一)적인 '생명'과 '살림'의 가치를 실천하고자 하는 협동조합 한살림 운동의 선각자들인 장일순, 박재일, 최혜성 선생 등이 공동 집필자로 참여했다. 1989년이 어떤 때인가? 알다시피 당시는 나라 안팎으로 역사의 격류가 소용돌이치던 시절이었다. 안으로는 1987년 6월항쟁이 도화선이 되어 민주화의 물줄기가 뜨겁게 솟구치고 있었다. 밖으로는 소련과 동유럽 등 옛 사회주의권의 붕괴와 냉전체제 해체가 본격적으로 시작되던 때였다. 어떤 엄청나고도 특별한 변화가 화산 폭발처럼 격렬하게 시작되고 있는 건 분명했다. 하지만 그 변화의 향방과 파장은 가늠하기 어려웠다. 보기 드문 혼돈과 도전의 시기였다.

선언은 그런 와중에 발표되었다. 선언의 시야는 넓고 깊었다. 선언은 눈앞의 현실에서 벌어지는 정세의 격변에 대한 대응을 넘어 인류 문명이 선 자리를 뿌리에서부터 성찰하고 앞으로 나아갈 길을 새롭게 밝히고자 했다. 거대하고도 담대한 기획이었다.

이런 선언을 태동시킨 사상적 수원지는 뭘까? 크게 분류하면 세 가지다. 첫째는 새로운 과학사상으로서 신과학운동이다. 이 운동은 세 가지 관점을 주목했다. △전일적 관점(세계는 분할할 수 없는 하나의 살아 있는 전체라는 것), △생명 진화에 대한 새로운 관점(환경과 생명주체 간의 관계는 배타적인 게 아니라 서로 공생하고 협동하는 상호작용 속에서 더불어 진화해나간다는 것), △비결정론적 관점(삶과 세계는 어떤 정해진 특정 목적을 향해 직선적으로 발전하는 게 아니라 매 순간 새로운 창조이며 미래는 결정돼 있지 않다는 것) 등이 그것이다. 둘째는 유럽에서 발전한 녹색운동이고, 셋째는 우리의 전통사상과 그것의 정수인 동학이다.

선언은 본래 아담한 소책자 형태로 출간되었지만 지금 이것을 시중에서 구하기는 어렵다. 인터넷에서 선언 전문을 찾아볼 수 있다. 하지만 책으로 만나고 싶다면 《죽임의 문명에서 살림의 문명으로》(한살림, 2014)라는 책을 보면 된다. 이 책은 한살림 협동조합 산하 연구기관인 모심과살림연구소에서 선언 전문과 함께 상세한 해설을 덧붙여 펴낸 책이다. 선언의 원문 전체가 실려 있음은 물론 선언의 탄생 배경과 과정, 의미와 시사점 등이 친절하게 정리되어 있다. 이 글도 이 책에서 많은 도움을 받았다.

인간과 생명을 파괴하는 산업문명

인류가 자유, 평등, 진보의 깃발 아래 피와 땀을 흘리면서 이룩해온 오늘날의 문명세계는 물질적 풍요를 가져다준 반면 인간을 억압하고 소외시키고 나아가서 인류의 생존 기반이 되는 지구의 생태적 질서를 훼손시키고 파괴하고 있다. 일찍이 자연의 주인임을 자처하고 자연을 지배해왔던 인간이 자연 지배의 도구로 사용했던 기계와 기술에 사로잡혀 하나의 부품이나 계량적 단위로 전락해버렸다.

선언은 이렇게 산업문명에 대한 전면 비판으로 시작된다. 선언에 따르면 산업문명은 기술과 기계로 인간과 자연을 통제하고 지배하는 전체주의적 세계에 다름 아니다. 그 속에서 인간은 본성을 잃어버린 채 참된 '자기'로부터 소외되고, 공동체를 상실한 채 '이웃사람'으로부터 고립되며, 생존의 모태인 '자연'으로부터 단절돼 '죽임'을 강요당하고 있다. 때문에 산업문명은 생명 소외의 체제이자 본질적으로 반인간적이고 반생태적인 문명이다. 생명을 기계로, 존재를 소유로, 주체를 객체로, 주인을 노예로, 지식을 기술로, 자유를 동조로, 노동을 상품으로, 낭비를 필요로, 파괴를 생산으로, 가격을 가치로 바꾸어놓은, 다시 말하면 모든 것이 거꾸로 선 세상이기도 하다.

이런 문명이 위기에 빠지지 않는다면 오히려 그게 이상한 일일 것이다. 이에 선언은 오늘날 인류가 맞닥뜨린 위기를 일곱 가지로 요약한다. △핵 위협과 공포, △자연환경 파괴, △자원 고갈과 인구 폭발, △문명병 만연과 정신분열적 사회현상, △경제의 구조적 모순과 악순환, △중앙집권화된 기술관료 체제의 통제와 지배, △낡은 기계론적 세계관의 위기가 그것이다. 이렇듯 위기는 전방위적이고 복합적이다. 선언은 위기의 본질을 이렇게 진단한다.

이것은 물질적·제도적인 위기일 뿐만 아니라 지적·윤리적·정신적 위기이며 인류사상 유례없는 규모와 긴박성을 지닌 위기, 바로 전 인류와 지구상의 전 생명의 파멸을 의미할 수도 있는 위기인 것이다.

이 가운데서도 가장 근원적인 문제는 기계론적 세계관이다. 위기를 낳은 뿌리가 이것인 탓이다. 그래서 선언 또한 별도의 장을 할애해 이 문제를 다룬다. 기계론적 세계관이란 인간과 사회의 구조적 원리가 기계적 질서와 다르지 않다고 보는 태도를 가리킨다. 세계란 곧 부품의 조합이자 인과법칙에 따라 작동하는 기계적 시스템에 지나지 않는다는 것.

선언은 산업문명을 떠받치는 이 지배 이데올로기를 몇 가지로 나누어 설명한다. 과학만이 진리에 이르는 유일한 길이라는 신념, 실재(實在)를 이원론으로 분리해서 보는 존재론, 생명현상을 유기적이고 통합적으로 보지 않고 각각의 요소로 나누어서 보는 생물관, 직선적인 성장만을 추구하는 경제이론, 자연을 지배와 정복의 대상으로만 여기는 자연관 등이 그것이다.

이런 세계관을 따르다보니 인간사회의 최고 가치는 물질의 부와 생산능력이 되어버리고 말았다. 이것을 이루는 것이 진보요 선이고, 무한한 경제성장은 필요할 뿐만 아니라 가능하다고 보는 환상이 이렇게 해서 뿌리를 내렸다. 반면 자연은 성장과 풍요를 이루기 위한 개발이나 개조의 대상으로 간주되었다. 그러면서 세상 전체에 걸쳐 거대화, 전문화, 중앙집권화 흐름이 더욱 거세졌다. 요컨대 "기계문명은 생명의 부정이며, 인간을 죽음에 이르게 하는 병이며, 그것은 곧 전 인류의 죽임이다."

개벽을 위한 '전환의 기획'

대안은 무엇인가? 생명의 세계관이다. 선언은 이렇게 말한다.

진화의 과정에서 보면 모든 생명은 그 환경으로부터 고립된 존재가 아니라 우주적 관계의 그물 속에서 상호작용을 하면서 연결되어 있는 것이고 자신 안에 우주적 생명을 지니고 있는 하나의 통합된 전체라 할 수 있다. 생동하는 우주의 진정한 모습은 모든 생명을 하나의 생명으로 아우르면서 진화하는 큰 생명의 무궁한 펼쳐짐이라 하겠다. 따라서 모든 생명은 환경과 협동하여 공진화하면서 우주의 궁극적 생명으로 합일되어 나가는 것이다.

그래서 가령 기계가 '만들어진 것'이라면 생명은 '자라는 것'이다. 기계가 부품의 획일적 집합이라면 생명은 부분의 유기적 전체다. 기계가 경직된 통제라면 생명은 유연한 질서다. 기계가 타율적으로 운동한다면 생명은 자율적으로 진화한다. 기계가 폐쇄된 체계라면 생명은 개방된 체계다. 기계가 직선적인 '인과연쇄'에 따라 작동한다면 생명은 순환적인 '되먹임고리'(feedback)에 따라 활동한다. 그리고 기계가 물질이라면 생명은 정신이다. 갈무리하면 생성성(生成性), 전체성, 유연성, 자율성, 개방성, 순환성, 정신성 등을 생명의 주요 속성이라고 할 수 있다는 얘기다.

한울님사상이 등장하는 것은 이 대목에서다. 생명은 정신이라고 했다. "자기를 초월하는 인간정신은 자기보다 큰 생명인 공동체와 생태계의 질서에 참여하고 지구의 정신에 통합되며 종국에 가서는 거룩한 우주의 마음과 합일하게 된다." 즉 생명은 단순히 환경에 적응하여 살아남는 존재가 아니라 자기한계를 넘어 진화함으로써 창조의 기쁨을 느끼는 거룩함이다. 이 "거룩함은 우주를 포함한 모든 생명에 담겨 있고 이 거룩한 생명이 한울님이다"라고 선언은 밝힌다.

그러므로 한울님은 초월자나 절대자가 결코 아니다. 이것은 서구적 신의 개념일 뿐이다. 오히려 자기실현을 위해 온갖 위험과 위기를 무릅쓰고 끊임없이 창조적으로 진화하는 생명 그 자체가 한울님이다. "삼라만상 속에 충만하고 인간과 더불어 있는 지극히 가까우면서도 그윽하고 아득한 우주의 궁극적인 실재"라고 할 수도 있겠다. 이런 생명의 세계관에 따르면, 세계는 살아 있는 것이다. 스스로 전체 생명이기도 한 개체 생명의 사회적·생태적·우주적 그물망이 생명세계의 참모습인 것이다.

이런 한울님사상을 계승하고 발전시킨 것이 동학이다. 동학사상의 출발점은 하늘과 사람과 물건이 다 같은 '한생명'이라는 우주적 자각이다. 여기서 시작하여 우주의 생명을 모시고, 기르고 키워서, 모든 생명을 생명답게 살려야 한다는 도를 설파한 것이 동학이다. 무릇 사람이란 한울님을 모시고[侍天] 길러[養天] 살려내야[體天] 할 거룩한 존재라는 것이다. 여기서 모심에는 영성, 기름에는 생태계, 살림에는 사회적 실천의 의미가 각각 담겼다.

죽임과 억압, 소외와 분열에 맞서 이 생명의 도를 실천함으로써 한울님의 생명질서를 이루는 것이 곧 개벽이다. 개벽은 창조적 진화다. 우주와 인간이 협력하고 동역함으로써 창조적 진화를 이룩해나가고, 이 진화의 역동적 과정을 통해 우주와 인간의 통일을 이루어나가자는 것이다. 생명을 화두 삼아 지금과는 다른 세상을 열자는 얘긴데, 이 개벽은 기존 질서를 해체하고 전복하는 것이라기보다는 '전환'에 가깝다고 할 수 있다. 풀어서 얘기하면 새로운 전망으로 무장하여 세계관의 전환, 삶의 방식의 전환, 체제와 구조와 제도의 전환을 두루 이루자는 것이 선언이 말하는 개벽의 참뜻이다. 여기서 기존 질서나 문화를 한방에 철폐하거나 권력을 장악하는 것은 중요하지 않다. 그보다는 "물꼬를 트고 새로운 사회와 문화의 흐름을 만들어내자"는 제안이다.

오늘 우리는 갈림길에 서 있다. 죽임의 문화냐, 살림의 문화냐? 물질 가치냐, 생명 가치냐? 선언은 인간과 자연이 공생하는 생명평화의 공동체로 나아가자고 호소한다. "새로운 문명, 대안의 길의 척도는 이제 생명이다. 생명은 생활이며 생계며 생태며 생존이다. 한마디로 '살림'이다. 살림의 경제, 살림의 정치, 살림의 문화가 우리의 길이다." 생명과 살림, 선언 전체를 수미일관 떠받치는 두 기둥이다.

장일순 선생을 아시는가?

한살림선언 이야기를 하자니 빠뜨리기 힘든 책이 있다. 선언 집필진 가운데 한 명이기도 한 장일순(1928-1994) 선생의 《나락 한 알 속의 우주》(녹색평론사, 2016)라는 책이다. 장일순은 흔히 '우리 시대 생명운동의 스승'이라 불린다. 반독재 민주화 투사에서 시작해 한살림 생명운동의 지도자에 이르기까지 그는 한결같이 풀뿌리 민중과 함께 '낮은 삶'을 살았다. 이 책은 그가 남긴 글과 강연, 대담 등을 묶은 문집이다.

그는 1950년대에 원주 대성학원을 세웠고, 1960년 4·19혁명 직후에는 혁신 정당 후보로 선거에 뛰어들기도 했다. 이후 1970년대에는 독재 정권의 탄압 속에서 당시 반독재 민주화 투쟁의 해방구였던 이른바 '원주 캠프'의 정신적 지주 역할을 했다. 그 과정에서 천주교 정의구현사제단, 가톨릭농민회 등의 회합을 묵묵히 뒷바라지하는가 하면, 강원도 일대에서 신용협동조합운동, 지역사회개발운동, 유기농운동, 생협운동 등의 새 바람을 일으켰다. 강원도 원주 봉산동에 자리한 그의 집은 숱한 민주화 운동가의 피난처이자 오아시스 구실을 했다. 가난하고 소외된 이들에게는 인생 상담소이자 사랑방이기도 했다. 그는 집을 찾아오는 이들에게 친구이자 '비빌언덕'이자 삶의 안내자였다.

무엇보다 기억해야 할 것은 우리 사회에서 생명운동의 신기원을 연 주역이 장일순이라는 사실이다. 그는 "밥이 곧 하늘"이고 "모든 생명은 하나"라고 설파했다. "하늘과 땅은 나와 한 뿌리요[天地與我同根], 만물은 나와 한 몸[萬物與我一體]"이라는 것이다. 이 책은 그의 생명사상의 정수를 풍성하고도 알기 쉽게 담고 있다.

그는 풀숲의 작은 벌레조차 거룩한 스승으로 모셨다. 때리는 것이 아니라 어루만지고 보듬어 안는 것을 혁명의 본질이라 여겼다. 나이 들어 고통스런 암에 시달리면서도 "자연과 지구 전체가 암을 앓는데 하나의 자연인 사람이 어찌 암에 안 걸리겠는가. 암세포도 한울님이니 잘 모시고 가야 한다"고 했다던가. 우리 시대 '사상의 은사'라 불리는 리영희 선생은 그를 이렇게 기렸다. "장일순 선생과의 여러 토론이나 그분의 삶에서 받은 영향을 통해서 나는 사회적 관계나 지적 토대가 인간을 지배하는 것이라기보다 인간 스스로의 내면적인 것이 더 중요한 요인이라는 것을 분명히 깨달았다."

한살림선언이 좀 낯설게 느껴지는 이들도 있으리라. 신비주의적인 색채와 종교적인 분위기를 풍기고, 그래서 우리에게 익숙한 합리적이고 과학적인 사고방식과는 거리가 있다고 여길 수 있다. 너무

관념적이고 사변적이라는 느낌이 들 수도 있겠다. 하지만 동양 정신과 사상의 전통에서 발원한 이런 사유와 통찰도 지금의 시대가 요청하는 '대안적 지혜'를 구상하는 데 보탬이 되지 않을까? 아닌 게아니라 선언의 내용은 '깊은' 생태주의적 사고와 썩 잘 어울린다. 생명의 길은 서로 통하는 법이다.

산업문명이 낳은 물신주의와 성장의 신화, 각자도생의 경쟁주의 따위가 쌓아올린 '죽음과 죽임의 성채'는 여전히 강고하다. 하지만 그 어둠을 향해 '생명 살림'의 빛을 발하는 한살림선언이 있고, 또 장일순 선생 같은 이들이 있다. 우리의 자랑스러운 자산이다. 한살림선언은 과거의 유물이 아니다. 시대 흐름에 발맞추어 끊임없이 새롭게 재해석되고 재탄생하는, 우리 생명운동과 생명사상의 살아있는 경전이다.

3부

생명에 대한 예의

환경운동은
이 책에서 시작되었다

- 《침묵의 봄》
- 레이첼 카슨 지음
- 김은령 옮김
- 에코리브르, 2011

세상을 바꾼 책

이 책과 이 사람을 모르는 사람은 없을 것이다. 익히 아는 대로 레이첼 카슨의 《침묵의 봄》은 환경생태 분야의 대표적인 고전이다. 20세기 이후 인류에게 가장 큰 영향을 끼친 책이자 '세상을 움직이고 역사를 바꾼 책' 가운데 하나로도 꼽힌다. 여성으로서 해양생물학자, 작가, 환경운동가 등으로 다채로운 활동을 펼쳤던 레이첼 카슨 또한 〈타임〉지가 선정한 20세기의 가장 중요한 인물 100인 중 한 명으로 꼽힌 바 있다.

이 책은 1962년 미국에서 처음 출간되었다. 당시는 환경문제에 관심을 기울이는 이가 드물었다. 환경문제의 중요성이나 심각성이 널리 알려지지 않은 때였다. 그런 시절에 카슨은 생태계 파괴와 환경 재앙으로 봄이 왔는데도 꽃이 피지 않고 새가 노래하지 않는 미래가 올 수 있음을 일찌감치 경고했다. 그의 혜안은 그뒤 환경운동 확산과 환경정책 발전에 기폭제가 되었다.

구체적으로 어떤 변화가 일어났을까? 이 책의 영향을 받아 1963년 존 F. 케네디 대통령은 환경문제를 다룰 자문위원회를 구성했다. 이어 1969년 미국 의회는 중요한 국가 환경 관련 법안을 통과시켰다. 암연구소는 이 책이 집중해 다룬 DDT라는 살충제가 암을 일으킨다는 증거를 제시했다. 이는 그뒤 미국의 많은 주에서 DDT 사용 금지 정책을 이끌어내는 계기가 되었다. 앨 고어 전 미국 부통령은 "이 책이 출간된 날이 바로 현대 환경운동이 시작된 날이다"라는 촌평을 남기기도 했다. 게다가 이 책은 내용도 내용이지만 아름다운 문학적 필치로도 유명하다. 그래서인지 책이 나온 뒤 16개월 동안 100만 부가 팔려나갈 정도로 대중적으로도 큰 호응을 얻었다. 카슨은 작가로서도 재주꾼이었다.

이 책이 커다란 반향을 일으킨 데에는 또 다른 이유가 있다. 카슨은 이 책에서 유해 화학물질이 창궐하는 현실의 배후에 전문가 집단, 정부 당국자들, 기업 등의 강력한 이해관계가 깔려 있다는 사실을 까발렸다. 이는 당시 미국 사회에 큰 충격파를 일으켰다. 이들은 환경오염에 별다른 관심이 없고 생태적 진실에 대해서도 무지하다. 무엇보다 권력과 이익을 추구하는 것이 이들의 속성이다. 탐욕에 눈먼 자들인 것이다. 예나 지금이나 이들에 맞서 싸우는 것은 쉬운 일이 아니다. 기득권을 장악하고서 세상을 지배하는 자들이기 때문이다. 이 점에서 카슨은 용기 있는 행동가이기도 했다.

실제로 이 책이 나왔을 때 언론과 화학물질 생산 기업들은 카슨에 대해 거친 공격을 퍼부었다. '비과학적 주술사'라는 둥 '히스테릭한 여성'이라는 둥 갖가지 비난이 쏟아졌다. 카슨은 굴하지 않았다. 위축되지도 않았다. 오히려 배타적인 전문가주의와 엘리트주의로 무장한 당시 과학기술계의 주류 풍토에 맞서 과학기술 만능주의를 강력하게 비판했다. 그의 이런 담대한 행동은 이후 과학기술을 둘러싼 사회적 논쟁을 불러일으키는 디딤돌의 하나가 되었다.

카슨은 이렇게 따져물었다. "과학단체가 뭔가를 이야기할 때 우리가 듣는 것은 진정한 과학의 소리인가, 아니면 기업체의 이익을 대변하는 소리인가?" 오늘날 과학기술은 눈부신 발전을 거듭하며 지배력과 영향력을 더욱 키워가고 있다. 그만큼 과학기술의 폐해 또한 도드라지고 있다. 우리 사회는 이런 경향이 특히 심각하다. 이 책은 먼지를 뒤집어쓴 채 서가 구석에나 꽂혀 있어도 되는 철 지난 고전이 아니다. 이 책의 의미와 가치는 현재진행형이다.

가장 위험한 적은 무엇인가

낯선 정적이 감돌았다. 새들은 도대체 어디로 가버린 것일까? 이런 상황에 놀란 마을 사람들은 자취를 감춘 새에 대해서 이야기했다. 새들이 모이를 쪼아 먹던 뒷마당은 버림받은 듯 쓸쓸했다. 주위에서 볼 수 있는 몇 마리의 새조차 다 죽어가는 듯 격하게 몸을 떨었고 날지도 못했다. 죽은 듯 고요한 봄이 온 것이다.

책이 묘사한 '침묵의 봄'이다. 만물이 생동하는 봄을 "죽은 듯

고요한 봄"으로 만든 주범은 살충제를 비롯한 화학물질이었다. 널리 알려졌듯이 이 책은 살충제 등으로 대표되는 유해 화학물질이 자연과 생명체에 어떻게 피해를 입히는지 구체적이고 실증적으로 파헤쳤다. 사람들이 마구 뿌린 농약은 환경 속으로 퍼져나간다. 그 농약 성분은 동물 몸에 축적되고, 이것이 먹이사슬의 연쇄에 따라 다른 생명체들로 확산된다. 먹이사슬의 맨 위에 자리 잡은 인간 또한 당연히 그 피해에서 자유롭지 못하다. 피해의 연쇄적 악순환과 연속적 확대 재생산이 발생하는 것이다.

문제는 그뿐만이 아니다. DDT 같은 살충제가 뿌려지면 곤충은 점차 그 살충제에 내성을 지닌 종으로 진화한다. 이것을 다시 없애려면 더욱 강력한 독성을 지닌 살충제가 등장해야 한다. 이것이 반복된다. 이런 측면에서도 악순환이 계속되는 것이다. 이 책은 경고한다. 자연의 힘은 강력해서 인간은 자신이 인공적으로 만들어낸 무기로 싸우는 이 '화학전'에서 결코 승리하지 못할 것이라고.

또한 살충제는 무차별적이다. 한번 살포되면 대상을 가리지 않는다. 본래 겨냥했던 해충만 공격하는 게 아니다. 자신이 뿌려진 지역 주변 전체와 거기에 깃든 모든 '살아 있는 것'들을 살상한다. 그 결과 숲이나 경작지만이 아니라 인근 마을과 도시도 위험을 피할 수 없다. 해충 박멸은 가시적이고 부분적인 눈앞의 이익이다. 하지만 생존의 토대 전체를 무너뜨리는 중대한 위험을 안고 있다.

게다가 생명체의 몸속에 축적된 유해물질은 다음 세대로도 전해진다. 환경오염은 '수평적'으로뿐만 아니라 '수직적'으로도 그 영향을 미치는 것이다. 살충제가 일으키는 피해는 애초 인간이 그것을 뿌릴 때의 의도와는 전혀 다른 결과다. 본래 의도는 농작물 등에 해로운 벌레나 잡초를 제거하고자 하는 것이었지만, 그 결과 자연과 인간 모두 커다란 피해의 희생양이 됐다. 인간은 자신에게 이로운 행위를 하고자 했지만 그것이 결국은 스스로를 망가뜨리는 '부메랑'으로 돌아왔다. 이 책은 이런 사실들을 밝힘으로써 자연을 이루는 모든 것은 서로 연결돼 있다는 중요한 생태적 진실을 증언한다.

살충제 이야기는 또 다른 교훈도 전해준다. 나중에는 재앙을 일으킬지 모르지만 당장은 그렇게 보이지 않는, 말하자면 불확실하고 불투명한 위험은 무시하는 것이 인간의 중요한 본성 가운데 하나라는 것이다. 사람은 대개 문제가 즉각 드러나지 않고 그 형태가 명확하지 않으면 그것에 담긴 위험을 쉽게 무시하거나 부정한다. 설령 문제가 있음을 인정하더라도 그것이 일으킬 위험이 당장 자신을 위협하지 않으면 별로 신경을 쓰지 않는다.

오늘날 기후변화 사태가 그토록 심각함에도 좀체 해결의 실마리를 찾지 못하는 것도 이와 관련이 깊다. "눈에 잘 띄지 않은 채 슬그머니 나타나는" 위험이야말로 "인간에게 가장 위험한 적"인 것이다. 그래서 책은 "곤충을 향해 겨누었다고 생각하는 무기가 사실은 이 지구 전체를 향하고 있다는 사실이야말로 크나큰 불행"이라고 지적한다.

선택은 우리에게 달렸다

이 불행에서 벗어나는 길은 무엇인가? 미래는 낙관적인가, 비관적인가? 이 책은 희망의 메시지를 잊지 않는다. 근거는 이렇다. 오늘

날 세상에는 유해 화학물질이 가득하지만 이것을 만들어낸 장본인
은 우리 인간이다. 그러므로 우리가 진심으로 원하기만 한다면 이
위험물질의 상당부분을 없애버릴 수도 있다.

화학물질이 범람하게 된 것은 크게 두 가지 이유에서다. 하나는
우리가 안락하고 편리한 생활을 추구하기 때문이다. 다른 하나는
화학물질의 생산과 판매 등이 경제 논리에 종속돼 있기 때문이다.
이 모두 우리가 하기에 따라 상당한 정도로 개선할 수 있다. 전적으
로 해결할 순 없을지라도, 또한 그것이 쉬운 일은 아니라 하더라도
말이다.

그리고 사실 이렇게 제거할 수 있는 화학물질들은 우리가 살아
가는 데 반드시 있어야 할 필수 성분도 아니다. 없어도 살 수 있는
것 때문에 엄청난 고통을 당하고 있다면 이것을 없애는 게 마땅하지
않을까? 이 자명한 이치를 무시하거나 경시한 탓에 비극이 싹텄다.
책은 특히 음식, 식수, 대기를 오염시키는 화학물질을 줄이는 것이
중요하다고 강조한다. 우리는 평생을 이것들과 함께, 이것들 속에
서 살아가기 때문이다.

그런데 이런 일을 제대로 해내려면 갖춰야 할 것이 있다. 자연과
생명을 대하는 올바른 태도가 그것이다. 카슨은 이렇게 말한다.

본디 생명이란 인간의 이해를 넘어서는 일종의 '기적' 같은 것이다. 때
문에 이에 대항해 싸울 때에도 '경외감'을 잃어버려선 안 된다. 자연을
통제하기 위해 살충제 같은 무기에 의존하는 것은 우리의 지식과 능
력 부족을 드러내는 증거이다. 자연의 섭리를 따른다면 야만적인 힘
을 사용할 필요도 없을 것이다. 지금 우리에게 필요한 것은 겸손이다.

과학적 자만심이 자리 잡을 여지는 어디에도 없다.

생명을 기적이라 여기고 자연 앞에서 경외감과 겸손의 마음을
갖추는 것은 과학자에게 어울리지 않는다고 여기기 쉽다. 적어도
주류 과학계에서는 그럴 것이다. 그러나 이 책은 과학에도 이런 마
음에 기초한 새로운 관점과 태도가 필요하다고 강조한다. 뚜렷하게
대비되는 것은 '기적 같은 생명'과 '살충제 같은 야만적인 힘'이다.
야만이 기적을 이길 순 없다. 그런데도 야만은 교만하고 무지해서
기적에게 덤벼든다. 이것이 현대 과학의 현주소이자 더 넓게 보면
현대문명이 처한 상황이다. 그 결과는 재앙이다.

책은 "우리의 지식과 능력 부족"과 "과학적 자만심"을 경계한다.
지식과 능력은 부족한 반면에 자만심은 넘치는 탓에 문제가 발생한
다. 자만심으로 문제를 해결한답시고 나서지만 지식과 능력이 부족
해서 더 큰 문제를 일으키거나 상황을 더 엉망진창으로 만드는 경우
를 자주 본다. 이 책이 전하는 살충제가 전형적인 예다. 과학이 이런
'소탐대실(小貪大失)의 어리석음'에서 벗어나지 않으면 살충제가 일
으킨 것 같은 환경 재앙은 되풀이될 수밖에 없다. 책은 이렇게 권고
한다. 문제를 해결한다면서 상황을 더욱 악화시키는 방식을 사용하
는 것이 과연 현명한지를 깊이 돌이켜보라.

결국 선택은 우리 자신에게 달렸다. 우리는 상상력을 바탕으로
새롭고도 창의적인 접근법을 찾아내야 한다. 이것의 출발점은 이
세상이 인간만의 것이 아니라 모든 생물과 공유하는 것이라는 사실
을 깨닫는 것이다. 자연은 한편으로는 아주 연약하다. 쉽게 파괴된
다. 그러나 다른 한편으로는 믿기 힘들 정도로 강하다. 뿐만 아니라

강한 회복력을 갖추고 있다. 그 힘으로 자연은 예측하기 어려운 반격을 가하기도 한다. 우리는 이런 곳에서 살아간다.

우리가 다루는 것은 살아 있는 생물들, 그 생명체의 밀고 밀리는 관계, 전진과 후퇴이다. 생물들이 지닌 힘을 고려하고 그 생명력을 호의적인 방향으로 인도해갈 때, 곤충과 인간은 납득할 만한 화해를 이루게 될 것이다.

허위에 맞서 싸우며

레이첼 카슨이 아파하고 분노했던 침묵, 그래서 그가 맞서 싸우고자 했던 침묵은 화학물질 오염으로 새의 노랫소리가 사라진 자연의 침묵만이 아니었다. 그는 이런 사실이 일반 사람들에게 전달되지 않는 '사회적 침묵'도 주목했다. 그가 특히 중요하게 문제 삼은 것은 진실에 눈 감고 거짓을 퍼뜨리는 과학자들의 침묵이었다. 그래서 그는 시민들의 '알 권리'와 현실 변화를 위한 적극적인 행동을 강조했다. 그는 사람들을 잘못된 길로 이끌고가려는 정부와 기업, 전문가 집단에 도전하고 저항하는 것이 얼마나 중요한 일인지를 잘 알고 있었다. 그리고 그는, 앞에서 얘기했듯이, 이를 실천했다.

한때 이른바 '황우석 신드롬'으로 나라 전체가 들끓었던 적이 있다. 당시 정부, 언론, 학계, 기업 등은 죄다 한통속이 되어 '황우석 나팔수'를 자처했다. 그들이 불러대는 '황우석 찬가'는 끝이 없었다. 그 실체가 무엇이고 그 결과가 어땠는지는 우리 모두가 아는 바다.

실험 결과를 조작한, 과학사를 통틀어 유례를 찾아보기 힘든 희대의 사기극이었다. 탐욕에 찌든 '과학 사기꾼'에게 온 세상이 놀아난 것이다. 과학기술에 대한 성찰 없는 열광과 맹신은 이런 참사를 낳는다.

이 책은 과학기술에 대한 이런 맹신과 추종 풍조에 따끔한 경종을 울렸다. 카슨은 화학물질을 분별없이 생산하고 사용하는 현대 과학기술 자체에 근본적인 의문을 제기했다. 출간 당시 주류 과학계가 이 책과 카슨에 대해 적대적인 태도를 보인 것도 이 때문이었다.

그들은 카슨이 자신들의 기득권을 위협한다고 여겼다. 진실을 밝히고 환경오염에 대한 경각심을 일깨우고자 하는 카슨의 노력을 그들은 자신의 권위나 권력에 대한 도전으로 받아들였다. 카슨이 중시한 '대중을 위한 글쓰기'도 과학계와 전문가에 대한 모독쯤으로 깎아내렸다. 그들의 낡은 고정관념으로는 과학이란 대중이 함부로 가까이하기 힘든 전문적이고 난해한 지식으로 울타리가 둘러쳐진 것이어야 했다.

이해관계와 탐욕으로 엮인 이런 배타적이고 폐쇄적인 '과학기술 카르텔'이 건재하는 한 과학기술은 끊임없이 새로운 재앙의 원천이 될 것이다. 내가 보기에 이 책이 오늘날까지도 수많은 세계 사람들에게 널리 읽히며 높은 가치를 인정받는 것은 무엇보다 이런 맥락에서다. 동시에 이는 깨어 있는 시민의 존재가 얼마나 중요한지를 웅변하는 것이기도 하다.

과학과 문학을 연결하는 '통합적 글쓰기'의 전범을 보여준 카슨은 자신의 가녀린 육신을 갉아먹는 암과 싸우는 동시에 세상을 짓누르는 거대한 허위와도 맞서 싸웠다. 그는 흔들림 없이 진실을 옹호하고 지구와 생명 사랑을 행동으로 옮긴 보기 드문 여성 투사였다.

카슨은 이 책 외에도 다수의 책을 저술했다. '바다 3부작'으로 널리 알려진 《우리를 둘러싼 바다》(*The Sea Around Us*), 《바다의 가장자리》(*The Edge of the Sea*), 《바닷바람을 맞으며》(*Under the Sea-Wind*)를 비롯해 《센스 오브 원더》(*The Sense of Wonder*), 《잃어버린 숲》(*Lost Woods*, 이상 에코리브르) 등이 국내에 번역·소개돼 있다. 레이첼 카슨 전문가인 린다 리어가 쓴 《레이첼 카슨 평전》(*Rachel Carson-Witness for Nature*, 샨티)이라는 책도 나와 있다. 다 읽기는 벅차신가? 이중에서 나는 《우리를 둘러싼 바다》를 가장 감동적으로 읽었다. 생명의 힘으로 넘실거리는 바다의 가없는 매력과 아름다움을 만끽할 수 있다. 이 책만큼은 꼭 한 번 읽어보시라.

채식을 권함

- 《동물해방》
- 피터 싱어 지음
- 김성한 옮김
- 연암서가, 2012

자연과 동물에게 권리를 허하라

뉴질랜드 북섬에는 황거누이강이 흐른다. 이 나라에서 세 번째로 긴 강이다. 뉴질랜드 원주민 마오리족은 오랜 세월 이 강과 함께 살았다. 자연을 인간과 같은 유기체라고 여기는 이들은 이 강을 신성시하며 강과 한 몸을 이루고 생활해왔다. 하지만 갑자기 밀려 들어온 백인들은 이 강에 깃든 평화를 가만히 내버려두지 않았다. 마오리족은 160년에 걸쳐 이 강과 얽혀 있는 자신들의 전통과 관습을 지키려고 줄기차게 투쟁해왔다. 자신들이 이 강과 맺고 있는 '특별한 관계'를 법적으로 인정해달라는 것이 핵심 요구사항이었다.

지난 2017년 3월 이들의 싸움은 값진 열매를 맺었다. 황거누이강에 인간과 동일한 위상을 부여하는 법안이 통과된 것이다. 강이 인간이 가진 것과 똑같은 법적 권리와 의무를 가지게 됐다는 얘기다. 강이 공식적으로 인간과 동일한 대우를 받게 된 것은 이것이 세계 최초다. 이로써 마오리족은 황거누이강과 분리될 수 없는 자신들의 삶과 전통을 오래도록 보존할 수 있게 되었다.

남아메리카의 에콰도르는 2008년 8월 자연의 생물이 영구적으로 생존하고 번식하고 진화할 권리를 가진다고 못 박은 헌법 개정안을 국민투표로 통과시켰다. 헌법에 자연의 권리를 명시적으로 천명하기로는 역사상 최초다. 이 새로운 헌법 조항은 국가에 생태계 파괴나 생물 멸종을 일으킬 수 있는 행위들을 예방하고 제한해야 한다는 의무를 부여했다. 나아가 국가가 이런 일을 제대로 하지 않으면 일반 시민이 자연을 대신해 법적 소송을 제기할 수 있도록 했다. 볼리비아에서는 2011년, 자연을 법적 권리의 주체로 인정하는 '어머니지구법'을 새롭게 제정했다. 인간과 자연 사이의 관계를 생태주의 관점에서 급진적으로 재구성한 내용으로 유명한 이 법에는 여러 가지 자연의 권리가 세세하게 담겼다. 존재하고 생존할 권리, 인간의 변형으로부터 자유로운 상태에서 진화하고 생명 순환을 지속할 권리, 오염되지 않을 권리, 유전자나 세포가 조작되지 않을 권리, 개발 계획이나 거대 사회기반시설 건설에 영향 받지 않을 권리 등이 대표적이다.

동물의 존엄성과 권리를 보호하는 움직임은 더 일찍부터 시작되었다. 독일은 2002년 헌법에 '동물 보호'를 국가의 책임이라고 규정했다. 스위스는 1992년에 '동물의 존엄성'을 헌법에 명시했다. 일본, 필리핀, 미국, 네덜란드 등지에서는 다양한 동물과 어린이, 청소년 등이 주체가 되어 환경 소송을 제기해 승소한 사례가 적지 않다.

대개 동물의 생존과 환경보전을 위해 무분별한 개발 사업이나 벌목을 중단하라는 것이 판결 내용이었다.

이것이 큰 흐름이다. 물론 일부 나라나 사회에 국한된 성과이기는 하다. 특히 우리나라는 일반 자연물은 말할 것도 없고 동물마저 여태껏 법적으로는 '재물', 곧 물건에 지나지 않는 것으로 취급하고 있다. 그래도 세상은 여기까지 왔다. 시나브로 살아 있는 생명체인 동물은 물론 강 같은 자연물의 가치와 권리도 인간과 동등하게 인정받는 시대가 더디게나마 열리고 있는 것이다.

'종차별주의'를 깨뜨리자

이런 시대 변화가 손쉽게 이루어졌을 리 없다. 수많은 사람들이 생명의 권리를 수호하고 확장하려는 투쟁을 끈질기게 벌여왔다. 여기에는 책도 포함된다. 알다시피 책이란 때때로 개인의 삶은 물론 역사의 물줄기도 바꾸곤 한다. 동물권의 지평을 넓혀온 역사에서도 이는 마찬가지다. 그렇다면 동물권 확장 역사에 혁혁한 공을 세운 책으로는 어떤 것들이 있을까? 아마도 이 책《동물해방》을 먼저 떠올리는 사람이 많지 않을까?

이 책은 공리주의 철학 원리를 토대로 동물해방을 주창하는 오스트레일리아 출신 실천윤리학자 피터 싱어의 대표작이다. 1975년 처음 출간된 뒤 세계적으로 뜨거운 반향을 일으켰다. 이 책의 초판 서문은 "이 책은 인간 아닌 동물들에 대한 인간의 폭정(暴政)에 관한 책이다"라는 문장으로 시작한다. 이에서 보듯 책이 시종일관 겨냥하는 표적은 동물 학대를 일삼는 인간 중심의 '종차별주의' (speciesism)다. "유일하게 권리와 존엄성을 지닌 존재인 인간"과 "단지 사물에 지나지 않는 인간 아닌 동물" 사이에 오랫동안 가로놓여 있던 철옹성을 무너뜨리는 것이 이 책의 목적인 것이다.

그럼으로써 저자는 우리가 동물을 보는 방식을, 그리고 궁극적으로는 우리 자신을 바라보는 방식을 바꾸어놓고자 한다. 이에 따라 그의 시야는 동물해방이 곧 인간해방이기도 하다는 인식으로까지 확장된다. 근거는 뭘까? 그는 인간 세상의 큰 비극인 굶주림 문제의 해결을 단적인 보기로 제시한다. 전 세계적으로 동물 학대를 자행하며 식용 동물을 사육하느라 엄청난 양의 식량을 가축 사료로 낭비하고 있는 현실에서 이런 주장은 설득력을 갖는다. 대규모의 공장식 가축 사육을 멈추거나 줄인다면 그만큼 인간이 먹을 수 있는 식량이 늘어나기 때문이다. 이에 더해 식량을 제대로 분배하기만 하면 기아나 영양실조가 사라지리라는 것이 그의 기대 섞인 전망이다.

동물해방 투쟁의 선두에 나선 저자의 '무기'는 뭘까? 그것은 감정이나 감수성 같은 게 아니다. 그가 굳건하게 믿는 것은 이성과 논증의 힘이다. 그는 공리주의의 논리적 정당성과 여기에 담긴 힘을 바탕으로 치밀하고 정교하게 자신의 주장을 직조해나간다. 오로지 논리로 독자를 설득하고자 하는 것이 이 책의 도드라진 특징이다.

그럼 이 책이 휘두르는 가장 강력한 논리적 '필살기'는 뭘까? 그것은 '이익에 대한 동등한 고려'라는 보편적 도덕원리다. 풀어서 설명하면 이렇다. 이 원리의 전제는 평등의 원칙이다. 책에 따르면 평등은 지능, 도덕적 자질, 신체적 능력 등에 따라 좌우되는 게 아니다. 평등은 도덕적 이념이지 사실에 관한 단언이 아니라는 얘기다. 예컨대 두 사람 사이에 실제로 능력의 차이가 있어도 이것이 이 두 사람의 필요나 이익에 대한 배려를 차별할 논리적 이유가 될 순 없다는 것.

여기서 종차별주의가 다시 도마에 오른다. 종차별주의란 자기가 소속된 종의 이익을 옹호하면서 다른 종의 이익을 배척하는 편견 또는 왜곡된 태도를 일컫는 말인데, 이는 인종차별주의나 성(性)차별주의와 마찬가지로 옳지 않다는 것이다. 결국 '이익 동등 고려 원리'는 우리가 속한 종뿐만 아니라 다른 종 구성원들에게도 적용돼야 한다는 것이 이 책의 주장인 셈이다.

반려동물을 다루지 않는 이유

이쯤에서 궁금증이 인다. 어떤 존재가 평등한 배려를 받을 권리가 있는지를 판단하는 기준은 뭘까? 책의 답변은 명쾌하다. 그것은 '고통을 느낄 수 있는 능력(더 엄밀하게 말하면 고통 그리고/또는 행복을 향유할 수 있는 능력)'을 가지고 있는지 여부다. 고통이나 즐거움을 느낄 수 있는 능력은 이익을 갖기 위한 전제조건이기 때문이다. 요컨대 평등의 원리는 해당 존재가 어떤 특성을 지녔든 그 존재의 고통을 다른 존재의 고통과 동등하게 취급할 것을 요구한다. 저자는 예컨대 지능을 기준으로 삼는다면 피부색을 기준으로 삼지 말아야 할 이유가 무엇이냐고 반문한다. 이 책에 반려동물 이야기가 등장하지 않는 것도 이런 맥락에서 이해할 수 있다. 반려동물은 대체로 가정에서 사랑을 받으며 살아가기 때문에 고통을 느낄 일이 그리 많지 않다. 이 책의 초점은 고통의 문제다.

저자는 고통은 그 자체로 나쁘며, 따라서 고통 받는 존재의 인종이나 성 또는 종과 무관하게 고통은 억제되거나 최소화되어야 한다고 역설한다. 동일하게 나쁜 고통을 인간이 느끼느냐 아니면 동물이 느끼느냐 하는 것은 고통에 대한 평가와는 아무 상관이 없다. 그러니 우리가 해야 할 일은 자명하다. 인간 아닌 동물들도 도덕적 관심 영역 안으로 끌어들여 어떤 사소한 목적을 위해서라도 그들의 생명과 삶을 소모품 처리하듯 다루지 않는 것이다. 인간 아닌 동물들도 인간과 마찬가지로 고통을 느낀다는 건 우리 모두가 알고 또 인정하는 사실이 아닌가.

책이 검토한 동물 학대의 대표 사례는 두 가지다. 하나는 동물실험이고, 다른 하나는 식용 동물의 대량 사육, 곧 공장식 축산이다. 여기서는 책의 성격을 보다 선명하게 드러낸다고 여겨지는 동물실험 이야기를 살펴보자. 책이 먼저 지적하는 것은, 수많은 동물실험 가운데 정작 중요한 의학 연구에 실제로 이바지한 경우는 극히 일부에 지나지 않는다는 점이다. 인간에게 중대한 이익을 안겨줄 가능성이 거의 없는 불필요한 실험 탓에 동물들의 참혹한 고통이 양산되고 있다는 얘기다.

수많은 동물이 긴급하거나 절박하지 않은 목적으로, 특히 상업적 목적으로 이용되는 것도 큰 문제다. 화장품, 샴푸, 식용색소, 바닥광택제 따위를 만든답시고 그 많은 동물을 죽이고 고문하는 동물실험을 꼭 해야 하느냐고 책은 따져 묻는다. 치료용 의약품 실험을 포함해 거의 모든 동물실험은 "선의 최대화"보다는 "이익의 최대화"

를 추구하는 데 활용된다는 것이 이 책의 따끔한 비판이다.

당장 이런 반문이 나올 것이다. 그럼 모든 동물실험을 당장 그만 두자는 말인가? 그건 아니다. 저자의 주문은 이렇다. 직접적이고도 긴급한 목적에 필요하지 않은 실험은 즉각 중단하라. 다른 연구 분야에서는 가능한 한 빨리 동물실험을 대체할 방법을 찾으라.

채식이 답이다

이런 논의의 결론으로서 이 책이 독자들에게 강력하게 요청하는 것은 채식의 실천이다. 동물을 먹지 않는 것은 우리 자신의 삶에 책임을 지고, 가능한 범위 안에서 최대한 잔인함에서 벗어난 삶을 살아가는 첫 번째 단계라는 것이 이 책의 주장이다. 사실 상당한 고통을 주지 않으면서 식용 가축을 대규모로 사육하는 것은 불가능하다. 게다가 채식만 하면 건강에 좋지 않다거나 균형 잡힌 영양 섭취를 못한다거나 하는 얘기들이 근거가 없다는 건 이미 객관적으로 밝혀진 사실이다.

그래서일 것이다. 책은 "단지 어떤 특정 유형의 음식으로 미각을 만족시키기 위해 다른 생물의 목숨을 빼앗을 수 있다면 이때 그 생물은 우리의 목적을 위한 수단 이상이 될 수 없다"고 못 박는다. 그러면서 살코기는 우리의 식사를 오염시키며, 채식을 하면 음식과 식물, 그리고 자연 사이에 건강하고도 새로운 관계가 형성된다고 강조한다. 그러므로 이런 입장에 서면 "동물을 먹는 것을 옳다고 말할 수 있는 경우가 있는가?"라고 물어선 안 된다. 대신 이렇게 물어야 한다. "이 고기를 먹는 것이 옳은 일인가?"

　책의 논지에 걸맞게 저자는 실제로도 상당히 엄격한 채식을 실천하고 있다. 고기나 계란 등을 먹지 않는 건 물론이고 우유, 치즈, 요구르트 등 유제품도 먹지 않는 것이 좋다고 한다. 심지어 어류와 파충류도 포유류와 마찬가지로 고통을 느낄 가능성이 높다며 굴이나 홍합 같은 것도 먹지 않는 것이 낫다는 의견을 밝힌다. 독자에 대해서는 우리의 음식생활에서 종차별주의적 요소를 한꺼번에 모두 없애기는 힘들다면서 다음과 같은 '지침'을 안내한다. △가축에서 온 고기를 식물성 음식으로 대체하라. △구할 수만 있다면 공장식 농장에서 온 계란을 방사한 닭의 계란으로 대체하라. 그게 힘들다면 계란을 먹지 말라. △우유와 치즈 등을 두유, 두부, 또는 다른 식물성 식품으로 대체하라. 하지만 유제품이 들어 있는 모든 음식을 피하는 데 지나치게 집착하지는 말라.

　앞에서 동물해방은 인간해방과 연결된다고 언급했다. 채식의 장점은 이런 맥락에서도 더욱 강조할 필요가 있다. 채식주의자가 늘어나면 사람들이 먹을 수 있는 곡식의 양이 증가한다. 기후변화를 비롯한 환경 파괴가 줄어들고, 물과 에너지가 절약되며, 산림 벌채 방지에도 도움이 된다. 게다가 채식은 육식에 견주어 값이 싸다. 채식주의자가 늘어날수록 정말 긴급하고 중대한 문제를 해결하는 데 더 많은 돈을 쓸 수 있게 되는 것이다. 어떤 측면에서 보든 채식이 자연과 인간 모두에게 이롭다는 건 부인하기 어렵다.

　문제는 동물해방의 길을 가로막는 수많은 장애물이다. 동물을 둘러싼 뿌리 깊은 편견, 강력한 인간 중심 기득권, 다른 종에 대한 독단적 차별, 동물을 깔보는 우리의 체질화된 습관 등이 그것이다.

하지만 이 책은 인간의 이성과 도덕성에 대한 신뢰에 기대어 희망의 메시지를 건넨다. 현실적인 근거도 있다. 글머리에서도 소개했듯이 최근 들어 동물해방 운동에 대한 대중적 지지 확산과 인식의 전환이 이루어지고 있고, 이에 따른 다양한 법적·제도적 장치들이 마련되고 있다. 이런 변화의 흐름도 비관보다는 희망 쪽에 힘을 보탠다.

책이 강조하는 것처럼 해방운동은 도덕적 지평의 확장을 요구한다. 만약 억압자 편에 서기 싫다면 다른 종에 대한 이제까지의 태도를 바꿔야 한다. 혹시 당신은 사자나 늑대가 다른 동물을 잔인하게 죽이기 때문에 그들을 야만적이라고 여기는가? 하지만 생각해보라. 그들은 그렇게 하지 않으면 굶주려야 한다. 인간은 어떤가? 미각을 만족시키려고, 몸을 아름답게 치장하려고, 호기심을 충족시키려고, 혹은 그저 운동이나 취미 삼아 다른 동물을 죽인다. 그것도 아주 잔혹한 방법과 어마어마한 규모로 말이다. 동물뿐인가. 탐욕을 채우거나 권세를 얻으려고 자기 종의 구성원마저도 서슴없이 살해하는 것이 인간이라고 이 책은 매섭게 지적한다.

몇 마디만 덧붙이자. 이 책을 읽고서 채식주의자가 되기로 결심한 사람이 많다는 건 널리 알려진 사실이다. 그런데 육식에 대한 이 책의 관점은 마이클 폴란의 《잡식동물의 딜레마》의 그것과 조금 엇갈린다. 이 두 책을 비교하며 읽으면 흥미진진한 독서 경험이 될 것이다.

저자 피터 싱어는 논란의 대상이 되기도 했다. 그가 중증 장애아의 안락사나 유전적 결함을 지닌 태아의 낙태를 찬성한다는 점에서 특히 그렇다. 장애아를 마치 동물보다 못한 존재로 취급하는 것처럼 여겨지는 탓이다. 아닌 게 아니라 이 책에서도 그는 인식능력,

자의식, 지능, 고통이나 쾌락을 느끼는 능력 등의 수준이 동물들보다 낮은 인간이 분명히 있음을 상기하라고 촉구한다. 회복할 가망이 영구적으로 없는 심각한 뇌 장애자 등이 그런 예다. 그는 "이들이 동물보다 나은 게 무엇인가?"라고 묻는다. 이와 관련해 그가 이성과 논리를 지나치게 강조하는 태도도 논쟁거리다. 인간에게는 합리적 이성뿐만 아니라 감수성, 정서적 공감능력, 영성 등도 무척 소중하기 때문이다.

읽어볼 만한 피터 싱어의 또 다른 저서로는 《실천윤리학》(*Practical Ethics*, 연암서가), 《죽음의 밥상》(*Ethics of What We Eat*, 산책자), 《더 나은 세상》(*Ethics in the Real World*, 예문아카이브) 등이 있다.

숲이 시와 철학을
껴안다

• 《숲에서 우주를 보다》
• 데이비드 조지 해스컬 지음
• 노승영 옮김
• 에이도스, 2014

과학, 철학, 문학의 삼위일체

나는 오랫동안 환경 잡지 만드는 일을 했다. 보통 한 번 낼 때마다 20명 안팎의 필자에게 원고를 받는다. 그들 중에는 자연과학이나 공학 쪽을 전공한 학자들이 더러 있었다. 다른 분야 전공자 가운데에도 가끔 그럴 때가 있지만, 유독 이쪽 전문가들은 글이 엉망일 때가 많았다. 기본적인 글쓰기 훈련이 부족한 데다 틀에 박힌 논문식 글쓰기 관성에 길든 탓이다. 그래서 좀 미안하긴 해도 다시 고쳐 써 달라고 주문한 적이 여러 번 있다. 이런 경험에 비춰보면 이 책을 쓴 미국의 생태학자이자 진화생물학자인 데이비드 조지 해스컬은 그야말로 최상급 필자다.

　숲을 소재나 주제로 다룬 책이야 얼마나 많은가. 나는 이 책을 맨

앞자리에 놓는다. 과학 지식, 인문적 사유, 시적 표현이 맞춤하게 어우러진 멋진 책이다. 과학과 철학과 문학의 삼위일체라 할 만하다. 이 책은 자연 생태계를 다루지만 이 책 자체가 아름답고도 풍요로운 '언어의 생태계'다.

일단 발상 자체가 독창적이다. 저자는 오래된 숲의 어느 지점에 지름 1미터 정도의 원을 그리고 그 자그만 땅뙈기에 '만다라'라는 이름을 붙인다. 불교에서 말하는 우주의 상징. 삼라만상이 조화를 이루고 우주의 신성함이 응집되는 장소. 이게 만다라다. 저자가 정한 만다라는 그러므로 숲 전체를 들여다보는 생태계의 창인 동시에 만물이 압축된 소우주인 셈이다. 이곳을 1년에 걸쳐 관찰하고 사색한 결과를 풀어놓은 것이 이 책이다. 숲이라는 자연 공동체에서 벌어지는 뭇 생명의 향연이 계절과 날짜의 흐름에 맞추어 파노라마처럼 펼쳐진다.

겨울 식물, 이끼, 도롱뇽, 달팽이, 나방, 씨앗, 꽃, 바람, 지진, 반딧불이, 코요테, 버섯, 독수리, 빛, 낙엽, 우듬지… 이 책의 소제목들이다. 그러니까 이 책은 만다라에 실제로 속한 것뿐만 아니라 그곳과 어떤 식으로든 관계를 맺고 있는 모든 것을 망라한다. 책 제목이 알려주듯이 숲에서 우주를 보는 것이다. 이렇게 해서 '만다라'라는 명칭은 단지 비유로서가 아니라 실질적으로도 그 '이름값'을 얻는다. 이제 당신은 저자의 안내를 따라 그 만다라 여행을 즐기면 된다. 여행길에서 우리가 만나는 것은 오묘한 자연의 비밀과 생물 진화의 역사, 그리고 인간과 세계에 대한 밀도 높은 철학적 성찰이다.

'명상의 오아시스'가 주는 선물

책은 겨울에서 시작해 겨울로 끝난다. 저자는 영하 20도를 오르내리는 어느 겨울날 만다라를 찾는다. 그는 문득 문명의 보호막을 걷어치우고 추위를 날것 그대로 느끼고 싶어진다. "숲의 동물처럼 추위를 경험하고 싶다. 충동적으로 장갑과 모자를 얼어붙은 땅에 벗어던진다. 목도리도 풀어버린다. 방한용 멜빵바지, 남방, 티셔츠, 바지도 재빨리 벗는다. 실험을 시작한 지 첫 2초 동안은 의외로 상쾌하다. 하지만 세찬 바람이 환상을 휘몰아간다. 머리가 두통으로 지끈거린다. 몸에서 나오는 열기에 살갗이 타는 듯하다."

생물학자 김성호는 《관찰한다는 것》(너머학교, 2015)이라는 책에서 관찰을 "자세히 보되, 뭔가를 제대로 아는 데까지 이르도록 두루 살펴서 생각하며 보는 것"이라고 정의한다. 그러면서 관찰은 "나와 새로운 세상을 만나게 해주는 힘"인 동시에, 우리가 다른 생명체와 만나고 관계를 맺는 방식이라고 강조한다. 관찰의 자세는 곧 삶의 자세이고, 관찰의 힘은 곧 삶의 힘이다. 여기 만다라의 관찰자는 이런 관찰의 의미를 단지 보고 생각하는 것을 넘어 맨몸으로 구현하고 있다. 그는 나방이 자신의 손가락에 30분이나 주둥이를 박고 있는 걸 그냥 놔두는가 하면, 모기가 피를 빨아대는 것을 꾹 참고 견디기도 한다. 몸을 사리지 않는 이런 열정적인 태도로 그는 일 년 사계절의 변화에 따라 숲에서 벌어지는 자연만물의 순환과 생명세계의 율동에 동참한다.

맨몸으로 만난 겨울 숲에서 그는 무엇을 봤을까? 생명의 힘이다. 겨울 숲은 눈으로 덮여 있다. 눈 위로 보이는 것은 죽음이다. "겨울의 완승"인 것처럼 보인다. 그러나 생명은 끈질기게 계속된다. 헐벗은 나무들은 얼핏 해골처럼 보일지 모른다. 하지만 가지와 줄기는 모두 살아 있는 조직으로 둘러싸여 있다. 책은 "식물은 몸속에 여름을 만들어내지 않고도 겨울을 이겨낸다. 완전히 죽은 것처럼 보이던 식물이 다시 살아나는 것은 인간이 한 번도 경험하지 못한 기적이다"라고 말한다.

식물이 살아나는 그 기적 같은 방법을 "칼 삼키는 묘기"에 비유한다. 자세한 설명이 궁금하다면 직접 책을 읽어보시라고 할 수밖에 없지만, 약간의 힌트는 제공할 수 있다. "얼음이 만다라의 식물들을 파고들어도, 세포 하나하나는 조심스럽게 수축함으로써 생명을 얼음으로부터 미세하게 분리한다. 봄이 되어 이 세포 수축 과정을 거꾸로 돌리면 가지, 싹, 뿌리가 되살아나 마치 겨울이 없었던 것처럼 원래 상태로 돌아간다."

비와 이끼 이야기는 어떨까? "만다라 표면에서 물 소동이 벌어진다. 구름이 일제사격을 가하다 잠시 사격을 중지했다가 더 많은 화력을 쏟아붓는 동안 후두둑 후두둑 소리가 요란하다. 멕시코만에서 바람에 실려온 비 군단이 일주일 내내 숲에 공격을 퍼부었다. 세상은 몰아치고 넘쳐나는 물바다가 되었다." 이 빗물을 빨아들여 머금는 것이 이끼다. 이끼가 저장한 물은 만다라의 모든 생명에게 혜택을 베푼다. 퍼붓는 빗줄기는 산과 숲을 사납게 할퀴지만 이끼 덕분에 만다라에는 맑은 물이 흐른다.

이끼와 두터운 낙엽층이 수분을 빨아들여 세찬 빗방울의 기세를 꺾은 덕에, 흙에 쏟아지는 포화는 애무로 바뀌었다. 물이 산기슭으로 흘러

내리는 동안, 풀과 떨기나무와 나무가 뿌리를 가로세로로 엮어 흙을 움켜쥐고 붙잡아둔다. 수백 가지 생물종이 흙이라는 베틀에 매달려 씨줄과 날줄을 교차시키며 빗물에도 찢기지 않는 질긴 섬유질 천을 짠다.

이끼의 선물은 여기서 그치지 않는다. 빗물에 섞인 산업폐기물을 정화하고 자동차 배기가스의 중금속과 화력발전소의 연기를 붙잡아 가둔다. 그러다 비가 그치면 이끼는 스펀지처럼 물을 머금었다가 서서히 내보낸다. 그 덕택에 숲은 "위에서 아래로 생명을 먹여살리고, 갑작스러운 진흙 사태로부터 강을 보호하고, 건기에도 유량을 유지한다."

만다라 저 너머에서 들려오는 벌목하는 소리도 저자는 허투루 넘기지 않는다. 그 소리를 들으며 숲이 전하는 지혜를 떠올린다. 어떤 문제의 해결책을 찾고 우리에게 주어진 책임감을 인식하려면 '전체'와 '구조'를 들여다봐야 한다는 게 그것이다. 이런 맥락에서 저자는 "우리의 법률과 경제적 규칙은 단기적 채취의 이익을 다른 모든 가치보다 우위에 놓는다"고 비판한다. 무분별한 벌목도 이 때문에 일어나는 일이다. 하지만 그것은 "생명의 천을 한 올 한 올 풀어버리는" 행위이자, 숲을 산업 공정의 일부로 편입시키는 "지독히 사려 깊지 못한 처사"다. 저자는 인간과 숲이 둘 다 장기적 안녕을 누리려면 침묵과 겸손의 미덕을 배워야 한다고 강조한다. "이곳 명상의 오아시스는 우리를 무질서에서 불러내어 우리의 도덕적 시야를 맑게 회복시킬 수 있다."

경이로움과 신비를 탐구하라

만다라를 찾은 어느 날엔 약한 지진이 지나가는 것을 느꼈다. 저자는 지구의 지질학적 역사와 생물의 삶을 동시에 떠올린다. 만다라에서 펼쳐지는 생물학적 드라마는 초나 달, 세기로 시간을 재고 그램이나 톤으로 물리적 척도를 측정한다. 이에 견주어 지질학적 현상의 시간 단위는 수백만 년이고 무게 단위는 수십억 톤이다. 중요한 것은 이 둘 사이에 가로놓인 그 넓은 간극에 '실'이 있다는 사실이다. 이 실이 생명과 지구의 역사를 잇는다.

생명의 찰나와 바위의 영겁을 연결하는 가느다란 실. 이 실로 천을 짜는 것은 생명의 꾸준한 다산성이다. 유전의 짧은 실이 어미와 자식을 연결하며 수십억 년을 거슬러 이어진다. 해마다 실을 감는다. 때로는 새 실이 갈라져 나가고, 때로는 영영 끊어지기도 한다.…밧줄의 실 하나하나에서 탄생과 죽음이 경주를 벌인다. 만다라는 이 실의 한 지점에 자리 잡고 있을 뿐이다. 간극의 나머지를 연결하는 것은 여기 서식하는 종들의 조상과 후손이다.

바람 이야기에서는 노장사상이 등장한다. 바람의 힘에 대한 나무의 반응을 저자는 이렇게 표현한다. "맞서 싸우지 말고 저항하지 말라. 휘고 구부러지면서 적이 기진맥진하기를 기다리라." 영락없이 노장사상의 도(道)를 연상시킨다. 하지만 자연이 노장사상에서 영감을 얻은 게 아니다. 노장사상이 자연에서 영감을 얻었다. 그러므로 '나무는 도를 따른다'는 말은 틀렸다. '도는 나무의 길이다'라고 말해야 옳다.

과학자인 저자가 숲에서 과학의 의미나 목적을 궁리하지 않을 리 없다. 그는 그 이야기를 반딧불이에서 끌어온다. "웃음을 터뜨리며 반딧불이를 쫓는 아이들은 곤충이 아니라 경이로움을 잡으려는 것이다. 경이로움이 성숙하면 경험을 한 꺼풀 벗겨 그 아래의 더 깊은 신비를 탐구하게 된다. 이것이야말로 과학의 궁극적 목적이다."

하지만 현대 과학은 인간 아닌 존재가 무엇을 경험하는지를 보려고 하지도 않고 느끼려고 하지도 않는다. 지금의 과학은 객관성이나 학문적 엄밀성이라는 허울을 뒤집어쓴 채 오만하고 냉담하게 세상을 내려다본다. 그래서 저자는 과학적 방법의 편협한 범위를 세상의 진짜 범위라고 착각하면 호된 꼴을 당할 것이라고 경고한다. "귀 기울이지 못하는 과학은 불필요한 실패를 겪기 마련이다. 이 때문에 우리는 정신이 더욱 메마르고, 아마도 더욱 해로운 존재가 될 것이다."

진화에 관한 이야기도 빠질 수 없다. 알다시피 생명의 본질은 창조가 아니라 진화다. 저자는 이 사실을 받아들인다면 동물을 비롯한 다른 생명체에게 공감의 문을 닫을 수 없다고 말한다. "우리의 살은 그들의 살이요, 우리의 신경은 곤충의 신경과 같은 설계도에 따라 만들어졌"기 때문이다. 그러므로 인간 아닌 동물의 고통이 인간의 그것보다 가벼우리라고 생각할 근거는 전혀 없다. 진화의 역사에서 경쟁뿐만 아니라 협력도 중요하다는 점을 각별히 환기시키는 대목도 인상적이다. 책에 따르면 자연계는 약육강식의 무자비한 전쟁터가 아니다.

협력은 진화의 정점에서 또 다른 보석을 얻는다. 생명의 역사에서 일어난 주요 변화는 대부분 식물과 균류의 결합 같은 합작 사업을 통해 이루어졌다. 진화의 엔진에 불을 댕기는 것은 이기적 유전자이지만, 이 과정은 외로운 이기주의와 더불어 협력 행위를 통해 나타난다. 자연 경제에는 악덕 자본가 못지않게 많은 노동조합이 있고, 개인주의적 창업가 못지않게 왕성한 연대가 있다.

'나의 만다라'는 어디에?

책이 도달하는 결론은 자연세계와 나의 연결성, 그리고 그것을 바탕으로 한 모든 생명의 일체성이다. "개별성의 환상은 설 자리가 없으며 홀로 존재하는 것은 불가능하다." 생명세계는 상호 의존과 연결, 그리고 호혜의 관계로 이루어져 있다. 이와 관련해 저자가 소개하는 자신의 병원 경험담이 눈길을 끈다. 그가 병원에서 처방받은 의약품은 식물에서 추출한 성분으로 만든 것이었다. 그는 이렇게 썼다. "자연의 덩굴손이 병실로 기어들어 알약을 통해 내게 와 닿았다. 식물은 내 안에서 어우러졌으며 식물의 분자는 내 분자를 찾아 꼭 끌어안았다. 식물과 동물의 오랜 생화학적 투쟁을 통해 숲의 분자가 나의 분자와 결합했다." 자신의 물리적 존재 또한 생명 공동체와 단단히 얽혀 있음을 되새기는 장면이다. 이 또한 만다라에서 얻은 깨달음이다.

그 연장선에서 저자는 만다라에 대해 알면 알수록 숲과 자신과의 생태적·진화적 근친성을 더욱 뚜렷이 볼 수 있었다고 털어놓는다. 그러면서 그는 역설적으로 "내가 이곳에서 불필요한 존재임을, 인류 전체가 그러함을" 알아차렸다. 자신이 숲과 무관한 존재라는 사실이 외롭고 아프다고까지 말한다. "세상은 나를, 또는 인류를 중심으로 돌아가지 않는다. 자연계의 인과적 중심이 만들어지는 데 인간은 전혀 기여하지 않았다. 생명은 우리를 초월한다."

그는 만다라에서 더 많은 것을 건졌다. '후기'에서 그는 "감탄을 자아내는 '태곳적' 장소를 찾아내는 것이 아니라 평범한 장소에 관심을 기울임으로써 그곳을 경이로운 곳으로 탈바꿈시킬 수 있음을 깨달았다. 뒤뜰, 가로수, 하늘, 들판, 어린 숲, 교외의 참새 떼… 무엇이든 만다라로 삼을 수 있다"라고 쓰고 있다. 이 이야기는 결국 자연은 나와 분리된 별개의 장소가 아니라는 걸 뜻한다. 우리는 세계의 일부다. "우리들 각자는 오래된 숲 못지않게 복잡하고 깊숙한, 저마다의 사연이 담긴 만다라에서 살아가는" 것이다.

저자는 세상을 관찰하는 것과 자신을 관찰하는 것이 하나임을 만다라에서 배웠다. 세상을 관찰함으로써 우리는 스스로를 더욱 맑은 눈으로 볼 수 있다. 나아가 관찰은 세상에 대한 참여이자 세상과의 합일이기도 하다. 그러므로 어쩌면 '나의 만다라'를 찾는 것도 필요하지만 내 스스로가 하나의 만다라임을 깨닫는 것이 더 중요한 일인지도 모른다. 이것이 이 책에 대한 내 독후감의 결론이다. 저자는 이 책에서 나오는 저작권 수입의 절반 이상을 숲 보존 사업에 기부하겠다고 밝혔다. 이 책은 숲의 뭇 생명에게 보내는 찬사이기 때문이라는 설명을 곁들이면서. 원제 The Forest Unseen.

빠뜨려선 안 될 중요한 얘기가 남았다. 국내에 소개된 저자의 또 하나의 걸작은 《나무의 노래》(*The Songs of Trees*, 에이도스)다. 고백

건대 나는 《숲에서 우주를 보다》와 이 책 가운데 어느 것을 '대표선수'로 내세울지 꽤나 고민해야만 했다. 그만큼 이 책 또한 돌올하다. 이 책에서 저자는 아마존 열대우림, 이스라엘-팔레스타인 분쟁지역, 일본, 스코틀랜드 등 세계 각지의 열두 가지 나무를 관찰하고 기록했다. 단순한 나무 이야기가 아니다. 《숲에서 우주를 보다》와 마찬가지로 시간과 공간을 넘나들며 자연과 인간, 역사와 사회, 철학과 문화예술에 대한 이야기를 종횡무진 풀어놓는다. "자연의 심장에 청진기를 대고 그 안에 담긴 시와 음악을 발견하는 소리"를 들려주는 이 책의 화두는 '자연의 연결망'과 '속함의 윤리'다.

우리는 생명의 노래를 떠날 수 없다. 이 음악이 우리를 만들었으며 우리의 본질이다. 따라서 우리의 윤리는 '속함'의 윤리여야 한다. 인간의 행위가 온 세상의 생물 그물망을 끊고 멋대로 연결하고 마모시키는 지금, 이 윤리는 더더욱 긴박한 명령이다. 따라서 자연의 위대한 연결자인 나무에게 귀를 기울이는 것은 관계 속에, 근원과 재료와 아름다움을 생명에 부여하는 관계 속에 깃드는 법을 배우는 것이다.

땅은 인간의 것이
아니거늘

- 《모래 군의 열두 달》
- 알도 레오폴드 지음
- 송명규 옮김
- 따님, 2000

부동산 불패신화와 부동산 계급사회

땅이란 뭘까? 우리는 땅을 어떻게 대해야 할까? 우리 사회에서 땅은 부동산이란 말로 더 자주 쓰인다. 글자 그대로 '움직여서 옮길 수 없는 재산'[不動産]이 곧 부동산이다. 토지나 건물 따위가 대표적이다. 땅을 재산으로 본다는 얘기다. 개인이든 단체든 국가든 누군가가 '소유'하고 있는 것이 재산이다. 특히 금전적 가치를 지닌 것을 재산이라 이른다. 땅을 돈으로 여긴다는 뜻이다. 그렇게 해서 탄생한 것이 '부동산 불패신화'와 '부동산 계급사회'다.

알다시피 부동산 불패신화는 부동산을 사두면 반드시 큰 이익을 본다는 뜻에서 나온 말이다. 결코 지지 않는, 다시 말해 결코 손해보지 않는 불패의 신화. 우리 사회에서는 부동산이 이런 신화의 주인공으로 등극했다. 부동산 계급사회는 부동산 자산과 거기서 발생하는 이익이 소수의 사람에게 집중됨으로써 부동산에 따른 불평등과 양극화가 극심해진 현실을 가리키는 말이다. 대한민국이 '부동산 공화국'이라는 낯 뜨거운 이름으로 불리게 된 까닭이다.

우리 사회에서 땅이나 집 같은 부동산은 단기간에 부를 늘리고 신분을 높일 수 있는 가장 효과적인 수단이다. 이런 풍토에서 집과 땅은 보금자리나 삶의 터전이 될 수 없다. 그저 돈을 더 많이 벌게 해주는 상품이자 재산으로만 여겨질 따름이다. 부동산 투자와 투기가 전염병처럼 온 사회를 휩쓸게 된 것은 그 당연한 결과다. 부동산 공화국을 지배하는 것은 이런 '부동산 망국병'이다.

어린아이들의 장래 희망을 조사해보니 건물주나 임대업자가 꼭대기 자리를 차지한단다. '조물주 위에 건물주'라는 우스개 아닌 우스개가 유행한다. '갓물주'['갓'(God)과 건물주의 합성어로 건물주가 마치 신처럼 모든 걸 결정하고 모든 이가 떠받드는 높은 존재라는 뜻이 담겼다]라는 괴이쩍은 말이 사람들 입에 오르내린다. 이게 우리 현실이다. 세상이 이런 식으로 굴러가도 될까?

미국의 경제학자이자 사회운동가인 헨리 조지는 토지공유제를 주장한 사람으로 유명하다. 그는 사회가 눈부시게 발전하는데도 극심한 가난이 사라지지 않는 이유가 무엇인지 탐구했다. 연구결과 그는 토지를 사유화하고 땅 주인이 거기서 발생하는 지대(임대료나 월세처럼 부동산에서 발생하는 불로소득)를 독차지하기 때문이라는 결론을 내렸다. 자연이 선사한 토지로 사적 이익을 추구하는 걸 허용하는 제도는 정의롭지 않다는 게 그의 신념이었다. 그는 모든 지대를 세금으로 거두어 사회복지 같은 데 써야 한다고 주장했다.

부동산 공화국이 안고 있는 가장 근원적인 문제는 땅에서 말미암는 불로소득과 공적 가치가 철저히 사유화된다는 점이다. 땅은 인간이 만들어낸 것이 아니다. '자연의 선물'이다. 땅의 경제적 가치는 그 땅이 속한 공동체와 그 안에서 살아가는 수많은 사람이 함께 만들어낸 것이다. 그러므로 이것을 소수의 건설자본, 부동산 소유주, 부동산 개발업자, 투기세력 등이 자신의 사적인 이익 극대화를 위해 가로채가는 것은 '범죄'에 가까운 일이다. 땅은 마음대로 사유화해도 되는 것이 아니다. 적어도 본질적으로는 '우리 모두의 것'이다. 모든 사람이 더불어 살아가는 데 없어서는 안 되는 공동 자산이자 공유 자원이 곧 땅이다.

돈을 신으로 섬길 때

우리 사회가 천민자본주의에 푹 빠지게 된 것도 이 문제와 깊은 관련이 있다. 천민자본주의란 자본주의 가운데서도 아주 천박하고 타락한 자본주의를 일컫는 말이다. 물신주의가 지배하고, 이기적 탐욕과 적대적 경쟁이 판을 치며, 많은 사람이 부동산 투기와 불로소득 같은 것에 유난히 집착하는 것 등이 주요 특성이다. 이런 곳에서는 돈이라면 환장하는 사람이 수두룩하고 부와 권력이 극소수에게 집중되는 불평등과 양극화가 깊어지기 마련이다. 아무렇게나 세입자를 내쫓는 건물주, 위험한 작업환경 탓에 노동자가 죽든 말든 생산성과 비용 절감만 따지는 기업 경영자, 엄연한 교육기관인 유치원을 오로지 돈벌이 수단이자 개인 재산으로만 여기는 유치원 소유자 등이 판치는 것도 이런 현실의 반영이다.

왜 이렇게 됐을까? 그것은 우리가 돈이라는 단 하나의 틀로 세상과 관계를 맺은 탓이다. 돈을 신으로 모시는 곳에서 사람이 건강하고 온전한 삶을 꾸릴 수 없는 것은 자명한 이치다. 이런 곳에서는 어떤 사람들한테는 삶과 일의 거룩한 터전이 또 다른 사람들한테는 투자와 투기의 대상이 된다. 후자에게 땅과 집과 건물은 돈을 벌고 재산을 늘리는 도구에 지나지 않는다. 이들은 자기 땅에서 살지 않아도 되고, 그 땅이 어떻게 되든 상관이 없다. 그저 그 땅이 돈을 안겨주기만 한다면 말이다.

이렇게 되면 땅이, 그리고 그 땅에서 몸을 부대끼며 실제로 살아가는 사람이 땅 주인을 모르게 된다. 또 그렇게 되어도 아무런 문제가 없다. 사람과 사람이 분리되고, 사람과 땅이 분리되는 탓이다. '관계'가 끊어지는 것이다. 여기 두 사람이 있다고 해보자. 한쪽은 어떤 땅에서 실제로 살거나 일하며 시간의 기억과 경험을 차곡차곡 쌓아가는 사람이다. 다른 한쪽은 그 땅을 제대로 알지도 못하고 그 땅과 친밀하지도 않으면서 그저 땅을 부동산 투자나 투기의 대상으로 삼아 돈이나 챙기는 사람이다. 세상이 이런 식으로 갈라지면 어떻게 될까?

서구 강대국들의 제국주의 침략으로 큰 고통을 당한 아프리카의 어느 작가가 이런 말을 한 적이 있다. "식민지 정책이란 아프리카 사람들이 소비하지 않는 것을 아프리카에서 생산하게 하고, 아프리카에서 생산하지 않는 것을 아프리카 사람들이 소비하게 만드는 것이다." 아프리카 사람들과 아프리카 땅을 분리시키는 것. 아프리카에서 나는 것을 아프리카에서 멀리 떨어진 강대국들이 빼앗아가는 것.

아프리카에서 멀리 떨어진 강대국들이 생산한 것을 아프리카 사람들에게 소비하라고 강요하는 것. 이것이 식민지 정책의 본질이다. 생산과 소비의 분리. 땅과 사람의 분리. 이것은 필연적으로 사람과 세상을 동시에 파탄으로 몰아넣는다.

하나의 세상을 만들고 그 세상을 변화시키는 것은 사람들과 그 사람들 사이의 상호작용이다. 이것이 세상의 다양성과 역동성, 곧 생명력을 만들어내는 원천이다. 사람들 사이의 상호작용으로 맺어지는 관계가 깨지면 세상은 손상될 수밖에 없다. 그렇게 되면 사람들의 가치도 떨어지고, 그 사람들이 속한 땅의 가치도 떨어진다. 그 땅 위에 건설된 마을과 도시, 나라들도 매한가지다. 돈을 신으로 섬기면 이런 일이 벌어진다. 이것이 세상의 이치이자 삶의 원리다.

땅은 세상과 삶을 떠받치는 토대다. 땅에 대한 인식이 비뚤어지면 세상도 삶도 비뚤어진다. 땅이 망가지면 사람도 망가지고 자연도 망가진다. 우리가 땅과 어떤 관계를 맺는가에 따라 세상과 삶은 크게 달라진다. '부동산 공화국'이 강요하는 고정관념에서 벗어나 이제 땅에 대한 관점을 근본적으로 바꿔야 한다.

진화의 오디세이 속에서

땅에 대한 이런 사유의 전환에 커다란 영향을 미친 책으로 손꼽히는 것이 이 책 《모래 군의 열두 달》이다. '토지윤리'의 대명사로 불리기도 하는 이 책의 저자는 미국의 작가이자 생태학자인 알도 레오폴드다. 그는 미국 위스콘신강 인근 모래땅의 농가에서 10년 동안 생활하며 땅과 자연을 면밀히 관찰하고 직접 경험했다. 그러면서 사색과 성찰의 시간을 보냈다. 이 책은 그 결실이다. 굳이 장르로 분류하자면 에세이 쪽에 가깝다.

1949년 첫 출간 당시에는 큰 주목을 받지 못했다고 한다. 하지만 1960년대 들어 환경문제에 대한 관심이 높아지면서 환경운동의 철학적 기반으로 자리 잡았다. 미국의 어느 학자는 알도 레오폴드에 대해 "율법을 전했지만 그 자신은 살아서 약속의 땅을 밟지 못한, 1960년대와 70년대의 새로운 자연보존운동의 모세"라고 평가하기도 했다.

책은 "더 크고 편리한 것을 추구하는 우리 사회는 더 많은 욕조를 탐하다가 그것을 설치하는 데 필요한, 심지어 수도꼭지를 설치하는 데 필요한 안정성조차 상실해버렸다"고 현실을 진단한다. 그러면서 땅을 포함한 자연환경을 인간의 삶을 윤택하게 하는 수단으로만 보는 한 재앙은 필연적이라고 경고한다. 그래서 절실히 필요한 것은 관점의 대전환이다. 핵심은 자연환경을 인간도 포함된 하나의 '생명 공동체'로 보는 것이다.

이 책이 돋보이는 것은 인간에게만 적용됐던 윤리를 동식물은 물론 토지로까지 확대 적용해야 한다고 역설한다는 점이다. 책은 3편으로 구성되어 있다. 저자가 자연과 나눈 대화가 주요 내용인 1, 2편은 자연의 경이로움에 대한 찬탄과 그것의 상실이 안겨주는 안타까움 등이 맛깔스러운 문장에 잘 드러나 있다. 그러나 역시 압권은 토지윤리를 다룬 마지막 3편이다.

책 전체에 짙게 깔린 것은 토지윤리로 집약되는 저자의 순정한 생태주의다. 몇 대목만 살펴보자. 현대문명의 대세는 인간이 더 높은 생활 수준을 누리려고 자연을 희생시키는 것이다. 이에 대해 책은 어떤 사람들에게는 "텔레비전보다 기러기를 볼 수 있는 기회가 더 고귀하며, 할미꽃을 감상할 수 있는 기회가 언론의 자유만큼이나 소중한 권리"라고 일침을 놓는다. 또한 책은 자연에서 멀어진 채 농사도 짓지 않고 살아가는 대다수 현대인이 조심해야 할 두 가지 위험한 생각이 있다고 지적한다. "하나는 아침거리의 근원이 식료품 가게라고 생각하게 될 위험이고, 다른 하나는 열의 근원이 난방기라고 생각하게 될 위험이다." 현대 산업문명의 정곡을 찌르는 재치 있는 비판이다.

책에 따르면 우리는 "진화의 오디세이에서 다른 생물들의 동료 항해자일 뿐"이다. 동료 생물들을 친족처럼 여기고 대할 줄 알아야 한다는 얘기다. 그래서 저자는 "함께 사는 삶에 대한 희구, 생명 세계의 장엄함과 영속성에 대한 경외감"을 갖추어야 한다고 강조한다. "인간이 비록 탐험선의 선장이지만 결코 그 탐험의 유일한 목적이 될 순 없기" 때문이다. 지구라는 행성에 속한 뭇 생명과 동료로서 함께 살아갈 생각을 하지 않는 한 우리 삶에 평화와 안녕이 뿌리내리길 기대할 순 없다는 것이 이 책이 전하는 메시지다.

생명 공동체를 위한 토지윤리

토지윤리는 이런 생태적 지혜의 '완결판'이다. 그래서 중요한 것이 윤리의 확장이다. 이제까지 윤리는 개인 사이나 개인과 사회 사이의 관계를 주로 다루어왔다. 토지와의 관계 또한 '경제적인 것'으로 여겨졌고, 그 결과 토지는 재산으로 취급되었다. 인간의 이익과 경제적 가치가 우선이었다. 그러나 이제는 인간과 토지, 그리고 인간과 그 토지 위에서 살아가는 동식물 사이의 관계를 다루는 윤리를 새롭게 세워야 한다. 책은 기존의 고정관념을 뛰어넘는 발상의 전환과 이를 바탕으로 한 새로운 윤리적 결단을 강력하게 요청한다.

지금까지 모든 윤리는 하나의 공통 전제를 지니고 있었다. 개인은 상호 의존적인 부분들로 이루어진 공동체의 한 구성원이라는 게 그것이다. 토지윤리는 이 공동체의 범위를 넓힌다. 공동체 범위에 토양, 물, 동식물 등을 두루 아우르는 토지도 포함시켜야 한다는 것이다. 물론 토지윤리가 흙, 물, 동물, 식물 등을 사람이 이용하는 것 자체를 막을 순 없다. 하지만 토지윤리에 따르면 이런 것들도 자연 상태로 존속할 권리가 있다. 그렇다면 인간의 역할도 바뀌어야 한다. 토지 공동체의 정복자나 지배자에서 그것의 평범한 구성원이자 동료 시민으로 말이다. 우리가 몸담은 생명 공동체란, 토지와 사람을 포함해 이 지구상의 모든 살아 있는 것이 서로 연결되어 이루어진 하나의 통합적 전체이기 때문이다.

책은 이런 토지윤리의 핵심 메시지를 명료한 문장으로 전한다. "땅은 인간만의 것이 아니다" "땅은 윤리적이고 도덕적으로 고려해야 할 살아 있는 유기체다" "땅은 사람과 마찬가지로 철학적 가치를 지닌 자연 공동체의 일부다" "(많은 사람들은) 생명계 시계의 경제적인 부품들은 비경제적인 부품들 없이도 잘 돌아갈 것이라고 잘못 믿고 있다" 등이 그것이다. 우리는 이런 표현들에서 땅과 사람의 조화를 추구하는 '보전'의 가치가 얼마나 중요한지를 확인하는 한편, 보전보다는 개발과 경제 가치를 앞세우는 현대 산업사회의 속성을 다시금 돌아보게 된다.

토지는 단지 흙일까? 아니다. 토지윤리를 받아들이면 토지에 대한 이해도 깊어진다. 토지는 '에너지가 솟아나는 샘'이다. 이 에너지는 토양과 동식물 등이 만들어내는 먹이사슬 회로를 통해 만들어진다. 먹이사슬은 에너지를 전달하는 살아 있는 통로다. 에너지 이동의 속도와 특성은 동식물을 포함하는 토지 공동체의 복잡한 구조에 의존한다. 이 복잡성이 없다면 에너지 순환이 정상적으로 이루어지지 못한다. 에너지의 원활한 흐름과 토지 공동체는 이처럼 서로 의존하며 긴밀하게 맞물려 있다.

이런 시스템을 망가뜨리는 것은 농업을 비롯한 지나친 인간 활동이다. 에너지가 흐르는 경로를 헝클어뜨리거나 토양이 품고 있는 유기물 등과 같은 비축 에너지를 너무 많이 써버리는 탓에 토지 공동체와 이를 둘러싼 생명 시스템 전체가 훼손되는 것이다. 생성되는 속도보다 더 빨리 토양이 유실되는 '침식' 현상이 대표적이다. 그래서 토지윤리는 토지의 건강과 자기회복 능력을 보존하기 위한 인간의 책임을 강조한다.

이런 입장에 서면 사람뿐만 아니라 과학의 역할도 달라진다. "자신의 칼을 가는 게 아니라 자신의 우주를 탐구하는 것"을 과학 본연의 역할로 삼게 되는 것이다. 역사를 보는 눈도 달라진다. 지금까지 인간의 활동으로만 설명해온 많은 역사 사건이 실제로는 사람과 땅의 생명적 상호작용이었기 때문이다. 책은 "땅의 특성은 그 위에서 살았던 인간들의 특성만큼이나 강력하게 역사적 사실들에 영향을 주었다"고 말한다.

토지 공동체를 그 자체로서 인간의 목적을 초월한, 즉 자기 본래의 가치가 있는 것으로 여기는 것이 토지윤리다. 수많은 생명체가 상호작용하며 살아가는 신비롭고도 경이로운 삶의 공동체는 그렇게 형성되고 유지된다. 이 책은 이렇게 결론 내린다.

토지 이용을 오직 경제적 문제로만 생각하지 말라. 낱낱의 물음을 경제적으로 무엇이 유리한가 하는 관점뿐만 아니라 윤리적·심미적으로 무엇이 옳은가의 관점에서도 검토하라. 생명 공동체의 통합성과 안정성 그리고 아름다움의 보전에 이바지한다면, 그것은 옳다. 그렇지 않다면 그르다.

국립국어원에서 펴낸 표준국어대사전에서는 '토지'라는 말을 이렇게 풀이한다. "경지나 주거지 따위의 사람의 생활과 활동에 이용하는 땅." 법률 용어로는 "사람에 의한 이용이나 소유의 대상으로서 받아들여지는 경우의 땅. 못이나 늪, 하천 따위를 포함해서 이르기도 하며, 소유권은 지상과 지하에까지 미친다"라고 설명한다. 철저히 인간 중심 관점만 반영하고 있다. 게다가 소유, 이용, 재산, 경제적 이해관계 등을 앞세운다. 알도 레오폴드가 이 사전 풀이를 본다면 크게 낙담하리라. 이것이 우리 사회의 현주소다. '부동산 망국병'이라는 말이 유행하는 나라이니 오죽하겠는가. 이곳 대한민국에서 이 책이 좀 더 널리 읽혀야 할 까닭을 확인하는 심사가 씁쓸하다.

느끼고 아파하고
기뻐하는 동물들

- 《소리와 몸짓》
- 칼 사피나 지음
- 김병화 옮김
- 돌베개, 2017

동물원, 꼭 있어야 하나

나는 동물원 폐지론자다. 오래전부터 동물원에 가지 않는다. 아이들이 어릴 땐 데리고 간 적이 몇 번 있다. 동물 공연도 보지 않는다. 동물을 상업적 돈벌이나 단순한 오락 도구로 사용하는 것에 나는 반대한다. 사회적 논란을 일으키기도 했던 화천 산천어 축제를 비롯해 대규모 동물 학대와 살상이 집중적으로 벌어지는 동물 관련 축제도 반대한다.

동물원은 동물을 넘어 오늘날 '생명'이 처한 현주소를 보여주는 생활 속 현장이다. 애초 동물원은 왕족이나 귀족들이 자신의 부와 권력, 명성 따위를 과시하려고 이국적인 동물을 수집해 가두고 전시하는 데서 시작되었다. 그런데 동물원 역사를 들여다보면 동물원에서 사람을 전시한 적도 있다. 오늘날 현대적 동물원의 모델이 된 것으로 평가받는 독일 함부르크의 하겐베크 동물원이 그랬다. 이 동물원은 초기에 세계 곳곳의 토착 원주민들을 끌고오며 이들의 동물, 천막, 살림살이, 사냥도구 같은 것까지 몽땅 가져와 유럽 사람들에게 색다른 구경거리를 제공했다. 돈벌이를 위해서였다.

동물원의 이런 초기 역사는 동물원의 본질이 무엇인지를 일깨워준다. 사람조차 끌어와 전시할 정도였으니 다른 동물들은 얼마나 잔인하게 대했겠는가. 물론 최근 들어서는 세계 곳곳에서 동물의 본성을 존중하는 생태적 방향으로 동물원을 바꾸는 움직임이 일고 있긴 하다. 하지만 그렇다고 해서 동물의 '감금'과 '전시'라는 동물원의 본질이 사라지거나 바뀌는 건 아니다. 어쩌면 이런 노력조차 본질적으로는 동물을 위한 것이라기보다 인간의 죄책감을 '세탁'하려는 안간힘일지도 모른다.

이런 고민의 대표적 결실 가운데 하나로, 생태 선진국으로 널리 알려진 코스타리카가 지난 2013년 세계 최초로 동물원을 폐지하겠다고 공식 선언한 일을 꼽을 수 있다. 아직까지 최종적으로 동물원 문을 닫지는 못했다. 동물원을 운영하는 주체인 민간법인이 국가를 상대로 소송을 제기했고, 결과는 정부의 패소였다. 이 법인의 동물원 운영권 계약은 2024년까지 연장되었다고 한다. 하지만 동물원 폐지 여론이 높고 환경단체들의 압박도 계속되고 있다니, 이후 상황이 어떻게 펼쳐질지는 지켜볼 일이다.

우리나라는 어떨까? 엉망진창이다. 우리나라에서 동물은 법적으로 '물건'에 지나지 않는다. 전국에 공식 등록된 동물원이 80곳이 넘는데, '허가제'가 아니라 누구나 동물원을 운영할 수 있는 '등록제'

를 채택하고 있다. 그 탓에 기본적인 자격조차 갖추지 못한 곳이 수두룩하다. 그 와중에 동물을 직접 만져도 되는 '체험형 동물원', 심지어 동물을 손님이 원하는 곳까지 데려가서 보여주는 '이동식 동물원' 등과 같은 유사 동물원이 판을 친다. 최근에는 라쿤 등을 전시하는 '야생동물 카페'도 성행한다. 이 모두 동물의 본성에는 아무런 관심도 배려도 없다. 끔찍한 동물 학대와 생명 멸시가 벌어지는 '고문실'인 동시에, 동물을 그저 돈벌이 수단으로나 여기는 상업시설일 뿐이다.

이래도 될까? 동물은 인간이 가진 것과 같은 삶의 이유와 근거를 가지고 있다. 동물 또한 사람과 마찬가지로 온전히, 제대로 살기를 원한다. 모든 동물은 각자 자기가 있어야 할 자리와 살아갈 목적이 있다. 나름의 존엄성과 행복하게 살고 싶은 욕구가 있다. 물론 동물은 인간과 다른 존재다. 하지만 그것이 동물이 생명체로서 누려야 할 자유와 삶의 기쁨을 부정할 이유나 근거는 되지 못한다. 동물도 인간처럼 억압과 학대의 굴레에서 벗어나 자신의 '빛' 속에서 살아갈 권리가 있다.

어떤 생명체를 열등하고 저급한 존재라고 단정하고 그에 따라 함부로 다루어도 된다고 여기는 것은 대단히 잘못된 생각이다. 인류 역사에서 노예제 같은 신분제도를 오랫동안 유지하고 여성, 흑인, 장애인 등을 차별한 것도 이런 논리로 정당화되곤 했다. 마하트마 간디는 이렇게 말했다. "한 나라의 위대함과 도덕적 진보는 그 나라 사람들이 동물을 어떻게 대하는지를 보면 알 수 있다." 동물과 생명을 어떻게 대하는가? 이것은 오늘날 문명의 수준을 재는 또 하나의 중요한 잣대다.

동물과 얼마나 소통할 수 있을까?

'반려동물 인구 천만 시대'가 열렸다고 한다. 통계청은 이미 2016년
에 개나 고양이 같은 반려동물을 기르는 인구가 1천만 명을 넘어섰
다고 발표한 적이 있다. 한국사람 다섯 명 가운데 한 명이 반려동물
과 가족처럼 생활한다는 얘기다. 네 가구 중 한 가구가 반려동물을
기른다는 조사결과도 있다. 관련 시장 규모가 2020년에 6조 원에
육박하리라는 전망도 나왔다. 반려동물과 함께하는 삶. 이것은 이
제 단순한 '취미'가 아니라 하나의 생활문화로 자리 잡고 있다.

　이런 변화의 흐름과 맞물려 언젠가부터 동물에 관한 책이 쏟아
져 나오고 있다. 하지만 우리나라 동물원 실태에서도 보듯이 사람
들의 동물에 대한 인식이나 동물을 대하는 태도는 여전히 낮은 차원
에 머물러 있다. 정말 좋은 동물 책이 좀 더 널리 읽혀야 할 까닭
이다. 이에 나는 하고많은 동물 관련 책 가운데서도 이 책 《소리와
몸짓》을 골랐다. 앞에서 소개한 피터 싱어의 《동물해방》과 함께 읽
으면 좋다. 《동물해방》이 '이론'이라면 이 책은 '실제'다. 이론은 실
제를 통해 피와 살을 얻고, 실제는 이론을 통해 제 몸을 완성한다.

　우리는 동물을 얼마나 알고 있을까? 이 책은 동물들이 감정이나
생각을 어떻게 표현하는지를 면밀히 관찰하고 연구한 결과를 다큐
멘터리 형식으로 펼쳐 보여준다. 공감과 소통의 감수성으로 동물들
의 작은 '소리'와 '몸짓'도 놓치지 않았다. 덕분에 평소 그냥 지나쳤
던 동물의 행동이 무엇을 나타내고 거기에 어떤 의미가 담겼는지를
새롭게 이해할 수 있다. 여러 언론과 전문가에게 "부드럽게 빛나는
글쓰기와 눈부신 진실이 조화롭게 담긴 책" "자연에 깃들인 동물들

에 다가서서 그들을 오래도록 기다리며 저들 삶의 속 살까지 온전히 지켜본 사람들의 진솔한 기록" 등과 같은 평가다.

저자 칼 사피나는 미국의 생태학자이자 환경운동가다. 학자로서의 실력은 물론 '이야기꾼'으로서의 재주 또한 탁월하다고 알려져 있다. 그래서인지 이 책은 내용뿐만 아니라 글 자체도 아름답다. 그 덕분에 꽤 두꺼운 분량임에도 지루함을 느낄 새가 없다. 주로 다룬 동물은 케냐 암보셀리 공원의 코끼리, 미국 옐로스톤 국립공원의 늑대, 북서부 태평양에서 살아가는 범고래다.

우리는 늘 궁금해한다. 사람은 동물과 소통할 수 있을까? 있다면 얼마나 가능할까? 특히 반려동물을 키우는 사람들에게는 이것이 꽤나 중요한 문제다. 그런데 솔직히 우리는 사람끼리도 소통하지 못할 때가 많다. 가장 가까운 관계라 할 수 있는 부부, 부모와 자식, 형제자매 사이에서도 서로에 대한 무지와 오해로 얼마나 많은 갈등을 겪는가. 그러니 말도 통하지 않는 동물이야 두말할 나위도 없다. 이 책은, 사람이 동물을 제대로 이해하려면 먼저 사람과 동물 사이에 공통점이 많다는 것을 명확히 인식해야 한다고 강조한다. 저자의 얘기를 들어보자.

서로 상이한 종들은, 고등학생 때는 알고 지내지만 이후 멀어진 친구들과 비슷하다고 할 수 있다. 그만큼 공통점이 많다. 공통 근원이 있다. 이제는 소홀해진 연대 같은 것이다. 이는 신체만 비교해봐도 알 수 있다. 동일한 골격, 기관, 연원 그리고 수많은 공통의 역사, 세상에 나와 첫 숨을 내쉴 때부터 마지막 숨을 뱉기까지, 우리는 공통의 목표를 갖고 노력한다. 바로 계속 살아가기 위해 애쓴다는 것 말이다. 생활할 공간을 찾고, 당면한 위험을 극복하려고 하며, 능력을 최대한 발휘하면서 자신의 존재 가치를 드러내고 당면한 기회들을 누리는 것 말이다.

사람이 동물은 물론 모든 생명체와 조상을 공유한다는 건 일찌감치 찰스 다윈이 진화론에서 밝힌 사실이다. 이른바 '공통의 조상' 이야기다. 이에 따르면 사람을 포함한 모든 생물은 태초에 우연히 탄생한, 지극히 단순한 하나의 원시 생명체로부터 분화돼 나온 진화의 산물이다. 기나긴 진화의 역사를 거쳐 지금은 헤아릴 수 없을 정도로 다양한 생물이 존재하지만, 맨 꼭대기까지 '생명의 뿌리'를 거슬러 올라가면 인간과 이 지구상의 모든 생물은 근본적으로 하나의 '가족'이라고 할 수 있는 셈이다. 그러므로 공통점이 많다는 건 어쩌면 당연한 얘기다. 생물학적 본질만 그런 게 아니다. 앞의 인용문이 강조한 '공통의 목표', 곧 계속 살아가기 위해 애쓰는 그 모든 행위와 활동 측면에서도 그렇다.

동물을 이해하는 '더 높은 길'

이 책은 더 높은 차원으로 나아간다. 저자는 처음엔 동물이 인간과 얼마나 비슷한지를 파악하려고 노력했다. 인간과 동물 사이의 유사점과 공통점을 찾는 것이 목표였다. 이것이 동물을 이해하는 길이라고 여겼다. 그러나 동물을 인간과 비교하면서 동물이 어떤 감정이나 능력을 가졌는지를 밝히는 것은 진정한 동물 이해에 그리 중요한 요소가 아니라는 걸 깨닫는다. 그러니까 인간의 기준을 중심에 두고서 동물을 바라보는 게 아니라 동물을 동물 자체로 이해해야 한다는 것이다. 동물은 저마다 고유한 개성, 능력, 습관, 취향 등을 지니고 있기 때문이다.

이에 저자는 기존의 접근 방식을 바꾼다. 동물들의 소리와 몸짓을 더욱 세밀하게 관찰하고, 이런 것들을 기록해온 사람들의 목소리를 더 주의 깊게 경청한다. 다음은 저자가 코끼리를 관찰해온 사람에게서 들은 이야기다.

전 코끼리로서의 그들에게 관심이 있어요. 코끼리를 인간과 비교하는 건 별 도움이 안 된다고 봐요. 동물을 그 자체로 이해하려고 노력하는 게 제게는 훨씬 더 흥미롭습니다. 두뇌 용량이 아주 작은 까마귀가 어떻게 놀랄 만한 판단을 내릴 수 있었을까? 하는 의문 같은 것 말입니다. 그 까마귀의 판단력을 3세 인간 아이와 비교한다, 그건 별로 재미가 없어요.

이 말을 듣고서 저자는 이렇게 썼다.

내가 이 책에서 쓰려 한 것도 다른 동물이 얼마나 '우리와 비슷한지'에 대해서였다. …모스(방금 언급한 코끼리 관찰자—인용자 주)의 작지만 엄청난 발언에는 인간이 만물의 척도가 아니라는 의견이 함축되어 있다. 모스는 더 높은 길을 따라가고 있었다. …지금 내 과제, 훨씬 더 어렵고 훨씬 더 심오한 과제는 단순히 동물들이 누구인지를 보기 위한 노력이 되었다. 우리와 비슷한지 아닌지는 이제 중요하지 않다.

이 책이 하나의 종 전체를 뭉뚱그려 논의하기보다는 그 종 안의 개별 동물들을 주목한 것도 이런 문제의식의 연장선이다. 저자는 관찰과 연구 작업을 수행할 때에도 각각의 동물들에게 이름이나 번호를 따로 붙인다. 생물종으로서 같은 늑대나 코끼리라도 각각의 늑대나 코끼리는 서로 다른 정체성과 특성을 지닌 개별 존재이기 때문이다. 이들은 저마다 생김새는 물론 성격이나 취향 같은 것들도 모두 다르다. 책을 읽어가며 우리는 이렇게 동물을 한층 성숙한 시각으로 바라보는 새로운 경험을 하게 된다. 저자와 함께 "더 높은 길"을 동행하게 되는 것이다.

동물이 빛나야 사람도 빛난다

동물을 온전히 이해하려는 이 책의 안간힘이 궁극적으로 가닿는 곳은 어디일까? 그것은 진정한 동물 사랑, 생명 사랑이다. 동물에 대한 과학 지식을 더 많이 얻는 것이 아니다.

인간의 감정은 매우 섬세하다. "슬픔은 비탄보다 1킬로그램 더 가벼운 것이 아니며, 애도는 행복보다 2미터 더 짧은 감정이 아니다." 인간이 지닌 감정의 이런 미묘한 층차(層差)는 동물에게도 그대로 적용된다. 동물들도 '마음'이 작동하며 그들도 우리와 마찬가지로 느끼고 아파하고 기뻐한다. 이 사실을 받아들일 때 제대로 된 동물 사랑은 시작된다.

물론 저자는 "내가 물고기나 새의 삶을 인간의 삶을 귀중히 여기는 것과 같은 식으로 귀중히 여기는" 건 아니라고 말한다. 하지만 세계 속에서 우리가 존재하는 것처럼 그들에게도 존재할 정당성이 있다는 것은 분명한 사실이다. 오히려 저자는 그들이 우리보다 더 큰 정당성을 지녔을지도 모른다고 강조하는데, 그 이유가 사뭇 감동적이다.

그들이 먼저 왔으니까. 그들이 우리 존재의 기초에 있으니까. 그들은 필요한 것만 가져가니까. 그들은 주위 삶들과 공존 가능하니까. 그들이 지킬 때 세계는 지속했다. 그들은 우리와 똑같지 않지만, 자신의 삶을 생생하게 체험한다. 그들은 환하게 타오른다. 우리는 그들에게 필요한 것을 많이 빼앗았고, 그들 몫의 양초를 태워버려 불을 침침하게 만들었다. 그들은 세계에 생기를 주고, 세계를 아름답게 만든다.

둘러보면 아직도 동물을 무슨 기계인 것처럼 무감각한 존재라고 여기는 사람이 없지 않다. 그러나 기계적이고 무감각하다는 평가는 동물이 아니라 끝없는 동물 학대를 일삼는 인간에게 더 잘 어울리지 않을까? 다행히도 최근 들어 동물 학대는 문명의 수치라는 공감대가 빠르게 확산되고 있다. 잔혹한 생명 학대는 오로지 인간만이 저지르는 짓이다. 그러나 사람은 자신이 저지른 잘못을 깨닫고 고칠 수 있는 존재이기도 하다.

'살아 있음' 자체를 소중히 여기는 마음. '살아 있는 것'에서 신비로움과 경이로움을 느낄 줄 아는 마음. 모든 생명을 사랑하고 존중하는 마음. 이런 마음을 나눌 수 있다면 비단 동물만이 아니라 사람의 가치 또한 더욱 고귀해질 것이다. 생명은 서로 이어져 있기 때문이다. 우리 모두는 서로 연결되고 하나로 통합된 생명 공동체 속에서 더불어 살아간다. 동물에게 예의를 지키는 것은 생명과 삶에 대해, 결국은 우리 스스로에게 예의를 지키는 일이다.

2020년 세계를 재앙으로 몰아넣은 코로나19는 인수 공통 감염병, 곧 동물에서 비롯한 전염병이다. 동물 몸속에 있던 바이러스가 인간에게까지 침투한 것은 근본적으로 보면 우리 인간이 자연을 잘못 대한 결과다. 좁혀서 말하자면 우리가 동물을 잘못 대한 결과다. 앞으로도 끊임없이 출몰할 가능성이 매우 높은 이런 전염병 재난의 해결책을 찾는다는 차원에서도 이 책의 울림은 크다.

동물을 보살피고 잔인함에 맞서 싸우는 것은 아무 이해관계도 없는 순수한 일이다. 어떤 대가를 바라고 하는 일도 아니다. 이런 일을 할 때 우리 삶은 더욱 높아지고 깊어지지 않을까? 이 책의 원제는 'Beyond Words: What Animals Think and Feel'이다. '(인간의) 언어를 넘어서'라는 이 제목에도 책의 메시지가 의미심장하게 함축돼 있다.

사라지는 것들에
경의를

- 《사라져가는 목소리들》
- 다니엘 네틀, 수잔 로메인 지음
- 김정화 옮김
- 이제이북스, 2003

광부의 카나리아

캐나다에서 있었던 일이다. 캐나다의 백인 지배자들은 본래 그 땅에 살고 있던 원주민들을 주류 사회에 동화시키려고 19세기 초부터 기숙학교 시스템을 운영했다. 강제로 원주민 부족의 아이들을 부모로부터 떼어내 멀리 떨어진 기숙학교에 입학시켰다. 그러고선 자기들의 언어인 영어나 프랑스어, 서양 문화와 종교 따위를 가르쳤다. 어떤 일이 벌어졌을까?

수천 명의 원주민 아이들이 분리 트라우마와 언어 및 문화 박탈, 체벌과 열악한 생활환경으로 인해 숨졌다. 살아남은 아이들도 정체성 혼란과 열등감, 자존감 상실 등으로 평생 큰 고통을 겪었다. 20세기 들어서야 이런 학교들이 없어졌다. 최근 가톨릭과 개신교에서는 이런 일을 저지르는 데 자기들이 관여했던 죄과를 참회한다고 발표했다. 연방정부 차원에서 배상금도 지급했다. 특히 원주민 아이들에게 모어(母語) 사용을 금지한 것이 '문화적 제노사이드(대학살)'에 해당된다는 것을 인정했다. 그러나 원주민의 삶과 이들 공동체는 이미 오래전에 망가질 대로 망가졌다.

이 이야기는 인권 전문가인 조효제 성공회대 교수가 어느 신문 칼럼에 소개한 사례다. 무릇 언어란 이런 것이다. 일찍이 마르틴 하이데거가 "언어는 존재의 집이다"라는 유명한 말을 남겼거니와 이 책 《사라져가는 목소리들》에도 이런 대목이 나온다. "언어는 근본적으로 사용자들의 정체성을 드러내는 역할을 한다. 당신이 사용하는 언어가 바로 당신이다." 뉴질랜드 원주민인 마오리족의 어느 지도자가 했다는 다음과 같은 말은 또 어떤가.

마오리 언어는 마오리 문화와 마나(힘)를 창조하는 생명력이다. 일부에서 예견하듯이 마오리어가 사라진다면 우리에게 무엇이 남는다는 말인가? 그러면 나는 우리 부족 사람들에게 우리가 누구냐고 묻겠다.

이 책은 언어에 관한 책이다. 그것도 사라져가는 언어들, 곧 언어다양성 문제를 집중적으로 다뤘다. 책에는 이미 사라졌거나 지금 이 순간에도 사라지고 있는 수많은 소수 언어와 그 언어의 마지막 사용자들의 가슴 아픈 목소리가 생생하게 담겨 있다. 언어가 사라지는 이유는 뭔지, 그것이 의미하는 바가 뭔지, 언어를 보존하는 것이 왜 중요한지 등에 대해서도 상세하게 고찰했다.

이런 책을 환경 책 범주에 넣은 이유는 뭘까? 이 책이 특별히 주목한 사실이 있다. 언어 소멸과 자연 생태계 파괴가 떼려야 뗄 수 없는 관계로 얽혀 있다는 것이다. 언어가 사라지는 것은 "세계적인 생태계 붕괴에 따라 나타나는 부수적인 부분"이라고 책은 말한다. '자연의 죽음'이 '언어의 죽음'을 낳는다는 얘기다. 이 둘은 하나다. 특히 중요한 것은 생물다양성이다. 다양한 생물종이 분포하는 지역과 다양한 언어가 분포하는 지역이 서로 일치한다는 것을 이 책은 방대한 조사와 연구결과로 증명한다.

그래서 등장하는 용어가 '생물언어적 다양성'이다. 이것은 "인간의 문화와 언어를 비롯하여 지구상의 모든 동식물종을 망라하는 풍부한 생명체들의 범위"를 가리키는 말이다. 이것이 가장 풍부한 지역은 어디일까? 책에 따르면, 세계 인구의 약 4퍼센트만을 차지하지만 세계 언어의 최소한 60퍼센트를 사용하는 세계 곳곳의 토착민 거주지역이다. 이 지역들은 세계에서 생물다양성이 가장 풍부한 적도 부근 열대지역 및 그 언저리 일대와 대체로 겹친다. 자연과 생명체가 건강하게 보존되어야 언어도 튼실하게 존속할 수 있다는 것을 보여주는 증거다. 이에 이 책은 언어를 '광부의 카나리아'로 비유한다. 언어가 위험에 처하는 것은 자연 생태계 또한 위험에 처했음을 알려주는 '경고 신호'이기 때문이다.

이 책은 언어가 인간뿐만 아니라 자연과도 어떤 관계를 맺고 있는지 실증적으로 파헤침으로써 다른 언어 관련 책들과 구분되는 성과를 거뒀다. 이 책을 읽다보면 인간이 자연의 일부이듯 언어 또한 거대한 생태계의 한 부분이라는 사실을 깨닫게 된다. 두 명의 저자 모두 영국 학자로서 다니엘 네틀은 인류학을, 수잔 로메인은 언어학을 전공했다. 자연과 언어의 관계가 그렇듯 이 책은 협업과 상생의 산물이다.

언어의 죽음, 자연의 죽음

북극 지역에는 이누이트족이 산다. 이들은 혹독한 추위 속에서 생존하는 방법을 터득했다. 이들은 어떤 종류의 얼음과 눈이 사람, 개또는 카약(이들이 사용하는 가죽으로 만든 배)의 무게를 지탱할 수 있는지를 반드시 알아야 했다. 그래야 생존할 수 있기 때문이다. 이들은그렇게 해서 알아낸 각각의 얼음과 눈에 서로 다른 이름을 붙였다. 태평양의 조그만 섬나라 팔라우의 어느 어부는 300개가 넘는 어종의 이름을 알고 있었다. 게다가 이 어부는 전 세계 과학 문헌에 기재돼 있는 것보다 몇 배나 많은 어종의 음력 산란주기를 알고 있었다.

이누이트족에게 우리는 북극의 기후와 자연에 대해 배울 것이많다. 태평양 지역의 섬 주민들에게서는 해양자원을 관리하고 바다를 보호하는 방법에 대해 배울 게 많다. 토착민들의 이런 지식은 수천 년에 걸쳐 이들의 언어 속에서 구전으로 전해 내려왔다. 그런데이들의 언어가 사라지면서 이런 지식도 잊혀가고 있다.

언어에는 그 언어를 사용하는 사람들의 지식과 경험이 담겨 있다. 자연을 대하는 태도, 세상을 바라보는 관점, 생활양식, 인간관계를 맺는 방식 등도 들어 있다. 여기엔 생물종을 비롯한 자연세계의 구분, 그에 따른 이름 짓기, 자연과 관계 맺는 표현, 기후나 날씨변화에 따라 농사짓는 방식 등이 모두 포함된다. 이렇듯 언어는 인간이 자연환경 및 그 환경과 상호작용하는 방식에 관한 지식을 습득하고, 축적하고, 유지하고, 전승하는 데 핵심적인 구실을 한다. 언어에는 인간이 자신의 지식이나 경험을 체계화하고 분류하는 창조적 방식이 녹아 있다. 언어가 '인류 지혜의 백과사전' '살아 있는 박물관' '모든 문화의 기념비' 등으로 불리는 까닭이다.

이 언어가 오늘날 급속히 사라지고 있다. 책에 따르면 현재 지구상에는 5000-6700개 정도의 언어가 있다. 하지만 전체 세계 인구 가운데 약 90퍼센트가 100개 정도밖에 안 되는 언어를 사용하고 있다. 10대 언어 사용자 수는 세계 인구의 절반을 차지하며, 그 수는 계속 늘고 있다. 나머지 6천 개 언어는 세계에서 가장 변방이라 할 수 있는 지역의 10퍼센트의 사람들만이 사용하고 있을 뿐이다.

안타깝게도 언어의 소멸 흐름은 갈수록 빨라지고 있다. 지구상의 전체 언어 중 90퍼센트가 21세기를 지나는 동안 흔적도 없이 사멸하리라는 것이 이 책의 암울한 전망이다. 언어의 죽음은 곧 자연의 죽음을 뜻하기에 수많은 언어의 사멸은 언어의 운명을 넘어 자연을 비롯한 인간 생존의 중요한 토대가 허물어지는 현실을 반영한다. 이 책이 생물 멸종이나 생태계 파괴뿐만 아니라 언어소멸 현상에도 깊은 관심을 가져야 한다고 경각심을 일깨우는 이유다.

언어가 사라지는 이유는 뭘까? 그것은 언어들 사이의 자유롭고 공정한 경쟁의 결과가 아니다. 서구 제국주의 강대국들의 언어가 세계를 지배하는 언어가 된 것은 군사력과 경제력을 비롯해 그들이 가진 패권적 힘 때문이지 다른 이유 때문이 아니다. 정치적·군사적·경제적 지배는 문화적·상징적 지배를 수반하기 마련이다. 멀리 갈 것도 없이 우리 역사가 이를 잘 보여준다. 일제 강점기에 일본이 집요하게 한글말살정책을 펼친 이유가 무엇인지는 우리 모두 다

아는 사실이 아닌가.

이 책은 서구 강대국들의 제국주의 팽창 정책이 어떤 형태로든 토착 사회 조직이나 권력을 찍어 누르려 했고, 토착 언어들이 그것을 이루기 위한 중요한 표적이었다고 지적한다. 서구 강대국들은 일관되게 토착어를 탄압하거나 그 입지를 약화시켰다. 지배와 통제가 용이한 그들 중심의 주류 사회로 사람들을 편입시키기 위해서였다. 언어를 포함해 문화적·상징적 지배가 중요하다는 것은 서구 강대국들이 제국주의의 총칼을 휘두를 때 어김없이 자기들이 신봉하는 기독교 선교사들을 앞세운 데서도 잘 드러난다.

지금은 어떨까? 요즘은 '경제 제국주의'가 지배하는 시대다. 세계화된 경제 패권이 세계를 쥐락펴락한다. 이 거센 파도에 떠밀려 경제·사회·정치 영역은 물론 언어나 삶의 방식 등을 비롯한 문화와 정신 영역에서도 '돈'이라는 단일한 힘의 통치가 세상을 휩쓸고 있다. 거대자본이 주도하는 이 세계화 통치 전략은 개발이나 발전, 산업화 따위의 그럴듯한 명분 아래 세계 전체를 단일한 질서로 묶어 세운다. 그 와중에 지구 곳곳에서 다양한 전통과 역사를 간직해온 언어들이 피할 수 없는 운명의 희생양처럼 파괴되고 있다.

언어에 새겨진 생태주의와 민주주의

어떤 사람들은 이런 문제를 제기하곤 한다. 언어가 많고 서로 다르면 사회통합이 잘 안 되고 갈등이나 분쟁이 심해지지 않을까? 언어 다양성이 '바벨탑의 저주'가 될 것이라는 우려다. 이 책은 그렇지 않다고 답한다. 먼저 같은 언어를 사용함에도 정치적인 단합뿐만 아니라 그 어떤 종류의 단합도 이루지 못하는 사례가 수두룩하다고 꼬집는다. 그러고선 이렇게 정곡을 찌른다. "언어와 관련된 분쟁들은 언어로 인해 발생하는 것이 아니라 서로 다른 언어를 사용하고 있는 집단 간의 근본적인 불균형으로 인해 발생한다."

외려 책은, 사람들이 문화적으로나 정치적으로 '독립'하고 자기 정체성을 세우는 데 언어가 핵심 역할을 한다고 다시금 강조한다. 캐나다 퀘벡 사례를 보자. 캐나다는 영어를 압도적으로 많이 사용하는 나라다. 하지만 프랑스계 사람이 몰려 사는 퀘벡에서는 모든 표지판을 프랑스어로 쓰도록 한다. 이에 대한 책의 평가는 이렇다. 프랑스어를 사용하는 주민들이 자신의 일을 직접 통제하고, 자신만의 정체성과 문화, 언어를 가진 사람들로서 존재하고자 하는 시도라는 것.

사실이 그렇다. 한 나라 안에서 의미 있는 비율을 차지하는 인구 집단의 언어와 문화, 표현방식을 빼앗아버리면 그 나라의 정치적·사회적 기반은 오히려 취약해진다. 문화나 언어의 다양성을 포용하는 국가가 그것을 부인하거나 억누르는 국가보다 더 풍요로운 나라라는 것이 이 책의 주장이다. 다르다는 것 자체가 문제가 아니라 서로 다르다는 사실의 의미와 그 가치를 존중하는 마음이 결여된 것이 진짜 문제라는 얘기다. 실제로 한 나라 안에 여러 개의 문화나 언어가 있으면 국가 결속이 위험해진다는 주장은 전형적으로 강대국이나 지배계급의 패권적 논리라고 할 수 있다.

이런 맥락에서 '서식지'의 의미를 되새길 필요가 있다. 생물다양성의 경우 말 그대로 서식지 보호가 필수라는 건 두말할 나위도 없다. 언어다양성에서는 그 언어의 사용자 집단과 그들이 살아가는 지역사회가 '서식지'라고 할 수 있다. 책은 이렇게 말한다.

> 언어는 지역사회의 지식 체계와 생활양식과 연계돼 있다. 지역사회가 자신들의 자원과 활동에 대한 통제력을 행사할 수 있을 경우에만 생활양식이 유지될 수 있다. 지역사회에 더 많은 권한을 주어야 한다. … 완전한 의미에서 한 언어를 보존한다는 것은 궁극적으로 그 언어를 사용하는 집단을 유지해야 하는 것을 뜻한다. 따라서 언어 사멸을 역전시키기 위한 활동을 해야 한다는 주장은 결국 문화와 서식지에 대한 이야기다.

그래서 책은 국가나 학교가 언어보존 운동의 전면에 나서서는 성공할 수 없다고 주장한다. 세대 사이의 전승이 확보되는 가정과 사회의 조직망을 보강한 뒤에야 학교 교육을 실시할 수 있는 것이지 그 반대가 되어선 안 된다는 것이다. 이는 기아에 허덕이는 사람들에 대한 식량 원조가 기아의 근본 원인인 가뭄이나 사회경제적 불평등 같은 문제들을 해결해주지 못하는 것과 같은 이치다. 언어다양성을 지키는 것은 지속가능하고도 지역 상황에 맞게 자신들의 운명을 결정하려는 수많은 사람의 권리를 되찾는 일이다. 이처럼 언어에는 생태주의뿐만 아니라 민주주의의 가치도 깊이 연루돼 있다.

다양성의 아름다움과 힘

책은 다중 언어 사용과 다문화주의는 인간사회의 존재만큼이나 오래된 삶의 조건이라고 말한다. 이 또한 생물다양성이 자연의 본질적인 조건인 것과 마찬가지다. 다양성은 자연이나 사회를 혼란스럽게 하거나 분열시키는 원인이 아니다. 정반대다. 자연이든 사회든 다양성은 풍요와 건강, 평화와 지속가능성의 원천이다. 어느 아메리카 원주민이 이렇게 말했다고 책은 소개한다. "이 세상에서 살아남으려면 백인들의 말을 알아야 한다. 그러나 영원히 살아남으려면 우리말을 알아야 한다." 이것이 원주민의 운명에만 해당하는 얘길까? 아니다. 이는 모든 자연과 사회와 문화에도 동일하게 적용된다.

이제 단일한 언어를 사용하는 단일한 민족으로 구성된 하나의 국가라는 낡은 고정관념을 벗어던져야 한다. 사실 이것은 고정관념이기 이전에 허구적 환상에 지나지 않는다.

세계의 문화를 단일하게 통합하는 것만큼 빠른 속도로 인간의 창의성과 풍부한 문화적 다양성을 고갈시키는 것은 없을 것이다. 문화적 획일성은 평화를 가져올 수 없다. 그것은 전체주의를 가져올 가능성이 더 높다. 일원적인 체제는 특권적 소수 세력의 지배권을 더 강화할 뿐이다. 문화적 다양성은 건강함과 성취를 함께 이룰 수 있는 이 세계의 잠재적인 원천의 하나이다. …다양성은 삶의 선결조건이다.

수많은 것들이 사라지는 시대를 우리는 살고 있다. 특히 '목소리' 들이 사라지면서 우리는 자신이 누구였는지, 누구인지, 그리고 어떤 존재가 될 것인지를 잃어버리거나 잊어버리고 있다. 자본주의는 본질적으로 '사라짐'을 선호한다. 옛 상품은 사라져야 한다. 버려야 한다. 그것도 되도록 빨리. 그러고선 새로운 상품을 생산하고 소비해야 한다. 이 또한 되도록 빨리. 이 악순환의 시스템이 자본주의를 유지하고 번창하게 해주는 '비결'이다. 우리는 오랫동안 이것을 진보나 발전이라고 불러왔다. 그러나 사라지는 것의 목록에는 상품 같은 물질만 등재돼 있는 게 아니다. 무수한 생명과 언어 또한 가뭇없이 사라져간다.

생물 멸종과 언어 사멸. 서로 맞물리면서 동시에 벌어지고 있는 이 쌍둥이 비극은 어떤 중대한 파국이나 종말을 알리는 징조가 아닐까? 정말 아름답고 강한 것은 획일성이 아니라 다양성이다. 다양성은 힘이고 민주주의다. 이 책은 사라져가는 그 모든 것들에게 보내는 '경의'의 인사다.

삶의 대안을 찾아서

야생의 자유인으로
살기

・《월든》
・ 핸리 데이비드 소로 지음
・ 강승영 옮김
・ 은행나무, 2011

당신은 이 책을 읽었소?

왜 우리는 성공하려고 그처럼 필사적으로 서두르며, 그처럼 무모하게 일을 추진하는 것일까? 어떤 사람이 자기 또래들과 보조를 맞추지 않는다면 그것은 아마 그가 그들과는 다른 고수(鼓手)의 북소리를 듣고 있기 때문일 것이다. 그 사람으로 하여금 자신이 듣는 음악에 맞추어 걸어가도록 내버려두라. 그 북소리의 박자가 어떻든, 또 그 소리가 얼마나 먼 곳에서 들리든 말이다. 그가 꼭 사과나무나 떡갈나무와 같은 속도로 성숙해야 한다는 법칙은 없다. 그가 남과 보조를 맞추기 위해 자신의 봄을 여름으로 바꾸어야 한다는 말인가?

내가 숲속으로 들어간 것은 내 인생을 오로지 내 뜻대로 살아보기 위

4부 삶의 대안을 찾아서 **245**

해서였다. 나는 인생의 본질적인 것들만 만나고 싶었다. 내가 진정 아끼는 만병통치약은 순수한 숲속의 아침 공기를 들이마시는 것이다.

사치품과 생활 편의품들은 대부분 필수불가결한 것이 아니다. 오히려 인류의 향상을 적극적으로 방해하는 장애물이다. 가장 현명한 사람들은 사치품과 편의품에 관한 한 늘 결핍된 인생을 살아왔다.

나는 외로움을 느낀 적이 한 번도 없었으며 고독감 때문에 조금이라도 위축된 적이 없었다. 가장 감미롭고 다정한 교제, 가장 순수하고 힘을 북돋워주는 교제는 자연 가운데서 찾을 수 있었다.

사람들이 수레와 헛간으로 피할 때 그대는 구름 밑으로 대피하라. 밥벌이를 그대의 직업으로 삼지 말고 도락으로 삼으라. 대지를 즐기되 소유하려 들지 마라. 진취성과 신념이 없기 때문에 사람들은 그들이 지금 있는 곳에 머무르면서 사고팔고 농노처럼 인생을 보내는 것이다.

자기 자신에 대하여 아무런 존경심을 갖지 않는 사람이 애국심에는 불타서 소(小)를 위해 대(大)를 희생시키는 일이 있다. 그들은 자기의 무덤이 될 땅은 사랑하지만, 지금 당장 자신의 육신에 활력을 줄 정신에 대해서는 아무런 공감을 느끼지 못하고 있다. 이런 사람들에게 애국심은 그들의 머리를 파먹고 있는 구더기라고 할 수 있으리라.

이 책을 읽으며 깊은 인상을 받은 대목들을 추려보았다. 밑줄 그어놓은 부분들을 다시 읽고 음미하는 건 즐거운 일이다. 그런데 이 책은 마음에 새기고 싶은 대목이 수두룩하다. 그것을 모두 소개하려면 몇 페이지로도 모자랄 판이었다. 무얼 골라야 하나. 이건 즐거운 게 아니라 난감한 일이었다. 취하기보다 버리기가 더 힘들었다. 과감하게 다섯 개만 꼽아보았다.

이 책을 모르는 사람은 없으리라. 워낙 유명하기도 하거니와 이른바 '생태환경 고전'의 목록을 거론할 때에도 매번 꼭대기 자리를 차지한다. 그래서 웬만한 사람이라면 이 책을 읽어봤을 거라고 지레짐작하곤 한다. 착각이다. 몇 년 전 《월든》만을 집중적으로 다루는 책을 한번 써볼까 하는 마음을 어설프게나마 먹은 적이 있다. 이런저런 이유로 실행하지는 못했는데, 당시 여러 사람과 이 책에 관한 이야기를 나눌 기회가 있었다. 그때 뜻밖에도 이 책을 제대로 읽지 않은 사람이 제법 많다는 걸 알았다. 이 사람은 틀림없이 읽어봤을 거라고 생각했는데 그렇지 않은 경우도 더러 있었다.

내용이야 이미 널리 알려져 있으니 이러쿵저러쿵 대충 주워섬겨도 읽은 척은 할 수 있겠지만, 이 책을 처음부터 끝까지 공들여 읽은 사람은 생각만큼 그리 많지 않다. 서평가 이현우가 《로쟈의 인문학 서재》에서 언급했듯이 "모두들 읽었을 거라고 생각하기에 감히 안 읽었다고 말할 수 없는 책"을 고전의 정의 가운데 하나로 채택한다면, 아마도 이 책이 그런 사례가 아닌가 싶다. 이 책을 읽어야 하는 이유는 이 책이 유명한 고전이어서가 아니다. 책 자체가 워낙 좋아서다.

자연과 자유의 공화국에서

저술가, 철학자, 사상가, 사회운동가 등으로 불리는 이 책의 저자 헨리 데이비드 소로는 하버드 대학 출신이다. 이 대학을 졸업한 이들 중에는 세계적인 명망가들이 즐비하다. 소로는 이들의 절대다수와 정반대되는 인생을 살았다. 그의 삶에서 부, 권력, 사회적 지위, 명성 등을 추구한 흔적은 눈을 씻고 찾아봐도 없다. 그런데도 수많은 사람이 세계와 미국을 쥐락펴락한 그 쟁쟁한 유명 인사들보다 소로를 더 좋아하고 아낀다. 그리고 그를 더 소중하게 기억한다.

그는 45년이라는 길지 않은 생애에서 직업다운 직업을 한 번도 가져본 적이 없다. 교사로 일한 적이 있지만 임시였다. 목수, 측량기사 등 여러 일을 하기도 했다. 하지만 어느 것도 변변한 직업은 아니었다. 그렇다고 학문에 정진한 것도 아니다. 그에게는 번듯한 학위가 없다. 돈을 많이 벌지 못한 것은 두말할 나위도 없다. 세속의 주류 기준으로만 본다면 소로는 그야말로 별 볼 일 없는 '시골 촌놈'에 지나지 않았다. 하지만 그가 끼친 영향력과 그가 남긴 발자취는 우뚝하다. 그것도 아주 오래도록.

여기에 가장 큰 공헌을 한 것이 이 책이다. 이 책은 소로가 스물여덟 살 때인 1845년에 2년여 동안 홀로 미국 북동부 매사추세츠주의 '월든'이라는 호숫가에 들어가 지낸 숲 생활의 기록이다. 거기서 그는 직접 통나무집을 짓고 자연 속에서 자급자족하며 살았다. 소박하고 단순한, 동시에 자유롭고 야생적인 그의 삶과 사유는 이후 세계 많은 사람들에게 큰 영향을 끼쳤다.

이를테면 마하트마 간디도, 법정 스님도 이 책을 머리맡에 두고 즐겨 읽었다고 한다. 소로는 사후에 윌리엄 예이츠와 마르셀 프루스트 같은 세계적인 문호들에게 각광을 받기도 했다. 사실 이 책은 1852년 출간 당시에는 별다른 주목을 끌지 못했다. 그러나 지금은 '19세기에 나온 가장 중요한 경전' 가운데 하나로까지 일컬어진다.

19세기 중반 당시 미국은 '기회의 땅'이었다. 자본주의가 융성의 발판을 놓으며 쭉쭉 뻗어나가던 시절이었다. 그 당연한 결과로 돈이 최고 가치로 떠올랐다. 많은 사람이 더 많은 돈을 벌고 더 높은 출세와 더 큰 성공을 거두는 것을 인생의 목적으로 삼았다. 그 와중에 소중한 인간적 가치나 삶의 덕목 같은 것들은 하찮은 것으로 치부되거나 점차 사라져갔다. 국가권력도 타락하기는 별반 다르지 않았다. 자본주의 확장과 맞물려 제국주의적인 영토 확장 전쟁을 벌인 것이 대표 사례다.

소로가 호숫가 숲으로 들어간 것은 어쩌면 이런 세상에 대한 저항이었는지도 모른다. 거기서 그는 물신주의와 제국주의 따위로 치닫는 문명사회에 반대하면서 야성의 자유를 누리고 삶의 본질을 이룰 수 있는 그만의 '공화국'을 세웠다. 그가 손수 지은 통나무집에서 살기 시작한 것은 미국 독립기념일인 7월 4일부터였다. 그는 자신이 직접 건설한 그 나라에서 인간 독립과 해방의 삶을 꿈꿨다.

때문에 이 책을 좁은 의미의 환경 책 울타리에 가두는 것은 부당한 처사다. 이 책은 단순한 환경 고전이 아니다. 물론 이 책에는 자연을 찬미하고 그 자연과 함께하는 삶의 기쁨을 노래하는 내용이 많다. 그러나 이 책은 문명사회의 비판서이기도 하고, 그 어떤 것에도 얽매이지 않으려 한 한 인간의 자유 독립 선언문이기도 하다. 자연과 인간의 삶 모두 황폐해지고 있는 오늘날, 그래서 이 책은 남루하고 왜소하게 살아가는 현대인들의 영혼을 일깨운다. 게다가 '문학적 향기'가 책 전체를 휘감고 있다. 소로는 단순한 '글쟁이'를 넘어 글을 아름답고 능란하게 부릴 줄 아는 솜씨 좋은 작가이기도 했다.

단순하고 소박한 삶의 힘

책에 실린 18편의 에세이는 크게 세 가지 범주로 나누어볼 수 있다. 첫째는 '자연 예찬'이다. 소로에게 자연은 인간이 반드시 그 품에 안겨야 할 위대한 '천국'이었다. 앞에서 인용했듯이 "순수한 숲속의 아침 공기를 들이마시는 것"이 그에게는 최고의 "만병통치약"이었다. 자연 속에서 자연과 함께 호흡하며 살아가는 삶의 행복과 만족을 그는 예민하게 느끼고 또 즐겼다. 그럼으로써 이 책은 우리를 자연과 인간의 올바른 관계에 대한 성찰로 이끈다. 자연을 떠나거나 거부하고서는 삶의 깊이가 얕아질 수밖에 없다는 사실을 책 곳곳에서 확인할 수 있다. 자연의 위대함과 경이로움을 모르는 자는 '속물'이 되기 십상이다. 자연과 생물들에 대한 생생하고도 핍진한 묘사는 덤이다. 덕분에 이 책은 뛰어난 자연주의 문학작품으로 평가받기도 한다.

둘째는 '문명 비판'이다. 소로는 산업문명이 숭배하는 주류 가치관과 통념, 세속적 부와 성공 등에 대한 날카로운 비판과 풍자를 즐겼다. 그는 산업 발전과 물질주의 문명에 어떤 폐해와 함정이 도사리고 있는지를 간파한 사람이었다. 그 예민한 감각은 자연과 삶 자체의 순수성을 깊이 사랑한 그에게 거의 본능에 가까운 것이었다.

그는 현대문명이 때로는 거칠게 강요하고 때로는 달콤하게 속삭이는 그 모든 거짓과 위선을 우상으로 숭배하지 말라고 강조했다. 책 출간 당시에 견주어 지금은 자본주의 산업문명이 드리우는 그늘이 더욱 짙어졌다. 물질과 과학기술의 질주 아래 위험은 더 커졌고 위기는 더 깊어졌다. 문명사회를 응시하는 소로의 순수한 생의 눈은 오늘날 더 값지다.

셋째는 '자유의 삶'이다. 그가 평생 추구한 것은 자주적이고 독립적인, 야성이 깨어 있는 삶이었다. 노예의 삶이 아닌 주인의 삶이었다. 그가 보기에 대다수 사람들이 돈과 출세와 일의 노예가 되어 스스로 불행해질 뿐만 아니라 다른 사람도 불행에 빠뜨리고 있었다. 감동도, 기쁨도, 활력과 생기도 없는 기계적인 삶을 되풀이하고 있었다. 그러나 그는 단순하고 소박한 삶에서 우러나오는 생의 아름다움과 힘을 믿었다. 생 자체의 고귀함과 인간의 근원적인 위대함을 신뢰하고 또 사랑했다. 타인의 시선에 얽매이지 않았고, 자기 삶에 자부심을 느꼈다. 덕분에 이 책을 읽다보면 삶의 자유와 해방을 실천하는 데 필요한 구체적인 지침을 여러 대목에서 만날 수 있다.

소로는 숲으로 들어가 자기만의 행복을 추구한 '문명 도피자'였을까? 외톨이 은둔자이자 독불장군이었을까? 얼핏 그렇게 비칠지 모른다. 하지만 이는 사실이 아니다. 그가 호숫가 숲속에서 생활한 기간은 2년여에 지나지 않는다. 혼자 살면서도 인근 마을이나 사람들과의 교류가 끊이지 않았다.

그는 늘 세상의 흐름을 감지했고 주시했다. 나아가 그는 오히려 적극적인 현실 참여자였다. 그는 감옥에 갇힌 적이 한 번 있다. 미국이 벌인 부도덕한 멕시코전쟁과 노예제도를 반대한다는 저항의 뜻

으로 인두세 납부를 거부했던 탓이다. 그는 자유와 평화에 대한 열
망과 국가권력에 대한 시민 불복종 권리를 행동으로 실천한 사람이
었다.

소로와 함께 멋진 항해를

그의 또 다른 대표작이자 《월든》과 함께 '세상을 움직인 책'으로 꼽
히는 《시민의 불복종》은 이런 배경에서 탄생했다. 이 책에서 소로
는 이렇게 말했다.

> 우리는 먼저 인간이어야 하고, 그다음에 국민이어야 한다. 국가는 개
> 인을 보다 커다란 독립된 힘으로 보고, 국가의 권력과 권위는 이러한
> 개인의 힘으로부터 나온 것임을 인정해야 한다. …나는 누구에게 강요
> 받기 위하여 이 세상에 태어난 게 아니다. 나는 내 방식대로 숨을 쉬고
> 내 방식대로 살아갈 것이다.

세금을 내지 않아 감옥에 갇혔을 때 깊은 자유를 느꼈다고 고백
하는 그는 "나는 당신들이 억지로 정해놓은 국민이나 시민이라는
틀에 얽매이지 않겠다"고 다짐했다. 그는 국가가 강요하는 부당한
명령 탓에 총탄이 빗발치는 전쟁터에 자식을 내보내고, 사람을 죽
이는 무기를 만드는 데 쓰이는 세금을 꼬박꼬박 내야 하는 현실을
수긍할 수 없었다. 말했듯이 이처럼 자유의 가치를 말로만 떠든 게
아니라 행동으로 옮겼기에 그가 남긴 책들은 이후 간디, 레프 톨스

토이, 마틴 루터 킹 같은 저명한 사람들뿐만 아니라 유럽 등지의 많은 노동운동가와 민주주의자들에게도 영향을 미쳤다.

이 세상과 마지막 작별을 고할 때 그는 주변 사람들에게 이런 말을 남겼다고 한다. "이제야 멋진 항해가 시작되는군." 어쩌면 그는 문명의 거친 파도에 맞서 새로운 물길을 내고자 한 뱃사공이었는지도 모른다. 속도보다 중요한 것은 속도를 조절하는 능력이다. 이보다 더 중요한 것은 방향이다. 소로는 자기가 옳다고 믿는 방향으로 자기 삶을 밀고 나아갔고, 자신의 속도에 따라 살았다. 그 과정에서 그는 삶의 기쁨과 평화를 느꼈다.

이 책이 나온 지 170년 가까이 흘렀다. 세상이 빛의 속도로 급변하는 요즘 같은 시대에 이는 긴 세월이다. 그런데도 이 책은 과거에 고여 있지 않다. 지금까지도 우리가 어떤 미래를 열어갈지, 어떤 삶을 살아야 할지를 알려준다. 책의 힘이고, 고전의 힘이다. 나는 이 책을 몇 번이나 읽었다. 하지만 지금도 내 손이 닿는 책상 옆 가까운 책장에 꽂아둔다. 그리고 가끔 생각날 때마다 아무 데나 펼쳐서 읽어보곤 한다.

풍성하고 촉촉하고
둥근 시간을 찾아서

· 《시계 밖의 시간》
· 제이 그리피스 지음
· 박은주 옮김
· 당대, 2002

고향은 시간적 개념이다?

자기가 태어나서 자란 곳. '고향'이란 말을 사전은 이렇게 풀이한다. 간결하고 명료하다. 하지만 건조하다. 나는 고향이 공간적 개념보다는 시간적 개념에 더 가깝다고 생각한다. 시간을 통해서만 고향은 진정한 고향이 될 수 있기 때문이다. 내 경험만 봐도 그렇다. 나는 부산 변두리의 어느 허름한 마을에서 태어나 거기서 초·중·고등학교를 다 다녔다. 서울로 대학에 진학하기 전까지 내 어릴 적 기억이 고스란히 담긴 곳이다. 그곳이 지금은 깡그리 사라지고 말았다. 재개발 사업으로 마을 전체를 밀어버리고 대규모 아파트 단지를 건설한 탓이다. 하늘 높이 쭉쭉 솟은 직사각형 모양의 아파트만 즐비한 그 삭막한 풍경에서 내 어릴 때 추억을 떠올릴 만한 흔적은 눈곱만큼도 찾아볼 수 없다.

재개발 사업으로 사라진 것은 마을이나 집뿐만이 아니다. 세월이 흐를수록 그곳에 얽힌 수많은 기억마저 하나씩 둘씩 사라져갈 것이다. 기억이 사라진다는 것은 그 기억을 빚어낸 시간과 역사도 사라진다는 걸 뜻한다. 이는 그 시간과 역사가 쌓이는 과정에서 형성된 어떤 사람의 정체성이 사라진다는 말과 다르지 않다. 지금의 나를 있게 한 것이 지금까지 내가 걸어온 길이고, 그 길은 오랜 시간과 역사의 흐름 속에서 만들어졌기 때문이다. 개인뿐만 아니라 집단이나 사회도 마찬가지다. 자기의 역사, 자기가 걸어온 시간의 길을 기억하지 못하는 나라나 민족을 제대로 된 나라나 민족이라고 보기는 어려울 테니까 말이다.

자기의 정체성을 이루는 기억과 그 기억이 흐르는 시간의 강물은, 그러므로 한 사람의 '뿌리'라고 할 수 있다. 기억과 시간이 사라진다는 것은 삶의 뿌리가 뽑히는 것이나 다름없다. 시간이 만들어낸 이 삶의 뿌리에 가장 원초적이고도 깊이 맞닿아 있는 것이 고향일 터이다. 특정 장소를 일컫는 고향을 시간 개념으로 이해하고자 하는 것은 이런 맥락에서다. 시간 속에서, 시간과 더불어 고향은 과거에 고여 있는 '죽은 공간'이 아니라 생동하는 '지금 여기'로 거듭난다. 결국 뿌리로서 고향이란 시간이 빚어낸 자기 정체성과 역사의 물줄기를 끊임없이 솟아나게 해주는 '존재의 마중물' 같은 것이라고 할 수 있다.

고향이 중요하다거나 고향을 소중히 여길 줄 알아야 한다는 식의 고루한 얘기를 하려는 게 아니다. 내 이야기의 초점은 고향의 참뜻을 생각해보면 시간의 힘과 소중함을 잘 알 수 있다는 것이다.

시간은 모든 존재의 원천이다. 삶이나 세상에 의미와 가치를 불어넣어주는 것이 시간이다. 우리는 시간 안에서만 존재할 수 있다.

"당신의 시계를 수장(水葬)하라!"

이런 시간이 오늘날 어떻게 되었는가? 시간의 강물은 제 길을 온전히 흘러가고 있는가? 이런 궁금증이 생기고 또 이런 질문에 대한 답을 찾고자 한다면 이 책을 펼쳐야 한다. 이 책은 시간에 관한 책이다. 시간을 둘러싼 고정관념들을 자유자재로 비틀고 뒤엎는다. 하지만 단순한 시간 이야기가 아니다.

저자인 영국의 여성 작가 제이 그리피스는 시간이라는 칼을 능수능란하게 휘둘러 자본주의 산업문명과 현대인의 삶을 구석구석 찌르고 해부한다. 자연, 속도, 신화, 축제, 과학기술, 젠더, 권력, 돈, 진보, 죽음, 야성… 이 책이 펼친 시간의 그물망에 걸려든 세부 주제들이다. 우리의 삶과 세상을 구성하는 주요 요소들이다. 이 책은 이런 주제들을 시간이라는 창으로 들여다보았다. 바탕에 깔린 문제의식은 생태주의와 페미니즘의 사유다. 그 결과 좀체 만나보기 힘든 독특한 책이 탄생했다. 이 책은 시간이라는 실로 수놓은 매혹적인 문명 비평서이자 생태 인문서다.

책의 가장 중요한 비판 대상은 '시계 시간'이다. 이게 무엇인지 알려면 우리 일상을 떠올리면 된다. 당신은 피곤하고 졸려서 잠자리에 드는가, 아니면 시계가 밤 12시를 가리키니 내일 아침 출근 걱정을 하며 잠자리에 드는가. 당신은 배가 고파서 밥을 먹는가, 아니면 시계가 회사가 정해놓은 점심시간인 낮 12시를 가리키니 밥을 먹는가. 두 경우에서 후자의 시간이 시계 시간이다. 오늘날 우리는 내남없이 이 시계 시간의 노예로 살아간다. 시계 시간은 빈틈없이 우리 일상을 에워싼 채 우리 삶을 규정하고 지배한다.

문제는 이 시계 시간이 자연이나 실제 현실과는 무관하게 인위적으로 제조되고 조작되고 합성된 시간이라는 점이다. 책에 따르면 "강박적으로 분할하고 원자화하고 측정하고 계산하는" 이 시간 개념은 서구적 근대성의 산물이자 자본주의 산업사회의 인공적 구성물이다. 메마른 숫자로 표시되는 이 양적인 시간은 그래서 철저히 이데올로기적이다.

그리니치 표준시로 상징되는 근대의 시간은 시간을 획일화하고 표준화함으로써 시간의 다양성과 고유성을 말살했다. 나아가 "시간은 돈이다"라는 구호와 속도전의 기치 아래 시간에 담긴 은총과 자비를 고갈시켰다. 시계 시간을 이데올로기적이라고 하는 이유는 이렇게 변질된 시간 개념이 자본주의 산업사회의 논리나 이해관계와 궁합이 잘 맞기 때문이다.

산업화와 근대화를 먼저 이룬 서구인들이 20세기 초에 세계를 단일한 표준시간으로 묶은 이유는 뭘까? 자본주의가 무한 팽창이라는 자신의 탐욕을 채우려면 이윤 극대화와 경제성장을 끝없이 추구해야 한다. 그러려면 노동자를 비롯한 다수 대중의 노동과 생활을 하나의 기준으로 통일할 필요가 있다. 그래야 사람들을 부려먹기 편하다. 이것이 자본주의적 효율의 실체다. 이것을 이루어준 것이 시계 시간이었다. 근대의 문을 활짝 열어젖힌 산업혁명 시기를 떠올려보라. 시간의 역사에 가장 극적인 변화를 일으킨 이 중대 사건의 고갱이는 기계를 이용하는 공장식 대량생산 시스템의 등장이었다. "공장 규율과 시계권력에게 필요한 것은 예측 가능하고 표준적인 작업 일정"이었고, 공장주의 "감시체제 아래서 노동력의 정확성과 규칙성은 필연성이 되었다." 공장에서 이루어지는 노동자들의 생산 작업은 시간의 기계화를 의미했다.

이리하여 시간은 식민지화되었다. 측량되고 평평하게 다듬어졌다. 사유화되고 울타리가 둘러쳐졌다. 계산되고 사고팔리게 되었다. "똑같은 너비와 똑같은 길이의 감시당하는 시간의 세월"이 도래했다. 시간을 지배하는 힘은 자본가의 손아귀에 들어갔으며, 시계는 기만과 착취를 은폐하거나 합리화하는 도구로 전락했다. 미국의 역사학자이자 문명비평가인 루이스 멈퍼드가 "근대의 핵심 기계는 증기기관이 아니라 시계다"라고 말한 것도 이런 문제의식에서다. 산업화뿐이랴. 지구 전체를 하나의 시장으로 통합하는 세계화가 빠르게 이루어질 수 있었던 것도 이런 단일하고도 패권적인 시계 시간 덕분이었다.

오늘날 창궐하는 소비주의도 비슷한 관점에서 살펴볼 수 있다. 기업들은 정복할 공간이 갈수록 줄어들자 시간 정복에 나섰다. 연중무휴로 24시간 영업하는 상점들은 시간의 구분을 없애면서 폐점시간과 휴일과 밤을 소거한 "영원한 현재"를 창조하고 있다. 생태위기를 일으키며 우리 삶을 좀먹는 소비 과잉의 문화는 이 시대의 자화상인 동시에 근대 시계 시간의 발명품이다.

이런 시간은 제국주의적이다. 자신의 시간만을 유일하고도 절대적인 시간이라고 강변하면서 그런 시간으로 모든 것을 하나의 똑같은 단위로 묶어버리기 때문이다. 시간이 하나가 되면 세상도 하나가 된다. 그래서 '시간의 제국주의'는 폭력적이다. 시간의 다양성과 풍성함, 그리고 여기서 길어올릴 수 있는 삶의 자율성과 창조성을 파괴한다. 역법(曆法), 곧 시간을 정하는 방법을 창안한 자가 세상을 지배한다. 오늘날 서구가 세계를 지배하게 된 것은 우연이 아니다. 지금 우리가 쓰는 시간에는 시간을 매개로 한 서구 제국주의의 문화적 유전자가 깊이 각인돼 있다. 그 결과 오늘날 우리는 오히려 시간을 갉아먹는 시계 아래서 살고 있다. 시간을 실현하는 게 아니라 배신하는 시계 속에서 살고 있다. 책은 현대인이 시간과 맺고 있는 관계를 이렇게 묘사한다.

도시의 근대성은 시계들의 맹공격에 포위되어 있다. 알람시계는 사람들을 허겁지겁 잠에서 깨어나게 한다. 그러고는 많은 사람들의 머릿속에서 가장 먼저 떠오르는 것이 '지금 몇 시지? 늦지 않았나?' 따위다. 디지털 초로 시간을 쪼개는 디지털시계는 무자비하게 엄격한 데드라인으로 시간을 채찍질하는 듯하다. 갈수록 더 쪼개지고 쪼개진 스케줄은 시간을 결딴내고 있다. …당신은 질주하는 시간의 새된 비명을 듣지만—마치 그것이 시간의 잘못인 양—일정한 틀 속에 시간을 짓이겨 넣고 시간의 측정에서 압도적인 권력을 휘두르는 것은 다름 아니라 근대사회이다.

그래서 저자는 이렇게 외친다. "당신의 시계를 수장(水葬)하라!"

시간의 적들

본래의 시간은 어떠했을까? 참된 시간은 자연 속에 존재한다. 자연 또한 시간 안에 존재한다. "일찍이 자연은 가장 거대한 공공의 시계 였다. 자연의 리듬은, 협동으로 일하고 자연의 풍경이나 계절에 맞추어 공동으로 경배하고 공동으로 씨앗을 뿌리고 수확하는 '시간 공동체'를 세웠다." 이런 시간은 수량화될 수 있는 직선의 시간이 아니었다. 다채로운 색깔과 무늬가 가로세로로 어우러진 시간. 생명을 잉태하는 시간. 활기 넘치고 유연하고 비옥한 시간. 요컨대 "지금의 충만함"과 "현재의 거친 떨림"이 살아 숨 쉬는 풍성하고도 촉촉한 곡선의 시간이었다.

우리를 통치하는 시계 시간은 이런 시간을 패퇴시킨 결과로 탄생했다. 저 생기발랄한 자연의 시간과 결별하자 자본주의 산업문명의 시간은 그것을 대체할 것들을 끊임없이 만들어냈다. 첨단 과학기술로 무장한 기계들, 이를테면 텔레비전, 컴퓨터, 스마트폰 등이 대표적이다. 이런 것들이 표상하는 현대사회의 시계 시간은 어디서나 균질하다. 하나의 시간밖에 모르는 탓이다. 이와는 달리 자연은 수많은 시간을 안다. 그래서 자연의 시간에는 생명의 다양성과 삶의 역동성이 넘친다. 기계가 구현하는 시계 시간에서 "곰의 탄생과 독수리의 결혼, 연어의 죽음 같은 시간" 또는 "뿔닭이 조는 달"이나 "빗물에 밧줄이 썩는 달"을 찾아볼 수 있는가?

흥미롭게도 이 책은 시간과 자연의 관계를 아버지 시간과 어머니 자연의 결혼으로 표현한다. 자연과 시간의 풍요로운 결합은 생명의 창조로 이어졌다. "일찍이 아버지 시간과 어머니 자연은 인류

의 부모였고 우리 모두가 유래하는 궁극적인 원천이었다." 하지만
자연이 길들자 시간도 길들었다. 자연이 황폐해지자 시간도 황폐해
졌다. 책은 이렇게 말한다.

자연과 시간이 서로 희롱하며 기쁨에 들떠 돌아다니며 정사하여 세상
여기저기에 씨를 뿌리던 시절은 사라지고 있다. 인간은 이들을 봉인해
버리고, 세상의 반은 실험실로 나머지 반은 슈퍼마켓으로 바꾸어놓
았다. 자연은 인간에 의해 인공적으로 수정되고, 시간은 인간이 만든
시계의 타종에 맞추어 씨를 토해낼 것을 강요받고 있다. …이제 시간
과 자연은 원천이 아니라 자원이 되었다.

이 책은 한편으로, 현대의 시간 개념이 여성들에게 억압과 착취
의 도구로 쓰인다는 점을 예리하게 환기시킨다. 여성에게는 '젊음'
이라는 시간만이 가장 가치 있는 것으로 인정되는 현실이 단적인 보
기다. 성형수술과 미용산업 등의 엽기적인 번창은 그 증거다. 심지
어 출산 시간마저도 표준화되고 규격화되었다. 이윤 논리에 눈먼
현대 의료 시스템은 툭하면 유도분만과 제왕절개술 같은 것으로 분
만 속도를 재촉하거나 인공적으로 조절하려 한다. 이는 시간을 매
개로 한 여성 몸에 대한 공격이다.

페미니즘과 생태주의의 만남은 시간 이야기에서도 중요하다. 책
에는 고개를 끄덕이게 하는 비유가 나온다. 여성적인 것이 강물의
흐름이라면 남성적인 것은 댐이라는 게 그것이다. "여성은 자신의
경로를 따라 흐르며, 출산의 과정 속에서, 이 세상 곳곳의 강물처럼
흐르는 시간을 창조한다." 그러나 남성 중심의 가부장제도는 거대

한 둑을 쌓아 강물의 자연스러운 흐름을 틀어막고 끊어버린다. 폭력적이고 가시적인 가부장 권력이 부드럽고 비가시적인 여성의 흐르는 시간을 파괴하는 것이다. 생명세계의 균형과 조화는 이렇게 무너진다. 책은, 근대적 시계 시간의 역사는 남성(성)이 시간을 장악하고 통제함으로써 시간의 권력자로 등극하는 과정이기도 했다고 강조한다. 이것은 시계 시간의 또 다른 얼굴이기도 하다.

'빨리빨리 문화'가 깊이 뿌리내린 속도 숭배 풍조는 또 어떠한가. 오늘날 성공은 속도에 따라 정의되고 결정된다. 세계는 '빠른 계급'과 '느린 계급'으로 나뉘었다. 그리고 이 둘 사이의 격차는 더욱 크게 벌어지고 있다. 자본주의 시스템에서 최고 미덕은 남보다 더 빨리, 더 많은 이윤을 얻는 것이다. 속도를 앞세운 무한 경쟁이 기승을 부릴 수밖에 없다. 하지만 속도는 관계를 파괴한다. 본디 관계란 시간과 더불어 깊어지는 법이기 때문이다. 삶의 가치를 지키려면 속도의 질주에 맞서라. 이것이 책의 권고다.

'인간의 시간'을 찾아서

이제 '다른 시간'을 만들어내야 한다. 시계 시간의 독재를 물리쳐야 한다. 우리에게 필요한 것은 자본의 시간, 기계의 시간이 아니라 자연의 시간, 생명의 시간이다. 이것이 '인간의 시간'이다. 시간 자체의 고유성과 질적 변화로 충만한 시간. 자유롭고 울타리가 없으며, 자연의 리듬과 생명의 율동을 따르는 야성의 시간. 돈과 속도의 쇠사슬에서 벗어나 삶 자체의 활력과 생기가 꿈틀거리는 해방의 시간.

이것이 곧 이 책의 제목이기도 한 '시계 밖의 시간'이다. 이런 시간 속에서 우리는 그동안 별다른 의심 없이 걸어온 '진보의 길'을 근원적으로 성찰하게 된다.

이 책의 문장은 매우 아름답다. 문학의 향취가 물씬 풍긴다. 만만찮은 사유를 담은 이 책이 술술 읽히는 것은 전문 학술서가 아닌 에세이여서도 그렇지만, 저자의 빼어난 필력과 유려한 문체에 힘입은 바도 크다. "만약 이 책이 정당이라면, 기꺼이 나는 가입했을 것이다." 천연 화장품 제조회사 더바디샵을 설립한 영국의 기업인이자 사회운동가인 아니타 로딕이 이 책을 읽고서 남긴 촌평이다. 나 또한 그럴 것이다. 흔쾌히.

저자가 쓴 또 하나의 역작은 《땅, 물, 불, 바람과 얼음의 여행자》(*Wild: An Elemental Journey*, 알마)다. '원시의 자유'를 찾아 아마존 숲과 안데스산맥, 캐나다의 이누이트 거주지, 북극의 빙하, 인도네시아의 바다, 오스트레일리아의 사막 등을 7년 동안 몸으로 누비며 쓴 대장정의 기록이다. 긴 설명이 필요 없다. 한번 읽기 시작하면 푹 빠져든다. 《시계 밖의 시간》에 못잖다.

'먹는다는 것'의
의미

· 《잡식동물의 딜레마》
· 마이클 폴란 지음
· 조윤정 옮김
· 다른세상, 2008

I am what I eat

먹지 않고서는 살 수 없다. 우리는 하루 세끼를 비롯해 끊임없이 뭔가를 먹는다. 하지만 음식에 관해 아는 건 별로 없다. 오늘 내가 먹은 것은 누가, 어디서, 어떻게 생산했을까? 어떤 과정과 경로를 거쳐서 내 입에 들어오게 됐을까? 이런 물음에 제대로 대답할 수 있는 사람은 많지 않다. 이래도 되는 걸까? 우리의 생명을 유지시켜주며 건강하고 활기찬 생활을 할 수 있게 해주는 가장 기본적인 바탕이 음식이라는 걸 잘 알면서도 말이다.

"음식으로 고칠 수 없는 병은 약으로도 못 고친다." '의학의 아버지'라 불리는 히포크라테스가 한 말이다. "약과 음식은 뿌리가 같다." 한의학에서 자명한 이치로 통용되는 말이다. 음식은 우리에게 에너지와 영양분을 제공해주어서만 중요한 게 아니다. 음식에는 다양한 관계와 맥락이 얽혀 있다.

무엇보다 음식은 자연의 산물이다. 자연에서 직접 난 것은 말할 필요도 없고, 아무리 인공적인 먹거리라 해도 뿌리를 더듬어가다보면 반드시 자연과 만난다. 음식은 사람과 자연을 잇는 원초적 연결고리다. 음식은 우리와 자연 사이의 교류 방식이자 소통 방식이다. 음식은 이 세상이 어떻게 움직이고 사람들이 어떻게 사는지를 이해할 수 있게 해주는 하나의 열쇠이기도 하다. 세계적인 불평등과 가난, 세계 정치·경제 시스템의 모순, 기후변화와 같은 환경위기, 동물 학대와 생명경시 문화, 민주주의와 인권문제 등은 모두 음식과 깊은 관계를 맺고 있다.

가령 "우리가 먹는 것은 석유다"라든가 "현대농업은 석유농업이다"라는 말을 흔히 한다. 이런 말은 왜 나왔을까? 모든 먹거리의 뿌리는 농업인데, 지금의 산업화된 현대농업은 석유를 비롯한 화석연료 없이는 존속 자체가 불가능한 탓이다.

우선 현대농업에 대량으로 쓰이는 화학비료와 농약은 모두 석유로 만들어진다. 갖가지 농기계도 석유가 없으면 움직일 수 없다. 계절에 관계 없이 농사짓는 데 꼭 필요한 비닐하우스도 석유가 없으면 존재할 수 없다. 비닐 자체가 석유로 만드는 화학제품이기 때문이다. 세계화 경제 시스템 아래 농산물 무역은 아주 큰 비중을 차지한다. 그러나 석유가 없으면 농산물을 운송할 수 없다. 이런 식이다. 석유가 없으면 현대농업은 애당초 꿈도 꿀 수 없다. 이처럼 음식은 석유로 상징되는 현대 산업문명의 실체가 무엇인지를 잘 보여준다.

"I am what I eat"라는 서양 속담이 있다. '내가 먹는 것이 바로

나'라는 뜻이다. 프랑스의 법률가이자 미식가인 브리야 사바랭이라는 사람은 1825년에 이런 유명한 말을 남겼다. "당신이 어떤 음식을 먹는지 말해주시오. 그러면 당신이 어떤 사람인지를 말해주겠소." 음식이란 어떤 사람의 정체성, 인격, 특성 등을 보여주는 '거울'이기도 하다. 내가 먹는 것에는 '나'라는 사람의 가치관, 생활태도, 성격, 취향 등이 담겨 있다. 내가 다른 사람, 자연, 사회 등과 맺고 있는 복잡하고도 다양한 관계가 녹아들어 있다. 음식은 나를 규정한다.

음식을 보면 세상이 보이고 삶이 보인다. 그래서다. 뭔가를 먹는다는 것은 생태적 행위이기도 하고, 정치적 행위이기도 하고, 문화적 행위이기도 하다. 먹거리의 원천이 농사이므로 먹는 행위는 농업 행위이기도 하다. 이런 음식이 오늘날 깊은 위기에 빠졌다. 세상과 삶을 망가뜨리는 음식, 자연과 인간과 사회를 병들게 하는 음식이 판치고 있다. 농업 또한 위태로운 벼랑으로 내몰리고 있다. 세상과 삶의 일차적인 토대가 음식이므로 음식이 위기에 빠졌다는 건 이 세상과 우리 삶이 위기에 빠졌다는 말과 다르지 않다. 개인 차원에서 안전하고 몸에 좋은 음식을 찾아 먹는 데서 끝낼 일이 아니다. 음식은 공들여 탐구해야 할 아주 중요한 주제다. 음식을 아는 것은 세상과 삶을 아는 것이다.

우리는 옥수수다?

음식을 다룬 책은 많다. 옥석을 가리기가 쉽잖다. 나는 이 책《잡식동물의 딜레마》를 첫손가락에 꼽는다. 이 책은 음식과 '먹는다는 것'

에 관한 흥미진진한 탐사 보고서다. 현대 음식문화와 식생활의 감추어진 실체를 파헤친 먹거리 진실 추적기이기도 하다.

저자 마이클 폴란은 다방면에 걸친 지식과 뛰어난 글재주를 겸비한 것으로 널리 알려진 미국의 작가이자 저널리스트다. 그는 이책 외에도 《세컨 네이처》(*Second Nature*, 황소자리), 《요리를 욕망하다》(*Cooked*, 에코리브르), 《욕망하는 식물》(*The Botany of Desire: a Plant's Eye View of the World*, 황소자리) 등을 썼다. 두루 읽어볼 만한 개성 있는 작품들이다.

저자는 "이 책은 먹는 즐거움에 관한 책"이라고 스스로 규정한다. 하지만 그는 야무지게 이런 단서를 붙였다. "그것은 오로지 앎을 통해서 깊어질 수 있는 즐거움이다." 저자가 이 '즐거운 앎'을 찾아가는 여정은 크게 세 갈래 길로 이루어져 있다. 이는 음식과 식생활의 전형적인 세 가지 형태에 조응한다. 책에서는 이것을 '음식사슬'이라고 표현한다. 산업적 음식사슬, 유기적(전원적) 음식사슬, 수렵·채집 음식사슬이 그것이다. 저자는 이 음식사슬을 대표하는 현장들을 찾아가 조사하고 수많은 사람과 대화를 나눴다. 특히 수렵·채집을 위해 직접 사냥에 나서기도 하고 야생버섯과 나무열매를 찾아다니기도 했다.

오늘날 현대인의 음식문화를 지배하는 것은 단연 산업적 음식사슬이다. 가공식품이나 패스트푸드 등이 여기에 포함된다. 그런데 산업의 논리는 근본적으로 자연의 논리와 충돌을 일으킬 수밖에 없다. 단일작물 재배나 단일가축 사육이 대표 사례다. 이런 방식을 채택하는 목적은 효율성 극대화다. 음식의 획일화는 그 결과다. 하지만 "자연은 언제나 타당한 이유에서 다양성을 추구한다."

책은 우리가 산업적 음식사슬을 만들면서 저지르는 어리석음은 이전과는 종류가 다르다고 지적한다. 석유농업 이야기가 보여주듯이 이 음식사슬의 주인공은 태양에너지가 아니라 화석연료다. 엄청난 수의 식용 가축을 한곳에 가두어 밀집 사육한다. 가축에게 먹여서는 안 되는 사료를 먹이는 일도 다반사다. 이 모두 자연의 섭리를 거스르는 일이다. 그 결과 우리는 아주 "기묘한 음식"을 먹고 있고, 그 와중에 인간의 건강과 자연세계의 건강 모두 전례 없는 위험에 노출되었다.

말했듯이 음식이란 인간과 자연세계를 연결하는 중대한 교류 방식이다. 이 책의 표현을 빌리자면 "우리는 음식을 통해 자연을 문화로 바꾸고, 세계의 육신을 우리의 몸과 마음으로 탈바꿈시킨다." 산업식품이 안고 있는 가장 큰 문제는 이런 관계가 파괴되거나 불분명해졌다는 데 있다.

닭에서 치킨너깃에 이르는 길은 이 세상을 망각으로 이끄는 여정과 같다. 망각, 아니 무지가 산업적 음식사슬을 규정하고 있다. 만약 산업농업의 높은 벽 뒤에서 어떤 일이 펼쳐지는지 볼 수 있다면 우리는 분명히 먹는 방식을 바꿀 것이다.

사실 산업식품은 그 출처가 너무 복잡하거나 불분명해서 이를 알아내려면 전문가의 도움이 필요하다. 이 책은 옥수수를 집중적으로 다룬다. 책에 따르면, 수많은 음식의 출발점을 추적해보면 결국은 옥수수에 이르게 된다. 이런 표현까지 등장할 정도다. "우리 대부분은 바로 옥수수다. 좀 더 정확히 말하면, 가공된 옥수수다."

책이 제시하는 사례는 아주 많지만 여기선 소고기만 살펴보자. 소를 키우는 데 가장 많이 쓰이는 사료가 옥수수다. 하지만 소는 본래 풀을 먹는 동물이다. 옥수수는 먹지 않는다. 소의 본성을 무시한 채 옥수수로 고기를 만드는 꼴이다. 옥수수로 소를 살찌웠으니 소고기를 먹는다는 건 곧 옥수수를 먹는 것과 다름없다. 인간은 이렇게 소의 운명을 바꾸었다. 그 탓에 소의 건강, 땅의 건강, 나아가 소고기를 먹는 인간의 건강마저 심각하게 망가지고 있다.

소고기뿐만 아니라 지금의 음식문화와 식생활 전반이 이런 방식으로 이루어진다. 중요한 것은 이런 현실의 배후에 경제적 논리, 곧 이윤과 효율의 논리가 자리 잡고 있다는 점이다. 사실은 이것이 우리 식생활의 주류를 이루는 산업적 음식사슬의 가장 중요한 본질이다.

음식에 담긴 생의 황홀경

유기적 음식사슬은 어떨까? 유기농이 자연의 논리를 가능한 한 따르고자 한다는 건 다 아는 사실이다. 그러나 유기농도 종류와 수준은 제각각이다. 저자는 유기농을 표방하는 여러 농장을 찾아다니며 오늘날 유기농이 갈수록 산업화, 대규모화, 기업화되고 있는 현실을 목격한다.

물론 초기의 유기농 운동은 대안적 생산방식(화학물질 없는 농장), 대안적 유통 시스템(반자본주의적 식품협동조합), 대안적 소비방식(대안 음식)을 지향했다. 여기엔 단순히 농업 방식의 변화를 훨씬 뛰어넘는 큰 의미가 있었다. 그러나 지금의 유기농은 하나의 큰 '사업'에 더 가까워졌다고 책은 진단한다.

특히 주목할 것은, 이렇게 산업화된 유기농 음식으로 식사를 해도 통상적인 음식으로 식사할 때와 거의 같은 정도로 화석연료가 소비된다는 점이다. 게다가 작물을 재배하는 데 소비되는 화석연료는 일부에 지나지 않는다. 훨씬 더 많은 화석연료가 음식을 가공하거나 수송하는 데 쓰인다. 그 결과 지금의 많은 유기농은 "고귀한 이상은 알맹이를 잃어버리고, 우유갑 따위에 인쇄되는 과장된 감상주의로 전락하고 말았다"는 게 이 책의 평가다. 저자는 이를 "슈퍼마켓 목가극"이라 부르면서 유기농 음식이 "글로벌 슈퍼마켓에 진열된 또 하나의 별미가 되어가고 있다"고 풍자한다.

안타까운 마음에 유기농의 본래 정신을 잘 지키는 농장을 찾아간다. 거기서 그는 흙, 풀, 나무, 야생동물, 가축 등이 "하나의 생물학적 전체"를 이루고 있다는 사실을 새삼 확인한다. 그것은 건강하고 아름다운 모습이었다. 거기서 작동하는 효율은 산업적 음식사슬과는 딴판이었다. 산업적 음식사슬이 돈벌이의 효율 극대화를 위해 추구하는 것은 단순화와 획일화다. 그 결과 표준화와 기계화 등이 기승을 부리게 된다. 자연 생태계에서 효율이 발휘되는 방식은 그 반대다. 자연의 효율은 복잡성과 다양성, 그리고 상호의존성에서 나온다.

예를 들어 소똥으로 계란을 만들거나 화학물질 없이 소고기를 생산하는 효율을 달성하려면 일단 소와 닭이라는 두 가지 동물종이 필요하다. 하지만 실제로는 더 많은 생물종이 여기에 관여한다. 방목지의 풀, 동물 배설물 속의 유충, 소의 반추위 안에 살고 있는 박테리아 등이 그것이다. 이런 세계에서는 퇴비가 풀을 키우고, 풀은 소를 키우고, 소는 닭을 키우는 '순환의 고리'가 끝없이 이어진다. 그 자연의 리듬 속에서 풀은 햇빛을 먹고 자라고 가축은 그 풀을 먹고 자란다. 이는 "정말로 자연이 주는 선물 같은 식사가 가능하다는 길고 확실하며 아름다운 증거"다.

이런 농장에서 일하는 농부가 털어놓는 이야기 또한 음미할 만하다. "농장의 가장 큰 자산 가운데 하나는 생의 순수한 황홀경이다." 자연의 섭리에 따라 농장을 꾸리고 그 속에서 난 건강하고 맛있는 음식을 즐길 때 느끼는 삶의 기쁨. 이 책이 전하고자 하는 '먹는 즐거움'이 여기에 있다. 또한 이는 '먹는 것'과 '사는 것'이 둘이 아닌 하나임을 알려준다.

음식은 세계화에 저항하는 강력한 '무기'이기도 하다. 책은 음식이 세계화 탓에 위협받거나 파괴되고 있는 수많은 가치의 강력한 메타포라고 강조한다. 지역의 문화와 정체성, 지역적 풍경의 존속, 생물과 문화다양성 등이 그런 가치들이다. 이런 것들이 망가지거나 사라지면 그만큼 세상과 삶도 훼손된다. 음식은 건강한 세상과 풍요로운 삶의 보루다.

음식은 '세상의 몸'이다

음식 이야기에서 요리 이야기를 빼놓을 수 있으랴. 저자가 생각하는 요리의 의미는 사뭇 각별하다. "요리는 우리가 먹는 것에 존중을 표시하는 방법이다. 무엇인가를 사려 깊게 요리한다는 것은 우리의 음식이 된 생물종 그리고 그 생물종과 우리의 관계를 기념하고 경축하는 일이다. 요리는 자연에서 주방으로 가져온 사물의 질서를 파괴하여 새로운 질서를 창조하는 일이다."

저자가 음식을 만드는 이야기는 수렵·채집 음식사슬을 다룬 대목에서 만날 수 있다. 그는 음식 재료를 시장이 아닌 자연 속에서 몸소 구해와 식탁을 차린다. 그 과정에서 그는 육식에 관한 이야기를 풀어놓는다. 육식이 안고 있는 숱한 문제를 누구보다 잘 알고 있는 그는, 그러나 채식을 주장하지 않는다. 책에 따르면, 육식 덕분에 우리는 물리적으로나 사회적인 의미에서 지금의 우리가 될 수 있었다. 인간의 뇌는 사냥을 하는 과정에서 크기와 복잡성이 증가했고, 인간의 문화는 사냥한 고기를 요리하고 나누어주는 화톳불에서 처음으로 발전하기 시작했다는 게 인류학자들의 연구결과라는 것이다.

하지만 지금 우리의 육식문화는 끔찍한 동물학대가 일상으로 벌어지는 공장식 산업축산 시스템에 꼼짝없이 갇혀 있다. 이것이 문제다. 이런 상황에서 우리는 어떻게 하는 게 좋을까? 잘못된 현실에서 시선을 돌려야 하나? 아니면 육식 포기? 저자는 이렇게 말한다.

나는 우리에게 여전히 또 다른 길이 있다고 생각한다. 그 길을 찾으려면, 우리는 우선 고개를 돌리지 않고 우리가 먹는 동물들과 그들의 죽음을 바라보아야 한다. 우리의 육류 산업에 세워진 사방의 벽이 문자그대로 아니면 비유적으로 투명해진다면, 우리는 지금과 같은 방식으로 앞으로도 오랫동안 동물을 사육하고 도축하고 먹을 수는 없을 것이다. …한때 인간은 자신이 죽인 동물을 응시하고, 그 동물을 경외하며,

감사의 마음으로 그 동물의 고기를 먹었다는 사실을 우리는 기억해야 할 것이다.

이런 마음가짐이 요리를 대하는 올바른 태도다. 재료가 고기든 무엇이든 요리를 새롭고도 즐거운 창조로 이끌어주는 것은 결국 음식에 대한 온전한 앎이다. 저자는 여기서 슬로푸드 이야기를 끌어들인다. "슬로푸드의 즐거움은 거의 완벽한 지식에서 비롯하고, 패스트푸드의 즐거움은 거의 완벽한 무지에서 비롯한다."

둘의 차이는 여기서 그치지 않는다. 슬로푸드의 다양성은 자연의 다양성을 반영하지만, 패스트푸드의 다양성은 산업의 창의력을 반영한다. 물론 슬로푸드는 비용이 많이 든다. 하지만 그것이 제대로 드러날 뿐만 아니라 그에 상응하는 보상을 받는다. 패스트푸드는 반대다. 가격은 싼 것처럼 보이지만 정확한 비용은 숨겨져 있다. 이 감추어진 비용은 자연, 공중보건, 공적 자금, 미래세대 등으로 무책임하게 떠넘겨진다. 이런 사실을 알지 못하니 패스트푸드를 즐기는 것이다. 거대한 현대 식품산업은 우리의 무지와, 이 무지에서 말미암는 불안을 토대로 하여 엄청난 성장을 이루었다.

사람은 잡식동물이다. 무엇이든 먹을 수 있다. 그래서 먹을 것을 앞에 두고 늘 딜레마에 빠진다. 이걸 먹어야 하나, 저걸 먹어야 하나. 산업과 기술로 집약되는 인공의 논리가 그 딜레마의 틈바구니를 집요하게 파고든다. 막강한 힘과 세련된 상술로 무장한 그 인공의 힘 앞에서 음식에 얽힌 진실은 은폐되거나 왜곡된다. 이런 사실을 똑바로 알아야 우리는 음식에 대해 올바른 태도를 취할 수 있다. 나아가 '먹는 즐거움'을 온전히 맛볼 수 있다. 핵심은, 우리가 먹는 그 어떤 음식도 산업이 아니라 자연이 선사한 은총이라는 점이다. "우리가 먹는 음식은 다름 아니라 세상의 몸이다." 이 책의 마지막 문장이다.

이 책은 음식과 '먹는 행위'에 담긴 오묘한 의미를 독특하게 고찰한 책이다. 이 책을 읽고서 나는, 올바르고 책임 있게 먹는 것이 자유롭고 품위 있게 사는 데 반드시 필요한 일이라는 사실을 다시금 확인했다. 글을 빚어내고 서술의 흐름을 엮어가는 저자의 작가적 역량이 탄탄해서 제법 두꺼운 책임에도 페이지가 술술 넘어간다. 앞에서 소개한 저자의 다른 책들도 당신의 손길을 기다리고 있음을 잊지 마시길.

약자들과 함께 부르는
사랑 노래

- 《우리들의 하느님》
- 권정생 지음
- 녹색평론사, 2008

아름다워서 슬프고 슬퍼서 아름다운

눈물이 난다, 이 책을 읽으면. 또 눈물이 난다, 권정생 선생을 떠올리면. 이것은 호들갑이 아니다. 괜한 감상주의의 발로도 아니다. 당신이 직접 이 책을 읽어본다면 왜 이런 이야기를 하는지 수긍할 수 있을 것이다. 선생은 2007년에 돌아가셨는데, 영결식 자리에서 문학평론가 염무웅은 그를 이렇게 기렸다.

> 그의 글은, 어느 것이나 절실한 울림을 뿜어내고 있음에도 불구하고, 그의 저 비할 바 없는 삶, 거의 성자(聖者)의 후광에 둘러싸인 듯한 그의 흉내 낼 수 없는 삶에 비하면 빙산의 드러난 부분에 불과한 것처럼 느껴집니다. …이제 그의 이름은 가난하고 외로운 사람들에게, 슬픔과

두려움을 간직한 사람들에게, 지상의 평화와 통일을 간구하는 사람들에게, 강자들의 폭력과 파괴에 고통 받는 사람들에게, 아니 사람들뿐 아니라 벌레와 새와 쥐와 개구리, 세상의 모든 약자들에게 진실한 친구이자 이웃이었던 존재를 가리키는 영원한 기호가 되었습니다.

권정생의 삶을 적절하게 요약한 발언이거니와, 아닌 게 아니라 선생이 생전에 쓴 산문들을 모은 이 책은 세상의 모든 약자들과 함께 부르는 사랑과 연대의 노래로 빼곡하다. 약자는 사람만 뜻하는 게 아니다. 동식물을 아우르는 모든 생명체, 살아 있는 모든 것이 다 약자다.

책 끝부분에 선생과 오랫동안 이웃으로 지낸 어느 할머니가 전하는 일화가 소개돼 있다. 누가 시장에서 병아리를 사오다가 한 마리를 길에 떨어뜨린 모양이었다. 선생은 그걸 지나치지 못하고 병아리를 주워와서 이불 밑에 따뜻하게 넣어주었다. 얼마 뒤 선생이 이 할머니에게 이런 말을 전한다. "우리 집에 손님 왔어요." 가서 봐도 아무도 없기에 "어디요?" 하고 물으니 "이불 밑에서 자요." 이러더란다. 그래서 이불을 들추어 보니 그 안에서 병아리 한 마리가 삐악삐악하며 나오더라는 것이다. 선생은 그 병아리를 키웠다. 선생의 집에는 뺑덕이라는 이름의 개도 한 마리 있었는데, 개장수가 동네를 돌아다니기라도 하면 집 뒤에 숨어서 개장수가 떠날 때까지 뺑덕이를 꼭 껴안고 있었다고 한다. 선생은 이런 사람이었다.

선생의 일생은 모진 가난과 질병으로 점철돼 있다. 그는 자발적 가난을 넘어 '자발적 극빈'이라 불릴 정도로 지독히도 가난하고 외로운 삶을 살았다. 그와 남다른 친분을 쌓았던 김용락 시인이 간추린 그의 삶의 궤적을 훑어보자.

그는 1937년 일본 도쿄 혼마치 빈민가의 헌옷장수집 뒷방에서 7남매 중 여섯째로 태어났다. 아버지는 청소부였고 어머니는 삯바느질꾼이었다. 해방 이듬해인 1946년에 그의 가족은 고향인 경북 안동으로 돌아왔다. 그뒤 거의 평생을 안동시 일직면 조탑리에서 살았다. 초등학교를 졸업한 뒤 나무장수, 고구마장수, 담배장수, 점원을 전전했고, 열아홉 살 때부터 결핵을 앓기 시작해 죽을 때까지 병마에 시달렸다. 오랫동안 일직교회 헛간에 세 들어 살다가 1983년 빌뱅이언덕 밑에 조그만 오두막 같은 집을 짓고서 살다가 여기서 사망했다. 평생 독신으로 지냈다.

90여 권에 이르는 동화 등의 작품집에서 나온 인세가 10억 원이 넘는데, 자신을 위해서는 쓰지 않고 전액을 굶주리는 북녘 어린이들을 위해 써 달라는 유언을 남겼다. 생전에도 동네 이웃 할머니나 불우한 어린이들에게 크고 작은 돈을 내놓았다. 시인은 그의 삶을 한 문장으로 정리한다. "물질적으로는 가난하게 살았지만 선생의 영혼은 어느 누구보다도 부자로 살았다."

보통은 말이나 글이 삶보다 앞서기 마련이다. 말이나 글이 번지르르한 만큼 자기 인생이 실제로도 빛나는 사람은 정말 드물다. 그러나 권정생은 말이나 글보다 삶 자체가 더 빛나는 사람이다. 그의 맑은 글은 그의 맑은 삶에서 우러나온 것이다.

그의 글에는 미화나 과장 같은 '꾸밈'이 느껴지지 않는다. 그의 글은 화려하지 않고 소탈하다. 그만큼 순정하고 진솔하다. 그래서 힘이 있다. 머리에서 나온 관념의 글에서는 맛볼 수 없는, 삶 자체에서 길어 올린 진실함과 진정성이 만들어낸 힘이다. 그의 삶이 약자들과 함께 늘 낮은 곳에 거하는 것이었기에, 역설적으로 그 삶에서 나온 그의 글들은 더욱 강력한 빛을 발한다. 그가 부르는 사랑 노래는 아름다워서 슬프고, 슬퍼서 아름답다.

내 몫 이상은 쓰지 말라

사실 선생은 《몽실언니》《강아지똥》《한티재 하늘》등을 비롯해 수많은 걸작 동화를 쓴 작가로 더 널리 알려져 있다. 하지만 이 책이 보여주듯이 그의 산문 또한 커다란 울림을 전해주기는 마찬가지다. 책에 실린 글의 대다수는 슬픔과 분노와 연민의 마음으로 전하는 이 시대와 밑바닥 사람들에 관한 이야기다. 빨갱이의 자식으로 태어나 범죄자가 되어버린 목이, 인공수정을 당하는 태기네 암소의 눈에 맺힌 눈물, 첫날밤도 치르지 못한 채 신랑을 저세상으로 떠나보내고 시부모를 봉양해온 할머니가 효부상을 거부한 사연, 양파값 폭락으로 목숨을 끊은 승현이네 아버지에 관한 이야기 등이 대표적이다.

언젠가 선생은 이렇게 말한 적이 있다. 아이들을 만나고 아이들을 위해 글을 쓰면서 행복했다고. 그렇기에 우리는 그의 글을 읽으며 아이의 마음으로 돌아가게 된다. 때로는 눈물지으며, 때로는 미소 지으며.

책에 실린 글들은 크게 세 가지 주제로 나눠볼 수 있다. 인간, 자연, 기독교가 그것이다. 하지만 이런 분류는 피상적이다. 자연 이야기에도 사람 이야기가 빠지는 법이 없고, 사람 이야기에도 어김없이 자연 이야기가 녹아 있다. 타락한 한국 기독교를 준열하게 질타하며 예수와 하느님의 참된 가르침을 얘기하는 대목에도 사람과 자연에 대한 성찰이 담겨 있기는 매한가지다. 그에게 자연과 인간과 예수는 궁극적으로 하나였다. 그의 글에서 이 세 가지는 서로 연결되고 통합된다.

그 연결과 통합을 매개하는, 다시 말하면 이 책을 관통하는 질문이 있다. 어떻게 살아야 하는가? '좋은 삶' 혹은 '참된 삶'이란 무엇인가? 나는 이 책을 세 번 읽었는데, 읽을 때마다 내내 머릿속을 울리는 질문이 이것이었다. 그리고 내가 눈여겨본 점이 하나 있다. 이 질문과 이에 대한 답변이 모두 개인 차원을 넘어선다는 게 그것이다.

선생은 자신의 인생이 그러했듯이 한 개인의 삶이란 그가 살아가는 당대의 사회 현실과 밀접한 관계를 맺고 있다는 사실을 잘 알고 있었다. 이 책에 담긴 삶에 대한 이야기가 시대 고발과 문명 비판으로 나아가는 건 이런 배경에서다. 각 글들은 한편으로는 탐욕과 이기심과 경쟁 따위로 병들어가는 우리네 삶을 비판하기도 하고, 다른 한편으로는 문명이나 발전의 미명 아래 인간과 자연 모두에게 가해지는 야만적인 폭력의 실상을 고발하기도 한다. 그래서 이 책은 부드러우면서도 매섭고, 따스하면서도 날카롭다.

선생의 삶의 철학은 이렇게 요약할 수 있다. "내 몫 이상을 쓰는 것은 남의 것을 빼앗는 행위다." 우리가 알맞게 살아갈 하루치 생활비보다 넘치게 쓰는 것은 부당하다는 얘기다.

산과 바다에는 수많은 동물과 식물들이 어우러져 살고 있다. 그들은 수세식 변소도 없고, 일류 패션 디자이너도 없고, 화장품도 없는데도 어째서 그토록 깨끗하고 아름다울까?…그저 그날 살아갈 만큼 먹으면 되고 조그만 둥지만 있으면 편히 잠을 잔다. 부처님께 찾아가 빌지 않아도, 예배당에 가서 헌금을 바치고 설교를 듣지 않아도 절대 죄짓지 않고 풍요롭게 산다. 우리가 잘산다는 것은 결국 가난한 동족의 몫을 빼앗고 모든 자연계의 동식물의 몫을 빼앗는 행위밖에 또 무엇이 있는가?

무소유, 무계급, 무정부의 하느님나라

일용할 양식은 그날그날 필요한 것으로 족해야 한다. 자기 혼자만 많이 차지하겠다고 과욕을 부리면 결국 자기도 쓰지 못하고 남에게 피해를 주게 된다. 이것이 선생의 한결같은 생각이었다. 그 연장선에서 선생은 올바른 분배와 평등의 가치를 무척 중요하게 여겼다. 그래서 "함께 일하고 함께 살아가는 세상이 와야 한다"는 그의 신념은 이런 발언에까지 이른다. "경제정의란 말과 사회주의란 말이 어떤 차이가 있는지 모르지만 함께 일해 함께 사는 세상이 사회주의라면 올바른 사회주의는 꼭 이루어져야 한다."

성경의 가르침도 그렇다. 신약 마태복음 20장에 나오는 그 유명한 포도밭 주인과 일꾼 이야기가 좋은 사례다. 이 이야기에서 예수는 아침 일찍부터 나와서 일한 일꾼이든 오후 늦게 와서 일한 일꾼이든 똑같이 하루를 살아갈 품삯을 주라고 가르친다. 불공평하다고? 아니다. 진정한 정의의 가치는 왜소한 고정관념을 뛰어넘는다. 이 이야기는 어떤 사람이라도 먹고 살아가는 데에는 다 자기 몫이 있고 또 있어야 한다는 가르침이다. 차별이나 배제 없이 모두가 고루 나누며 함께 사는 세상을 만드는 것, 이를 위해 하느님이 이미 주신 것을 함께 나눠 먹는 것이 성경의 참된 가르침이라고 선생은 믿었다.

그는 예수의 메시지를 다음 세 가지로 간추린다. "가지지 말라." "높고 낮음을 다투지 말라." "나는 섬김을 받으러 온 것이 아니라 섬기러 왔다." 곧 무소유, 무계급, 무정부다. 모두가 한 형제인 평등한 나라, 아무도 다스리지 않고 오직 하느님의 법칙대로 사는 나라가 하느님나라다. 종의 몸으로 이 세상에 온 예수가 선포한 복음의 알짬이 이것이었다. 이에 비추어 지금의 한국 기독교와 교회의 실상은 어떠한가? 선생은 지금 우리가 믿는 하느님은 허수아비 하느님이며, 지금 우리가 지어놓은 교회는 오직 물질과 현실의 성공만을 추구하는 썩은 교회, 망한 교회, 죽은 교회라고 질타한다.

올림픽에서 금메달 땄다고 하느님께 감사하고, 대학 입시에 수석 합격했다고 감사하고, 복권에 당첨되었다고 감사하고, 이런 감사는 모두 이기적인 감사다. 내가 금메달을 따면 못 따는 사람이 있고, 내가 수석을 하면 꼴찌한 사람이 있고, 내가 당첨이 되면 떨어진 사람이 있고, 내가 잘되기 위해서 누군가가 못되는 것을 생각하면 어찌 기뻐할 수 있겠는가. 그런 감사를 하느님은 절대 기뻐하지도 바라지도 않으신다.

혹시 당신이 기독교인이라면 그동안 어떤 기도를 드렸는가? 기독교인이 아니어도 상관없다. 평소 당신이 기분 좋아하고 감사해하는 일은 어떤 것들이었는가? 알다시피 오늘날 한국 기독교는 기복주의, 성장주의, 물질만능주의, 출세주의, 권위주의 따위로 얼룩져 있다. 예수 이름 팔아서 '장사'를 하면서 그 예수의 얼굴을 가장 크게 더럽히고 있다. 타락과 부패의 본보기라 해도 과언이 아니다.

반면에 예수가 몸소 실천한 사랑은 가난하고 병들고 억울하게 고통당하는 이들을 섬기는 것이었다. 낮고 천한 자리에서 그들과 함께하는 것이었다. 아흔아홉 마리 양을 챙기기보다 길 잃은 한 마리 양을 찾아 나선 것이 예수다. 그런 예수의 길을 따라 선생 또한 평생을 안동의 조그만 마을 교회 일에 헌신하며 살았다.

선생이 강조하는 정의와 평등, 평화는 인간 세상의 울타리를 뛰어넘는다. 그가 펼쳐 보이는 생태적 사유는 간명하다. 그는 인간을 넘어 이 세상 모든 생명에게 각자의 몫이 골고루 나누어질 때 진짜 복이 된다고 강조했다. 풍요로운 삶이란 새 한 마리까지 함께 이웃하며 살아가는 것이지 인간끼리만 먹고 마시고 즐기는 건 더럽고 부끄러운 삶이라는 것이다. "자연을 망가뜨리고 더럽히는 건 인간의 욕심과 낭비다. 범죄를 저지르고 쓰레기를 만드는 건 인간뿐이다." 그래서 그는 고도로 발달한 과학문명 속의 인간보다 잘 보존된 자연 속의 인간이 훨씬 인간답다고 했다. 설교를 듣는 것보다, 도덕 교과서를 보는 것보다, 푸른 하늘과 별과 나무와 숲과 들꽃을 바라보는 것이 훨씬 유익하다고도 했다.

세상의 등불로 빛나시길

'어떻게 살아야 하는가?'라는 질문에 대한 답은 그의 이런 얘기들을 종합해보면 자연스레 나온다. 그는 자본가 밑에서 노예노동을 할

게 아니라 푸른 대지 위에서 당당하게 주인으로 일하는 노동자가 되어야 한다고 말했다. 그러자면 머리가 아닌 몸으로 살아야 한다. 자연과 더불어 살아야 한다. 이것이 "두 다리로 걷고 두 손으로 노동을 하며 흙에서 살아가는 길", 곧 "녹색으로 가는 길"이다. 그에게 참된 종교는 "자연대로 태어나 자연대로 살다가 자연대로 죽는 것"이었다. 그가 알았고 또 실천한 평화로운 삶의 비결은 "조금씩 배고프고 춥고 불편하게 사는 것"이었다.

이런 얘기들이 부담스럽고 불편하신가? 그의 입장이 지나치게 비타협적인 원칙론과 근본주의에 기울었다고 여기시는가? 사실 앞서 소개한 염무웅의 말마따나 "성자의 후광에 둘러싸인 듯한" 그의 삶은 누구라도 쉽게 흉내 낼 수 있는 것이 아니다. 존경하고 탄복하는 것과는 별개로 말이다. 솔직히 우리 대부분은 정도의 차이는 있을망정 경제성장과 물질의 풍요, 소유와 소비, 편리와 안락 등으로 상징되는 자본주의 산업사회의 생활방식에 길들어 있다. 누구든 마찬가지다.

그러나 오늘날 극심한 기후위기 사태나 불평등 현상 등을 보면 생각을 고쳐먹게 되는 것 또한 사실이다. 적어도 이 책을 읽는 독자라면 저마다 나름의 방식과 수준으로 낭비와 탕진의 생활방식, 탐욕과 이기심의 생활태도에서 벗어나려고 애써야 한다는 데는 동의할 수 있지 않을까? 그 결과가 꼭 만족스럽지는 못하더라도 말이다.

나는 우리 사회에 권정생 선생 같은 어른이 한 분 계셨다는 것이 큰 복이자 행운이라고 생각한다. 그의 낮고 신산했던 삶은 시대의 영광이었다. 그 삶이 일구어낸 글들은 세상을 비추는 등불이 되었다. 선생이 2005년 5월 1일에 미리 작성한 유언장에는 이런 대목이

나온다. "만약에 죽은 뒤 다시 환생을 할 수 있다면 건강한 남자로 태어나고 싶다. 태어나서 25살 때 22살이나 23살쯤 되는 아가씨와 연애를 하고 싶다. 벌벌 떨지 않고 잘할 것이다." 천국에서나마 벌벌 떨지 말고 제대로 연애 한번 해보시길 빈다. 선생이 그립다. 그의 사랑 노래를 듣고 싶다.

과학기술을 넘어
'삶의 신비'로

- 《삶은 기적이다》
- 웬델 베리 지음
- 박경미 옮김
- 녹색평론사, 2006

복제양 돌리를 어떻게 볼 것인가

1996년 7월 5일, 온 세계는 깜짝 놀랐다. 너무나 희한한 동물이 태어났기 때문이다. 이 동물은 이제까지와는 전혀 다른 기상천외한 방식으로 태어났다. 복제 양 돌리가 그 주인공이다. 절대다수 동물은 수컷의 정자와 암컷의 난자가 만나는 수정을 통해 새로운 생명이 만들어진다. 이것이 상식이다. 돌리는 이런 방식으로 태어나지 않았다. 수정이 이루어지지 않은 상태에서 태어난 역사상 최초의 포유동물이 돌리다.

과학자들은 우선 여섯 살짜리 암컷 양의 가슴 부위에서 체세포를 떼어내 다른 암컷 양의 유전물질을 제거한 난자 속에 집어넣었다. 그런 다음 이 세포와 난자가 합쳐질 수 있도록 전기자극을 가했다. 그러자 놀랍게도 난자와 세포가 결합해 배아로 자라기 시작했다. 암컷과 수컷의 유전자를 동시에 물려받는 일반 배아와 달리 이 배아는 오로지 여섯 살짜리 암컷 양의 유전자만을 물려받아 만들어졌다. 이처럼 본래의 것과 유전자가 똑같은 개체를 만드는 것이 '복제'다. 체세포 복제 동물 돌리는 이렇게 탄생했다.

다 자란 어른 동물의 체세포를 이용해 새로운 개체를 탄생시킨 것은 기나긴 지구 생명의 역사에서 돌리가 처음이었다. 온 세상이 깜짝 놀란 건 당연한 일이었다. 생명공학이란 생명체의 형질, 기능, 형태 등을 결정하는 유전자를 인공으로 조작해 생명체를 개조하거나 새로 만드는 기술이다. 언젠간 인간 복제마저도 가능해질지 모를 이런 첨단 기술의 발전을 어떻게 봐야 할까?

양을 복제하는 것은 양의 족보에 쇠말뚝을 박고 더 이상 진화하지 못하게 막는 행위다. 복제는 새로운 방식의 양 도둑질일 뿐만 아니라, 양을 예측 가능한 존재로 만들고자 하는 한심한 행위일 따름이다. 그것은 실재를 모독하는 행위다.

미국의 농부 철학자이자 작가인 웬델 베리가 이 책에서 한 말이다. 그에게 생명 복제는 생명을 '도둑질'하는 파렴치한 짓이자 "실재를 모독하는 행위"에 다름 아니다. 그가 겨냥하는 과녁은 생명공학에서 끝나지 않는다. 그는 현대의 과학기술 문명 자체를 정면으로 조준한다.

이 책은 그의 여러 저서 가운데 현대 과학기술을 비판한 대표작이라고 할 수 있다. 표면적으로는 서평 형식을 취하고 있다. 대상은 그 유명한 과학자 에드워드 윌슨의 《통섭》(*Consilience: The Unity of Knowledge*, 사이언스북스)이다. 윌슨은 여기서 자연과학과 인문학의 대통합을 주창한다. 부제가 의미하는 대로 '지식의 대통합'을 이루자는 것. '통섭'이 가리키는 바가 이것이다.

웬델 베리는 여기에 도전장을 던졌다. 통섭이라는 개념을 정면으로 논박하는 동시에, 그 과정에서 현대 과학기술 문명 전반을 정밀하게 비판하고 성찰했다. 서평 형식의 책이라고 해서 가볍게 여기는 것은 편견이다. 독자적인 틀을 갖췄고, 책이 전하는 메시지의 무게 또한 만만찮다.

환원주의를 까발려보니

이 책이 도마에 먼저 올리는 것은 현대 과학기술의 가장 본질적인 속성인 '환원주의'다. 환원주의란 다양하고 복잡한 것들을 하나의 원리나 요인으로 '환원'시켜 설명하는 것을 가리킨다. 이것의 가장 큰 문제점은 이 세계와 그 안에 있는 모든 '피조물'(웬델 베리는 유기체 또는 생명체를 '피조물'이라고 표현하는데 이는 그의 기독교 신앙에 따른 것으로 보인다)을 기계로 정의하거나 기계와 동일시하는 것이다. 살아 있는 생명체마저도 수많은 부품으로 이루어진 기계로 본다는 뜻이다. 하지만 기계는 인간이 만들어낸 인공적인 것인 반면에 세계나 유기체는 그렇지 않다.

기계론적 세계관은 "피조물과 공업 생산품 사이에, 탄생과 제조 사이에, 생각과 전산화 사이에 아무런 차이가 없다"고 본다. 책에 따르면 이는 곧 삶을 기계적이고 예측 가능한 것으로, 또 알 수 있는 것으로 다룸으로써 결국은 삶을 축소하는 일이다. 심지어 그것은 "삶을 포기하는 것이며, 변화와 구원의 영역 밖으로 삶을 내모는 것이고, 절망에 더 가까이 가는 것"이다.

환원주의에는 또 다른 문제가 있다. 통섭이라는 말이 뜻하듯 전체적 통합을 강력하게 지향한다는 점이 그것이다. 이에 따르면, 자연은 다른 모든 법칙이나 원리를 궁극적으로 환원시킬 수 있는 단순하고 보편적인 물리적 법칙들에 따라 유지된다. 일반적인 것이 구체적인 것을 흡수하는 것. 구체적인 것에 일반적인 것을 덧씌우는 것. 이것이 환원주의다.

환원주의에 빠진 과학자들은 무슨 일을 하는가? 이들은 자기가 알고 있는 만큼만 끼워 맞추고 의미를 부여할 뿐이다. 이들은 자기가 낱낱이 해부한 것을 다시 전체로 만들지 못한다. 하지만 개체 피조물의 독특성은 자신의 생명 자체에 고유하게 내장돼 있다. 개체 피조물의 전체성 또한 그 생명 안에 고유하게 존재한다. 책은, 이런 전체성은 기계적 환원주의가 아니라 '애정'과 '친숙함' 속에서만 스스로를 드러낸다고 말한다.

환원주의는 또한 사물을 추상화한다. 그럼으로써 모든 것을 교환 가능한 것으로, 다른 것으로 대체할 수 있는 것으로 바꿔버린다. 특히 오늘날 과학은 너무 쉽게 산업과 상업의 추상화에 휩쓸린다. 그 결과 가격이 같으면 가치도 같다. 예컨대 숲과 들과 주차장은 같다. 숲이나 들을 주차장으로 바꾸는 데 드는 비용에 문제가 없다면 이것들의 차이에 대해 이러쿵저러쿵 토를 달 이유가 없다. "이 장소나 저 장소나 마찬가지고, 이걸 쓰나 저걸 쓰나 마찬가지며, 이 생명체나 저 생명체나 같다. 가격만 괜찮다면 말이다." 그래서 환원주의 아래서는 옳고 그름 또는 좋고 싫음 등을 둘러싼 정치적 감수성이 상업적인 무차별주의나 공격성으로 바뀐다.

삶의 신비와 인간의 한계

개별적인 삶이나 구체적인 장소를 소중히 여기는 사상은 이런 환원주의와 뚜렷한 대조를 이룬다. 책은 이렇게 말한다.

> 우리는 모두 고유한 자신의 방식과 형태, 습관을 가지고 있다. 우리가 우리인 것은 부분적으로는 우리가 다른 곳이 아니라 바로 여기에 존재하기 때문이다. 나무, 새, 각각의 동물들이 깃든 장소는 세상의 다른 장소들과 다들 조금씩 다르다.⋯우리는 신비 안에서, 기적에 의해 살아 있다.

과학이 해결하겠다고 덤비는 전 세계적인 재앙의 대부분은 애당초 과학으로 인해 발생했다고 이 책은 꼬집는다. 그런데도 과학은 계속해서 재앙을 확산시키느라 분주하다. 과학자들은 지금은 기적을 이뤄냈다고 각광을 받지만 나중엔 재앙이 될 일을 일단 저질러놓는다. 그러고선 병 주고 약 주는 식으로 자기들이 그 재앙으로부터 세계를 구하겠다고 나선다. 그러나 이런 식의 전문가주의는 늘 과거와 현재를 미래를 위한 제물로 바친다. 책은 '미래에 대한 전권'을 가지려 하는 과학의 탐욕을 지적하며 이렇게 일침을 놓는다.

(자본주의 사회에서 미래는) 지속적으로 확장되는 산업경제의 최전선이자 가상의 영토로서 모든 손실은 미래의 빚으로 넘어가고, 실패 역시 미래로 추방된다. 미래는 기대되거나 준비되는 게 아니라 사고팔 수 있을 뿐이다. 사실은 아직 태어나지 않은 사람들이 정당하게 소유해야 할 미래를 이렇게 사고팔아버림으로써 현재는 위축되고 만다.

이런 오만한 과학 대신에 저자가 소중히 여기는 것은 '삶의 신비'다. 현대 과학에게 신비란 '아직 알려지지 않았지만 앞으로는 알아내고야 말 것'에 지나지 않는다. 현대 산업문명에 드리워진 '과학적 신앙'은 알지 못하는 것, 신비, 인간의 한계 같은 것들을 환상이나 의미 없는 것으로 간단히 배척해버린다. 나아가 현재의 지식뿐만 아니라 미래의 지식과 아직 알려지지 않은 것들까지도 과학의 소유물이라고 주장한다. 하지만 신비란, 해결하려고 들면 더 이상 신비가 아니다.

현대 과학은 또한 자신에게 한계가 있다는 것을 인정하지 않는다. 이것은 대단히 위험하다. 가령 과학자들은 특정 문제를 해결하려고 핵에너지를 사용하는 방법을 개발했다. 그러나 이는 엄청난 위험과 재앙을 낳았다. 이에 견주어 이 책이 강조하는 '인간적인' 과학은 말 그대로 '인간적인 한계'를 포함하는 과학이다. 이런 과학은 인간의 무지와 오류를 겸허하게 인정한다. 현대 과학의 또 다른 문제는 산업주의나 상업주의와의 강력한 결탁이다. 오늘날 과학자를 비롯한 많은 전문가가 '자본과 권력의 시녀'라 불리는 건 모두가 아는 사실 아닌가.

이런 상황에서 우리가 할 일은 뭘까? 그것은 삶을 온전히 경험하는 것이다. 삶 속에서 고통 받고, 동시에 있는 그대로 삶을 기뻐하는 것이다. 그럼으로써 우리는 삶을 완전히 이해하지도 못하고, 이해할 수도 없다는 사실을 깨닫게 된다. 이것이 삶을 제대로 사는 길이다. 삶의 신비로움과 경이로움은 이 '알 수 없음'에서 말미암는다. 책에는 이런 표현이 등장한다.

하나를 선택한다는 것은 다른 많은 것을 포기하는 일이다. 뭔가를 안다는 것은 다른 것을 잘 알지 못하거나 전혀 알지 못한다는 걸 의미한다. 앎은 늘 모름에 둘러싸여 있다. 게다가 우리는 모두 다른 능력을 지녔고, 다른 일을 하도록 부름 받았다.

이런 마음가짐으로 획일주의와 환원주의에 맞서자는 게 이 책의 제안이다. 그러자면 당연히 지금의 지배적인 과학이나 지식은 자신의 기준과 목적을 바꿔야 한다. 책은, 이제 인간 행동의 기준은 기술적 능력이 아니라 지역과 공동체의 성격에 근거해야 한다고 강조한다. "무게중심을 생산성이 아니라 지역에 대한 적응성에, 기술혁신이 아니라 친밀성에, 힘이 아니라 우아함에, 비용이 아니라 검소함에 두어야 한다"는 것이다. 현대 과학은 우리가 살고 있는 구체적인 장소와 공동체를 제대로 이해하려 하지 않는다. 우리가 삶이나 경제의 척도로 삼아야 할 것은 이런 과학기술이 제공하는 파괴적 능력이 아니다. 책이 제시하는 척도는 생태계와 인간 공동체 모두의 건강과 지속가능성이다.

한계에 관한 이야기를 조금 더 들어보자. 저자는 이런 비유를 든다. 만일 우리가 얕은 물을 건너고 있다면, 보이지는 않지만 물 밑에

돌 징검다리가 있다고 가정하고 물을 건너도 괜찮다. 돌 징검다리가 없다 해도 이런 데서는 건너다 익사할 염려가 없기 때문이다. 그러나 물이 깊고 물살이 빠른 경우라면 어떨까? 돌 징검다리가 확실히 있는 게 아니라면 아예 건너지 말아야 한다. 마찬가지로, 예컨대 핵폐기물을 처리할 방도를 찾지 못했다면 핵발전을 계속하지 말아야 한다. 한계가 필요하다는 얘기다. 한계가 있음을 깨닫고 그 사실을 받아들이는 것. 책은 이것이 시간 안에서, 세계 안에서 살아가는 우리 삶의 기본 조건이라고 강조한다.

한 알의 모래에서 세계를 보자

예술과 과학을 비교한 대목도 흥미롭다. 저자는 먼저 "한 알의 모래에서 세계를 보고 한 송이 들꽃에서 천국을 본다"라는 영국 시인 윌리엄 블레이크의 시 구절을 인용하며 '설명'이라는 것에 대한 이야기를 펼친다. 설명될 수 있는 것은 어떤 것들인가? 실험? 개념? 유형? 인과관계? 정해진 한계 안에 있는 연관관계들? 계산할 수 있고 그래프를 만들 수 있고 도표화할 수 있는 것들? 저자는 현대 과학이 좋아하는 이런 식의 설명을 이렇게 비판한다. 그것은 포괄하는 게 아니라 환원하는 것이며, "우물처럼 샘솟는 것"이 아니라 "양동이에 담는 것"이라고.

설명될 수 없는 것은 어떤 것들인가? 피조물은 설명할 수 없다. 삶 역시 설명될 수 있는 것이 아니다. "사물에 대한 설명은 언제나 사물 그 자체만 못하기" 때문이다. 예술 이야기가 본격 등장하는 것은 이 대목에서다. 책에 따르면, 예술이 꼭 있어야 하는 것은 예술이 야말로 설명과는 거의 정반대 지점에 있기 때문이다. 예술이 지향 하는 바는 주제를 고양시키는 것이지 환원하는 게 아니다.

블레이크의 시에서는 모래알 하나가 도약하여 세계와 동일시되 고 들꽃 한 송이가 도약하여 천국과 동일시된다. 이에 반해 윌슨이 말하는 과학은 모래 한 알에서 세계를 볼 수 없다. 그것은 모래알을 분류하고, 이름 지으며, 설명한다. 그리고 그것을 더 작은 부분들로 나눈다. 블레이크의 시가 일깨워주는 것은 삶의 기적적인 성격이 다. 이것이 입증될 수 있는 것인가? 아니다. "이야기하고 보여줄 수 있는" 것이다. "삶은 경험되는 것이다. 그리고 그 경험은 애정과 친 숙함 속에서 무한히 확장될 수 있다."

책은 이제 과학에도 이런 구체적이고 생동하는 언어가 필요하다 고 주장한다. 지금 인간에게 절실히 필요한 것은 "단순히 알기만 하 는 것이 아니라, 알려진 것들을 소중히 여기고 보호하며, 소중히 함 으로써만 알 수 있는 것들을 아는 것"이다. 말하자면 세계의 수많은 피조물과 장소를 다른 것이 아닌 '마음으로' 알아야 하는 것이다. 여 기에 필요한 것은 상상력과 애정이다. 이것이 참다운 '삶의 뿌리내 리기'를 이루는 길이다. 이로써 우리는 자신이 알고 있는 것과 알지 못하는 것에 대해 어떤 태도를 취해야 할지를 배운다. 신비 그 자체 와 마주할 능력을 기르게 된다. 책에 따르면, 훌륭한 예술가란 사물 을 서로 긴밀하게 연결시키는 사람들이며, 동시에 그들 자신도 연 결돼 있는 사람들이다.

그래서 이 책은 이렇게 권고한다. 겸손하라고. 인내심을 가지라 고. 규모를 작게 하라고. 조심하라고. 천천히 가라고. 윌슨이 주장하는 지식의 통합 이전에 우리가 먼저 알고 실천해야 할 것은 이렇게 함으로써 이루어지는 삶의 통합이다.

이 책은 현대 과학기술에 대한 맹렬하고도 근원적인 비판이다. 그래서 현대 과학기술의 부정적인 측면만을 지나치게 부각시킨 건 아닌가 하는 느낌이 들지도 모르겠다. 맞다. 이 책엔 그런 측면이 있다. 사실 이 책이 표적으로 삼은 에드워드 윌슨의 《통섭》에는 경청해야 할 통찰이 적잖게 담겨 있다. 하지만 잊지 말아야 할 것은 과학기술의 힘이 온 세상과 우리 삶을 압도적으로 지배하는 것이 요즘 현실이라는 사실이다. 게다가 그 과학기술이 불러일으키는 폐해는 이미 가공할 수준을 넘어섰다. 지금은 과학기술에 대한 비판적 안목을 키워야 할 때다. 이 책을 읽어볼 만한 이유다. 그리고 사실 이 책은 과학기술 비판을 넘어 삶에 대한 깊은 성찰을 보여준다. 과학기술의 패권적 지배로 상징되는 현대 산업사회에서 우리는 어떻게 살아야 하는가. 이 책은 이에 대한 또 하나의 답변이다.

웬델 베리의 저서는 여러 권이 번역돼 있다. 《지식의 역습》(*Way of Ignorance*, 청림출판), 《온 삶을 먹다》(*Bringing It to the Table*, 낮은산), 《오직 하나뿐》(*Our Only World*, 이후), 《소농, 문명의 뿌리》(*The Unsettling of America: Culture and Agriculture*, 한티재) 등이 그것이다. 이중에서 이 책과 연결 지어 읽기에 맞춤한 것은 《지식의 역습》이다. '무지의 길'을 가라는 웬델 베리 특유의 인상적인 주장이 담겼다.

페미니즘과 에콜로지가 만나다

- 《에코페미니즘》
- 마리아 미스, 반다나 시바 지음
- 손덕주, 이난아 옮김
- 창비, 2020

나무를 베려거든 나를 베라

1973년 3월 23일, 인도 북부 가르활히말라야 지역의 어느 외진 산골마을. 갑자기 들이닥친 한 무리의 남자들이 숲에 들어가 도끼와 전기톱으로 나무를 베기 시작했다. 그러나 그들은 이내 난관에 부딪혔다. 마을 여성들이 몰려나와 두 팔을 벌려 나무를 껴안고서 벌목에 저항했기 때문이다. 이들은 외쳤다. "나무를 베려거든 차라리 내 등에 도끼질을 하라!" 남자들은 이들을 깔보며 설득하려 들었다. "무식한 여자들 같으니! 나무를 베어 팔면 돈을 얼마나 많이 버는 줄 알아?" 여성들은 물러서지 않고 이렇게 응수했다. "숲은 우리에게 물이요 땅이요 식량이요 생명이다! 나무는 베어서 돈벌이하라고 있는 게 아니다!" 결국 남자들은 나무를 베지 못하고 돌아갔다.

벌목반대 운동의 대명사인 '칩코운동'이 탄생한 순간의 이야기다. '칩코'는 힌두어로 '껴안다'라는 뜻이다. 당시 인도의 어느 라켓 제조회사는 이 마을로 벌목 인부들을 보내 테니스 라켓의 원료가 되는 호두나무와 물푸레나무를 벌채하려 했다. 하지만 용기 있는 여성들의 강력한 저항에 가로막혀 끝내 뜻을 이루지 못했다.

숲은 외부 자본과 벌목공들에게는 목재나 송진을 생산하는 곳이었지만 이곳 여성들에게는 생존의 터전이었다. 나아가 지구와 지구가 품은 모든 것을 보존하는 곳이었다. 그들에게 숲은 자기 몸이나 다름없었다. 그뒤 칩코운동은 인도 전역으로 퍼져나갔다. 그 덕분에 결국 1976년 인도 정부에게 산림 36만 헥타르에 대해 벌목을 금지하는 조처를 이끌어내는 값진 성과를 거뒀다.

여기서 우리는 중요한 사실을 확인한다. 여성은 자연과 닮은 점이 많다는 것이다. 생명 존중, 보살핌, 나눔, 더불어 살기 등과 같은 가치가 핵심 내용이다. 이는 곧 자연이 살아 숨 쉬는 지속가능한 세상, 평화롭고 우애로운 사회를 만드는 데 여성의 역할이 아주 크다는 뜻이다. 칩코운동에서 숲의 파괴를 막아내고 마을 공동체를 지킨 주역은 남성이 아닌 여성이었다. 이들 여성은 새나 벌레만이 아니라 사실은 사람 또한 나무에 깃들어 산다는 사실을 잘 알고 있었다. 이 칩코운동 이야기에 담긴 것이 에코페미니즘의 정신이다.

여성과 자연의 식민화가 낳은 것

여성의 지위가 높아졌고 양성평등 흐름이 대세라고들 한다. 이는 어느 정도는 사실이다. 하지만 이보다 훨씬 더 명백한 사실이 있다. 남성 중심의 권력 시스템과 남성 우월주의 문화가 여전히 세상을 압도적으로 지배하고 있다는 것이다. 여성은 여전히 비주류이고 약자이며 소수자다. 늘 불안하고 위험에 노출돼 있다. 여성을 대상으로 한 폭력과 착취는 구조화된 일상이다.

인류 역사는 이런 토대 위에서 번성해왔다. 자연과 인간 사이가 어땠는지는 우리가 잘 알고 있다. 남성 중심의 가부장제 시스템이 여성에게 그러했듯 그동안 인간은 자연에 대한 폭력과 착취를 서슴없이 자행했다. 남녀 사이의 가부장적 지배/피지배 관계와 자연과 인간 사이의 지배/피지배 관계는 이렇듯 비슷한 맥락을 공유한다.

여기서 에코페미니즘의 문제의식이 싹튼다. 여성과 자연, 남성과 인간이 각각 하나의 쌍으로 묶이는 것이다. 에코페미니즘은 남성적 원리를 토대로 하는 자본주의 가부장제 문명이 자연과 여성을 동시에 착취하고 폭력적으로 지배한다는 사실을 성찰하는 데서 비롯한다. 이런 문제의식에 따르면 생태주의(에콜로지)와 여성주의(페미니즘)의 만남은 자연스럽다. 그래서 에코페미니즘은 남성 지배 체제 극복과 생태위기 해결을 동시에 추구한다. 여성의 가치는 자연과 생명의 가치와 결합된다. 자연해방이 여성해방이고, 여성해방이 자연해방이다. 이 두 가지를 동시에 이루는 것이 참된 삶의 해방과 생명의 해방을 이루는 길이라고 믿는 것이 에코페미니즘이다.

이 책은 이런 에코페미니즘의 한 봉우리다. 환경 분야와 페미니즘 분야에서 명성이 높다. 1993년 처음 출간되었을 때 환경파괴 사회와 여성억압 사회를 함께 무너뜨릴 새롭고도 전복적인 대안으로 각광 받았고, 2014년에 더 풍성해진 내용으로 개정판이 나왔다.

다양한 사례와 주제를 다루고 있어 에코페미니즘을 둘러싼 논의의 전모를 파악할 수 있다. 지식의 개념, 빈곤과 개발, 모든 생명체의 산업화, 문화적 정체성과 삶의 뿌리내리기, 제한된 지구 안에서 자유와 자기결정을 추구하기, 생명의 가치와 존엄성을 파괴하는 과학 기술 등이 그 세부 목록이다.

저자는 두 명이다. 마리아 미스는 사회학을 전공한 독일의 페미니즘 이론가다. 반다나 시바는 환경, 여성, 식량 문제 등과 관련한 활동을 펼치는 인도의 사상가이자 운동가다. 본래는 핵물리학을 공부했다. 서구 산업국과 동양의 개발도상국. 사회과학자와 자연과학자. 여성주의 학자와 환경운동 실천가. 이렇듯 대비되는 배경을 지닌 두 여성은 '차이'를 넘어 에코페미니즘이 추구하는 핵심 가치인 다양성과 상호연관성을 이 책에서도 구현했다. 공동 작업의 시너지 효과다.

이들은 페미니스트로서 무엇보다 남성 지배로부터의 여성해방을 추구한다. 동시에 이들은 생태주의자로서 근대화, 개발, '진보' 등이 자연세계를 파괴한 원인이라는 사실에 주목한다. 이들은 환경 파괴가 남성보다는 여성에게 더 큰 영향을 미치며, 또한 세계 어디서든 환경 파괴에 먼저 저항하는 사람도 여성이라는 점을 함께 확인했다. 이들은 지구 곳곳에서 벌어진 핵발전소 반대 운동, 벌목 반대 운동, 나무 심기 운동, 먹거리 오염 반대 운동, 자급적인 생산자-소비자 연결망 만들기 운동, 더 나은 수자원 관리와 토양보존을 위한 운동, 기업주에 맞서 숲이나 연료 같은 생존의 토대를 지키기 위한 운동 등에서 여성이 주도적인 역할을 하는 모습을 목격했다. 또 이런 운동에 직접 참여하기도 했다. 그러면서 이들은 여성과 자연을

식민화함으로써 생겨났고 또 유지되는 것이 자본주의 가부장제의
실체라는 데 공감했다.

강간의 경제, 강간의 문화

오늘날 세상을 호령하는 자본주의 가부장제를 낳은 것은 '근대의 패
러다임'이다. 이 책이 먼저 비판하는 것도 이것이다. '근대'는 서구
백인 남성 중심의 권력자와 과학자들이 기획하고 주도했다. 이들이
전가의 보도처럼 휘둘렀던 인간 중심주의의 실체는 '이성'을 가졌다
고 간주되는 남성 중심주의였다. 이들은 자연과 여성, 약자와 가난
한 나라를 억압하고 수탈함으로써 거대한 권력과 부의 성채를 쌓아
올렸다. 이 안에서 자라난 것이 자본주의 가부장제다.

　여기서는 어떤 일이 벌어지는가? 이 책이 적시하는 목록은 길다.
신자유주의적 자본의 횡포, 군사주의, 기업을 대변하는 과학, 노동
자 소외, 여성에 대한 폭력, 재생산기술, 섹스관광, 아동 성추행, 신
식민주의, 이슬람 혐오주의, 자원착취주의, 핵무기, 산업 유독물
질, 토지와 수역(水域) 강탈, 황폐해진 생태계, 유전공학, 기후 혼란,
피폐한 농가, 강제이주당한 사람들, 사라져가는 다양성, 분열된 사
회⋯. 이에 저자들은 외친다. "오직 연계하라!" 무슨 뜻인가? 이런
수많은 문제와 '근대적 진보'라 불리는 신화 사이의 역사적 연계를
밝힐 수 있는, 또한 그럼으로써 이런 현실을 넘어 대안의 미래를 열
수 있는 정치적 틀은 에코페미니즘밖에 없다는 게 이 책의 주장이
다. 이것이 '연계'가 가리키는 바다.

이 연계는 구체적으로 어떻게 이루어질까? 연계의 실상은 어떠할까? 가령 불공정하고 지속 불가능한 경제체제의 폭력과 여성에 대한 폭력이 만연하는 현상은 어떻게 연계될까? 책이 먼저 논의하는 것은 근시안적으로 성장에만 초점을 맞추는 가부장적 경제 모델이다. 이런 경제 모델은 여성이 경제에 이바지하는 몫을 무시하거나 경시함으로써 여성에 대한 폭력을 일으킨다. 이런 모델에 따르면 주로 여성이 떠맡는 자급경제를 위한 생산은 '비생산'으로 여겨진다. 여성들이 가족, 아이들, 공동체, 사회를 위해서 수행하는 생산 활동은 모두 '비생산적'이며 '경제적으로 비활성화된' 것으로 격하된다는 얘기다. 이 모델은 그저 "가치를 비(非)가치로, 노동을 비노동으로, 지식을 비지식으로" 만들어버리는 GDP를 숭배할 뿐이다. 그 결과 GDP는 국내총생산(Gross Domestic Product)이 아니라 '국내총문제'(Gross Domestic Problem)로 전락한다.

게다가 이 모델은 생존에 필요한 소득을 올려주는 자연자원, 이를테면 토지, 숲, 물, 종자, 생물다양성 등으로부터 여성을 소외시킨다. 이는 여성에 대한 폭력을 낳는다. 이에 책은 "무제한 성장이 필수적으로 요구하는 이런 자원의 강탈은 '강간의 문화'를 낳는다"고 질타한다. 지구에 대한 강간. 자족적인 지역경제에 대한 강간. 여성에 대한 강간. 이 모두는 서로 연계돼 있다. 또한 이 모델은 자본의 이윤논리를 추구하기에 필연적으로 민주주의를 손상시킨다. 불평등을 심화시키며, 모든 것을 상품화한다.

요컨대 "사회를 경제로 환원하고 경제를 시장으로 환원하는" 이 지배 패러다임이야말로 여성에 대한 폭력을 부채질하는 근본 요인이다. 이것이 자본주의 가부장제의 실체다. 책은 이처럼 "생태계와 인간에 대한 무책임의 문화에 기초한 패러다임"을 그대로 둔다면 "점점 더 심해지는 기후재난, 생물종 멸종, 경제 붕괴, 인간의 불의와 불평등을 목격하게 될 것"이라고 경고한다. 이것은 "인간의 오만함과 자만심으로 가득한 파괴적 인류세"다.

긴박하게 필요한 것은 '생태적 전환'이다. 어머니 대지의 권리와, 그 자손인 모든 생물종과 생명 과정의 내재적 가치를 인식해야 한다는 얘기다. 그래야 우리는 생태적 한계 안에서, 생태 공간 가운데 우리 몫으로 주어진 것 안에서, 다른 생물종이나 다른 사람들의 권리를 침해하지 않으며 살아갈 수 있다. 우리가 "지구와 함께 공동 창조자와 공동 생산자로" 일할 수 있는 길이 여기에 있다. 이처럼 에코페미니즘은 정복이나 훼손이 아니라 보전과 치유를 위해 우리의 지성을 쓰고자 한다. 지구. 그 지구가 지닌 다양성. 그 다양성 속에서 살아가는 우리 삶의 생동하는 과정. 우리는 이런 것들에 뿌리를 내려야 한다.

다양성과 상호연관성, 그리고 '자급'

책에 따르면 자본주의 가부장제를 지탱하는 골간은 기업과 국가다. 특히 어디서나 가장 값싼 노동력은 젊은 여성이다. 여성에 대한 무자비한 폭력과 착취가 없다면 자본주의는 성장에 대한 열광을 지속할 수 없다. 이에 맞서 싸워 '어머니인 대지'의 승리를 이끌어내고자 하는 것이 에코페미니즘이다. 이를 통해 에코페미니즘이 열고자 하는 것은 지구 민주주의를 구현하는 '창조적 인류세'다.

그렇다면 이런 위업을 이루는 데 필요한 가치는 뭘까? 책이 제시하는 것은 다양성과 상호연관성이다. 이들 가치는 생명의 기반일 뿐만 아니라 행복의 원천이다. 그래서 "이윤과 지배를 위해 생명의 영역에 단일경작과 독점을 세우고자 애쓰는" 지배체제에 도전하는 에코페미니즘의 영토는 광활하다. 앞에서 언급한 '연계' 이야기도 이와 관련이 있거니와, 에코페미니즘의 예민한 촉수는 인간과 비인간, 여성과 남성, 잘사는 나라와 가난한 나라, 서양과 동양 모두로 뻗어 나간다. 이론과 실천, 정치와 과학도 모두 아우른다.

자본주의 가부장제는 정반대다. 이것은 적대적 이분법과 폭력적 획일주의를 추구한다. 현실을 구조적으로 양분한다. 그리고선 이렇게 분리된 양자를 위계화해 서로 적대시하게 만든다. 문제는 여기서 늘 한쪽만이 우월하며 다른 쪽의 희생을 대가로 번성을 누린다는 점이다. 자연은 인간에게, 여성은 남성에게, 소비는 생산에, 지역적인 것은 전 지구적인 것에 종속되는 식이다. 이분법적으로 위계화된 이런 질서와 체계를 떠받치는 것은 파괴적 폭력이다.

이에 맞서는 에코페미니즘은 인간을 포함해 모든 생명이 협력과 상호 보살핌으로 유지된다고 믿는다. 이는 사랑의 사유체계다. 에코페미니스트들이 '세계를 새로 짠다' '상처를 치유한다' '망(web)을 서로 연결한다' 등과 같은 은유를 종종 사용하는 것도 이런 맥락에서다. 사랑과 우정과 연대. 모든 생명을 아우르는 전체론적이고 통합적인 관점. 이것이 에코페미니즘의 본령이다.

에코페미니즘이 구체적으로 내놓는 대안은 뭘까? 이 책이 강조하는 것은 '자급(subsistence)의 관점'이다. "다른 사람들과 생태계에 부담을 주지 않을 정도로 가장 최소한의 에너지와 자원을 사용하여 살아가는, 가장 생태주의적인 삶의 방식"을 일컫는 말이다. 이 관점은 이른바 '따라잡기'식 개발이나 기술적 처방에 동의하지 않는다. 이런 방식은 부분적이고 일시적인 현실 개선 효과는 있을지 몰라도 근본적이거나 진정한 대안은 될 수 없는 탓이다.

책이 설명하는 자급의 관점의 주요 특성은 다음과 같다. △경제활동의 목표는 상품과 화폐(임금 또는 이윤)를 더 많이 만드는 게 아니라 생명의 창조 혹은 재창조다. △경제활동의 근거는 자연과 인간 사이, 남성과 여성 사이의 새로운 관계다. 상호 의존과 호혜적 협력, 자연의 풍부함과 다양성, 연대와 신뢰, 나눔과 보살핌, 개인에 대한 존중과 '전체'에 대한 책임 등이 주요 원칙들이다. △참여민주주의와 풀뿌리민주주의를 토대로 한다. △복합적이고 상호 연관된 문제해결 방식을 추구한다. 예컨대 경제문제와 사회문제는 환경문제와 함께 해결돼야 한다. △과학, 기술, 지식에 대한 접근에서 기존의 도구주의적·환원주의적·이원론적 패러다임을 배격한다. △문화와 노동의 재결합, 부담으로서 노동과 즐거움으로서 노동의 재결합을 이끌어낸다. △물, 공기, 쓰레기, 토양, 자원과 같은 공유재산의 사유화와 상업화를 반대한다. △생명의 창조와 지속에 대한 책임의 네트워크에서 남성을 제외하지 않는다.

이런 특성이 잘 드러난 것이 앞에서 언급한 칩코운동이다. 책에 따르면 "(칩코운동 여성들은) 자신들의 자급 기반이자 공유자원인 토지와 물과 숲과 언덕에 대한 자율적 통제를 유지하기만을 원할 뿐이다. 그들은 역사와 그들 자신의 체험으로부터 이러한 자원을 통제할 때에만 자유와 긍지는 물론 생존 자체(그들의 식량)를 확보할 수 있음을 알고 있다." 남성들은 근대화와 임금노동, 더 많은 성장과 과학기술의 '진보' 따위를 원했다. 이에 반해 칩코운동의 여성들은 나무를 껴안으며 자신들의 자급 기반을 보존하고자 했다. 자본주의 가부장제가 시장과 화폐의 관점에 선다면 에코페미니즘은 자급과 생존의 관점을 취한다.

저자들은 "지금껏 억압되고 경시돼온 어머니의 노동과 지혜 속에서 지구 구원의 길을 발견하자"고 요청한다. 오늘날 우리는 유례 없는 풍요와 진보를 구가하지만 생태위기와 사회경제적 불평등은 깊어만 간다. 과학기술의 발전은 "생명의 가장 내밀한 영역인 씨앗과 자궁에까지 손을 뻗치는" 지경에 이르렀다. 이것이 서구 자본주의 가부장제 문명이 낳은 피폐한 세상의 실체다. 이런 현실의 돌파구를 에코페미니즘에서 찾자는 것이 이 책의 호소이자 제안이다. 옮긴이는 이 책이 지구인들에게 '구명보트'인 것처럼 보인다고 썼다.

자급에 관한 이야기를 더 깊이 알고 싶다면 마리아 미스가 베로니카 벤홀트-톰젠과 함께 쓴 《자급의 삶은 가능한가》(*Kuh für Hillary*, 동연)를 읽어보시라. 반다나 시바는 《자연과 지식의 약탈자들》(*Bio Piracy*, 당대), 《이 세계의 식탁을 차리는 이는 누구인가》(*Who Really Feeds the World?*, 책세상) 등도 썼다. 생명공학, 먹거리, 농업문제 등에 관심이 있다면 읽어볼 만한 책들이다.

암, 석유문명의 저주?

・《먹고 마시고 숨 쉬는 것들의 반란》
・샌드라 스타인그래버 지음
・이지윤 옮김
・아카이브, 2012

암과의 싸움을 딛고서

"가족 중에 암으로 돌아가신 분이 있습니까?"

"네. 아버지가 60대 초반에 위암으로 돌아가셨고, 작은아버지도 지금은 건강을 많이 되찾았지만 위암 수술을 받으신 적이 있습니다."

"아, 그래요? 그럼, 술 담배는 얼마나 하십니까?"

"술은 즐기는 편이고, 담배도 조금 피웁니다."

"아이고, 조심하셔야겠네요. 우선 담배는 당장 끊고 술은 줄이세요. 채소와 과일을 많이 섭취하고 운동도 열심히 하셔야 해요. 집안에 암 병력이 있으니 위험합니다. 유전이야 어쩔 수 없는 것이니 무엇보다 생활습관을 고쳐야 합니다. 그래야 암을 예방할 수 있어요."

몇 년 전 건강검진 때 의사와 나눈 대화 내용이다. 나만 이런 식의 얘기를 듣는 건 아닐 것이다. 암을 일으키는 주요 원인으로 꼽히는 유전자, 생활방식, 환경 가운데 결정적인 건 유전자와 생활방식이고 환경 요인은 부차적인 것으로 치부하는 것이 현대의학의 지배적인 견해이자 일반인의 통념이다. 세계보건기구(WHO) 같은 데서도 으레 암으로 인한 사망 원인 가운데 음식과 흡연 등이 큰 비중을 차지한다는 연구결과를 내놓곤 한다. 그밖에 만성 감염, 유전, 직업, 음주 등이 암의 원인으로 꼽힌다. 많은 사람이 암 예방법으로 먹거리, 흡연과 음주, 운동, 몸무게 관리 등과 관련한 생활방식 개선을 으뜸으로 여기는 건 그 자연스런 결과다.

과연 그럴까? 이 책은 아니라고 말한다. 미국의 여성 생물학자인 저자 샌드라 스타인그래버는 스무 살 시절에 방광암 진단을 받았다. 수술이 끝나고 며칠 뒤 비뇨기과의 젊은 신참 의사가 그에게 물었다. "타이어 공장에서 일한 적이 있나요?" "섬유 염색약에 노출된 적이 있습니까?" "알루미늄 공장에서 일한 적이 있나요?" 자기에게 왜 그런 질문을 던지는지 의아해진 그는 곧바로 의학 서적들을 뒤적거렸고, 머잖아 방광암이 전형적인 환경성 암이라는 걸 알게 되었다. 자신의 암 투병 경험을 바탕으로 암과 독성 화학물질의 관계, 다시 말해 환경오염이 암에 끼치는 영향을 탐구한 이 책의 씨앗은 이렇게 뿌려졌다.

저자는 그뒤 이 주제를 연구하는 과정에서 수많은 의사를 만났다. 그런데 이들이 끊임없이 물었던 것은 저자의 가족 병력이었다. 실제로 그의 어머니는 40대에 유방암 진단을 받았다. 삼촌들도 대장암, 전립선암 등을 앓았다. 이모는 방광암으로 죽었다. 아마도 의사들은 속으로 고개를 끄덕끄덕했으리라. 하지만 그의 가족력에는 극적 반전이 있었다. 그는 입양아였다. 유전자가 전혀 다른 가족들의 병력이 그가 걸린 암과 무슨 상관이 있겠는가?

정작 더 놀라운 사실은 따로 있다. 책에 따르면 양자가 암으로 사망할 확률은 유전자로 연결된 생물학적 부모가 암으로 죽었는지 여부와는 별다른 관계가 없다. 오히려 양부모가 암으로 사망했는지 여부와 긴밀한 관계가 있다. 왜 그럴까? 가족이란 염색체를 공유한 집단이기도 하지만 환경을 공유하는 집단이기도 하기 때문이다. 더구나 유전자 또한 환경의 영향을 크게 받기 때문이다.

유전자는 우리 세포에 명령을 내리거나 인체 작용을 조절하는 '마스터'(master)라기보다는 "환경이라는 피아니스트가 치는 피아노 건반에 가깝다"라고 책은 말한다. 요컨대 환경 요인이 암에 관여하는 유전자의 작용을 조정한다는 것. 그러므로 암의 원인을 찾을 때 혈통에 자꾸 집착하면 "암이란 복잡한 퍼즐에서 우리가 어떻게 손을 쓸 수 없는 한 조각에만 얽매이게 되는" 결과를 빚을 뿐이다.

어린이와 흰돌고래는 왜 암에 걸릴까?

이 책은 두꺼운 침묵과 무관심으로 둘러싸인 암과 환경 사이의 관계를 탐색한 지적 분투의 기록이다. 동시에 자신이 걸린 '암의 뿌리'를 규명하려고 자신이 나고 자란 고향의 역사를 추적하는, 곧 자신의 '생태적 뿌리'를 더듬어 찾아가는 개인사적 여정이기도 하다.

이 두 가지가 맞물리면서 드러나는 것은 무엇인가? 그것은 우리가 만들고 버렸지만 공기, 물, 흙, 음식 등에 스며들어 다시 우리를 죽음으로 몰아넣는 화학물질의 민낯이다. 그리하여 책이 제시하는 수많은 사례와 과학적 자료가 일관되게 보여주는 것은 무엇인가? 암을 일으키는 핵심 요인은 유전자나 생활방식이 아니라 화학물질 따위가 주범인 심각한 환경오염일 가능성이 대단히 높다는 사실이다.

책에 따르면 꾸준히 늘고 있는 암 가운데 하나가 소아암이다. 아이들이 암에 걸리는 이유가 잘못된 생활습관 탓일까? 아이들은 담배도 피우지 않고 술도 마시지 않는다. 직장에 다니거나 생계에 시달리며 스트레스를 받지도 않는다. 대신 아이들은 어른보다 더 많이 먹고, 마시고, 숨 쉰다. 아이는 어른과 비교했을 때 몸무게 대비 2.5배 더 많은 물을 마시고, 3-4배 더 많은 음식을 먹으며, 2배 더 많은 공기를 들이마신다. 공기와 음식과 물속에 있는 화학물질을 더 많이 흡수할 수밖에 없다.

책은 암에 걸린 돌고래 이야기도 소개한다. 미국과 캐나다 사이 오대호 지역에서 대서양으로 흘러가는 세인트로렌스강에 서식하는 흰돌고래가 떼죽음을 당했다. 해부해보니 상당수에서 암 덩어리가 발견됐다. 공교롭게도 이는 인근 지역 주민의 암 발생률과 비슷한 수치였다. 원인은 강 유역에 즐비하게 들어선 알루미늄 제련소를 비롯한 여러 공장에서 배출한 유독 화학물질이었다. 오염이 거의 없는 북극해에서 살아가는 흰돌고래에게 암이 발견되었다는 보고는 아직 없다. 책은 묻는다. "이 강의 흰돌고래들이 술을 너무 많이 마셨나요? 흡연을 심하게 했나요? 식습관이 안 좋았나요?"

건강을 망가뜨리고 암을 일으키는 주범으로 빠짐없이 꼽히는 담배도 한번 살펴보자. 흡연이 폐암의 주요 원인이라는 것은 의심할 여지가 없다. 흡연이 거의 유일하게 예방 가능한 주요 발암 원인인 것도 사실이다. 하지만 담배가 아닌, 폐암의 다른 원인에 대한 이야기도 많다. 이를테면 공기 오염이 다른 발암 요인과 상호작용을 일으켜 폐암을 일으킬 가능성도 얼마든지 있다. 미국과 유럽의 연구들은 한결같이 시골보다는 도시에 사는 비흡연자들의 폐암 발생률이 높다고 보고한다. 이게 무얼 뜻하겠는가? 대부분의 암을 역추적했을 때 그 원인이 흡연인 것은 아니다. 흡연은 일부 암의 위험 요인이지만 다른 암과는 그다지 상관성이 없다고 저자는 말한다.

암 발생의 환경 요인을 알려주는 공간적 단서들은 수두룩하다. 산업 지도, 농업 지도, 유해물질 폐기 지도, 지하수 오염 지도를 암 지도와 겹쳐서 살펴보면 암과 환경오염 사이에 어떤 패턴이 존재하는지 확인할 수 있다는 게 이 책의 주장이다. 암과 환경 사이의 인과관계를 밝히는 작업에 담긴 의미는 단지 암의 원인을 밝히는 데서 끝나지 않는다. 예를 들어 암을 개인 차원의 생활방식이나 행동습관이라는 맥락에서만 바라보면 암에 대한 구조적이고 근원적인 접근은 차단된다. 그럼으로써 개인으로서는 어찌할 수 없는, 개인의 선택 범위를 넘어서는 보다 크고 깊은 문제를 무시하거나 경시하게 만든다. 이렇게 되면 암을 둘러싼 진실은 가려진다.

석유문명을 반대하는 또 하나의 이유

오늘날 화학물질이 창궐하는 것도 이런 무책임한 현실 탓이 크다.

책에 따르면 제2차 세계대전 이후 비약적으로 늘어난 합성 화학물질은 1976년에 이미 6만 2000여 종에 이르렀다고 한다. 하지만 이 가운데 몇 개가 발암물질인지는 아무도 몰랐다. 지금 우리 주변에는 8만 종이나 되는 화학물질이 떠돌아다니는 것으로 추정된다. 이 가운데 독성검사를 거친 것은 2퍼센트에 지나지 않는다. 미국에서 유해물질규제법이 시행된 것은 1976년부터다. 하지만 그뒤 시장에서 추방된 화학물질은 5개에 불과하다. 사용이 금지된 화학물질 또한 극소수다. 뿐만 아니라 지금도 매년 700종의 새로운 화학물질이 쏟아져 나오고 있다.

물론 책이 전하는 이런 수치들은 이 책이 집필되었을 때(1998년)의 미국 상황을 기준으로 한 것이다. 어떻든 그 결과 미국에서는 환경 요인으로 인한 암 사망자 수가 살인사건 희생자를 훨씬 웃돌고 연간 자살자 수보다 많다고 한다.

그런데도 새로운 유해물질들이 별다른 제지 없이 자유롭게 도입되고 있는 것이 현실이다. '위해(危害)의 증거'보다 '위해의 조짐'을 중시하고 '내재된 위험'을 행동의 계기로 삼는 이른바 '사전예방의 원칙'은 제대로 지켜지지 않는다. 왜냐면 이윤 극대화를 추구하는 기업, 곧 자본이 지금의 사회경제 시스템에서 가장 막강한 힘을 휘두르기 때문이다. 사전예방의 원칙을 철저히 시행하려면 돈이 많이 든다. 그 결과 어떤 화학물질이 인체에 해롭다는 완벽한 증거가 나올 때까지 기다리거나, 무슨 사고가 실제로 터져야 실질적인 조치가 취해질 때가 많다.

이것은 저자의 말마따나 "인간을 대상으로 통제되지 않은 실험을 진행하는 것이나 다를 바 없다." 수많은 화학제품을 팔아 막대한 이익을 거둬들이는 기업들은 이런 상황에 내심 쾌재를 부를지 모른다. 하지만 그 와중에 우리 모두는 '죽음의 물질'이 가득한 공포의 골짜기를 지나며 하루하루를 살아가야 한다.

명심해야 할 것은 이런 화학물질이 화석연료에서 나온다는 사실이다. 암을 일으키는 합성 화학물질의 대부분이 석유와 석탄으로 만들어진다. 그중에서도 석유가 압도적이다. 그러니 암이란 따지고 보면 환경의 역습인 동시에 석유문명의 산물이라는 결론에 이르게 된다. 화석연료에서 벗어나야 하는 이유가 기후변화와 에너지위기 때문만은 아닌 셈이다. 암의 저주를 물리치기 위해서라도, 곧 나 자신의 건강과 생명을 지키기 위해서라도 우리는 석유문명을 넘어서야 한다. 이런 맥락에서 이 책은 일종의 '문명 비평서'로도 읽힌다. 이 책은 '거대하고도 구조화된 위험'을 끊임없이 만들어내는 석유문명과, 이것으로 표상되는 현대 산업사회의 맹점을 찌르는 칼날을 내장하고 있다.

이 책의 논지가 호들갑이나 과장으로 여겨지는 사람도 있을 것이다. 불확실한 주장으로 지나친 공포 분위기를 조성하는 것 아니냐고 따지는 사람도 있을 수 있겠다. 그런데 사실 이 책은 암을 유발하는 원인이 복합적이라는 사실을 잊지 않는다. 아니, 잊지 않을 뿐만 아니라 누누이 강조한다. 유전자, 생활방식, 환경 등 여러 요인의 상호작용과 그 조합이 중요하다는 것이다. 더구나 암은 오랜 세월에 걸쳐 시차를 두고 서서히 발생한다. 이런 복잡한 암 발생 메커니즘을 과학적으로 완벽하게 규명하기란 불가능에 가까운 일이다.

다만 이 책은 그간 상대적으로 하찮게 여겨졌던 환경 요인의 비중을 각별히 주목해야 한다고 강조한다. 암은 복잡한 질환이지만 무엇보다 생태학적 질환이라고 할 수 있다. 오랫동안 부당하게 간과되거나 가볍게 여겨졌던 환경 요인이 암의 비밀을 풀 핵심 열쇠일 수 있음을 밝힘으로써 암을 바라보는 새로운 시각을 제공했다는 데 이 책의 남다른 의미가 있다.

더 큰 매력은 이 책이 단순한 암 이야기에서 끝나지 않는다는 점이다. 암 이야기는 석유문명 이야기로 나아간다. 이제 암의 저주를 물리치려면 석유문명을 바꿔야 한다. 건강하기를 원한다면 자연을 살려야 한다. 급류에 휘말려 죽어가는 사람을 물속에서 구해내는 것만으로는 충분치 않다. 누가 사람들을 강물 속으로 떠미는지를 알려면 '강의 상류'를 탐색해야 한다. 그렇게 강의 전모를 제대로 파악해야 사람들이 어이없이 물에 빠져 죽는 비극을 막을 수 있다. 이것이 이 책이 전하고자 하는 궁극적인 메시지다. 책의 원제 'Living Downstream'은 이를 암시한다.

'도둑맞은 미래'를 되찾으려면

이 책은 미국 현실을 토대로 하고 있다. 사실 이 책이 더욱 절실하고 긴급하게 필요한 곳은 우리나라가 아닐까 싶다. 우리나라에서 오랫동안 사망 원인 1위는 단연 암이다. 유해 화학물질 사고 또한 끊이지 않는다. 가습기 살균제 사건, 삼성 반도체 사건 등으로 얼마나 많은 사람이 희생되었는가. 전국 곳곳의 석유화학공단에서도 유독한 화학물질 누출로 많은 노동자와 인근 주민이 죽거나 큰 고통에 시달리고 있다. 이런 현실에서 이 책은 좀 더 각별한 주목을 받아야 마땅하다. 암으로부터 자유로운 사람은 아무도 없다. 화학물질의 공격으로부터 자유로운 사람 또한 없다. 암의 실체를 생태적 관점으로 파헤친 이 책은 누구한테도 유용하다.

화학물질 이야기가 나온 김에 한 권의 책을 더 소개한다. 너무나 유명한《침묵의 봄》외에 화학물질의 위험성을 다룬 또 하나의 선구적인 문제작으로《도둑맞은 미래》(*Our Stolen Future*, 사이언스북스)를 꼽을 수 있다. 내분비계 교란물질을 가리키는 '환경호르몬' 문제를 파헤친 책으로 유명하다.

이 책은 1950년대 이후 급격히 늘어난 야생동물들의 생식기 결함과 이상행동, 새끼들의 죽음과 동물 집단의 갑작스러운 절멸 현상을 주목했다. 더 심각한 문제는 이와 유사한 현상이 사람들에게서도 나타난다는 사실이었다. 인간 정자 수의 급격한 감소, 고환암 발생률의 급속한 증가, 비정상적인 형태의 성기나 고환을 가진 신생아 탄생 증가에 대한 보고가 잇따라 쏟아져 나온 것이다. 이 책이 그 실체를 밝혀낸 환경호르몬이 주범이었다.

유전자와 호르몬은 어떻게 다를까? 비유하자면 이렇다. 인간이 선천적으로 물려받은 생체 구조와 기능을 설계하는 것이 유전자다. 이에 견주어 호르몬은 그 유전자에 새겨진 악보를 소리로 재생하는 실질적인 연주자라고 할 수 있다. 물, 공기, 음식 등을 거쳐 들어온 독성 화학물질은 이 호르몬을 교란함으로써 사람을 포함한 모든 생명체에게 큰 해를 입힌다. 환경호르몬은 암뿐만 아니라 기형아 출산, 정자 수 감소, 불임 증가 등과 같은 여러 문제를 일으킨다. 건강하게 태어나 튼튼하게 자라야 할 후손들, 곧 인류의 미래가 도둑맞는 사태가 벌어지고 있는 것이다. '도둑맞은 미래'라는 책 제목이 뜻하는 바가 이것이다.

　이 책은, 화석연료를 바탕으로 세워진 현대문명과 산업주의 경제체제가 자연을 파괴하고 생명의 정상적인 활동을 망가뜨린 결과로 나타난 것이 환경호르몬이라는 사실을 누구보다 앞서 밝혀냈다. 강의 상류. 역시 문제의 뿌리는 여기에 있다. 화학물질 가운데서도 특히 환경호르몬 문제에 관심 있는 이들에게 권하고픈 책이다. 물론 원저가 나온 1996년 이후 이 문제에 관한 새로운 연구 성과가 많이 쏟아져나왔다는 사실은 감안해야 한다.

뿌리내리기

· 《또 하나의 일본》
· 데이비드 스즈키, 쓰지 신이치 지음
· 이한중 옮김
· 양철북, 2014

노예의 삶, 주인의 삶

오래전 일본에 갔을 때 도쿄에 있는 재일본조선인총연합회(총련, 우리나라에서는 흔히 '조총련'이라 부른다)를 방문한 적이 있다. 지금은 어떤지 모르겠지만 친북 성향의 재일 조선인 단체라서 대한민국 사람은 갈 수 없는 곳이었다. 그런데 당시 우리나라 국회의원 일행이 남북 교류 확대를 위한 활동의 일환으로 이곳을 방문하는 자리에 동행할 기회가 생겼다. 그래서 정부 당국의 공식 허가를 받은 뒤 일종의 수행원 자격으로 그들을 따라갔더랬다. 거기서 생경한 경험을 했다.

총련 사람들과 담소를 나누는 자리가 있었다. 그런데 그들의 입에서 '왜놈'이라는 표현이 수시로 튀어나오는 게 아닌가. 그들은 일본인들을 대놓고 '왜놈'이라 욕하고 있었다. 남한이든 북한이든 일제의 식민 지배를 받은 것은 마찬가지이므로 한반도 (출신) 사람들 가운데 일본을 싫어하는 사람은 물론 많다. 그렇지만 일본 사람들에 대한 날것의 적대감을 그렇게 거칠게 드러내는 모습이 나로서는 조금 뜻밖이었다. 그것도 처음 만나는 손님 앞에서, 더군다나 나름 공식적인 성격을 띤 자리에서. 이유는 다른 게 아니다. 그만큼 일본 땅에서 살면서 일본 사람들에게 박해와 차별과 멸시를 모질게 당해온 탓이었다. 그들은 적의와 울분에 차 있었다. 나는 그들이 지금도 왜놈이란 말을 입에 달고 사는지 궁금하다.

이 책은 이런 종류의 고통에 시달리는 사람들, 곧 겉으로는 일본에 속해 있으면서도 실제로는 국가로부터 내팽개쳐진 채 고달프고 서러운 삶을 강요당한 사람들의 이야기다. 이들은 대개 소수자, 주변인, 비주류 등으로 불린다. 일본의 국가체제가 만들어놓은 '내부 식민지'로 추방된 사람들이자, 일본의 주류 국민들에게 '타자'로 배척당하는 사람들이다. 그러나 책이 보여주는 이들은 국가가 강요하는 질서에 굴종하는 '노예의 삶'을 사는 사람들이 아니다. 이들은 혹독한 시련 속에서도 자신의 삶의 존엄을 위해 견결하게 투쟁하고 저항하며 '주인의 삶'을 일구는 사람들이다. 이들의 삶은 애잔하면서도 아름답고, 겸손하면서도 당당하다.

일본은 어떤 나라인가? 우리에겐 대체로 이렇게 각인돼 있다. 침략 전쟁과 식민 지배의 주범임에도 과거에 대해 반성하고 사죄하기는커녕 외려 군국주의와 보수우경화로 치닫는 나라. 오랜 침체를 겪었다고는 하나 미국과 중국에 이은 세계 세 번째 경제대국. 하지만 적어도 정치적·군사적으로는 미국에 철저히 종속된 나라. 토목 건설업을 매개로 건설자본, 관료, 정치권 등이 서로 유착해 이익을 나눠 먹고 기득권 체제를 유지하는 '토건국가'. 후쿠시마 핵발전소 사고라는 사상 초유의 재앙을 겪고도 별다른 변화가 없는 나라.

전반적으로 부정적인 이미지가 강하다. 그리고 이것은 사실이기도 하다. 주로 권력자들과 지배세력이 보여주는 겉모습만 보면 이런 속성들이 특히 두드러진다. 그러나 일본이 이런 '얼굴'만을 지닌 것은 아니다. 이 책이 보여주는 것은 '또 다른 일본'이다. 원제가 '우리가 전혀 몰랐던 일본'(The Japan We Never Knew)이라는 데서도 알 수 있듯이 이 책에는 '또 다른 일본과 일본 사람들'의 모습이 잘 드러나 있다.

이런 의문이 들 것이다. 일본과 일본 사람을 다룬 책이 환경 책 이야기에 왜 등장할까? 그 이유는 이 책의 등장인물들이 어떤 삶을 살고 어떤 활동을 펼치는지를 보면 자연스레 알 수 있다. 이를 엿볼 수 있는 이들의 발언 몇 마디만 우선 소개하면 이렇다. "우리는 강이 되고 나무가 되고 꽃이 될 것입니다. 우리는 함께 참여해서 뭔가가 될 것입니다." "저는 대지와 자연을 제 스승으로 받아들이게 되었습니다. 생명과 자연에 대한 이해가 깊어질수록 제 마음도 점점 더 평화로워집니다." "이상적인 것은 자기가 먹을 것을 기르고 지역에서 자란 것을 먹는 것입니다."

저자는 두 명이다. 데이비드 스즈키는 환경운동가로 널리 알려진 일본계 캐나다인이고, 쓰지 신이치는 한국계 일본인으로서 문화인류학자이자 환경운동가다. 성인이 되어서야 아버지가 한국인이라는 사실을 알게 된 독특한 개인사의 소유자다. 오이와 게이보라는 이름으로도 불린다. 이들은 일본 전역을 누비며 국가의 폭력과 억압에 맞서 평화운동, 환경운동, 인권운동, 문화운동 등을 벌이는 풀뿌리 민중과 활동가들을 만났다.

풀뿌리 민중의 저항과 투쟁

이 책에서 특별히 눈에 띄는 것은, 책에 등장하는 사람들과 이들이 전하는 사연이 일본이라는 특정 나라에 국한되는 것이 아니라 보편적인 메시지를 함축하고 있다는 점이다. 이를테면 책에는 일본의 역사적·민족적 특수성을 강하게 띠고 있는 오키나와 사람들과 아이누족 이야기가 나온다. 물론 오키나와는 일본의 영토. 하지만 이 지구상에는 오키나와와 비슷한 아픔과 슬픔을 간직한 수많은 오키나와'들'이 있다. 아이누족 또한 일본의 전통 토착민이지만 이 지구상에는 이들과 유사한 경험으로 고통 받는 수많은 아이누'들'이 있다.

그러므로 이 책은 일본을 다룬 책인 동시에 오늘날 인류와 세계 전체가 처한 야만적이고도 폭력적인 현실의 고발이라고 할 수 있다. 또한 일본인들을 다룬 책인 동시에 세계의 모든 토착민과 소수자와 풀뿌리 민중의 탐사 보고서라고 할 수 있다. 이 책에 나오는 이들은 한결같이 '자기 세계의 중심을 지키는 사람들'이자 '자신의 대지에 뿌리를 내리고자 분투하는 사람들'이다. 그래서 이들의 삶과 활동을 듣다보면 이 책이 일본을 넘어 모든 지역, 모든 시대, 모든 사람과 두루 통하는 이야기임을 수긍하게 된다.

책은 모두 12장으로 이루어져 있다. 장마다 각기 다른 배경과 사연을 가진 여러 사람의 삶과 활동, 그리고 목소리가 다채롭게 펼쳐진다. 공식적으로는 일본에 속하지만 일본인보다는 오키나와인으로 불리기를 원하는 오키나와 사람들, 국가권력이 파괴하고 이용하기만 한 아이누 등의 소수민족, 같은 국민이면서도 여태껏 '천민'의 굴레에 갇혀 살아가는 300만의 부라쿠민(部落民)들, 다수가 정식 국적도 없이 떠돌고 있는 100만 재일 조선인들, 환경 파괴에 맞서 싸우는 환경운동가들, 자연과 지역 공동체를 지키려고 몸을 던지는 수많은 활동가와 시민이 그 주인공들이다.

오키나와는 일본 안에서도 역사 배경과 지리 조건이 다른 곳과 뚜렷이 구별되는 특수성을 지녔다. 일단 물리적 거리만 보더라도 일본보다 대만에 더 가까운 오키나와는 본디 일본 땅이 아니었다. 오랫동안 류큐왕국이라는 독립 국가로 존재하다가 1879년 일본에 병합되어 오키나와현이 되었고, 제2차 세계대전이 끝난 1945년 이후에는 미군의 점령지 신세로 전락했다. 그러다 1972년에야 비로소 일본에 반환되었다. 제2차 세계대전 당시 미군의 공격에 대응해 일본 제국은 오키나와 사람들을 총알받이로 내세웠고, 잔혹한 학살과 무차별 폭격으로 군인을 포함한 사망자 수가 24만 명을 넘었다. 오키나와 사람들은 이런 고통스러운 역사를 잊지 않고 있다. 하지만 그런 기억에 매몰되기보다는 그들이 당한 폭력의 아픔을 일깨우는 한편 평화와 인권, 전통문화와 환경보전을 위한 활동을 활발히 펼치고 있다.

특히 4장에 등장하는 어느 사진작가 이야기가 인상적이다. 오키나와 전통문화를 지키는 일을 하는 그는, 근대화가 파괴를 향해 일직선으로 달려가라고 강요하는 반면 섬 사회는 생명의 순환에 바탕을 두고 있다고 주장한다. 그러면서 오늘날 주류문화가 가지고 있는 파괴적 영향력과 '뿌리 없음'을 직시하고 모든 생물과 무생물, 신과 인간과 자연이 서로 연결돼 있다는 심오한 감각을 가져야 하다고 역설한다. 그리고 그 열쇠는 땅에 뿌리를 내리는 것이며, 이것이 토착문화의 지속가능한 기반이 된다고 강조한다.

　이런 이야기가 암시라도 하듯 오키나와에서는 환경운동이 활발하다. 가령 10장에서는 이 섬의 외진 어촌 공동체 마을에 신공항을 건설하려는 정부의 계획에 맞서 주민들이 10년이나 격렬하게 싸워온 과정이 상세하게 그려진다. 책에 따르면 이곳 주민들이 걱정한 것은 공항 건설이 초래할 환경 파괴와 지역경제 황폐화뿐만이 아니었다. 이들은 자신들이 바깥에서 강요하는 거대 경제 시스템에 편입됐을 때 어떤 일이 벌어질지를 특히 우려했다. 그것의 핵심은 전통적인 생활방식과 가치에 미칠 악영향, 곧 자신들의 고유한 문화적·영적 뿌리와 단절될 것이라는 점이었다. 이처럼 많은 오키나와 사람들이 공통적으로 '뿌리'를 지키려는 열망을 간직하고 있다. 자신들의 정체성과 삶의 존엄이 거기서 비롯한다고 믿기 때문이다.

낮은 곳의 당당한 목소리

일본의 대표적인 토착 원주민은 아이누족이다. 이들은 15세기 무렵부터 지금까지 일본 지배세력의 침탈과 탄압에 시달려왔다. 그러나 이들은 사라지지도 않았고 무너지지도 않았다. 책에 따르면 아이누들은 자신들의 환경을 파괴하는 건설 공사와 고유문화 파괴 정책에 맞서 싸우고 있고, 인종차별에 저항하는 소송을 제기하기도 한다. 오랜 수난 속에서도 자신들의 문화와 삶의 방식을 잃지 않으려고 몸부림치고 있는 것이다. 이들에게도 뿌리가 소중하기는 마찬가지다.

이들은 지구 다른 곳의 다양한 토착민이 가지고 있는 사고방식을 공유하고 있다. 대지를 어머니로 섬기고 모든 존재가 서로 연결돼 있다고 믿는다는 점이 그것이다. 이를테면 5장에 나오는 어느 아이누족 나무 조각가는 "제가 나무만 가지고 작업하기를 좋아하는 것은 나무에는 '혼령'이 있기 때문입니다. 저는 나무에서 기도를 봅니다"라고 말한다. 자수 공예가이자 인권운동가인 어느 아이누족 여성은 올빼미들과 대화를 나누는 영적 체험을 전해주며 이렇게 얘기한다. "저에게 이 작업은 우리 역사를, 인종주의와 박해의 역사를, 여성들이 전하는 역사를 말하는 것입니다. 바늘 한 땀 한 땀이 모두 기도입니다." 나무, 자기가 하는 일, 그리고 기도. 이것이 이들에게는 분리된 것이 아니라 삶 속에서 하나로 통합돼 있다.

부라쿠민은 어떨까? 이들은 엄연히 일본에서 태어나 일본에 살고 있다. 문화적으로나 언어적으로나 일본인이다. 그런데도 특정한 일이나 직업에 종사한다는 이유로 혐오와 배제의 대상이 되었다. 그 결과 최하위 계층인 '불가촉천민' 취급을 받고 있다. 이들은 300만 명에 달하는 거대 집단이면서도 교육, 결혼, 취업 등 일상생활의 모든 면에서 국민 대접을 받지 못한다. 그런 탓에 자신의 출생 신분을 숨기기 일쑤다.

하지만 책에는 가면을 벗고서 자신이 부라쿠민임을 당당히 선언하는 사람들이 소개돼 있다. 이들은 자신의 정체성을 긍정한다. 스스로를 부라쿠민이기 이전에 한 인간이며, 동시에 부라쿠민이기 때문에 한 인간이라고 여긴다. 그래서 이들의 목소리에는 고통이 빚어낸 위엄이 서려 있다. "우리의 목표는 남들을 탓하는 것이 아닙니다. 우리는 남들을 깔보거나 차별하지 않도록 성장해나가야 합니다. 우리는 동정과 관용을 배우고 있어요." 이들은 자기들을 핍박한 자들을 부끄럽게 만든다. 주류 일본인들로 하여금 스스로를 돌아볼 수 있도록 한다. 일본 사회를 일깨우는 '양심의 거울' 역할을 하고 있는 셈이다.

책에는 환경운동에 헌신하는 사람도 다수 등장한다. 도쿄에서 남쪽으로 50킬로미터 떨어진 곳에 있는 즈시(逗子) 시에서는 시민참여와 주민자치를 바탕으로 '녹색 민주주의'라는 '다른 종류의 정치'를 펼치고 있다. 산업주의와 국가주의가 낳은 일본 공해병의 대명사인 미나마타병과 관련해서는 단순히 가해자에 대한 배상 요구와 소송 차원을 넘어서는 한 차원 높은 운동을 벌이기도 한다. 이 운동의 참여자들은 가해자들이 진심 어린 자백과 사과를 하기를 기도하면서 "현대문명의 본질을 드러내고 영적인 세계의 삶이 가지고 있는 의미를 배우려고 하는 우리의 노력에 (가해자들도) 동참하기를 희망한다." 이들이 이럴 수 있는 것은 스스로를 "바다와 산과 강과 풀과 나무로부터 떨어져서는 살 수 없는 토착민"이라고 여기기 때문이다.

철두철미한 생태원리에 따라 '자연농업'을 실천하는 사람의 이야기도 시사하는 바가 크다. 책이 전하는 그의 발언은 농업뿐만 아니라 땅에 뿌리내리고 사는 자의 삶과 생명에 대한 격조 높은 통찰을 보여준다.

삶과 죽음은 생명의 다른 형태일 뿐입니다. 다른 생명을 먹지 않고는 생명이 존재할 수 없습니다. 한 생명은 연쇄적으로 다른 것을 만들어 내며, 연쇄적으로 다른 것을 먹습니다. 우리는 태어났다가 죽으며, 죽었다가 태어납니다. 그래서 적이 없다는 것입니다. 모든 것은 균형을 이루고 있습니다. 사는 것은 먹는 것입니다. 먹는다는 것은, 다른 생명을 먹기 때문에 죽음에 관여하는 일입니다.

뿌리를 찾아서

책에 소개된 사람들은 다양하지만 이들에게는 공통점이 있다. '뿌리에 대한 자각과 애정'이 그것이다. 사람에게 뿌리란 뭘까? 근본 토대는 자연이다. 이 책의 등장인물 대다수는 비단 환경운동을 하는 사람이 아니어도 자연의 위대함과 신성함에 대한 생태적 감수성을 지니고 있다. 땅에 대해 깊은 애착과 경이감을 느끼며, 세상의 모든 생명과 존재가 서로 연결돼 있다는 직관을 체득하고 있다.

그 뿌리는 자연을 넘어 시간과 공간의 뿌리로 확장·심화된다. 간단히 말해 시간의 뿌리란 오랜 역사를 거쳐 형성된 전통과 문화를 뜻한다. 공간의 뿌리란 구체적인 삶이 이루어지는 지역을 의미한다. 자연과 전통과 지역. 뿌리의 3대 요소가 이것이다. 나아가 이들은 '뿌리내리기'가 배타적이고 폐쇄적인 것이 아님을 보여준다. 실상은 그 반대다. 뿌리야말로 새로운 상상력과 창의력의 원천이다. 진정한 변화의 동력 또한 뿌리에서 나온다. 이렇게 하여 뿌리는 더 높은 '보편'의 지평을 열어나간다.

이들에게 또 하나 관찰되는 공통점은 삶의 통합성과 전일성이다. 예를 들어 이 책에 나오는 다수의 여성이 평소에 주로 하는 일은 농사짓기, 노래 부르고 춤추기, 천 짜기, 공예품 만들기 등이다. 이들의 삶에서 자연과 인간, 운동과 문화, 저항과 노동, 일상과 축제는 유기적으로 연결되어 하나로 결합돼 있다.

오늘날 대다수 현대인은 뿌리 뽑힌 사람들이다. 삶은 갈라지고 쪼개져 있다. 자본주의는 인간의 삶에 대해서도 상품과 마찬가지로 획일화, 표준화, 균질화를 강요한다. 이것은 본질적으로 폭력이고 파괴다. 그 바람에 우리는 자연의 뿌리에서 멀어졌다. 시간과 공간의 뿌리도 파헤쳐지고 있다. 그 결과 생의 살과 피를 이루는 저마다의 정체성이 무너져 내리고 있다.

이 책은 품위 있고 명예로운 삶이란 어떤 것인지를, 우리 각자가 자기 인생의 주인으로서 어떻게 하면 인간의 존엄을 지키며 살 수 있는지를 전해준다. 당신은 삶의 뿌리를 찾고 싶은가? 획일성의 폭력에 맞서 다양성의 평화를 옹호하는가? 자연과 더불어 낮은 곳에서 낮은 자들과 함께하고 싶은가? 이 책은 이런 이들에게 건네는 연대의 악수다.

이 책은 나무와숲 출판사에서 2004년에 펴낸 《강이, 나무가, 꽃이 돼 보라》의 복간본이다. 원저는 1996년에 출간됐다. 저자 데이비드 스즈키는 많은 책을 썼는데, 나는 《굿뉴스》(샨티)를 1순위로 추천한다. 또 다른 저자 쓰지 신이치의 대표작은 《슬로 라이프》(디자인하우스)다.

5부

문학의 뜰에서 만나는 환경 이야기

내 영혼에
도토리를 심자

· 《나무를 심은 사람》
· 장 지오노 지음
· 김경온 옮김
· 최수연 그림
· 두레, 2018

프랑스 현대문학을 대표하는 작가 가운데 한 사람인 장 지오노는 평화주의자인 동시에 생태주의자다. 그는 전쟁과 폭력에 맞서 싸웠을 뿐만 아니라 인간이 자연과 대지로 다시 돌아감으로써 인간 본연의 진정한 행복을 추구할 때 비로소 평화가 이루어진다고 여겼다. 이런 신념을 바탕으로 그는 평생에 걸쳐 전쟁 반대, 참된 삶의 행복, 자연과의 조화가 안겨주는 생의 환희, 무분별한 도시화 반대 등을 추구했다.

그의 이런 면모가 잘 드러난 작품이 '어른을 위한 동화'로 불리기도 하는 이 책이다. 한 노인이 홀로 프랑스 남부 산악지대의 황폐한 땅에 수십 년 동안 나무를 심어 황무지를 울창한 숲으로 바꾸는 이야기가 담겼다. 장 지오노는 스스로 절대적 고독을 선택한 어떤 사람이 오로지 나무 심는 행위를 통해 삶의 평화와 자기 존재의 정체성을 되찾고, 그럼으로써 희망의 기적을 창조해나가는 과정을 아름다운 문장으로 펼쳐 보인다.

생명이 사라지고 자연이 망가진 곳을 지배하는 것은 절망과 무기력, 불신과 다툼이었다. 하지만 생명이 되돌아오고 자연이 살아난 곳에 넘치는 것은 꿈과 희망, 삶의 기쁨이었다. 자연이 살아나니 사람이 살아났고, 사람이 행복해지자 자연도 행복해졌다. 생명을 중심으로 어우러지는 사람과 자연의 아름다운 조화. 사람과 자연을 하나로 이어주는 진정한 사랑의 통치. 나는 이 책을 이렇게 읽었다.

주인공은 엘제아르 부피에라는 노인이다. 그는 쇠막대를 땅에 꽂아 구멍을 낸 뒤 도토리 한 개를 넣은 다음 흙을 덮는 일을 되풀이했다. 이렇게 그는 쉼 없이 나무를 심었다. 단순하고 보잘것없는 행위였지만 거기엔 거룩함과 숭고함이 깃들어 있었다. 황폐한 땅에 생명의 기운을 불어넣었다. 거기엔 세상을 변화시키는 힘이 들어 있었다. 아름다운 영혼과 흔들리지 않는 신념. 한 가지 일에 일생을 바치는 우직한 실천. 이것이 죽음을 생명으로, 절망을 희망으로, 분쟁을 평화로 뒤바꾸는 기적을 일으켰다.

부피에 노인에게서 나는 어떤 영웅의 모습을 본다. 영웅을 만들어주는 것은 권력, 부, 사회적 명성 따위가 아니다. 좌고우면하거나 부화뇌동하지 않고 한결같이 자기의 우물을 파는 사람들. 바람 부는 어두운 들판에서도 대지의 푸른 숨결과 더불어 묵묵히 자신의 밭을 일구는 사람들. 이런 사람들이 진짜 영웅이다.

장 지오노의 생태평화 사상은 오늘날에 더욱 빛난다. 자연도 사람도 모두 망가지는 황폐한 시대를 우리는 살아가고 있다. 부피에 노인은 황무지에 도토리를 심었다. 이제 우리는 그 도토리를 우리의 영혼과 마음에 심어야 한다. 내 삶에 심어야 한다. 참고로, 이 작품은 애니메이션으로도 만들어져 큰 호응을 얻었다. 여러 영화제에서 상을 받기도 했다. 아이들과 함께 애니메이션을 보는 것도 이 작품을 감상하는 괜찮은 방법이다.

땅에 뿌리내린 자의 위엄

· 《땅의 혜택》
· 크누트 함순 지음
· 안미란 옮김
· 문학동네, 2015

책과 작가 모두 낯설게 여겨지는 이들이 적지 않으리라. 나도 그랬다. 우연한 기회에 이 작품에 대한 얘기를 전해 듣고 읽어본 것이 불과 몇 년 전이다. 그도 그럴 것이 저자 크누트 함순은 우리에겐 그다지 알려지지 않은 노르웨이 작가다.

이 작품에는 노르웨이 산간 마을의 황무지 같은 곳에 삶의 터전을 잡고서 자연과 호흡을 함께하며 순박하게 살아가는 사람들이 등장한다. 그중에서도 자연에서 샘솟는 인간의 순수한 생명력을 대변하는 주인공 이사크의 일생이 서사의 뼈대를 이룬다. 이에 더해 주변 지역의 변화와 이와 맞물려 진행되는 여러 사람의 삶의 변천이 다채롭게 펼쳐진다. 함순의 작품에는 대개 현대문명에 대한 비판과 성찰이 녹아 있다고들 한다. 이 작품도 마찬가지다. 산업화와 도시화, 개발 등에 얽힌 문제들을 살펴보면서 특히 물질 중심의 기계문명을 비판적으로 되짚는다.

물질주의나 기계문명은 '인간다움'을 망가뜨린다는 것이 함순의 문제의식이다. 이런 문명의 칼날을 피해 인간답게 살려면 자연 속에서 땅을 일구고 자연이 선사해준 생명들과 조화를 이루며 소박하게 생활해야 한다. 이사크의 삶이 이것을 웅변한다. 그는 땅의 사람이다. 시류 변화에 흔들리지 않는 강건한 농부다. 그는 씨를 뿌리며 흙을 밟을 때 신을 벗는다. '맨발의 경건함'을 갖추는 것이다. 수확을 하며 땅의 열매를 거둘 땐 창공을 향해 감사드리는 것을 잊지 않는다. 그는 땅을 떠나서 살 생각이라고는 할 줄 모른다. 그에게 인간이란 제 혼자 잘나서 세상에 군림하는 존재가 아니다. 광활하고도 위대한 자연에 속한 '작고 낮은' 존재. 그는 인간을 이런 존재라고 여겼고, 또 실제로 이렇게 살았다.

이를테면 이 작품의 정신이 응축돼 있는 한 대목을 보자. "자네들은 날이면 날마다 푸른 산을 바라보지. 인간이 만들어낸 물건이 아니고, 오래된 산, 우리가 알 수 없는 먼 옛날부터 서 있는 산이야. 그 산이 자네들의 벗이라네. 자네들은 그렇게 하늘과 땅과 함께 살아가고, 하늘과 땅, 넓은 자연과 하나가 되어 그 안에서 살지. …자네들이 생명을 유지하지. 한 세대가 다른 세대를 잇고, 한 세대가 죽으면 다른 세대가 그 자리를 채워. 영원한 생명이란 바로 그런 거야." 이사크는 같이 사는 여인 잉에르와 함께 이런 삶을 성실하게 이어간다. 주변에 광산이 개발되면서 사람들이 돈을 좇는 변화의 바람이 불어닥쳐도 이사크 가족이 뿌리내린 황무지에 충만한 것은 돈이 아니라 생명과 삶 자체다.

함순은 1920년에 노벨문학상을 받았다. 노르웨이의 '국민작가'

라 불리기도 한다. 하지만 그에게는 커다란 오점이 있다. 제2차 세계대전 당시 그는 전범국 독일의 히틀러 편에 섰다. 독일이 노르웨이를 침공했을 때 그는 영국의 침략 위협에서 노르웨이를 보호하려고 독일이 왔다는 글을 쓰기도 했다. 그래서 전쟁이 끝난 뒤 반역 혐의로 체포되는 등 수난을 겪었다. 실은 이 사실이 조금 꺼림칙해서 이 책을 소개할지 말지 망설였다. 하지만 우리가 좀체 접하기 힘든 북유럽 문학이어서 희소가치가 있는 데다 작품 자체가 썩 훌륭해서 내치기가 어려웠다. 아울러 자연과 대지를 사랑하는 마음이 어느 순간 파시즘과 만날 수도 있다는 사실을 한 번쯤 되새겨보는 것도 의미가 있겠다 싶었다.

공해병의 진실을 캐다

- 《슬픈 미나마타》
- 이시무레 미치코 지음
- 김경인 옮김
- 달팽이, 2007

1950년대 일본의 구마모토현 미나마타라는 바닷가 지역에서 기괴한 일이 벌어졌다. 이상한 행동을 하는 기형 물고기들이 나타나고, 그 물고기를 먹은 고양이들이 미친 듯이 날뛰거나 마치 자살을 하는 것처럼 특이한 모습으로 죽어가기 시작한 것이다. 곧이어 사람들마저 손발이 마구 뒤틀리거나 마비되는 일이 연달아 벌어졌다.

조사결과 일본 화학기업인 신일본질소비료가 운영하는 인근 공장에서 수은을 정화처리하지 않은 채 바다에 내다 버린 사실이 드러났다. 유해 중금속인 그 수은이 먹이사슬을 따라 물고기를 통해 다른 동물과 사람의 몸속까지 침입해 끔찍한 병을 일으킨 것이다. 수은으로 말미암은 전형적인 공해병이었다. 이것이 이타이이타이병과 함께 일본에서 발생한 대표 공해병으로 꼽히는 미나마타병의 실체다. 이 병에 걸리면 운동장애, 언어장애, 시력과 청력 상실, 근육의 뒤틀림과 경련, 손발 마비, 정신착란 등의 증세가 나타난다. 사망률은 40퍼센트에 이른다.

일본의 여성작가 이시무레 미치코는 본래 미나마타의 평범한 가정주부였다. 하지만 수많은 사람에게 지울 수 없는 상처를 남긴 이 사건을 접하고 나서 피해자들을 한 사람 한 사람 찾아나서기 시작했다. 그리고 그들의 고통과 삶을 기록했다. 여기에 작가의 뛰어난 문학적 상상력과 '스토리 구성 능력'이 합쳐진 것이 환경 문학의 걸작으로 꼽히는 이 작품이다. 미나마타 사람들은 대다수가 어부였다. 이들은 자신을 먹여살려주는 바다와 한 몸을 이루어 소박하고 평화롭게 살았다. 그런 사람들이 영문도 모른 채 무시무시한 병의 희생양이 되고 말았다. 공해산업이 무책임하게 쏟아낸 독극물은 이들의 삶의 터전인 바다를 결딴냈고, 이들의 운명을 불행의 나락에 빠뜨렸다.

저자는 고통스러워하는 대상과의 깊은 교감과 소통 없이는 제대로 해내기 힘든 인터뷰와 취재를 충실하게 진행했다. 사람을 따뜻하게 배려하는 태도와 섬세한 감수성이 밑바탕이 되었다. 이를 토대로 저자는 환경 파괴가 낳은 재앙을 정갈한 문체에 담아냈다. 어느 평자는 죽은 사람의 내면 감정까지도 직접 들여다본 것처럼 설득력 있게 전달했다는 독후감을 남기기도 했다. 애초 이 책의 초고를 연재했던 잡지의 편집자는 이 책을 가리켜 단순한 취재 기록이 아니라 '사문학'이라고 규정했다. 기록문학 혹은 고발문학의 하나로서 픽션과 논픽션의 절묘한 '합작품'인 셈이다.

책은 피해자의 고통을 묘사하는 데서 그치지 않는다. 비극이 벌어지게 된 구조적 배경을 파헤치고, 현대문명의 폭력적 본성과 인간 존재의 의미를 탐색하는 데까지 나아간다. 책이 전하는 메시지는 그래서 묵직하고 깊다. 앞에서 다룬 스베틀라나 알렉시예비치의 《체르노빌의 목소리》를 얼핏 떠올리게도 한다.

미나마타병이 실제로 확인된 것은 1956년이다. 그러나 일본 정부가 수은중독의 원인이 공장 폐수라는 견해를 발표한 것은 10년도 더 지난 1968년이었다. 국가가 이 사태와 관련해 관리·감독의 의무를 다하지 못한 데 대해 공식적으로 책임을 져야 한다고 인정한 것은 다시 그보다 한참 더 지난 1995년이다. 이런 점에서 이 책은 단순한 '과거사 폭로'가 아니다. 이 책의 가치는 지금도 살아 있다. 원제는 '고해정토'(苦海淨土)다. '고난의 바다에서 극락을 찾다' 정도로 옮길 수 있을 듯하다. 의미심장하다.

늑대개 벅의 좌충우돌
야생 귀환기

· 《야성의 부름》
· 잭 런던 지음
· 권택영 옮김
· 민음사, 2010

정말 흥미진진하게 읽은 책이다. 한번 들면 놓기 어렵다. 재밌기로
만 치면 여기 소개된 책 가운데서 으뜸으로 꼽을 만하다. 이 소설의
주인공은 개다. 내용에서 그럴 뿐만 아니라 서술 형식에서도 개의
시점으로 이야기를 풀어나가는 독특한 작품이다. 혹독한 알래스카
지역의 대자연을 배경 삼아 오로지 살아남기 위해 맨몸으로 사투를
벌이다 끝내는 야성의 고향으로 돌아가는 벅이라는 개의 일생이 파
란만장하게 펼쳐진다. 미국 작가인 잭 런던은 《강철군화》(*The Iron
Heel*, 궁리) 등의 작품으로 우리에게는 사회주의 작가로 먼저 알려졌
다. 하지만 이 책이 보여주듯이 그는 물질주의로 치닫는 문명세계
를 비판하고 잊혀가는 '야성의 가치'를 되살려낸 '자연주의 문학'의
기수이기도 했다.

　무게 65킬로그램에 이르는 늠름한 몸집을 지닌 늑대개 벅은 본

래 미국 남부 어느 판사의 저택에서 안락하게 살았다. 그런데 어느 날 도박에 빠져 돈이 필요했던 정원사 조수가 몰래 벅을 팔아넘긴다. 벅은 여기저기 정처 없이 팔려 다니다 결국은 우편물을 나르는 썰매개로 혹사당하게 된다. 판사의 집으로 상징되는 안온한 문명 세계에서 졸지에 전쟁터 같은 '야생의 세계'로 내던져진 벅은 사람들에게 곤봉과 채찍으로 두들겨 맞으며 차츰 '생존의 법칙'을 터득해나간다. 추위와 굶주림을 견뎌야 했고, 다른 동물들의 공격도 막아내야 했다.

하지만 그 신산스러운 경험은 그가 자기 안에 숨어 있던 '야성의 힘'을 되찾는 과정이기도 했다. 썰매개 무리의 우두머리 자리를 놓고 벌어진 결투에서는 상상력과 창의력을 발휘해 '최후의 한 방'을 먹임으로써 결국 승자가 된다. 상대방 개도 만만찮은 전투력을 갖추고 있었지만 이 개가 사용한 것은 합리적 계산과 이성적 판단이었다. 이는 문명을 상징한다. 벅의 야성이 문명의 이성을 이긴 것이다.

대다수 사람은 벅을 돈벌이의 도구로 부려먹었다. 하지만 벅을 진심으로 이해하고 사랑한 사람도 있었다. 벅 또한 그에게 사랑과 충성을 바쳤다. 그러나 그는 결국 죽었다. 이제 벅은 점점 더 또렷이 들려오는 어떤 목소리에 강렬하게 이끌린다. 야성의 자연이 외치는 '부름의 소리'였다. "숲으로부터 부름의 소리가 전보다 더 절실하게 들려왔다. 벅은 다시 마음이 심란해졌다. 황야에서 만난 형제, 분수령 너머의 따사로운 대지, 드넓은 숲을 나란히 달리던 기억들이 그를 떠나지 않고 줄곧 사로잡았다." 야성이 내뿜는 생명의 힘은 강력하다. 그 힘에 이끌려 새롭게 깨어나고 고무된 벅은 끝내 야성의 본향인 자연의 세계로 돌아간다.

　다수의 평자들은 이 작품에 다윈의 적자생존 이론과 니체의 초인사상 등이 녹아 있다고 언급했다. 이것을 염두에 두고 읽으면 살짝 거슬리는 느낌을 받는 독자도 있을 수 있겠다. 하지만 나는 진화론에 대한 의견과는 별개로 작품 자체로 아주 좋았다. 문명은 도덕과 이성이 지배하는 격조 높은 세계일까? 야생은 혼돈과 무지로 뒤덮인 야만의 세계일까? 문명의 세계에서 쫓겨난 벅은 무자비한 시련 속에서도 야생의 세계를 위엄 있게 헤쳐나갔다. 그러고선 결국 '야성의 부름'이라는 본성의 목소리를 거스르지 않고 그 야성이 살아 숨 쉬는 대지의 품에 안겼다. 이것이 그의 거부할 수 없는, 운명의 길이었다. 문명의 모순과 폐해를 치유할 수 있는 것은 이런 야성의 힘과 건강함이 아닐까? 1903년에 처음 발표됐다. 원제는 The Call of the Wild.

'생태적 이상향'은
단지 꿈일까?

· 《에코토피아》
· 어니스트 칼렌바크 지음
· 김석희 옮김
· 정신세계사, 1991

'에코토피아'(Ecotopia)는 미국 작가 어니스트 칼렌바크가 상상력을
직조해 소설 속에 세운 가상의 나라 이름이다. '생태적 이상향'이라
는 뜻이다. 이 작품은 1975년에 처음 출간됐는데, 소설 속 시대 배
경은 21세기의 어느 무렵이다. 캘리포니아주 북부, 워싱턴주, 오리
건주 등이 위치한 미국 서북부 지역이 미국 연방에서 탈퇴해 독립
국가를 세운다. 생태학적 원리에 따라 인간과 자연이 완벽한 조화
를 이루는 '녹색 유토피아'를 구현하기 위해서다. 미국과의 교류도
끊은 채 약 20년 동안이나 고립과 폐쇄 속에서 살아온 이 나라는 마
침내 신문기자 한 명의 방문을 최초로 받아들인다. 이 기자에게는
6주 일정의 취재가 예정돼 있다.

   공상 과학소설을 닮은 듯도 보이는 이 작품은 이 기자가 쓴 기사
와 일기로 구성돼 있다. 작가는 이런 특이한 형식을 빌려 나름의 과

학적 설득력을 갖춘 대안적 생태사회의 얼개를 선보인다. 이는 미국으로 표상되는 현대 산업문명에 대한 비판이기도 하고, 인류의 지속가능한 생존 전략을 그린 '미래 사회의 청사진'으로 해석할 수도 있다. 어쨌거나 산업사회와는 모든 것이 판이한 '신세계'의 실상을 하나씩 둘씩 알아가는 뉴욕 출신의 이 신문기자에게는 당혹과 충격으로 다가올 뿐이다.

과거 널찍했던 대도시 간선도로는 2차로로 줄어들었다. 나머지 공간은 새들이 지저귀는 공원으로 바뀌었다. 북적북적 넘쳐나던 승용차들은 눈에 띄지 않는다. 대신 도로를 오가는 것은 전기로 움직이는 괴상한 모양의 미니버스와 택시들이다. 전기버스의 속력은 시속 16킬로미터에 지나지 않는다. 도심엔 물고기가 노니는 맑은 시내가 흐른다. 사람들은 천연섬유로 만든 옷을 입고, 썩는 플라스틱으로 지은 집에서 생활한다. 식량은 자급자족하고, 자원과 에너지는 재생 가능한 것으로 충당한다. 게다가 이 나라에서는 여성 주도의 생존당이 정권을 잡고 있다. 대통령도 여성이다.

에코토피아를 지배하는 것은 철저한 환경정책, 환경을 망치는 물건은 만들지 않는 산업 시스템, 기존 가치관에 구애받지 않는 자유로운 성문화 등이다. 서서히 이 '희한한 나라'에 적응해가던 기자는 결국 커다란 갈등에 휩싸인다. 미국으로 돌아갈 것인가, 여기에 남을 것인가. 그러다 산림관리원으로 일하는 어느 여성을 만나 사랑을 나누게 된다. 그는 그녀와 결혼하기로 마음먹는다. 남기로 한 것이다. 인간다운 삶이란 무엇인가를 깊이 고민한 결과다.

이 특이한 문제작은 자연을 망가뜨린 기존 세계는 끝났다는 선언인 동시에, 미래에도 인류가 생존하려면 어떤 길을 가야 할지에 관한 강력한 은유다. 하지만 이 작품에는 비판도 제기된다. 핵심은 '생태 파시즘'을 둘러싼 논란이다. 극단적인 생태주의를 앞세워 강압적으로 환경정책과 사회통제정책을 펼친다거나, 자연에 대해 지나치게 낭만적이고 신비주의적으로 접근한다거나, 인종분리주의 요소가 들어 있다거나 하는 지적들이 그것이다. 나는 이런 의견도 귀담아들을 필요가 있다고 생각한다.

1981년에는 이 작품의 전편에 해당하는, 그러니까 미국에서 떨어져나와 이 나라가 출범하기까지의 과정을 그린 《에코토피아 비긴스》(*Ecotopia Emerging*, 도솔)가 출간되었다. 작가는 민주주의의 새로운 대안을 모색한 《추첨민주주의》(*A Citizen Legislature*, 이매진)의 저자로도 유명하다.

고래와 사람이 함께 쓴
감동의 생명 드라마

- 《지구 끝의 사람들》
- 루이스 세풀베다 지음
- 정창 옮김
- 열린책들, 2003

2020년 전 세계를 엄습한 코로나19 사태는 이 작품을 쓴 세계적 소설가 루이스 세풀베다의 목숨마저 앗아갔다. 칠레 출신의 세풀베다는 악명 높은 아우구스토 피노체트 군부독재 시절에 학생운동에 참여했고, 1977년 정권의 탄압을 피해 망명길에 올랐다. 여러 나라를 떠돌다 스페인에 정착해 활동하다가 2020년 4월 16일 코로나19 감염으로 치료를 받던 중 숨졌다.

탁월한 이야기꾼으로 명성이 자자한 그의 작품은 생태소설과 정치소설의 합작품이라고 할 수 있다. 라틴문학의 특성을 얘기할 때 자주 거론되는, 예컨대 가브리엘 가르시아 마르케스의 《백년의 고독》 등이 상징하는 '마술적 리얼리즘'과는 거리가 멀다. 그의 작품은 환상과 현실의 경계를 넘나들지 않는다. 현실 그 자체를 정면으로 응시하고 또 거기에 뛰어든다.

그의 대표작 가운데 하나인 이 작품은 한마디로 '고래 살리기 투쟁기'라고 할 수 있다. 감동적이고 박진감이 넘친다. 무대는 남미 대륙 남쪽의 파타고니아. 더 구체적으로는 그 끄트머리에 펼쳐진 바다. 남극으로 가는 마지막 길목이 있는 그야말로 지구 끝이다.

망명객으로 짐작되는 칠레 출신 환경운동가가 어느 날 일본 포경선이 이 바다 일대에서 포획이 금지된 고래를 마구잡이로 사냥하고 있다는 긴급 소식을 듣고 조국을 찾는다. 이곳에서 고래 보호 활동을 펼치는 사람들을 만나 불법 고래 포획을 고발하고 막기 위해서다. 일본 사람들은 멀쩡한 선박을 폐선으로 둔갑시킨 뒤 유령선을 만들어 고래 서식지로 알려진 이곳에서 고래를 잡아들이고 있다. 그는 어릴 적 허먼 멜빌의 걸작 《모비 딕》을 열렬히 동경하던 소년이었다. 어린 시절 이 남쪽 끝 바다에서 가까스로 타본 포경선 경험과 그때 목격했던 고래 떼의 황홀한 모습을 잊지 못한다.

칠레 현지에서 그는 바다를 삶의 전부로 여기며 살아가는 어느 노인과 원주민을 만나게 된다. 고래를 끔찍이도 사랑하는 이들은 고래와 바다를 보호하려고 그동안 외로운 싸움을 벌여오고 있었다. 이들에게서 이곳 고래에 얽힌 놀라운 이야기를 듣고서 그는 마침내 이들과 힘을 합쳐 고래를 살리기 위한 행동에 돌입한다. 가랑잎 같은 조그만 보트를 타고 거대한 포경선에 맞서는 이들의 싸움은 무모하고 위태로워 보인다.

그러나 이들에게는 강력한 원군이 있었다. 바다의 생명력으로 충만한 고래들이 손에 땀을 쥐게 하는 이 팽팽한 싸움터의 전사로 나선 것이다. 죽음의 위기로 몰리던 고래들이 목숨을 걸고 포경선을 향해 돌진하는 광경은 가슴 아프면서도 심장을 둥둥 뛰게 만

든다. 고래 떼의 기습 공격을 받은 그 포경선은 결국 고래들의 피로
벌겋게 물든 바다 속으로 침몰한다.

이 작품은 일본 포경선의 탐욕과 범죄, 이들과 칠레 정부 사이의
추악한 결탁, 오지의 원주민 말살과 삼림 파괴의 실상 등도 신랄하
게 고발한다. 사회적 메시지를 중시하는 세풀베다 소설의 현실 비
판적 특징이 잘 드러난다. 이 책은 고래와 사람이 함께 엮어가는 아
름다우면서도 슬픈 생명사랑의 드라마다. 사람과 자연의 조화로운
공생을 추구했던 작가의 순정을 잘 보여주는 환경문학의 전범이라
할 만하다.

아마존의 평화는 어디에?

· 《연애소설 읽는 노인》
· 루이스 세풀베다 지음
· 정창 옮김
· 열린책들, 2009

루이스 세풀베다의 작품을 하나 더 살펴보자. 사실 유명세로만 따지면 이 작품이 《지구 끝의 사람들》보다 더 윗길이다. 살해당한 아마존 밀림의 환경운동가 치코 멘데스에게 헌정한 작가의 첫 작품으로, 출간 뒤 베스트셀러에 올랐다.

아마존 오지의 어느 마을에 연애소설이나 읽으며 유유자적 평화롭게 살기를 원하는 한 노인이 있다. 인근의 아마존 밀림을 삶의 터전으로 삼아온 원주민들과의 관계가 각별한 그는 원주민들도 높이 평가하는 숲의 전사다. 이렇게 된 데에는 그의 개인사가 얽혀 있다. 그런데 돈을 노리고 밀려든 백인 침략자들은 숲을 파괴하며 수없이 많은 동물을 잡아 죽이고 가죽을 벗겨 내다 팔았다. 그러던 어느 날 처참하게 살해당한 백인 시신이 발견된다. 작품에서 형편없는 인간으로 묘사되는 그 마을 읍장은 야만적인 원주민의 소행이라고 덮어놓고 우긴다. 실상은 달랐다. 백인 사냥꾼들에게 잔혹하게 가족을 잃은 암살쾡이가 분노에 차 저지른 복수극이었던 것.

인간에 대한 복수심에 불타는 녀석은 계속해서 사람을 해친다. 희생자가 늘어난다. 더 이상의 비극을 막으려면 특단의 조치를 취하지 않을 수 없다. 우여곡절 끝에 결국은 숲과 동물을 누구보다 잘 아는 주인공 노인이 암살쾡이를 처리할 임무를 떠맡게 된다. 그는 어쩔 수 없이 암살쾡이와의 결투에 나선다. 그는 동물을 사랑하는 '숲의 사람'이지만 자신을 향해 달려드는 녀석에게 총을 쏠 수밖에 없다.

"그는 화가 나서 총을 집어던져버렸고, 살쾡이가 강물 속으로 가라앉는 걸 바라보았다. 모든 인간들로부터 치욕을 당한 금빛 짐승. 모든 비극의 책임자인 양키들과 읍장, 노다지꾼 등 사랑하는 아마존강의 처녀성을 유린한 모든 자들을 끊임없이 저주하며⋯엘 이딜리오와 그의 오두막집, 때때로 인간들의 야만성을 잊게 해줄 정도의 아름다운 말로 사랑을 얘기하는 그의 연애소설들이 있는 곳으로 향했다."

인간들에게 치욕을 당한 것이 저 암살쾡이와 아마존뿐이겠는가. 저자의 눈길은 돈벌이와 개발 따위의 미명 아래 인간들이 짓밟고 있는 그 모든 자연과 생명으로 향한다. 그런 눈길로 저자는 문명과 자연의 불화, 삶과 죽음의 교차, 인간과 동물의 대결, 백인과 원주민의 갈등 등을 둘러싼 이야기를 이 작품에 녹여냈다. 그리고 그 이야기가 펼쳐지는 무대에는 원시의 아마존 밀림이 작열하는 태양 아래 우거져 있다. 유유히 강물이 흐르고, 동물들의 울음소리가 울려 퍼진다. 이런 요소들이 어우러져 이 책은 마치 한 편의 영화를 보는 듯한 시각적 효과를 발휘한다.

　세풀베다의 작품들을 읽다보면 그가 묘사한 장소에 실제로 가보고 싶은 욕구가 강렬하게 솟는다. 이것이 문학의 매력이 아닌가 싶다. 고래들이 힘차게 수면을 가르며 헤엄치는 저 지구 끝 거친 바다. 하늘을 가리며 천지를 뒤덮을 듯 빽빽하게 우거진 아마존의 원시 밀림. 두 책 다 펼쳐서 파타고니아의 바다와 아마존의 숲에서 들려오는 세풀베다의 목소리를 들어보면 어떨지? 큰 대중적 인기를 끈 것은 《연애소설 읽는 노인》이지만 나는 《지구 끝의 사람들》을 더 높게 친다.

이 책에 나온 도서 목록

가브리엘 가르시아 마르케스, 《백년의 고독》, 안정효 역(문학사상, 2005).

가이아 빈스, 《인류세의 모험》, 김명주 역(곰출판, 2018).

권정생, 《우리들의 하느님》(녹색평론사, 2016).

＿＿＿, 《강아지똥》(길벗어린이, 2014).

＿＿＿, 《몽실언니》(창비, 2012).

＿＿＿, 《한티재 하늘》(지식산업사, 2015).

김성호, 《관찰한다는 것》(너머학교, 2015).

김지하·박재일·장일순·최혜성, 《한살림선언》(한살림, 1989).

나오미 클라인, 《NO LOGO》, 정현경 외 역(중앙M&B, 2002).

＿＿＿＿＿, 《이것이 모든 것을 바꾼다》, 이순희 역(열린책들, 2016).

다니엘 네틀·수잔 로메인, 《사라져가는 목소리들》, 김정화 역(이제이북스, 2003).

더글러스 러미스, 《경제성장이 안 되면 우리는 풍요롭지 못할 것인가》, 김종철·최성현 역(녹색평론사, 2011).

더글러스 러미스·쓰지 신이치, 《에콜로지와 평화의 교차점》, 김경인 역(녹색평론사, 2010).

데이비드 스즈키·쓰지 신이치, 《또 하나의 일본》, 이한중 역(양철북, 2014).

데이비드 스즈키·홀리 드레슬, 《굿뉴스》, 조응주 역(샨티, 2006).

데이비드 조지 해스컬, 《나무의 노래》, 노승영 역(에이도스, 2018).

＿＿＿＿＿＿＿, 《숲에서 우주를 보다》, 노승영 역(에이도스, 2014).

데이비드 콰먼, 《도도의 노래》, 이충호 역(김영사, 2012).

＿＿＿＿＿, 《인수공통 모든 전염병의 열쇠》, 강병철 역(꿈꿀자유, 2020).

도넬라 H. 메도즈·데니스 L. 메도즈·요르겐 랜더스, 《성장의 한계》, 김병순 역
　　(갈라파고스, 2012).

레이첼 카슨, 《바다의 가장자리》, 밥 하인스 그림, 김홍옥 역(에코리브르, 2018).

──────, 《바닷바람을 맞으며》, 하워드 프레치 그림, 김은령 역(에코리브르,
　　2017).

──────, 《센스 오브 원더》, 닉 켈시 사진, 표정훈 역(에코리브르, 2012).

──────, 《우리를 둘러싼 바다》, 김홍옥 역(에코리브르, 2018).

──────, 《잃어버린 숲》, 린다 리어 엮음, 김홍옥 역(에코리브르, 2018).

──────, 《침묵의 봄》, 김은령 역(에코리브르, 2011).

롭 월러스, 《팬데믹의 현재적 기원》, 구정은 역(너머북스, 2020).

루이스 세풀베다, 《연애소설 읽는 노인》, 정창 역(열린책들, 2009).

──────, 《지구 끝의 사람들》, 정창 역(열린책들, 2003).

린다 리어, 《레이첼 카슨 평전》, 김홍옥 역(샨티, 2004).

마리아 미스·반다나 시바, 《에코페미니즘》, 손덕수·이난아 역(창비, 2020).

마리아 미즈·베로니카 벤홀트-톰젠, 《자급의 삶은 가능한가》, 꿈지모 역(동연,
　　2013).

마이크 데이비스, 《조류독감》, 정병선 역(돌베개, 2008).

마이클 폴란, 《잡식동물의 딜레마》, 조윤정 역(다른세상, 2008).

──────, 《세컨 네이처》, 이순우 역(황소자리, 2009).

──────, 《요리를 욕망하다》, 김현정 역(에코리브르, 2014).

──────, 《욕망하는 식물》, 이경식 역(황소자리, 2007).

마크 제롬 월터스, 《에코데믹, 끝나지 않는 전염병》, 이한음 역(책세상, 2020).

모심과살림연구소, 《죽임의 문명에서 살림의 문명으로》(한살림, 2014).

반다나 시바, 《이 세계의 식탁을 차리는 이는 누구인가》, 우석영 역(책세상, 2017).

──────, 《자연과 지식의 약탈자들》, 한재각 외 역(당대, 2000).

배리 카머너, 《원은 닫혀야 한다》, 고동욱 역(이음, 2014).

샌드라 스타인그래버, 《먹고 마시고 숨 쉬는 것들의 반란》, 이지윤 역(아카이브,
　　2012).

스베틀라나 알렉시예비치, 《전쟁은 여자의 얼굴을 하지 않았다》, 박은정 역(문학
　　동네, 2015).

_____, 《체르노빌의 목소리》, 김은혜 역(새잎, 2011).

쓰지 신이치, 《슬로 라이프》, 김향 역(디자인하우스, 2018).

알도 레오폴드, 《모래 군의 열두 달》, 송명규 역(따님, 2000).

앙드레 고르스, 《에콜로지카》, 임희근·정혜용 역(갈라파고스 2015).

앤드류 니키포룩, 《에너지 노예, 그 반란의 시작》, 김지현 역(황소자리, 2013).

어니스트 칼렌바크, 《에코토피아 비긴스》, 최재경 역(도솔, 2009).

_____, 《에코토피아》, 김석희 역(정신세계사, 1991).

어니스트 칼렌바크·마이클 필립스, 《추첨민주주의》, 손우정 역(이매진, 2011).

에드워드 윌슨, 《통섭》, 최재천 역(사이언스북스, 2005).

웬델 베리, 《삶은 기적이다》, 박경미 역(녹색평론사, 2006).

_____, 《소농, 문명의 뿌리》, 이승렬 역(한티재, 2016).

_____, 《오직 하나뿐》, 배미영 역(이후, 2017).

_____, 《온 삶을 먹다》, 이한중 역(낮은산, 2020).

_____, 《지식의 역습》, 안진이 역(청림출판, 2011).

이반 일리치, 《과거의 거울에 비추어》, 권루시안 역(느린걸음, 2013).

_____, 《그림자 노동》, 노승영 역(사월의책, 2015).

_____, 《깨달음의 혁명》, 허택 역(사월의책, 2018).

_____, 《행복은 자전거를 타고 온다》, 신수열 역(사월의책, 2018).

_____, 《병원이 병을 만든다》, 박홍규 역(미토, 2004).

_____, 《성장을 멈춰라》, 이한 역(미토, 2004).

_____, 《학교 없는 사회》, 심성보 역(미토, 2004).

이시무레 미치코, 《슬픈 미나마타》, 김경인 역(달팽이, 2007).

이현우, 《로쟈의 인문학 서재》(산책자, 2009).

장 지오노, 《나무를 심은 사람》, 김경온 역(두레, 2018).

장일순, 《나락 한 알 속의 우주》, (녹색평론사, 2016).

잭 런던, 《강철군화》, 곽영미 역(궁리, 2009).

_____, 《야성의 부름》, 권택영 역(민음사, 2010).

제이 그리피스, 《땅, 물, 불, 바람과 얼음의 여행자》, 전소영 역(알마, 2011).

_____, 《시계 밖의 시간》, 박은주 역(당대, 2002).

제임스 러브록, 《가이아》, 홍욱희 역(갈라파고스, 2004).

_____, 《가이아의 복수》, 이한음 역(세종서적, 2008).

제임스 하워드 쿤슬러, 《장기 비상시대》, 이한중 역(갈라파고스, 2011).

존 벨라미 포스터·프레드 맥도프, 《환경주의자가 알아야 할 자본주의의 모든 것》, 황정규 역(삼화, 2012).

칼 사피나, 《소리와 몸짓》, 김병화 역(돌베개, 2017).

케이트 레이워스, 《도넛 경제학》, 홍기빈 역(학고재, 2018).

크누트 함순, 《땅의 혜택》, 안미란 역(문학동네, 2015).

클라이브 폰팅, 《녹색 세계사》, 이진아·김정민 역(민음사, 2019).

_____, 《진보와 야만》, 김현구 역(돌베개, 2007).

클라이브 해밀턴, 《인류세》, 정서진 역(이상북스, 2018).

테오 콜본, 《도둑맞은 미래》, 권복규 역(사이언스북스, 1997).

피터 싱어, 《더 나은 세상》, 박세연 역(예문아카이브, 2017).

_____, 《동물해방》, 김성한 역(연암서가, 2012).

_____, 《실천윤리학》, 황경식 역(연암서가, 2013).

피터 싱어·짐 메이슨, 《죽음의 밥상》, 함규진 역(산책자, 2008).

허먼 멜빌, 《모비 딕》, 김석희 역(작가정신, 2019).

헤더 로저스, 《사라진 내일》, 이수영 역(삼인, 2009).

_____, 《에코의 함정》, 추선영 역(이후, 2011).

헨리 데이비드 소로, 《시민의 불복종》, 강승영 역(은행나무, 2017).

_____, 《월든》, 강승영 역(은행나무, 2011).

헬레나 노르베리 호지, 《오래된 미래》, 양희승 역(중앙북스, 2015).

_____, 《행복의 경제학》, 김영욱 역(중앙북스, 2012).

_____, 《허울뿐인 세계화》, 이민아 역(따님, 2000).

히로세 다카시, 《체르노빌의 아이들》, 육후연 역(프로메테우스출판사, 2019).

E. F. 슈마허, 《굿 워크》, 박혜영 역(느린걸음, 2011).

_____, 《내가 믿는 세상》, 이승무 역(문예출판사, 2013).

_____, 《당혹한 이들을 위한 안내서》, 송대원 역(따님, 2007).

_____, 《작은 것이 아름답다》, 이상호 역(문예출판사, 2002).